설산의 사랑

雪山之戀

Copyright © 2023 by DING YAN
Korean edition copyright © 2025 by Geulhangari Publishers
by arrangement with YILIN PRESS
through Linking-Asia International Co., Ltd.,
All rights reserved

이 책의 한국어판 저작권은 연아 인터내셔널을 통한
Yilin Press와의 독점계약으로
한국어 판권을 글항아리에서 소유합니다. 저작권법에 의하여 한국 내에서
보호를 받는 저작물이므로 무단전재와 복제를 금합니다.

거장의 클래식 **6**

설산의 사랑
雪山之戀

딩옌 소설
오지영 옮김

글항아리

일러두기
· 각주는 모두 옮긴이 설명이다.

차례

속세의 괴로움   007

설산의 사랑   099

아프리카봉선화   173

UFO가 온다   213

잿물   257

늦둥이   315

자카트   357

작가의 말   418

속세의 괴로움

1

 겨울 들판은 아득한 눈으로 뒤덮여 있었다. 바람이 저 멀리 고목을 흔들자 쌓였던 눈이 버티지 못하고 떨어지며 고목의 시커먼 가지를 드러냈다. 하늘 끝까지 뻗은 대지는 온통 하얬고 이렇게 뜨문뜨문한 검은 점 몇 개가 전부였다. 마치 단조롭게 구성된 흑백 이미지처럼 참혹한 광경이었다. 멀리서 웃음소리가 들리더니 흑백 이미지 속 지평선 부근에 균열이 생겼다. 그 틈으로 진홍색 승복이 하나둘씩 흩날리다가 이내 사람 형상으로 오르락내리락하기 시작했다. 그렇게 속세가 만들어지고 인간사도 생겨났다.
 티베트 불교 비구니 사원은 규모가 아담했지만 규격만큼은 라브랑 사원*을 모방하고 있었고 스타일도 이중 처마에 귀접이 방식이

---

* 게룩파의 6대 사원 중 하나로 티베트 자치구 샤허현의 고도 3000미터 산 중턱에 있다.

었다. 아침 식사 시간을 알리는 나팔 소리가 울리자 젊은 비구니들이 반들반들한 머리를 드러낸 채 경당經堂* 밖으로 나왔다. 뼛속까지 파고드는 매혹적인 고원의 한기가 훅 몰려왔다. 비구니들은 장화를 신고 진홍색 승복 한 자락을 머리에 얹은 채 눈밭을 달리기 시작했다. 눈을 발로 차기도 하고 한 움큼 집어 서로에게 뿌리고 깔깔대면서 부엌으로 향했다. 부엌에는 화로와 그릇붙이, 찻상, 도마 같은 주방용품들이 윤이 나도록 닦여 있었다. 음식물을 보관하는 찬장에는 찻잎, 쌀, 밀가루, 쑤유酥油**뿐 아니라 갖은 양념도 빠짐없이 갖춰져 있었다.

  비구니들은 손수 아침을 만들었는데 대부분 참파***에 쑤유차를 곁들였다. 음식을 다 만든 뒤에는 다시 경당으로 가져가 차례로 밥상 앞에 가부좌를 틀고 앉은 다음 차 한 모금에 참파를 한입씩 먹었다. 한참 식사를 하고 있는데 문발이 흔들리더니 사원의 선사禪師****가 모습을 드러냈다. 그녀는 안으로 들어오면서 여승관僧官*****에게 무언가를 이르고 있었다. 이는 좀처럼 보기 힘든 광경이었다. 그 노老선사는 겨울마다 비좁은 거처에 들어앉아 폐관 참선을 했다. 산비탈이나 깎아지른 절벽에 지어진 거처에서 나오는 법이 없었고 누구와도 이야기를 나누지 않았다. 오직 홀로 정좌하고

---

* 불경을 넣어두는 공간.
** 소젖이나 양젖을 끓여 식힌 후 응고된 지방으로 만든 기름. 티베트족 전통 음식이다.
*** 보리 등을 볶아 가루를 낸 음식으로 쑤유나 설탕을 넣어 경단처럼 반죽해 먹는다.
**** 선정을 닦고 있는 승려.
***** 사원에서 종교적 역할뿐 아니라 각종 행사와 행정적·정치적 업무를 담당하는 사람.

도를 닦다가 이듬해 봄이 오고 눈이 녹은 뒤에야 밖으로 나와 사람들을 만났다. 그런 그녀가 서둘러 폐관을 마쳤다는 것은 절에 무슨 일이 생길 예정이거나 이미 생겼다는 뜻이리라.

아니나 다를까. 선사가 경당 한가운데에 서서 올해 입전入殿 의식*은 예년보다 이른 초봄에 거행될 예정이며 시경試經 시험에 통과한 비구니는 입전 의식이 끝나는 대로 정식 비구니가 될 거라고 공표했다. 중생을 구도하려면 먼저 타라보살**이 되어야 한다. 비구니들은 이렇게 보통 사람들은 갖지 못한 뚜렷한 삶의 목표를 품고 있었다. 샤오쥐小卓는 밥상 앞에 앉아 평소처럼 고개를 숙인 채 그릇에 담긴 참파 경단을 천천히 먹고 있었다. 참파 하나를 집어 입에 넣다가 문득 고개를 들었을 때 그녀를 바라보던 선사와 눈이 마주쳤다. 샤오쥐는 덤덤하게 선사를 바라본 뒤 아무 일 없다는 듯 계속해서 참파를 먹으려 했다. 하지만 손이 떨리는 바람에 잘 뭉친 참파가 입으로 들어가는 대신 가슴께로 후드득 떨어지고 말았다.

경당 불빛은 부드러웠다. 아침 식사를 끝낸 비구니들은 각자 경전 공부를 시작했지만 샤오쥐는 마음이 진정되지 않아 자리에서 일어나 밖으로 나갔다. 세찬 바람이 불어 눈밭에 찍힌 발자국을 삽시간에 지워버리는 광경을 본 샤오쥐는 흠칫 놀랐다. 속세의 우여곡절이나 허무함 같은 게 떠올랐지만 정확히 설명하기는 힘들

---

* 수행자가 교리와 수행법을 익히고 절에서 주관하는 시험을 통과하면 대大경당에 들어가 예불을 보는 날 입전 의식을 치르는데, 이때 '카닥'이라는 긴 스카프를 헌납하고 선물을 보시한다. 그 후 의식을 주관하는 승려로부터 승려 자격과 축복을 받는다.

** 중생을 재난에서 구제하는 여성 보살.

것 같았다.

샤오쥐는 이미 여러 해를 절에서 지냈고 매년 시험을 통과했다. 하지만 번번이 입전 의식을 치르지 못했다. 라오쥐마老卓瑪와 선사 모두 아직 때가 되지 않았다고 했다. 때가 되지도 않았는데 승복을 입고 머리를 깎았으니 자격 없는 사람이 머릿수만 채우고 앉아 있는 꼴이었다. 샤오쥐도 정식 비구니가 되고 싶었다. 그 생각이 불쑥 솟자 도저히 참을 수 없어 곧장 라오쥐마의 거처로 향했다. 올해 여든 남짓인 라오쥐마는 샤오쥐 어머니의 친고모로 같은 사원에서 벌써 70여 년이나 출가수행을 하고 있었다. 일찌감치 불상 앞에서 수행해 깨달음을 얻었고 부지런히 정진하면서 향냄새 속에서 걸림 없이 살았다. 그녀의 거처 역시 손바닥만 한 정원에 정방正房 두 칸, 상방廂房 한 칸이 전부였다.* 라오쥐마는 모서리마다 구리를 댄 철제 화로 앞에 앉아 염주를 굴리다 안으로 들어오는 샤오쥐를 보고 물었다.

"오늘은 웬일로 이렇게 일찍 돌아왔어?"

"저는 언제쯤이면 입전해요?"

라오쥐마가 대답하지 않자 샤오쥐가 다시 물었다.

---

* 중국 전통 가옥인 사합원四合院은 중앙 정원을 중심으로 ㅁ자 구조를 하고 있다. 북쪽에 남향으로 앉은 구조물을 정방이라 하는데 사합원의 본채다. 서쪽과 동쪽에 각각 동향, 서향으로 앉은 구조물은 상방이며 곁채에 해당된다. 남쪽에 있는 대문과 연결되는 도좌방倒座房에는 주로 하인이 거주한다. 대문에서 정원이 보이는 것을 막기 위해 도좌방 앞쪽에 바깥 정원이 하나 더 있고 여기 달린 수화문을 지나야 중앙 정원에 이를 수 있다. 제대로 지어진 사합원은 구조가 이렇듯 복잡한데, 여기서는 라오쥐마가 사합원이라고 부를 수도 없을 만큼 검소한 거처에서 지내고 있음을 강조하고 있다.

"저는 언제쯤 입전할 수 있죠?"

라오줘마가 한숨을 내쉬더니 입을 열었다.

"올해는 가능할 거다. 하지만 그 전에 아버지부터 만나고 와야 해."

"꼭 그래야 해요?"

샤오줘가 고개를 떨궜다 한참 만에 다시 들어올렸을 때 그녀의 눈에 눈물이 반짝이고 있었다.

"샤오줘, 넌 꼭 아버지를 만나야 해. 내가 네 어머니와 약속했다. 정 입전하고 싶거든 무슨 일이 있어도 아버지부터 만나고 와라."

라오줘마는 5단 서랍장 중 한 칸을 열고 한참을 뒤적인 끝에 작은 상자 하나를 찾았다. 그 상자에서 손바닥만 한 수첩을 꺼내 샤오줘에게 건넸다.

"지금 바로 출발해라. 이 주소를 물어 찾아가면 아버지를 만날 수 있을 거야."

샤오줘가 수첩을 홀홀 넘겨보았다. 첫 장에만 글자가 적혀 있었는데 주소와 이름이었다. 딱히 할 말이 없었다. 방 안은 정적으로 가득했다. 바깥 처마에 걸린 작은 구리종이 바람에 흔들리면서 의도적으로 종소리를 들여보내 사람 마음을 어지럽혔다. 샤오줘는 다섯 살 때 절에 보내진 뒤 줄곧 라오줘마와 함께 살았다. 이제 와서 아버지를 만나라는 이유는 간단했다. 샤오줘의 아버지는 티베트를 오가며 장사하던 상인이었다. 샤오줘 어머니의 집에서 몇 차례 묵다가 그녀와 정을 통하고 샤오줘를 낳았는데 티베트 바깥 지역에 이미 처자식이 있었다. 그건 샤오줘의 어머니도 아는 사실이었다. 그러나 샤오줘가 서너 살이 되던 해부터 그는 영영 돌아오

속세의 괴로움 13

지 않았다. 처자식을 버리는 것만큼 무정한 짓이 또 있을까. 당시 샤오쥐는 나이가 어려 전후 사정을 이해하지 못했다. 그러나 어머니가 울 때 얼마나 신경질적이었는지 똑똑히 기억했다. 냉담한 표정을 지을 때는 산전수전 다 겪은 황양목 조각상 같기도 했다. 그렇게 한 해가 지났다. 어머니는 문득 현실을 받아들인 듯 샤오쥐를 절로 보내 라오쥐마가 키우게 하고 본인은 재가하여 그 슬픈 땅을 떠났다. 샤오쥐를 친부에게 보낼 수도 있었겠지만 어머니는 그렇게 하지 않았다. 실연의 상처 속에서 남자와 여자는 한쪽이 칼로 찌르면 다른 한쪽은 피로써 되갚는 법이니까. 그래도 나중에는 아버지를 이해한 모양이었다. 샤오쥐를 보러 절에 온 김에 라오쥐마를 만나 언젠가 샤오쥐가 출가하겠다고 하면 그 전에 반드시 제 아비부터 만나게 하라고 신신당부했다. 그래도 그의 자식인데 사람 도리를 아주 저버려서는 안 된다는 이유였다. 샤오쥐는 당시 문간에서 어머니의 말을 들었지만 나이가 어려 그 뜻을 이해하지 못했고 그저 어리둥절하기만 했다.

   샤오쥐의 첫 외출인데 하필 갈 길은 멀고 세밑 추위가 한창 기승을 부릴 때라니. 라오쥐마는 굴리던 염주를 멈추고 가볍게 한숨을 내쉬었다. 샤오쥐는 방으로 돌아가 짐을 싼 뒤 손수 만든 불단으로 다가갔다. 두 무릎을 구부리고, 꿇어앉고, 머리를 몇 번 조아린 다음 조용히 가부좌를 틀고 앉아 묵념했다. 나무 수납장 위에 불상, 탕카,* 티베트어 고전, 악기, 법기, 공예품 따위가 진열되어 있었다.

---

   * 티베트족의 특수 회화 예술 중 하나. 천연 안료를 사용해 수백 년간 화려한 색채를 유지한다.

샤오쥐는 그중 작은 이금泥金 불상 하나를 집어 베자루에 넣고 함께 길을 나섰다. 한참을 걷다 뒤를 돌아보니 사원이 꼭 흰 눈에 파묻힌 궁전처럼 보였다. 처마 끝과 기와도 까마득했다.

그 후 어딜 가나 새로운 하늘이요 새로운 땅이었다. 집마다 탁발하며 끼니를 해결했는데 고된 여정 탓에 걸인의 행색과 다르지 않았다. 그러다 마침내 어느 좁고 긴 거리에 이르렀다. 자동차 행렬이 꼬리를 물고 이어지며 화려한 여인들이 끝없이 오가는 곳이었다. 샤오쥐는 주소를 들고 여러 사람에게 물은 뒤에야 정확한 위치를 찾을 수 있었다. 길 양옆으로 흰 벽에 푸른 기와를 얹은 집들이 늘어선 깊은 골목이었다. 커다란 나무 한 그루가 개중 가장 눈에 띄는 한 가옥의 문밖으로 가지를 뻗고 있었다. 가지 아래로 나무문 두 쪽이 보였고 문 앞 둥근 기둥엔 대련 한 쌍이, 문짝에는 문신門神* 두 폭이 붙어 있었다. 새해를 맞이해 새것으로 교체했는지 번영의 기운이 가득했다. 샤오쥐가 문을 두드리자 안에서 사람 목소리가 흘러나왔다.

"누구세요?"

다시 두드리자 그 사람이 소리쳤다.

"들어오세요."

문을 밀고 들어가보니 오른쪽 나무 아래에 우물 하나가 있었다. 그리고 40대 초반 남짓한 한 부인이 짧은 대추색 벨벳 치파오 차림으로 물을 긷고 있었다. 그녀는 꾀죄죄하고 피곤에 찌든 어린 비구니가 탁발하러 왔나 싶어 정원을 향해 소리쳤다.

---

* 대문으로 들락거리는 잡귀나 액운을 막아주고 복을 들여오는 대문 귀신.

"찐빵 좀 내와. 문간에 비구니 오셨어."

샤오쥐는 침을 꿀꺽 삼키고 머리에 뒤집어썼던 진홍색 승복 한 귀퉁이를 내리며 우물쭈물 입을 열었다.

"아버지를 만나러 왔는데요."

그 말을 들은 부인은 샤오쥐의 정체를 짐작조차 할 수 없어 물 한 통을 바짝 끌어올려 둔덕에 올려놓고 물었다.

"아버지가 누군데요?"

샤오쥐는 가까이 다가가 주소와 이름이 적힌 그 작은 수첩을 보여주었다. 까막눈인 부인이 찐빵을 가져온 여자에게 수첩을 건넸다. 굵은 웨이브를 한 여자가 글자를 한참이나 들여다본 후에야 눈살을 찌푸리며 말했다.

"주소는 여기가 맞아. 그런데 찾는 사람 이름이 쑤정칭苏正清이야. 우리 식구는 아니잖아."

그러자 부인이 말했다.

"쑤정칭이라면 내가 알아. 이 집을 판 사람이 쑤정칭의 여동생 쑤쓰화苏思华였거든."

해는 이미 서쪽으로 지고 있었다. 샤오쥐가 부인을 바라보았다. 온몸이 살짝 경직되었다. 부인이 샤오쥐에게 말했다.

"찾는 사람은 13년 전에 이사 갔어요. 구시가지로."

샤오쥐는 베자루에서 펜을 꺼내고 수첩 한 쪽을 펼친 다음 부인에게 물어 구시가지로 가는 길을 꼼꼼히 받아 적었다. 그리고 우물가의 물통을 보며 말했다.

"물 한 바가지만 얻어먹을 수 있을까요? 종일 한 모금도 못 마셔서요."

"우물물은 너무 차가워요. 안에서 차 한잔 드릴게요."

"우물물이면 충분해요."

부인은 물 한 바가지를 떠주고 샤오쥐가 꿀꺽꿀꺽 들이켜는 모습을 지켜보았다. 물을 다 마신 샤오쥐는 고맙다고 인사하고는 승복 소매로 입을 닦은 후 골목 밖으로 나왔다.

거리에는 학교를 파한 초등학생들이 길을 건너고 있었다. 앞차가 멈춰 서서 길을 양보하자 뒤차들도 일제히 멈춰 섰다. 샤오쥐는 길가에 서서 그 광경을 지켜보고 있었는데 진홍색 승복이 바람에 나부껴 유난히 눈에 띄었다. 굵은 웨이브 여자가 픽업트럭을 몰고 오다가 샤오쥐를 발견하고는 차창 밖으로 손을 뻗어 불렀다.

"나 지금 구시가지로 배달 가요. 데려다줄게요."

샤오쥐가 차에 오르자 여자가 쳐다보며 새빨간 입술로 활짝 웃었다. 그리고 담배에 불을 붙이고 몇 모금 빨다가 창밖으로 손을 내밀어 담뱃재를 떨었다. 샤오쥐는 조용히 앉아 한참을 기다렸다. 마침내 초등학생들이 길을 다 건너자 여자가 담뱃불을 끄고 샤오쥐를 향해 다시 빙그레 웃고는 창문을 올린 뒤 트럭을 몰았다.

번화가를 벗어나자 적막한 들판이 펼쳐졌다. 차 안 곳곳엔 여전히 담배 냄새가 남아 있었다. 멀미 기운을 느낀 샤오쥐가 손을 뻗어 창문을 내리자 거센 바람이 들이쳐 진홍색 승복이 몸에 철썩 달라붙었다. 차가 덜컹거리자 가슴도 함께 흔들렸다. 여자가 힐끗 쳐다보더니 눈꼬리를 구부러트리고 잔주름을 드러내며 웃었다.

"비구니도 가슴이 있네요."

샤오쥐가 고개를 돌려 여자를 바라보았다. 무슨 말을 하는 건지 이해할 수 없었다.

"네?"

여자가 여전히 웃으며 말했다.

"스님도 욕정이 있어요?"

샤오줘는 황급히 고개를 저었다.

"아니요."

"아직 어려서 그런가. 하지만 앞으로 틀림없이 생길 거예요. 올해 몇 살이에요?"

"열여덟이요."

"그 좋은 나이에 어쩌자고 출가 스님이 되셨을까?"

샤오줘는 정면으로 한 대 얻어맞은 것 같아 아무 말도 하지 못했다. 트럭이 빠르게 달리자 여자의 구불대는 머리카락이 바람에 날려 샤오줘의 얼굴을 가볍게 스쳤다. 꼭 뱀처럼 서늘해서 샤오줘는 고개를 돌렸다. 차창 밖으로 널찍널찍한 노을이 하늘을 빠르게 스쳐 지나갔다. 구불구불한 산길에 이르렀을 때 흰 불탑에 묶인 룽다*가 보였다. 발이 묶여 아무리 날갯짓해도 날지 못하는 새 떼 같았다. 샤오줘가 말했다.

"죄송한데 여기 잠깐만 세워주세요."

차가 멈추자 샤오줘는 차에서 내린 뒤 한 걸음씩 걸을 때마다 불탑을 향해 고개 숙여 절을 올렸다. 여자는 담배에 불을 붙이고 가슴 앞에 팔짱을 낀 다음 차 앞에 기대 섰다. 그리고 손가락 사이에 끼운 담배도 잊은 채 샤오줘를 조용히 지켜보았다. 담배는 홀로 타

---

* 불교 경전을 적거나 특정 문양을 그린 오색(청·녹·적·황·백) 깃발을 긴 장대에 매달아놓은 것. 룽다가 바람에 휘날리면 경전이 멀리까지 전달된다는 의미다.

오르며 점차 손가락과 가까워졌다. 절반쯤 탔을 때 담뱃재가 더는 버티지 못하고 부러지면서 땅으로 우수수 흩어졌다.

두 사람은 다시 길에 올랐다. 차 안은 유난히 고요했다. 샤오쥐는 몽롱한 가운데 깜빡 잠이 들었다. 여자가 샤오쥐를 가볍게 흔들며 말했다.

"다 왔어요. 바로 여기예요."

샤오쥐가 눈을 떠보니 해는 이미 저물어 있었고 네온사인 아래 화려하고 거대한 환상 같은 야경이 펼쳐져 있었다. 샤오쥐는 눈이 부셨다.

2

 도시는 마치 고원 위에 떠 있는 작은 배 같았다. 배는 흰 벽에 검은 기와를 얹은 강남 특유의 가옥들을 싣고 있었다. 샤오쥐는 그 안에서 호수 바닥에 잠긴 것처럼 며칠을 맴맴 돌고 나서야 간신히 쑤쓰화의 집을 찾을 수 있었다.
 샤오쥐가 아버지를 찾아왔다고 말하자 잠잠하던 호수가 깜짝 놀라 잔물결을 일으켰다. 샤오쥐를 바라보는 쑤쓰화의 눈동자에 그림자가 드리우기 시작했지만 그녀는 계속해서 예의를 갖추고 미소를 지었다.
 "정말 우리 오빠 딸이라고요?"
 "네."
 쑤쓰화는 샤오쥐가 걸친 진홍색 승복을 훑었다. 두피를 뒤덮은 머리카락은 꼭 햇볕에 그을린 것처럼 노란빛을 띠는 데다 살짝 곱슬곱슬했다. 그러나 전체적으로 동글동글하면서도 날카로운 구석이 있는 얼굴형과 쌍꺼풀 없는 눈, 까만 눈동자 위로 곧고 길게 뻗은 속눈썹에서 쑤정칭의 모습이 보였다. 쑤쓰화는 상방으로 건너가 상자 깊숙이 넣어두었던 빛바랜 사진을 가져다 샤오쥐에게 보였다. 샤오쥐가 손으로 짚으며 말했다.

"이건 어릴 때 저고요. 이분이 아버지, 이분이 어머니세요."

"14년 전에 오빠가 인편에 보낸 사진이야. 티베트에 처자식이 생겨서 돌아오지 않겠다고 했대."

쑤쓰화는 상냥하고 아름다운 여인이었다. 긴긴 침묵이 흐른 뒤 그녀가 다시 물었다.

"오빠가 너희와 함께 살지 않았니?"

"네. 제가 어릴 때 떠난 뒤 다시는 돌아오지 않으셨어요."

"말도 안 돼. 집으로 돌아오지도 않았는데. 벌써 14년이나 됐어."

쑤쓰화가 반신반의하며 물었다.

"그런데 왜 이제야 아버지를 찾으러 왔니?"

"입전하기 전에 꼭 만나야 해서요."

"입전?"

"네. 입전해야 수행자가 돼요."

"수행자? 출가 말이니? 출가해서 비구니가 된다고? 네가?"

"네."

순간 쑤쓰화의 눈빛이 텅 비었고 입술도 파르르 떨렸다.

"너희 어머니가 얘기해주지 않으셨니? 네 아버지는 회족回族*이야. 네 조상도 모두 회족이고."

---

* 중국 소수민족 중 하나이자 최대 무슬림 집단.

· 속세의 괴로움

샤오쥐는 고개를 저었다.

"못 들었어요."

쑤쓰화의 표정이 서글퍼지더니 눈에 눈물 그림자가 어른거리기 시작했다.

"오빠가 인간의 도리를 저버리고 집으로 돌아오지 않는 것도 문제인데 그 자식은 또 비구니가 되겠다니. 대체 우리 집안 조상들이 무슨 죄를 지어서 이런 벌을 받는 건지 모르겠다."

샤오쥐는 그 말을 듣고도 특별히 느끼는 바가 없어 그저 조용히 서 있었다.

그 도시에서 가장 웅장한 건축물은 중심가에 있는 모스크였다. 7층 높이의 탑 꼭대기에서 우렁찬 아잔*이 울려 퍼지면 샤오쥐는 그 소리에 눈을 뜨고 서광이 커튼을 뚫고 들어와 방 안의 어둠을 조금씩 몰아내는 광경을 지켜보았다. 그러나 어둠은 완전히 가시지 않았고 실내는 여전히 컴컴했다. 보고 있자니 갑갑했다. 태양 그림자가 위치를 바꾸고 시간도 하루하루 흘렀지만 아버지를 만나지도 못했고 마땅히 할 일도 없었다. 샤오쥐는 자리에서 일어나 커튼을 젖혔다. 창밖으로 쑤쓰화가 어깨에 수건을 걸친 채 부엌에서 주전자에 물을 받는 모습이 보였다. 호기심이 동한 샤오쥐는 외투를 걸치고 문밖으로 나갔다. 쑤쓰화가 광이 나는 알루미늄 주전자를 들고 부엌에서 나와 방으로 들어가자 샤오쥐는 그 뒤를 따라갔다. 그리고 궁금증을 참지 못한 채 어둠 속에서 방 안을 들여다보았다. 쑤쓰화는 그런 샤오쥐를 보고 부드럽게 웃으며 말했다.

---

* 이슬람교의 예배 시간을 알리는 기도 소리.

"들어와서 봐. 어서 들어오라니까. 고모 집이 네 집이니까 어려워할 것 없어."

샤오줴는 문턱을 넘어 안으로 들어갔다. 화로가 설치된 방 안은 무척 훈훈했다. 화로 주변엔 수선화, 꽃기린, 군자란, 진달래, 동백나무, 치자 등이 가득했다. 꽃향기와 은은하게 밴 향냄새가 뒤섞여 문득 봄이 온 것 같았다. 쑤쓰화는 주전자를 들고 욕실로 들어가더니 문을 닫고는 양치하고 세수를 했다. 밖으로 나온 뒤에는 촉촉하게 젖은 머리카락을 한 가닥씩 닿아 한 올도 빠짐없이 뒤통수에서 틀어 묶고 은비녀로 고정한 다음 그 위에 흰 천 모자를 쓰고 검은 벨벳 히잡을 둘렀다. 이윽고 훠캉火炕* 귀퉁이에 앉아 바짓단을 정리하고 자리에서 일어나 목둘레의 작은 호두 단추를 채웠다. 그리고 긴 셔츠를 탁탁 잡아당겨 정리한 다음 훠캉 위에 좁고 긴 담요를 깔았다. 담요 위에는 얽히고설킨 풀과 나무가 정교한 대칭을 반복하고 있었다. 쑤쓰화는 그 위에 똑바로 올라서서 허리를 굽히고 머리를 조아리고 무릎을 꿇은 뒤 작은 소리로 주문을 외웠다. 샤오줴는 쑤쓰화의 앞쪽을 바라보았다. 거기엔 흰 벽이 있었고 벽엔 아무것도 없었다. 대체 텅 빈 벽을 향한 이 일련의 예배 절차가 무엇을 위한 기도인지 알 수 없었고 볼수록 어리둥절했다. 실내 장식은 단출했다. 페르시아 플러시 담요를 깐 큼직한 훠캉과 소박하고 따뜻한 나무 수납장이 전부였다. 수납장 위에는 글씨가 새겨진 법랑 접시, 경태람** 병, 도자기 다기 등이 진열되어 있었다. 조용한 가운

---

* 실내에 설치해 사용하던 난방 침대.
** 법랑 공예로, 구리 표면에 남·청·녹·적·황·백 등의 채색 안료를 사용해 문양을 칠한다.

데 욕실에 매달아둔 물통에서 완전히 마르지 않은 물기가 한참 만에 물방울이 되어 '똑' 소리와 함께 바닥으로 떨어졌다. 그 소리를 들은 샤오쥐의 마음속에 잔잔한 물결이 일었다.

아침 식사 자리에서 샤오쥐가 쑤쓰화에게 물었다.

"아버지 소식은 아직 없나요?"

쑤쓰화가 고개를 저으며 대답했다.

"예전에 티베트를 오가며 장사했던 이들 중에 물어볼 만한 사람들한테 다 물어봤는데 아무도 모른단다."

멀쩡히 산 사람이 연기처럼 사라지다니. 쑤쓰화 역시 불안해지기 시작했다. 그녀가 식탁에 앉아 있는 막내아들 원한文漢에게 다가가 말했다.

"오늘 가서 차에 기름 좀 넣어와. 내일 우리 좀 마화이런馬懷仁에게 데려다줘. 거기 가서 물어봐야겠다. 옛날에 그 사람이 사진을 가져왔으니 틀림없이 소식을 알고 있을 거야."

키 크고 뚱뚱한 원한이 아직 잠에서 덜 깬 듯 길게 하품하며 대답했다.

"내일 월요일이에요. 학교 수업 들으러 가야죠."

"결석 신청해."

"대학 입시가 코앞인 학생한테 학교는 뭐 아무 때나 결석 처리해주는 줄 아세요?"

"이틀이면 돼. 내가 담임 선생님한테 전화할게."

쑤쓰화의 막내딸 원산文珊은 열네다섯 된 중학생인데 귀엽고 뽀얀 얼굴에 고원 사람 특유의 붉은 뺨을 지녀 소녀티가 물씬 풍겼다. 원산이 생글생글 웃으며 쑤쓰화를 바라보았다.

"엄마, 나도 갈래."

쑤쓰화가 눈살을 찌푸리며 말했다.

"우리가 사람 찾으러 가는 거지 놀러 가는 줄 아니? 넌 남아서 위안메이園梅 언니랑 집이나 봐."

위안메이가 말했다.

"전 며칠 다니러 온 거라 집 못 봐요. 나도 내 집이 있는데."

그 말을 들은 샤오쥐가 위안메이를 바라보았다. 위안메이는 쑤정칭의 본처 소생이었다. 쑤정칭이 돌아오지 않겠다고 선언하자 본처는 재혼해 떠나면서 두 딸을 쑤쓰화에게 떠넘겼다. 첫째 딸인 위안메이는 이미 시집을 갔는데 샤오쥐가 오던 날 쑤쓰화가 전화를 걸어 불러들였다. 다른 딸의 이름은 란메이蘭梅였다. 성적이 우수했던 쑤란메이는 현재 해외 유학 중이며 전도가 유망하다고 했다. 여동생 하나가 불쑥 나타난 데다 쑤정칭의 친자식이기도 해서 쑤쓰화는 란메이에게도 전화를 걸어 상황을 알렸다.

위안메이는 곱고 차분하게 생겼지만 눈빛은 음침하고 사람 보는 시선도 곱지 않았다. 쑤쓰화의 큰딸 밍후이明惠 역시 결혼해 출가했으나 위안메이와 같은 날 와 있었다. 위안메이와 똑같은 히잡을 두른 데다 전체적인 차림새도 비슷해서 두 사람은 꼭 쌍둥이처럼 보였다. 밍후이가 샤오쥐를 보고 만면에 미소를 띠며 말했다.

"외삼촌이 티베트에서 낳았다는 딸이 얘군요. 눈도 크고 눈꺼풀은 계란 껍데기처럼 얇은 게 너무 예쁘네요."

그리고 샤오쥐에게 물었다.

"그런데 넌 왜 승복 같은 걸 입고 있니? 머리는 왜 또 그렇게 짧고?"

쑤쓰화가 그 말을 듣고 못마땅한 듯 말했다.

"비구니가 될 거란다."

밍후이는 농담이라고 생각하고 가볍게 넘겼다.

"멀쩡한 애가 비구니는 무슨. 이리 와. 언니가 변신시켜줄게."

밍후이가 샤오쥐의 손을 잡고 방으로 이끌자 샤오쥐는 잠시 멍하니 있다가 얼른 손을 빼냈다. 그러자 밍후이가 말했다.

"아니다. 돌아왔으니 나가서 새 옷을 사자. 환영회라고 생각하렴."

밍후이는 샤오쥐의 팔을 당겨 밖으로 데리고 나갔다. 거리엔 차와 오토바이, 사람들이 한데 뒤엉켜 있었다. 그 왁자지껄한 소음이 유난히 귀에 거슬렸다. 샤오쥐는 길을 찾아오는 동안 이런 광경을 숱하게 봐왔지만 여전히 익숙하지 않았다. 쇼핑몰에 도착한 뒤 밍후이는 샤오쥐를 데리고 한 옷 가게에 들어가 옷을 여러 벌 골라주었다. 안팎으로 전부 새 옷이 되자 샤오쥐는 한층 더 어색해졌다. 집으로 돌아가는 길에 샤오쥐는 밍후이의 손에 들린 크고 작은 쇼핑백이 전부 새로 산 옷이라는 사실을 알아채고 그녀에게 물었다.

"제가 입고 왔던 옷은요?"

밍후이가 잠시 망설이다가 웃으며 말했다.

"네가 걸치고 있던 옷들은 하나같이 낡아빠졌던데 그건 또 뭐 하러 찾아?"

샤오쥐는 아쉬웠다. 하지만 새 옷이나 낡은 옷이나 한 겹씩 벗고 나면 결국 텅 빈 몸뚱이만 남는 것은 매한가지라는 생각이 들어 아무 말 하지 않았다.

나중에 원산은 샤오쥐에게 큰딸 밍후이와 큰아들 밍한明漢은 쑤쓰화 남편의 전처소생이라고 귀띔했다. 지금 집안의 대들보는 밍한이었다. 쑤쓰화의 남편이 세상을 떠나자 당시 한창 공부 중이던 밍한은 학업을 포기하고 티베트로 건너가 아버지의 약재 사업을 이어받았다. 그리고 제힘으로 부동산 사업도 시작했다. 쑤쓰화는 그런 밍한을 굳게 믿고 의지하고 있었다. 샤오쥐는 원산을 봤다. 키는 자신과 비슷했지만 원산의 얼굴엔 늘 미소가 걸려 있고 성격도 밝았다. 자신과는 완전 딴판이었다.

원한은 쑤쓰화와 샤오쥐를 태우고 시외로 나갔다. 어두운 하늘에 거대한 구름이 층층이 쌓여 소용돌이치고 있었다. 멀리 가야 했으므로 한 낡은 여관에서 하룻밤을 묵었다. 여관 주인은 훠캉을 덥히는 체하면서 젖은 풀로 불구멍을 틀어막고 불을 붙였다. 방 안팎으로 연기가 자욱했는데 실로 참기 힘든 고통이었다. 원한은 참지 못하고 차에서 자겠다며 이부자리를 챙겨 나갔고 쑤쓰화는 기침을 콜록거리며 고개를 돌려 샤오쥐를 바라보았다. 어둡고 누런 형광등 아래 샤오쥐의 고요한 얼굴이 독특한 분위기를 자아내고 있었다. 불을 끄고 나서야 커튼이 창문을 반쪽밖에 가리지 못한다는 사실을 발견했다. 나머지 반쪽 창문 위로 하늘을 가득 메운 별빛이 비쳤는데 꼭 깨진 다이아몬드 같았다. 쑤쓰화는 이미 잠들어 고른 숨소리를 내고 있었다. 샤오쥐는 똑바로 누워 멍하니 창문을 바라보았다. 마음이 차갑게 얼어붙고 답답해서 몸을 돌려 눕자 잠든 쑤쓰화의 옆모습이 눈앞에 있었다. 은은한 머리카락 향기가 쑤쓰화의 호흡을 따라 한 가닥씩 샤오쥐의 얼굴을 스쳤다. 샤오쥐는 다시 쑤쓰화를 등지고 누웠다. 그리고 오래도록 잠들지 못했다.

망망한 골짜기에 짙은 안개가 자욱했다. 안개를 지난 후 쑤쓰화의 안내에 따라 이름 없는 작은 길로 들어섰다. 길가 황야엔 흙담에 나무 기둥을 세운 집들이 드문드문 보였고 그 사이로 방치된 무덤들이 섞여 있었다. 평평하게 다져진 진흙 길은 잿빛의 촌락으로 이어졌는데 길 안쪽으로 등불을 켠 인가가 많이 보였다.

여간 심란한 길이 아니었기에 쑤쓰화는 원한에게 촌락 밖에 차를 세우게 했다. 차에서 내리자마자 묵직한 흙 비린내가 풍겼다. 쑤쓰화는 샤오쥐와 원한을 데리고 촌락에 들어선 뒤 대문도 없는 어떤 집으로 들어갔다. 마당 안쪽에 울타리 두 개를 치고 꽤 많은 소와 양을 기르고 있었다. 방에서 한 부인이 아기를 안고 나왔다. 그러고는 누렇게 뜬 얼굴로 불안한 듯 돌계단에 선 채 물었다.

"누굴 찾아오셨죠?"

쑤쓰화가 말했다.

"마화이런 있나요?"

"지금 안 계세요. 해 진 후에 다시 오세요."

쑤쓰화는 원한과 샤오쥐를 데리고 나와 길가 식당에서 탕몐펜湯麵片* 세 그릇과 홍차 한 주전자를 주문했다. 그리고 식사를 마친 뒤 계산대에서 바쁘게 움직이고 있는 주인에게 물었다.

"혹시 마화이런이라는 사람 아세요?"

젊은 주인이 컵을 닦으며 히죽거렸다.

"당연히 알죠. 우리 마을에서 유명한 건달인데 누가 모르겠어요?"

쑤쓰화가 억지로 웃자 주인이 호기심을 드러냈다.

---

* 밀가루 반죽을 납작하고 넓게 잘라 만든 몐펜으로 끓인 탕.

"마화이런은 왜 찾으세요? 혹시 돈 떼이셨어요?"

쑨쓰화가 대답했다.

"아니요. 그게 아니라 10여 년 전에 우리 가게에서 일한 사람이에요."

주인은 쑨쓰화를 힐끔 쳐다보기만 할 뿐 아무 말도 하지 않았다. 그때 창밖으로 마차 한 대가 지나갔다. 바퀴가 덜컹거리며 길을 밟고 지나가자 말목에 걸린 방울이 딸랑거렸다. 마차 앞엔 수염이 희끗한 노인이 앉아 있었다. 양가죽 파오쯔袍子*를 입고 머리엔 가죽의 빨간 안쪽이 밖으로 나온 방한모를 쓴 채 긴 채찍을 질질 끄는 모습이 무척 예스러워 보였다. 위안한은 의자 등받이에 팔을 걸치고 고개를 돌려 조용히 그를 바라보고 있었다. 노인을 보던 샤오쥐가 위안한에게로 시선을 돌렸을 때 문득 비현실적인 느낌이 들었다. 혼자 길을 재촉하다가 지친 나머지 잠시 쉬려고 앉은 곳에서 수많은 낯선 이와 조우한 기분이었다.

해가 천천히 지기 시작하자 세 사람은 다시 자리에서 일어나 그 문 없는 집으로 향했다. 안으로 들어서자마자 마화이런이 보였다. 그리 크지 않은 키에 나이는 사오십대 정도 되어 보였다. 그가 반가운 듯 달려나와 세 사람을 방 안으로 청했다. 여름에 지붕에서 샌 비가 흰 벽을 타고 흘러 곳곳에 누런 흔적을 남긴 탓에 방 전체가 구저분해 보였다. 마화이런은 쑨쓰화에게 훠캉 자리를 권한 뒤 곁에 선 아내에게 손가락질하며 말했다.

"빨리 차를 따라드려."

---

* 발목까지 내려오는 긴 외투.

쑤쓰화가 차를 따르려는 손을 잡으며 말했다.
"괜찮아요, 차는 됐어요. 그냥 뭐 좀 물어보러 온 거예요."
그리고 바닥에 놓인 의자로 걸어가 앉았다.
마화이런의 황토색 얼굴엔 주름 몇 개가 깊이 패어 있었고 흰머리도 드문드문 보였다. 그가 쑤쓰화 맞은편의 훠캉 귀퉁이에 걸터앉자 쑤쓰화가 물었다.
"옛날에 우리 집으로 사진 한 장 가져왔잖아요? 우리 오빠가 그 사진을 어디서 주던가요?"
"그 사진은 오빠가 아니라 다達 아저씨가 준 거예요. 저더러 가는 길에 전해주라고 했어요."
"그게 누군데요?"
"리다黎達요. 오빠랑 같이 장사하던 사람."
"아, 누군지 알아요. 하지만 꽤 오랫동안 연락을 안 했는데."
"아무튼 그 사람이 준 거예요."
쑤쓰화가 한숨을 내쉬며 말했다.
"오빠가 줄곧 돌아오지 않고 있어요. 티베트에서 처자식과 함께 살지도 않았다던데 혹시 어디로 갔는지 알아요?"
마화이런이 갑자기 인상을 구기더니 은근히 비꼬듯 말했다.
"당시 그쪽 집안이 참 잘나갔는데. 아무한테나 시집가도 중간은 갔을 텐데 하필 그런 인간한테……"
원한이 눈가에 빽빽한 속눈썹 그림자를 길게 드리우고 마화이런을 바라보자 마화이런이 말꼬리를 흐리며 바닥에 가래 한 모금을 탁 뱉었다. 그리고 뒤축을 구겨 슬리퍼처럼 신은 신발로 흙바닥을 슥 문질렀다. 이내 축축하고 끈적끈적한 흔적이 남았다. 쑤쓰화는 안색이 좋지 않았는데 눈을 내리뜬 채 아무 말도 하지 않았다.
 촌락에서 빠져나와 차에 탔을 때 쑤쓰화가 갑자기 울기 시작했다.
 조용한 가운데 원한은 문득 속에서 천불이 났다. 그는 주머니를 더듬어 라이터를 꺼내고 차를 돌렸다. 차는 덜컹거리며 다시 촌락으로 향했다. 마화이런 집 앞에서 원한은 라이터에 불을 켜고 차창 밖으로 던져 문간에 쌓인 목초에 불을 질렀다. 작은 산만 한 목초에 붙은 불이 바람을 타고 화르르 타오르자 가축들이 울부짖기 시작했다. 원한은 시동을 걸고 가속 페달을 밟아 서둘러 자리를 떴다.
 샤오쥐는 멍해졌다. 왜 그런 짓을 한 건지 이해할 수 없어 몇 번이나 고개를 돌려 불난 곳을 바라보았다. 쑤쓰화는 한참 후에야 반응했다. 그녀가 눈물을 훔치며 원한에게 물었다.
 "라이터는 어디서 났어? 남의 집 목초에 불은 왜 지른 거야? 차 돌려. 어서!"
 원한은 아무 대꾸도 하지 않고 쑤쓰화 앞에서 운전석 등받이를 높이 세웠다. 이제 원한의 정수리에 삐쭉 솟은 머리카락 몇 가닥밖에 보이지 않게 되자 쑤쓰화는 뒷좌석에서 허리를 바짝 세우고는 원한의 어깨를 마구 때리며 소리쳤다.
 "차 돌리라니까! 멍청하게 굴지 말고 어서 돌아가 불 끄는 걸 도우란 말이야!"
 원한은 목을 꼿꼿이 쳐들고 계속해서 앞으로 내달렸다. 산 고개를 넘는데 경찰차가 쫓아와 그들 앞을 가로막았다. 경찰이 모자를 똑바로 고쳐 쓰고는 창문을 두드리며 말했다.

"목초에 불을 붙이고 과속까지 하셨군요. 여기가 황야의 무법지대인 줄 아세요?"

세 사람은 자동차와 함께 몇 명의 경찰에게 연행되었다. 이런 일이 난생처음인 쑨쓰화와 샤오쥐는 경찰이 묻는 대로 순순히 대답했다. 하지만 원한은 치기를 억누르지 못하고 경찰에게 주먹을 휘둘렀고 결국 곤봉 몇 대를 얻어맞고는 수갑까지 차야 했다. 태어나서 그런 취급은 처음 당했는지 원한은 계속해서 발악하며 욕설을 퍼부었고 살인을 저지를 것처럼 살벌한 눈빛을 쏘아댔다. 경찰이 말했다.

"너는 남의 집 월동 목초에 불을 질렀어. 아직 겨울도 나지 않았는데 이제 그 사람들은 뭘 먹이냐? 불이 조금만 더 크게 번졌으면 가축도 죽고 집까지 탔을 거다. 그럼 어쩔 뻔했어?"

샤오쥐는 놀랍고 무서웠다. 손바닥이 땀으로 흥건할 정도여서 한자리에 서서 멍하니 눈앞의 광경을 보고만 있었다. 경찰은 원한의 머리채를 잡고 구치소로 끌고 간 뒤 그를 발로 차서 안으로 집어넣고 밖에서 문을 잠갔다. 그리고 샤오쥐와 쑨쓰화에게 방화에 동참했는지 물었다. 샤오쥐는 깜짝 놀라 얼른 고개를 저었고 쑨쓰화는 눈물투성이가 된 채 덜덜 떨었다. 파출소에서 나온 뒤 쑨쓰화는 전화 걸 곳이 있다고 했다. 작은 매점 창구에 놓인 유선 전화기를 발견한 쑨쓰화는 밍한에게 전화를 걸어 울며 말했다.

"네가 사람을 써서 애 좀 꺼내줘. 올해 대학 입시를 치러야 하는데 생활기록부에 남기라도 하면 큰일 아니니."

통화가 길게 이어지는 동안 쑨쓰화는 쉼 없이 울었다. 헝클어진 머리카락 몇 가닥이 히잡 아래로 삐져나와 눈물과 함께 얼굴에 달라붙어 있었는데 마치 노란 등불 아래 걸린 사의화寫意畫*를 보는 듯했다.

샤오쥐는 하늘을 바라보았다. 달빛을 받은 뭉게구름이 바람을 따라 천천히 움직이고 있었다. 왠지 모르게 서글펐지만 마음은 오히려 차분해졌다. 두 사람은 파출소 근처 접대소에서 하룻밤을 보냈다. 침대에 누운 쑤쓰화의 웅크린 몸이 살짝 떨리고 있었다. 샤오쥐는 가까이 다가가 그녀의 어깨에 얼굴을 묻고 그녀가 안정되기를 기다렸다가 이불을 잘 덮어주었다. 그리고 침대 가장자리에 가부좌를 틀고 앉아 온 신경을 집중해 좌선했다. 점차 서광이 비치고 창밖 하늘에 창백한 빛이 감돌기 시작할 때 누군가 문을 '쾅쾅' 두드렸다. 고요하던 공기에 파문이 일었다. 놀란 쑤쓰화가 몸을 벌떡 일으켰고 샤오쥐도 깜짝 놀라 허둥지둥 문을 열었다. 문밖에 서 있는 사람은 원한이었다. 쑤쓰화의 눈에 다시 눈물이 가득 고였다.

"풀려난 거야? 여긴 어떻게 알고 왔어?"

원한이 대답했다.

"파출소 놈이 알려주고 데려다줬어요."

쑤쓰화가 참았던 눈물을 왈칵 쏟아내자 원한이 쑤쓰화의 등에 손을 얹으며 말했다.

"이제 괜찮아요. 형이 사람을 보내서 꺼내줬어요. 그만 가요."

얼마간 달리다보니 겨울 아침의 은빛 안개가 점차 흩어졌다. 세 사람은 한 주유소에 차를 세우고 기름을 넣었다. 샤오쥐는 한마디도 하지 않았고 쑤쓰화가 그런 샤오쥐에게 물었다.

---

* 대상을 있는 그대로 묘사하기보다 작가의 해석과 의도, 느낌을 강조해 그린 그림.

"너 괜찮은 거니?"

"괜찮아요."

원한이 보리 궈빙鍋餠* 한 조각을 세 개로 나누어 샤오쥐와 쑤쓰화에게 건네자 쑤쓰화가 물었다.

"이거 어디서 난 거야?"

"뭐가 어디서 나요?"

"이 궈빙 어디서 났냐고."

"나오는 길에 당직 경찰관 책상에서 집어왔는데요."

쑤쓰화는 화가 나 온몸을 부들부들 떨었다.

"넌 조상님들 얼굴에 먹칠하려고 태어났니? 왜 그렇게 멋대로야!"

원한의 반짝거리는 검은 눈동자는 마치 상처 위에 달라붙은 파리 같았다.

"놈들은 날 때렸는데 난 놈들 궈빙 하나도 못 가져와요?"

쑤쓰화는 홱 돌아서서 사방을 둘러보고는 손사래 치며 말했다.

"난 너를 감당할 수가 없다. 그냥 택시 타고 집에 가. 운전사를 구할 테니까."

원한이 마른 궈빙을 한입 베어 물고 열심히 씹어 삼킨 뒤 물었다.

"어딜 가시게요?"

쑤쓰화가 언짢은 기색으로 대답했다.

"리다한테."

"리다는 왜요?"

---

* 곡식 가루에 물, 소금, 이스트 등을 넣어 동그랗게 구운 빵.

"리다한테 왜 가냐고? 네 외삼촌 찾으려고 그런다! 어쩜 하나같이 이리 말썽들인지!"

샤오쥐와 쑤쓰화는 궈빙에 손도 대지 않았다. 원한은 두 사람 몫까지 다 먹고 손을 탁탁 털고는 다시 운전대를 잡았다. 그리고 수십 리의 산길을 달려 쑤쓰화와 샤오쥐를 한 작은 도시까지 데려다주었다. 거기서 운전사를 찾아주려 하자 쑤쓰화가 말했다.

"됐다. 너 혼자 돌려보내봐야 고삐 풀린 망아지를 풀어주는 셈이지. 그게 더 불안하니까 그냥 같이 가."

3

 세 사람은 길을 제대로 들었지만 리다의 집은 찾지 못했다. 대체 아버지는 어디 계신 걸까? 샤오쥐는 창밖의 희끗한 눈밭을 조용히 바라보았다. 한바탕 폭설이 쏟아진 후 고요해진 광야처럼 마음이 허했다. 쑤쓰화가 말했다.

 "그 사람 집이 이 동네에 있는 건 확실한데 나도 가본 적은 없어서 자세히는 모르겠다."

 금요일 정오 예배가 열리는 날이어서 대로변에 챙 없는 둥근 흰 모자를 쓴 사람이 적지 않았다. 쑤쓰화는 원한에게 '너도 모스크에 가서 예배드리고 목초에 불 지른 죄를 참회하라'고 말했다. 원한은 두 사람에게 어디에 있을 거냐고 물었다.

 "옛날에 팔았던 그 집에 가서 물어보려고. 그때 리다가 중간에서 매입자를 소개해줬으니 그 사람들이라면 틀림없이 리다의 거주지를 알 거야."

쑤쓰화는 샤오줴를 데리고 깊은 골목으로 들어갔다. 그리고 문 밖으로 나뭇가지가 뻗은 그 집 대문을 두드렸다. 흑녹색의 짧은 대금對襟* 치파오를 입은 부인이 문을 열고 샤오줴를 보며 물었다.

"또 오셨네요?"

그리고 쑤쓰화를 보고는 말했다.

"어머나, 귀한 손님이 오셨네. 어서 들어오세요."

집은 세 개의 정원으로 구성되어 있었고 정원마다 문이 나 있었다. 모든 것이 그대로였으나 사람은 달라져 있었다. 쑤쓰화는 서운한 표정을 감추지 못했다.

부인은 두 사람을 당옥堂屋**으로 청한 뒤 훼캉에 앉혔다. 훼캉에는 마호가니에 니스 칠을 한 낮은 훼캉용 탁자가 가로로 놓여 있었다. 그날 봤던 굵은 웨이브 여자도 있었는데 오늘은 구불거리는 머리를 뒤통수에서 틀어올리고 있었다. 그녀가 찻잔을 가져다 탁자 위에 올려놓고 반질반질한 큰 주전자를 들어 차를 우리자 쑤쓰화가 몸을 앞으로 기울이고는 찻잔을 들여다보며 물었다.

"어떤 찻잎을 쓰기에 찻물이 이렇게 맑아요?"

부인이 쑤쓰화 맞은편에 앉으며 대답했다.

"찻잎은 평범해요. 물이 달라서 그렇죠. 우물물이거든요."

쑤쓰화가 말했다.

"수돗물이 다 연결된 마당에 아직 우물물을 마신다고요?"

"저흰 상수도 연결 안 했어요. 우물물 마시는 버릇이 들어서. 수

---

* 앞섶이 서로 겹치지 않고 가운데에서 단추로 여미게 된 상의 형태.
** 사합원 정방의 한가운데에 있는 응접실.

돗물은 허옇고 소독약 냄새가 나서 못 마시겠더라고요."

"우리 동네는 수돗물이 들어온 후에 공무원들이 우물을 다 메워 버렸어요."

부인이 웃으며 말했다.

"원래 우리 우물도 메우라고 했어요. 하지만 물이 그렁그렁 계속 나오는데 너무 아깝잖아요. 갖은 노력 끝에 간신히 지킨 거예요."

"좋은 우물이죠. 제가 어릴 때부터 쭉 있었어요. 언제 가뭄이 들었는데 그해에 강물까지 싹 말랐어요. 그런데 저 우물엔 여전히 물이 차 있어서 주변 이웃들이 다 우리 집에서 물을 길어갔어요."

쑤쑤화는 우물물에 관해 이야기하면서 정작 탁자 위에 놓인 차는 한 모금도 마시지 않았다. 반면 훠캉 가장자리에 앉은 샤오줘는 자기 몫의 차를 일찌감치 다 비우고 누군가 더 따라주기를 기다리고 있었다. 쑤쑤화는 부인에게 리다의 소재지를 물었다. 부인은 자기보다 밖에 있는 남편이 더 잘 알 거라면서 전화를 걸려고 곁채로 건너갔다.

쑤쑤화는 훠캉에서 내려와 가축을 기르는 뒤뜰 울타리로 향했다. 샤오줘도 뒤를 따랐다. 고개를 수이고 축사 안으로 들어가보니 가축이 그 안을 가득 메우고 있었다. 공기도 무척 탁했다. 쑤쑤화는 고개를 들고 어스름한 빛을 빌려 대들보를 살폈다. 이내 단향목 판자 하나를 찾아냈는데 그 위에 문양처럼 생긴 글씨가 새겨져 있었다. 쑤쑤화가 손을 뻗어 가볍게 쓰다듬으며 말했다.

"내가 어릴 때 여기에 못으로 박은 거야. 가족들이 경문을 목판에 새기거나 종이에 적어서 높이 거는 걸 자주 봤거든. 평안을 비는 방법이었어. 그러다 한번은 집에서 기르던 젖소가 병이 났지.

그래서 나도 가족들이 하는 것처럼 단향목 판자를 구해서 이맘*께 악마를 쫓는 경문을 새겨달라고 부탁했지. 그리고 축사 입구에 박았어. 식구들은 외양간에 단향목을 걸었다고, 소한테 향냄새라도 맡게 할 셈이냐며 한바탕 웃었지."

쑤쓰화는 누가 볼세라 뒤를 살피고는 발치에서 꿀꿀대며 먹이를 찾는 새끼 돼지를 발로 슬쩍 밀어내고 근처에 있는 나무 갈퀴로 단향목 널빤지를 떼어냈다. 그리고 손수건을 꺼내 잘 감싸고 주머니에 넣으며 말했다.

"급하게 이사하느라 깜빡 잊었는데 한번 생각나니까 자꾸 미련이 남더라고."

쑤쓰화는 갈퀴를 제자리에 세우다가 바로 옆 헛간에 가득 쌓인 낡은 수납장과 의자를 발견했다. 그녀는 가까이 다가가 수납장에 쌓인 먼지를 손으로 훑으며 말했다.

"원래 벽에 걸었던 수납장이야. 이사할 때 벽을 망가뜨리기 싫어서 남겨뒀는데 이걸 떼어버렸네."

그러면서 서랍을 열었는데 그 안에 두꺼운 먼지가 쌓인 책 한 권이 들어 있었다. 책을 꺼내고 뒤집어 뿌연 먼지를 바닥으로 훑어내고 후후 불자 표지에 적힌 『진경화원眞境花園』이라는 네 글자가 똑똑히 보였다. 쑤쓰화가 놀라워하며 말했다.

"처녀 시절에 헌책방에서 찾은 책이야. 정말 어렵게 구했는데 제대로 읽기도 전에 잃어버렸지. 이걸 오늘 여기서 찾을 줄이야."

그리고 말끔히 불어내지 못한 먼지를 마저 털고 샤오줴에게 건

---

* 이슬람교 지도자.

네며 말했다.

"난 이제 독서를 즐기지 않으니 네게 주마."

샤오쥐는 책을 받았으나 쑤쓰화와 공범이 된 기분이 들어 들춰보지도 않고 메고 있던 베자루에 집어넣었다. 두 사람은 계속해서 곳곳을 구경했다. 쑤쓰화가 한숨을 내쉬며 말했다.

"참 좋은 집이었는데 네 아버지가 돌아오지 않으니 내가 팔아버렸어. 돈은 재가한 오빠의 전처에게 일부를 보냈고 나머지는 내가 떠맡은 조카 두 명을 위해서 썼지."

샤오쥐는 조용히 듣고 있었지만 아무 소리도 듣지 못한 사람처럼 어떤 반응도 하지 않았다.

두 사람이 원래 자리로 되돌아와 앉자마자 원한이 돌아왔다. 그는 바지 주머니에 두 손을 찔러넣고 방 안을 서성대다가 고개를 돌리고는 물었다.

"엄마, 그만 가면 안 돼요?"

쑤쓰화는 훠캉에 앉아 벽에 몸을 기댄 채 곁눈질로 원한을 보며 대답했다.

"잠깐 좀 앉아 있어. 확실히 물어보고 가야지."

원한이 눈을 내리뜨며 말했다.

"물 마시고 싶은데."

그때 안으로 들어오던 굵은 웨이브 여자가 그 말을 들었다. 회족과 한족이 섞여 사는 지역에서 회족이 한족의 집에 가면 식기엔 손도 대지 않고 차를 따라줘도 그저 장식품에 불과하다는 사실을 그녀는 잘 알고 있었다.

"우물물 한 사발 떠다줄게."

여자가 앞뜰 우물가로 물을 뜨러 간 사이 쑤쓰화가 주머니에서 단향목 판자를 꺼내 원한에게 보여주었다. 판자를 건네받은 원한이 손가락으로 얼룩덜룩한 때를 문지르며 말했다.

"어디서 났어요?"

쑤쓰화가 빙그레 웃으며 샤오쥐를 바라본 뒤 원한에게 말했다.

"비밀이야."

원한이 호기심 어린 눈으로 넘겨짚었다.

"주웠어요?"

쑤쓰화가 막 대답하려는 찰나 우물물을 뜬 여자가 백석 계단을 한 층씩 오르는 소리가 들렸다. 쑤쓰화는 입을 다물고 다시 판자를 가져다 손수건에 잘 싸서 주머니에 넣었다. 맑은 우물물 한 바가지를 건네받은 원한은 단숨에 반 바가지를 꿀꺽꿀꺽 들이켰다. 그러고는 능청스럽게 "크!" 소리를 낸 뒤 "알라여, 감사합니다. 정말 달콤한 물이네요"라고 말하면서 눈동자를 굴려 쑤쓰화를 힐끔거렸다. 쑤쓰화가 장단을 맞춰주지 않으려고 모른 체하는데 여자가 원한을 놀리기 시작했다.

"물은 내가 떠다줬는데 왜 내가 아닌 신께 감사를 하니?"

원한이 웃음기를 거두고 그녀를 잠시 멍하니 바라보다가 대꾸했다.

"알라께 감사드리는 것이 곧 아주머니께 감사드리는 거예요. 만물은 하나니까요."

여자가 계속해서 원한을 도발했다.

"내가 그 신을 어디서 찾아야 네 감사를 받을 수 있을까?"

원한은 오히려 진지하게 받아쳤다.

"신은 자연 그 자체예요. 어디서나 볼 수 있으니 굳이 찾을 필요가 없죠."

"됐어, 그만해."

쑤쓰화가 눈살을 찌푸리며 원한의 말을 끊었다.

"줌마에 다녀오랬다고 내 앞에서 독실한 척하기는."

원한이 부끄러운 듯 얼굴을 붉혔다. 꼭 가지를 잘못 골라 핀 뚱뚱한 장미 같았다. 여자가 숨 넘어갈 듯 웃으며 손사래를 쳤다.

"알겠다. 네 신이 어디에나 있으니 너도 어디서나 찬양을 하는 거구나."

샤오쥐는 대화를 좀처럼 이해할 수 없어 묵묵히 그들을 바라보았다. 그들은 이야기를 나눌수록 즐거운 듯했다.

그때 통화를 마친 부인이 들어와 쑤쓰화에게 말했다.

"바깥양반한테 물어봤더니 리다가 몇 년 전에 집을 팔아 두 아들에게 나눠줬대요. 아들들은 각자 떠났고 리다도 어디로 갔는지 정확히 모르겠대요."

쑤쓰화가 급히 물었다.

"그럼 두 아들은 어디 산대요?"

"저도 물어봤는데 모른대요. 수소문해봐야 한대요."

오후의 햇빛이 들어와 훼강 귀퉁이를 비추었다. 그 광경을 보고 있자니 비애감이 들었다. 한동안 말이 없던 쑤쓰화가 가볍게 한숨을 내쉬었다.

"사람 하나 찾는 게 이렇게 어려울 줄이야. 이제 어딜 가서 알아보나."

부인이 말했다.

"정말 찾을 거라면 인맥을 총동원해야죠. 뭔가 소식이 있을 거예요. 시간은 좀 걸릴 테지만."

쑤쓰화는 전화번호를 남기고 자리에서 일어나 부인의 손을 잡으며 말했다.

"남편한테 한 번만 더 알아봐달라고 해주세요. 번거롭겠지만 무슨 소식이 있으면 전화 좀 주시고요."

세 사람이 집으로 돌아와보니 밍한이 와 있었다. 돌아가신 아버지의 3주기 추모식 때문이라고 했다.

샤오쥐는 차에서 내리자마자 밍한을 보았다. 검정 다운재킷 차림이었고 체격이 좋았다. 입구로 마중 나온 그는 먼저 쑤쓰화에게 인사하고 샤오쥐를 향해 미소 지으며 고개를 살짝 끄덕였다. 상냥한 그의 얼굴은 원한보다 더 학생처럼 보였다. 쑤쓰화는 재해 끝에 재회한 사람처럼 서러움이 복받쳤고 밍한과 나란히 당옥으로 들어가면서 끊임없이 원한을 욕했다. 밍한은 빙그레 웃으며 말없이 쑤쓰화의 하소연을 들어주었다. 뒤뜰에 주차한 원한이 안으로 뛰어들어와 밍한의 등으로 달려들더니 두 팔을 커다란 집게처럼 벌리고 밍한의 머리를 끼운 채 물었다.

"언제 왔어?"

밍한은 물건을 내리듯 원한의 두 팔을 머리에서 내리며 대답했다.

"밤새워 운전해서 오늘 아침 해뜨기 전에 도착했어."

쑤쓰화는 그 광경에 다소 안심이 되었는지 우울하던 표정이 한층 밝아졌다. 날이 어슴푸레해지자 정원 한가운데에 대형 철제 화로가 설치되었고 연통으로 연기 한 줄기가 가볍게 뿜어져 나왔다. 밍후이와 위안메이도 앞치마를 두르고 바쁘게 음식을 만들었다.

공기는 온통 기름 냄새와 떡 찌는 냄새로 가득했다.

이윽고 저녁 식탁에 모두 둘러앉아 밥을 먹었다. 눈처럼 밝은 대형 등불이 지붕에서 멀리까지 빛을 비추었고 온 식탁과 방 안까지 훤했다. 쑤쓰화가 쑤정칭을 찾지 못할까봐 걱정하며 밍한에게 물었다.

"못 찾으면 어떻게 해?"

밍한이 찻잔을 들고 한 모금 마신 뒤 대답했다.

"저도 인맥을 동원해 알아보고 있으니 걱정 마세요. 찾을 수 있을 거예요."

창밖으로 큰 눈이 내리고 있었다. 바람에 비스듬히 흩날리는 모습이 꼭 희미해진 지난 일들을 보는 듯했다. 조용히 바라보던 샤오쥐는 절에 있는 라오쥐마를 떠올렸다.

이튿날 추모제가 열렸다. 향로에 꽂은 향이 몇 개나 타버렸지만 아무리 기다려도 이맘은 올 줄 몰랐다. 참석객들은 점차 인내심을 잃어 담소하거나 재채기하거나 들락거리기 시작했다. 눈이 내린 탓에 처마 끝에서 뚝뚝 떨어진 물이 사람들 발을 적셨고 바닥은 물기와 어지러운 발자국으로 가득했다. 그 광경을 보고 있자니 샤오쥐의 마음속에 작은 불길이 끓어오르는 것 같았다.

계속 기다리다보니 저녁 종이 울리고 달도 떴다. 흰색 반달이 암회색 하늘 높이 걸려 있었다. 하루가 그렇게 헛되이 끝나가고 있었다. 샤오쥐는 뭐라고 설명하기 힘든 서글픔을 느끼고 자기 방으로 돌아가 마니차*를 돌리며 속으로 경을 외웠다.

---

* 불경이 적힌 종이나 두루마기를 넣은 원통형 물건. 티베트 불교에서는 마니차를

방 안은 곧 어두컴컴해졌다. 원산이 들어와 불을 켜더니 빨갛고 네모난 스카프로 머리띠와 머리카락을 함께 싸매고는 샤오쥐에게 물었다.

"빠짐없이 잘 됐어?"

뽀얗고 작은 얼굴에 빨간 텐트를 친 것 같았다. 샤오쥐는 웃음을 참으며 물었다.

"왜 머리를 그렇게 싸맨 거야?"

원산이 대답했다.

"당옥에 가기 전에 이렇게 잘 싸매야 해. 이맘이 오셨거든. 지금 당옥 훠캉에 무릎 꿇고 주문을 외고 계셔."

샤오쥐는 훠캉 탁자를 살폈다. 절에서 가져온 이금 불상이 보이지 않자 다급하게 물었다.

"내 불상이 어디 갔지?"

원산이 벽에 걸린 진열장을 가리키며 말했다.

"저기. 저거 아니야?"

원산은 욕실로 들어가 거울을 비춰보고 색깔이 다른 스카프 두 장을 가져와 샤오쥐에게 물었다.

"언니는 어떤 걸로 할래?"

"난 아무것도 안 할 거야."

원산이 샤오쥐의 손에 들린 불상을 보며 말했다.

"이거 한다고 비구니 노릇을 못 하는 것도 아니잖아. 이맘이 기도하는 동안 그냥 앉아서 듣기만 하면 돼. 끝나면 다 같이 밥을 먹

돌리는 것만으로도 경전을 읽은 효과가 있다고 믿는다.

고. 어쨌든 사람이면 밥은 먹어야 하잖아?"

"난 안 갈 거야."

"왜?"

"가고 싶지 않으니까."

원산이 살짝 실망스러운 눈빛으로 말했다.

"그래. 그럼 여기서 언니네 불경이나 계속 외워. 난 우리 이맘의 경전 말씀을 들으러 갈 테니까."

사람이 죽는 것은 등불이 꺼지는 것과 같지만 혼백은 늘 후손들의 마음속을 떠돌고 후손들은 해마다 제사를 지내며 그 혼백이 좋은 곳으로 가기를 빈다. 그런데 이맘은 추모 주문을 외울 때 이국적인 톤인 데다 목소리의 높낮이도 계속 다르게 해 몹시 급박한 느낌을 주었다. 듣는 이들은 고인의 생에 어둡고 끔찍한 수많은 비밀이 숨겨진 것처럼 느꼈다. 이러한 방식으로 고인의 삶을 한 꺼풀씩 두드려 열고 들춰내 혼백의 무게를 가볍게 해 가능한 한 빨리 평안한 곳으로 날려 보내려는 것이다.

샤오쥐는 이금 불상을 휘캉 탁자에 올려놓고 휘캉에 오른 뒤 불을 껐다. 그리고 두꺼운 모포를 뒤집어쓰고 어둠 속에서 귀를 기울였다. 하지만 아무리 들어도 이해할 수 없었다. 부처를 믿지 않는 사람이 부처 앞에서 합장하고 믿는 시늉을 하거나 독실한 척해봐야 소용없는 것과 같았다. 샤오쥐는 가볍게 한숨을 내쉬고 스스로에게 물었다.

"삶과 죽음이 끊임없이 돌고 도는구나. 대체 속세의 삶이란 어떤 걸까?"

눈을 반쯤 감은 샤오쥐는 그렇게 천천히 잠들었다.

다시 잠에서 깨어났을 때 방 안 등불이 샤오쥐의 눈을 자극했다. 방을 함께 쓰고 있는 위안메이가 돌아온 줄 알았는데 작게 이야기하는 소리가 들렸다. 매우 낮은 소리였다. 쑤쓰화가 위안메이와 훠캉 귀퉁이에 앉아 이야기를 나누는 중이었다. 두 사람의 목소리가 파도처럼 한 층 한 층 밀려와 샤오쥐에게 묘한 충격을 안겨주었다. 샤오쥐는 완전히 잠에서 깼다. 쑤쓰화가 말했다.

"아직 장가를 못 보냈는데 좋은 아가씨는 꽃 같아서 피자마자 사람들이 꺾어간단 말이야. 난 늘 한발 늦고."

위안메이가 말했다.

"뭐가 걱정이에요. 조건이 괜찮은데 좋은 짝 못 찾겠어요."

그러고는 쑤쓰화에게 물었다.

"혹시 샤오쥐와 결혼시킬 생각은 안 해보셨어요?"

샤오쥐는 막 자리에서 일어나려던 참이었다. 하지만 그 소리에 너무 놀라 다시 눈을 감고 꼼짝도 못 했다. 위안메이가 말을 이었다.

"나이 차이도 딱 좋고 여러모로 괜찮을 것 같은데요."

쑤쓰화가 생각에 잠긴 듯 말했다.

"하지만 샤오쥐는……"

"진짜 다시 절로 돌려보내서 비구니가 되는 꼴을 보려는 건 아니죠?"

쑤쓰화가 대답했다.

"그게 말이 되니?"

그리고 곰곰이 생각한 끝에 말을 이었다.

"그 애들이 결혼한다면야 정말 좋은 일이지. 하지만 혼인은 운명에 맡겨야 해. 운명이 아닌 걸 억지로 밀어붙일 수는 없지."

대화가 잠시 멈추더니 곧 위안메이가 한숨을 내쉬며 말했다.

"저는 샤오쥐에게 결혼을 권해야 한다고 봐요. 상대가 누구든 일단 혼인해서 마음 둘 곳이 생기면 다시는 비구니 타령을 하지 않을 테니까요."

쑤쓰화도 한숨을 내쉬었다.

"일단 깨워서 뭐 좀 먹여라. 종일 먹는 둥 마는 둥 하더라. 저녁도 안 먹었어."

쑤쓰화는 말을 마치고 밖으로 나갔다. 하지만 샤오쥐는 두 사람의 대화를 듣고 화가 머리끝까지 나서 위안메이가 가볍게 흔드는 손을 밀어내고 몸을 돌려 일어나 앉았다.

"전 아버지를 만나러 온 거예요."

위안메이가 샤오쥐를 보며 말했다.

"우리도 다 알고 있어."

샤오쥐는 미동도 하지 않고 입을 꾹 다문 채 위안메이를 뚫어져라 바라보았다.

"뭐 먹고 싶은 거 있어? 내가 부엌에 가서 가져다줄게."

샤오쥐가 말했다.

"두 분 이야기 다 들었어요."

위안메이가 잠시 머뭇거리다 말했다.

"아버진 우릴 신경도 쓰지 않잖아. 난 네게 안식처를 만들어주고 싶어. 그래야 다들 한시름 놓지."

순간 샤오쥐는 목이 메었다. 침묵 속에서 위안메이를 응시하는 그녀의 눈빛은 꼭 원수를 보는 듯했다. 위안메이는 속이 상하고 화가 났다.

"난 범부 중생이라 속세의 일을 생각하는 게 당연하잖아. 네가 초탈한 위인이라는 사실을 깜빡했구나."

위안메이는 창가로 다가가 커튼을 치고 몸을 돌려 샤오줴가 탁자 위에 올려놓은 이금 불상을 집어들며 말했다.

"다른 건 둘째 치고 매일 네가 절 올리는 이 석가모니가 스물아홉 전까지 뭘 했는지 아니? 보통 사람들처럼 먹고 마시고 배설하면서 살았어. 결혼해서 애도 낳고 겪을 일은 다 겪었단 말이야. 그런데 넌 뭐니? 석가모니가 은둔하고 나서 시작한 고행의 삶으로 건너뛰겠다는 거잖아. 석가모니는 평범한 삶으로부터 깨달음을 얻었어. 너는 뭘로 깨달음을 얻을 건데? 부처에게 절 올리면 되는 거니? 아니면 무지하고 무미건조한 네 삶에서 깨달음을 얻을 거야? 세상엔 반드시 경험하고 나서야 그걸 취할 건지 버릴 건지 결정할 권리가 생기는 일도 있어. 그런데 넌 뭘 하고 있는 거야? 중간 과정은 전부 생략하고 곧장 출가해서 비구니가 되겠다니. 대체 그렇게 살아서 뭐 하니? 차라리 그냥 죽는 게 낫겠다. 어차피 사람은 결국 다 죽을 거잖아."

순간 샤오줴의 마음은 초조하고 복잡해졌다. 불쑥 화가 치민 샤오줴는 얼굴을 붉힌 채 위안메이의 손에 들린 불상을 빼앗아 자기 쪽에 내려놓았다.

"화났니? 너도 화를 내는구나? 그래도 세상 이치는 다 똑같아. 그 꽃다운 나이에 너무 순진하게 굴지 마."

위안메이의 질문에 방 전체가 마치 포위된 성 같았고 그 안에 짐승 두 마리가 갇힌 것처럼 긴장감이 감돌았다. 샤오줴는 훠캉에서 내려와 신발을 구겨 신고 노기등등하게 문을 쾅 닫고는 밖으로 나왔다. 하지만 몇 걸음 걷다보니 마음이 가라앉고 괴로움이 몰려왔다. 이왕 부딪치지 않기로 했으면 문을 그렇게 세게 닫고 나오는 게 아니었는데. 분노가 일자마자 수행자라는 사실을 잊었으니 도를 덜 닦았다는 뜻이리라. 샤오쥐는 복도 난간에 팔꿈치를 얹고 조용히 먼 곳을 응시했다. 유난히 밝은 처마 등 아래에서 몇 명의 사내가 정원에 설치된 화로를 치우고 있었다. 그들은 화로를 철거하고 복도를 지나가면서 전부 고개를 돌려 샤오쥐를 쳐다보았다.

밍한이 손에 컵을 쥔 채 물을 마시면서 사내들을 대문까지 배웅했다. 이제 텅 빈 정원에 강한 바람이 불어 냉기를 가득 채웠다. 밍한이 다가와 샤오쥐에게 말했다.

"아직 안 잤니?"

샤오쥐는 억지로 웃으며 고개를 끄덕였다. 밍한은 갈 생각이 없다는 듯 걸음을 멈추고 샤오쥐처럼 난간에 팔꿈치를 얹은 채 고개를 들어 하늘에 걸린 달을 바라보았다. 고요한 하늘에 뜬 노란 반달이 묘한 위안을 주었다.

밍한은 고개를 젖혀 컵에 든 물을 한숨에 다 들이켜고 두 손으로 빈 컵을 이리저리 굴리며 물었다.

"잠이 안 와?"

"조금 전에 일어났어요."

"어쩐지 오후 내내 안 보이더라."

샤오쥐가 아무 대답도 하지 않자 밍한이 다시 물었다.

"여기 적응하기 힘들지?"

샤오쥐는 고개를 끄덕였다.

"많이요. 어릴 때부터 절에서 자랐는데 여기 오고 나니까 갑자기

저더러 회족이 되래요."

밍한이 살짝 놀라며 말했다.

"어릴 때부터 절에서 자랐다고? 너희 어머니는?"

샤오줴는 잠시 침묵했다가 고개를 숙이고 손톱을 뜯으며 말했다.

"아버지가 우리를 버려서 재혼하셨어요."

이야기를 나누는 도중 샤오줴의 배에서 꼬르륵 소리가 났다. 밍한이 그 소리를 듣고 웃으며 말했다.

"사실 나도 배고파. 아직 저녁을 못 먹었거든. 나랑 부엌에 가서 요기나 하자."

샤오줴는 좋다고 대답했다. 밍한은 가는 길에 처마 등을 끄고 온 정원의 문단속을 철저히 했다. 샤오줴는 종종걸음으로 밍한을 따라 부엌으로 갔다. 부엌살림은 이미 깨끗이 설거지 되고 제자리에 정리되어 있었다. 밍한은 뭐가 어디에 있는지 잘 알고 있었다. 먼저 찬장에서 유샹油香* 과 디저트를 꺼내고 크고 작은 냄비 뚜껑을 열어 만두와 죽을 그릇에 덜었다. 그리고 찬장에서 찻잔을 꺼내 찻잎을 넣으며 물었다.

"설탕 넣니?"

샤오줴가 대답했다.

"아니요."

부엌 화로에는 아직 불씨가 남아 있었는데 다 탄 석탄이 우르르

---

* 밀가루를 익반죽하고 소금을 넣어 떡 모양으로 빚은 뒤 참기름에 튀긴 무슬림의 음식.

소리를 내며 무너져 내렸다. 밍한은 모든 음식과 수저를 쟁반에 담아 가져온 뒤 화로 위에 올려놓았다. 그리고 보리죽 한 그릇을 샤오줘 앞에 놓아주고 흰 도자기 숟가락을 건넸다. 맑은 물에 헹군 도자기 숟가락엔 아직 물기가 남아 있었다. 숟가락 한가운데 고인 물에 불빛이 비추자 꼭 샛노란 달걀노른자를 얹은 것처럼 먹음직스러워 보였다. 밍한은 찻주전자를 들고 샤오줘에게 찻물을 따라주며 빙그레 웃었다.

"매년 추모제 때마다 괜히 바빠서 늘 마지막에 혼자 밥을 먹어."

따뜻한 보리죽은 맛이 좋았다. 샤오줘는 죽 한 숟갈을 먹고 밍한을 바라보았다. 확실히 원한보다 선해 보였다. 원한의 얼굴엔 살집이 두둑했고 성격도 무모하고 충동적이어서 샤오줘는 그가 조금 무서웠다.

샤오줘가 다시 방으로 돌아갔을 때 불은 아직 켜져 있었으나 위안메이는 이미 깊이 잠들어 고른 숨을 내쉬고 있었다. 완전히 무표정한 그녀의 얼굴은 유난히 삭막해 보였다. 샤오줘는 훠캉 귀퉁이에 잠시 서 있다가 불을 끄고 조용히 훠캉에 올라 잠을 청했다. 하지만 식사하고 차를 마시며 기분 전환을 한 탓에 잠이 오질 않았다. 한참을 가만히 누워 있었지만 밤의 기운은 도통 걷힐 줄 몰랐다. 그러나 집 밖 먼 곳에서 때아닌 수탉 울음소리가 한번씩 들려왔다. 대나무 장대가 부러지는 것처럼 귀에 거슬리는 그 소리가 하늘로 힘껏 솟구쳐 오르면서 도시 전체를 어둠 속으로 띄워올리는 듯했다. 장대 꼭대기에 이른 도시는 아무 가치도 없는 얇은 지도로 변했다.

4

아침 식탁에서 쑤쓰화는 밍한에게 희생제*용 도축 이야기를 꺼내면서 시장에 가서 소 한 마리를 골라 끌고 오라고 했다. 밍한이 자리에서 일어나며 말했다.

"지금 다녀올게요."

"밥부터 먹고 다녀와. 급할 거 없어."

"다 먹었어요."

해가 뜨지 않은 탓에 온 세상이 축축하고 진한 잿빛을 띠고 있었다. 밍한이 처마 밑을 지나는데 바람이 방향을 바꿔 그의 얼굴을 정면으로 스쳤다. 고개를 돌린 그의 얼굴형은 마치 조각처럼 입체적이었다. 쑤쓰화는 매일 차를 마셨다. 복차伏茶**에 꽃망울 몇 개를

---

* 이슬람교 최대 명절인 '이드 알 아드하'. 이슬람력 12월 10일에 열리며 동물을 제물로 바친 후 음식을 나눠 먹거나 기부한다.
** 흑차의 일종.

넣고 오래 우리자 꽃이 피어 찻잔 위로 떠올랐다. 쑤쓰화가 잔을 들고 차를 마시려다가 밍한의 찻잔에 아직 차가 든 것을 보고 잔을 내려놓으며 말했다.

"우리 밍한이 참 괜찮아."

그리고 눈웃음을 지으며 샤오쥐를 보고 다시 위안메이를 바라보았다. 샤오쥐와 위안메이는 지난밤 말다툼을 한 탓에 한자리에 앉아 있기도 거북했다. 오히려 밍후이가 회심의 미소를 지으며 샤오쥐의 소매를 잡아당겼다.

"우리 밍한이 어떻게 생각해?"

밍한? 그를 어떻게 생각하느냐고? 대체 다들 뭘 하려는 거지? 샤오쥐는 가슴이 칼에 찔린 것 같아 그저 말없이 앉아 있었다. 밍후이가 다시 웃으며 말했다.

"내 생각엔 아버지 젊었을 때보다 우리 밍한이 훨씬 더 잘생긴 것 같아."

그 말에 쑤쓰화가 반응했다.

"그야 당연하지. 호랑이가 남긴 가죽도 호랑이 자체보다 보기 좋고 아버지가 낳은 아들도 아버지보다 잘생긴 법이거든."

밍후이가 웃으며 말했다.

"에이, 그건 아니다."

쑤쓰화가 차 한 모금을 마시며 물었다.

"왜 아니야?"

밍후이가 입술을 삐쭉 내밀고 웃으며 대답했다.

"원한은 뭐 아버지 아들 아닌가요?"

쑤쓰화가 고개를 숙이고 웃으며 말했다.

"아들은 외삼촌을 닮는다는 말이 있잖아. 원한은 제 외삼촌 고집을 빼다박았어. 아주 황소고집이야."

밍후이는 그 말을 듣고 웃다가 사레에 걸렸고 위안메이의 굳은 얼굴에도 웃음기가 돌았다.

그 후 며칠간 샤오쥐의 표정은 차디찼다. 종종 쑤쓰화가 무슨 일이냐고 물어도 대답하지 않았다. 밍후이와 위안메이는 시댁으로 돌아갔다가 희생제 당일에 남편과 아이, 시부모와 다시 돌아왔다. 방부터 정원까지 떠들썩했다. 소는 뒤뜰 꽃밭에서 잡았다. 원한과 밍한이 미리 커다란 나무 아래 피 받을 구덩이를 파놓았으나 솟구치는 피를 제대로 담아내지 못했다. 시커먼 소는 땅바닥에 산처럼 묶여 있었는데 옴짝달싹 못 하던 소의 목에 칼이 박히자 실로 어마어마한 양의 피가 뿜어져 나왔다. 도축업자의 얼굴과 손은 말할 것도 없고 바닥 저 멀리까지 피가 튀었다. 태양이 비추자 대지는 온통 피바다였고 피비린내가 진동했다. 소의 움직임이 멈추자 원한이 재빨리 삽으로 흙을 퍼서 피를 덮었다. 오전에는 피비린내와 내장 속 똥냄새가 공기를 가득 메웠고 오후에는 솥에서 소고기 삶는 냄새가 사방에 풍겼다.

삶지 않은 생고기는 토막 내 이웃과 나누었다. 당옥부터 처마 아래까지 놓인 긴 탁자에 이웃과 친척, 어른과 아이들이 떠들썩하게 모여 앉아 삶은 고기가 상에 오르길 기다렸다. 명절이라 아이들이 모두 새 옷을 입은 것처럼 쑤쓰화도 새 옷 차림이었다. 아름답고 온화하게 생긴 그녀가 사람들 곁을 지나갈 때마다 그윽한 향기도 함께 스쳐 지나갔다. 원산과 원한은 쑤쓰화의 지시에 따라 나이가 많거나 항렬이 높은 어른들을 당옥 휘캉으로 모시려고 안간

힘을 썼고 이미 처마 아래 상석을 차지한 사람들은 한사코 손사래를 치거나 두 사람을 밀어내며 자리에서 일어나지 않으려고 뻗댔다. 샤오쥐는 정신이 하나도 없었다. 처마 밑에 서서 그 광경을 멍하니 바라보다가 집 안쪽으로 들어가 여자들 사이에 자리를 잡고 앉았다. 사이좋은 대가족 여자들이 한데 모이면 머리를 맞대고 끊임없이 수다를 떤다는 사실을 미처 몰랐기 때문이다. 멀리서 볼 땐 조용했는데 가까이 와서 앉으니 꼭 참새 둥지에 들어온 것 같았다. 샤오쥐는 아직 날지 못하는 새끼 새처럼 고개를 숙인 채 한쪽에 조용히 앉아 있었다. 이목이 쏠리지 않기만을 바랐으나 그건 있을 수 없는 일이었다. 여자들은 이미 샤오쥐를 여러 차례 훑어보고 샤오쥐에 관해 이러쿵저러쿵 했다. 화제도 다름 아닌 샤오쥐와 밍한의 혼인에 관한 것이었다. 그녀들은 밍한의 장점을 늘어놓았고 샤오쥐가 출가해 비구니가 되려 하지만 쑤쑤화의 조카딸인 데다 결국은 쑤씨 집안사람이니 똑똑한 쑤쑤화가 이 골치 아픈 문제를 잘 해결할 거라고 입을 모았다.

낮게 수군거리는 소리에 샤오쥐는 문득 한기를 느꼈다. 하얗게 질린 얼굴로. 자리에서 일어나 도망치듯 테이블과 의자를 지나 밖으로 나갔다. 대문은 활짝 열려 있었고 정원은 사람들로 바글거렸다. 샤오쥐가 잠을 자는 방에도 사람들이 있었다. 바닥에 놓인 식탁과 의자에도, 훠캉에 놓인 탁자에도 전부 사람이었다. 무한한 번영이 사람과 사람 사이에서 일렁이고 있었다.

샤오쥐는 처마 밑에 잠시 서 있다가 문 하나를 지난 다음 쟁반을 든 사람을 따라 뒤뜰로 들어갔다. 뒤뜰은 몹시 조용했다. 임시 천막 아래 화로와 솥이 설치되어 있었고 두세 명의 여자가 그 곁에서 바쁘게 소고기를 삶아 건져내고 있었다. 한쪽으로 기운 태양은 유난히 번뜩였는데 꼭 둥근 얼굴 하나가 외나무다리에서 만난 원수를 보는 것처럼 샤오쥐를 마주 보고 있었다. 샤오쥐는 덩그러니 서 있었다. 외롭지는 않지만 자기 자신에게 버림받은 기분이었다. 절에서 살 때는 어딜 가든 누굴 만나든 상관없었다. 아버지를 만나고 오라는 요구를 받자마자 별 고민 없이 여기까지 온 것도 그 때문이었다. 하지만 막상 오고 나니 아버지 얼굴 한번 보는 것이 안내판도 종착지도 없는 길고 긴 여정이 되고 말았다. 쇠고기 냄새가 목표물을 찾는 독수리처럼 소리 없이 천천히 공기 속을 맴돌고 있었다. 샤오쥐는 눈살을 찌푸린 채 햇볕 아래를 서성거렸다. 원산이 커다란 쟁반을 들고 뒤뜰로 왔다가 샤오쥐를 보고 앞뜰로 가라고 했지만 거절했다. 잠시 후 쑤쓰화가 와서 물었다.

"왜 여기 있니? 어서 앞뜰로 가. 상 다 차려졌어."

샤오쥐는 점점 더 우울해져서 고개를 저으며 꽃밭 옆 양지바른 곳으로 가 앉았다. 고목의 가지를 통과한 햇빛이 샤오쥐의 등에 처량한 그물을 드리웠다. 바람이 불 때마다 그물이 흔들렸지만 샤오쥐는 전혀 알아채지 못했다. 누군가 다가오는 소리가 들리자 샤오쥐는 또 쑤쓰화가 앞뜰로 부르러 온 줄 알고 고개도 돌리지 않은 채 말했다.

"여기서 햇볕 쬘래요."

"여기 햇볕이 따뜻하긴 하지."

밍한의 목소리였다. 그가 샤오쥐를 향해 다가오며 말했다.

"사람들이 너 혼자 뒤뜰에 있다고 하더라. 죽은 소 때문에 울상이라던데."

샤오쥐는 고개를 돌려 우울하고 심드렁한 표정으로 말했다.
"제가 왜 그 소 때문에 울상이어야 하는데요?"
밍한은 빙그레 웃으며 샤오쥐와 나란히 앉았다.
"스님들은 육식을 하지 않으니까. 살생도 하지 않고."
샤오쥐가 고개를 저었다.
"티베트 사원에서도 정육淨肉*은 먹어요."
밍한이 다시 웃었다.
"사업차 티베트에 자주 들르는데 그쪽 방면으로 주의를 기울여 본 적이 없어서 미처 몰랐네."
샤오쥐가 잠시 침묵한 뒤 말했다.
"고원의 추위 속에서는 채소와 곡식이 자라지 못하니까요. 고기는 단순히 고기가 아니라 생명을 연장하는 식량인 셈이죠."
해가 더 기울어 창백한 하늘에 숱한 구름 그림자를 드리웠다. 밍한이 고개를 들어 실눈을 뜬 채 한참이나 하늘을 올려보다가 생각난 듯 말했다.
"너랑 이야기하느라 정작 할 일을 잊고 있었네. 좋은 소식 알려주러 왔어. 방금 친구한테 전화가 왔는데 리다의 거처를 알아냈대."
샤오쥐는 그 말을 듣고도 덤덤했다. 하지만 가만히 생각해보니 이제 여정의 끝이 보이는 것 같아 한결 마음이 가벼워졌다. 샤오쥐가 얼른 고개를 돌려 밍한을 바라보았는데 밍한도 샤오쥐를 보고 있었다. 그 눈빛 속에 묘한 빛이 감돌고 있었다. 순간 샤오쥐의 심

---

* 자연사한 고기. 주인이 버리거나 주인 없는 고기.

장이 철렁 내려앉았다. 마치 모래 같은 무언가가 머리 꼭대기에서 발끝까지 쏟아져 내리는 기분이었다. 살짝 불편한 기분이 들었지만 애써 아무렇지 않은 듯 까만 눈동자로 밍한을 보며 물었다.
"리다를 찾았으니 이제 아버지를 만나는 것도 시간문제겠네요?"
밍한이 대답했다.
"그래야지. 하지만 누가 알겠어."
그가 잠시 말을 멈췄다가 물었다.
"아버지를 만나고 싶구나?"
"네."
샤오쥐가 고개를 끄덕이며 말했다.
"아버지를 만나야 입전할 수 있거든요."
"입전? 너 정말 출가해서 비구니가 되려는 거야?"
"네."
"하지만 회족 중에 출가해서 비구니가 되려는 어리석은 사람이 어디 있어?"
"전 절에서 자란 사람이에요."
지나치게 냉정한 대답에 밍한이 미소 지으며 한숨을 내쉬었다.
"절에서 자랐다고 다 비구니가 되어야 하나? 왜 그렇게 생각해?"
샤오쥐는 살짝 짜증이 나서 고개를 숙이고 발등을 바라보았다. 더는 얘기하고 싶지 않다는 뜻이었다. 샤오쥐의 기분을 눈치챈 밍한은 샤오쥐 옆에 조용히 앉아 있었다. 바람이 불어 몹시 추웠고 밍한의 풍성하고 까만 머리칼도 헝클어졌다.

"그만 가자. 앞뜰 손님들은 거의 다 갔어."

샤오쥐는 오후 내내 뒤뜰에서 시간을 보내느라 점심도 놓친 터였다. 밍한은 샤오쥐를 앞뜰 부엌으로 데려가 이른 저녁을 먹였다. 원산이 그 모습을 보고 웃으며 말했다.

"어른들 말이 맞았어. 샤오쥐 언니는 큰오빠가 데리러 가야 온다더니."

부엌에 있던 사람들이 일제히 웃음을 터뜨렸고 밍한의 입가에도 미소가 떠올랐다. 샤오쥐는 고립된 느낌이었다. 사람들의 웃음 앞에서 자신이 어떤 감정을 느끼고 있는지 정확히 설명할 수 없었다. 이윽고 밤이 되었다. 샤오쥐는 잠자리에 들기 전 손을 씻으러 욕실에 들어간 김에 세수도 했다. 세숫대야에 비친 자신의 모습을 보니 머리카락이 꽤 많이 자라 있었다. 세수하는 동안 물 묻은 머리카락이 귀 끝에 축축하게 달라붙어 있었고 손가락으로 쓸어 귀 뒤로 넘길 수도 있었다. 샤오쥐는 고개를 들어 거울에 비친 자신의 모습을 자세히 살폈다. 무성하게 자란 머리카락이 이마를 덥수룩하게 뒤덮어 멋대로 구불거리고 있었다. 그녀는 본인이 곱슬머리인 줄도 몰랐다. 어쩌면 알고도 개의치 않았는지 모른다. 선엔 늘 머리를 깎아 겨우 두피를 덮는 정도의 길이를 유지했다. 짧아야 몸이 가벼웠고 몸을 가볍게 하는 것이야말로 수행자가 중요하게 여기는 덕목이기 때문이다.

이튿날 밍한은 사업상 바쁜 일이 있다며 아침 일찍 차를 몰고 떠났다. 쑤쓰화도 짐을 꾸렸다. 샤오쥐와 터미널에서 버스를 타고 리다를 찾아가기로 했다. 밍후이가 앞치마에 손을 닦고 두 사람을 문 앞까지 배웅하고 웃으며 말했다.

"버스는 불편할 텐데 이번에도 원한 차를 타고 가시죠."

쑤쓰화가 장갑을 끼면서 투덜거렸다.

"됐어. 녀석이 가는 곳마다 어찌나 말썽인지."

대형 버스가 오전 내내 흔들거리며 길을 달린 탓에 샤오쥐는 멀미가 나서 하마터면 구토를 할 뻔했다. 버스에서 내린 뒤 쑤쓰화는 샤오쥐를 데리고 좁은 골목을 지나 어떤 집 앞에 이르렀다. 대문을 한참 두드렸지만 아무도 나오지 않았다.

"여기가 맞는데. 찾긴 제대로 찾아왔어."

말을 마친 쑤쓰화가 계속 문을 두드렸지만 안에서는 여전히 아무 반응도 없었다. 쑤쓰화는 잠시 쉬었다 다시 문을 두드렸다. 소리가 너무 컸던지 건너편 집 대문이 열리더니 한 여자가 나와 화를 냈다.

"왜 그렇게 쾅쾅 두드려요? 차라리 문을 부수지그래요?"

쑤쓰화가 여자에게 물었다.

"이 집 사람들 어디 갔는지 아세요?"

"몰라요. 아무튼 작작 좀 두드려요. 우리 애가 자고 있단 말이에요."

쑤쓰화는 샤오쥐를 힐끔 쳐다보고 난감한 듯 웃었다.

"일단 식당이랑 숙소부터 찾자."

길가에 오래된 여관 하나가 있었다. 아래층은 식당이고 위층은 숙소였다. 나무 계단은 세월에 마모되어 반들반들했다. 한 노부인이 계단 입구에서 두 사람을 맞이했다. 등이 살짝 굽은 그녀는 면으로 된 흰색 히잡을 두르고 있었다. 상의는 매듭단추로 여미는 사선 옷깃에 무릎까지 내려오는 긴 셔츠를 입고 있었고 그 아래 발목을 동여매는 바지를 받쳐 입었다. 나이는 많아도 기력은 좋은 듯했고 인상도 복스러웠다. 쑤쓰화가 말했다.

"묵고 가려고요."

노부인이 자애로운 눈빛으로 말했다.

"그래요. 저를 따라오세요."

노부인은 두 사람에게 남향 객실을 내주었다. 탁자와 훠캉, 욕실이 갖춰진 방인데 훠캉은 따뜻하게 데워져 있었다. 벨벳 커튼과 모포 위에 깔린 면 침대보, 침구 등이 마치 내 집처럼 깔끔하게 정돈되어 있었다. 만족한 쑤쓰화는 샤오쥐를 향해 미소 짓고 욕실로 씻으러 들어갔다. 여관의 모든 객실엔 삼면이 벽으로 둘러싸인 큰 훠캉과 개별 욕실이 구비되어 있었다. 노부인은 양 똥이 담긴 광주리를 등에 메고 훠캉마다 불을 지폈다. 샤오쥐는 한쪽에서 그 모습을 지켜보다가 조용히 노부인을 지나 길고 좁은 복도를 걸었다. 그러다 길모퉁이에 접한 처마 밑에서 잠시 걸음을 멈추고 난간에 팔을 기댄 채 밖을 내다보았다. 먼 산맥 사이로 어렴풋이 모습을 드러낸 설산 봉우리가 황혼 속에서 조용히 푸른빛을 뿜어내고 있었다. 거리와 골목 사이에는 집들이 빽빽이 들어서 있었고 어둡고 깊은 골목까지 사람과 자동차 행렬이 끊이질 않았다.

두 사람은 아래층으로 내려가 밥을 먹었다. 접시를 든 남자 종업원이 어깨에 흰 수건을 걸친 채 튀긴 디저트와 감자탕면을 가져왔다. 식당 한가운데에 놓인 커다란 나무 수납장 위에 크지 않은 TV가 놓여 있었다. 화면 속에는 사람들의 모습이 어른거리고 깃발이 나부끼고 있었는데 마카오 반환에 관한 이야기가 한창이었다. TV 앞에서 식사하던 사람이 그 누구보다 기뻐하면서 300년 전 역사부터 현대의 설움까지 들먹였다. 그리고 이제 돌려받게 되었다면서 원래 자리로 돌아가는 것은 좋은 거라고 했다. 샤오쥐는 그 주제에 관해 알아보거나 관심을 가질 기회가 부족했다. 그러나 돌아간다는 말을 듣자마자 절에서 열릴 입전 의식이 생각났다. 과연 하루빨리 아버지를 만나고 서둘러 돌아갈 수 있을지 의문이었다.

하룻밤을 쉰 두 사람은 이튿날 다시 좁은 골목으로 가서 그집 대문을 두드렸다. 문을 두드릴수록 소리가 커져서 이웃집 개가 짖고 아이가 울기 시작했다. 하지만 대문 안쪽은 여전히 쥐 죽은 듯 고요했다. 쑤쓰화는 문짝에 귀를 대고 소리를 들었다. 멜대에 찐빵을 메고 골목을 도는 찐빵 장수가 골목 안으로 들어가다가 대문을 두드리는 두 사람을 보았다. 찐빵을 다 팔고 나올 때도 두 사람이 여전히 문을 두드리고 있자 도저히 봐줄 수 없었던 그가 멜대를 다른 쪽 어깨에 바꿔 메며 말했다.

"그만 두드리세요. 이 집 사람들은 저 앞거리에서 군용품 가게를 해요. 낮엔 다 거기 있어요."

쑤쓰화는 샤오쥐와 함께 찐빵 장수가 가르쳐준 군용품 가게를 찾아갔다. 가게 안에는 스테인리스 냄비, 군용 스니커즈, 벨트, 말발굽, 안장 등이 진열되어 있었다. 안에서 몹시 앳된 직원이 나오기에 물어보니 리다의 둘째 아들이었다.

쑤쓰화가 찾아온 이유를 설명하자 젊은이는 아내에게 가게를 맡기고 소형 화물차를 몰아 쑤쓰화와 샤오쥐를 리다에게 데려갔다. 리다는 외딴곳에 살고 있었다. 가는 길 내내 어느 시대의 유물인지 모를 긴 성벽과 깊은 해자가 수도 없이 보였고 모든 길목과 산꼭대기엔 봉화대, 보루, 요새 따위가 널려 있었다. 어쩌다 스쳐 지나가는 허물어진 가옥들은 수풀에 뒤덮여 있고 인적도 드물었다. 쑤쓰화와 샤오취는 뒷자리에 앉아 창밖을 바라보았다. 한참을 보던 쑤쓰화가 젊은이에게 물었다.

"아버지는 어쩌다 이런 외딴곳으로 옮긴 거예요?"

젊은이가 한숨을 내쉬며 대답했다.

"작년에 직장암에 걸리셨거든요. 검사가 잘못돼서 장염인 줄 알고 장염 치료에 돈을 다 쓰고 울며 겨자 먹기로 시내에 있는 집까지 팔았어요. 그러다 직장암 판정을 받았는데 치료를 포기하고 시골로 내려가 형님과 함께 살고 계세요. 사실 그냥 하루하루 연명하고 계시는 거죠."

세 사람은 정오쯤 도착했다. 차는 곧장 달려 토성 문으로 들어갔다. 성문 안 천장은 새까맸는데 난리를 겪은 시절에 불과 연기에 그을린 듯했다. 양옆에 보이는 오래된 목조 건물은 여기저기 썩어서 금방이라도 허물어질 것 같았다. 성문을 통과하자 긴 길이 펼쳐졌다. 양쪽 길가의 집마다 대문 위에 국화를 심었으나 피었다 시든 꽃을 정리하지 않은 상태였다. 겨울날 마른 풀로 변한 국화들이 찬바람을 맞으며 덜덜 떨고 있었다. 리다의 집에 도착하니 처마며 복도가 텅 비어 있었다. 마치 이 세계에서 잊힌 공간처럼 을씨년스러웠다. 실내와 방바닥, 가구, 휘캉 등은 최대한 깨끗하게 유지해 나름 체면치레를 하려 노력한 듯했으나 온갖 잡내와 환자의 시큼한 체취가 뒤섞여 끊임없이 코를 자극했다. 휘캉에 누워 있는 환자는 백발이 성성했다. 눈을 꼭 감은 채 이불 밖으로 손을 내밀고 있었는데 손가락이 말라비틀어져 있었다. 젊은이가 몸을 숙여 그를 깨우자 쑤쓰화를 단번에 알아본 그가 젊은이에게 얼른 몸을 일으키게 했다. 젊은이는 벽에 베개 두 개를 괴고 환자를 일으켜 기대 앉혔다. 쑤쓰화는 방 안을 둘러보고 훠캉 가장자리에 앉아 부드러운 목소리로 물었다.

"몸이 이 지경이 되도록 어쩜 소식 한번 전하지 않았어요?"

리다가 무거운 신음을 내고 나서 물었다.

"여긴 어떻게 찾아왔어?"

쑤쓰화가 말했다.

"우리 오빠가 실종됐어요. 마화이런을 찾아가 물었더니 옛날에 우리 집으로 가져온 사진을 아저씨에게 받았다더군요. 오빠의 말을 전한 사람도 아저씨고요. 그래서 아저씨 계신 곳을 수소문해서 확인해보려고 온 거예요."

리다의 늙은 입가가 가볍게 떨렸다.

"마화이런은 어떻게 찾았어? 녀석이 나보다 더 외진 곳에 사는데."

"아버지가 살아 계실 때 절 데리고 그 사람 집에 간 적이 있어요."

리다가 가벼운 한숨을 내쉬었다.

"역시 세상일이 마음먹은 대로 되는 게 아니구먼. 마화이런 같은 사람을, 그런 성격을 가진 녀석을 찾아내다니. 온 나라를 이 잡듯 뒤져도 못 찾을 줄 알았는데."

쑤쓰화는 잠시 멍해졌지만 마화이런의 체면을 세워주려 했다.

"무슨 말씀이에요. 예전에 우리 가게에서 일할 때 아버지가 제일 신임한 사람인데."

리다가 말했다.

"그랬지. 당시 가게에서 일하는 동안 온갖 궂은일은 그 녀석이 도맡아 처리했으니까."

"그야 우리 아버지를 믿고 좋아했으니까요."

무표정하던 리다의 얼굴에 한 줄기 웃음꽃이 피었다.

"그럼 녀석이 널 증오하고 문전박대했겠군?"

"그건 또 무슨 소리예요?"

"오빠를 찾는다고? 당시 네 혼사 때문에 집안이 난장판만 되지 않았어도 네 오빠는 진작 돌아왔을 거다."

쑤쓰화가 쓴웃음을 지었다.

"내가 혼인 상대를 직접 고른 게 그렇게 잘못인가요?"

"네가 고른 사람이 문제였지. 다른 사람도 아니고 이혼남에 애까지 딸린 빚쟁이였으니까. 오죽하면 아버지는 화병으로 죽고 오빠는 분을 이기지 못해 집을 나갔을까. 멀쩡하던 쑤씨 집안은 너 때문에 망했어."

굼뜨게 말을 잇던 환자가 느닷없이 날카롭고 매정하게 쏘아붙이자 쑤쓰화도 안색을 바꾸었다.

"함부로 말하지 마세요. 내가 우리 집을 망쳤다고요? 내 영향력이 그리 크던가요? 게다가 아버지는 오빠가 멀쩡한 처자식을 두고 외부에 첩을 둔 것도 눈감아주셨으면서 내가 선택한 사람과 결혼하는 건 한사코 반대하셨어요."

리다가 말했다.

"오빠와 널 비교할 수는 없지. 넌 여자니까. 아버진 너 잘되라고 그러신 거다."

쑤쓰화가 울컥했다.

"날 위해서라고요? 오빠가 인간의 도리도 저버리고 10년이 넘도록 집에 돌아오지 않은 것도 날 위해서인가요?"

리다는 쑤쓰화를 물끄러미 바라볼 뿐 아무 말도 하지 않았다. 쑤쓰화가 성난 목소리로 물었다.

"우리 오빠 지금 어디 있어요?"

리다는 한참이나 묵묵히 쑤쓰화를 바라보다가 입을 열었다.

"죽었어. 14년 전에."

순간 모두가 경악을 금치 못했다. 리다의 눈에 눈물이 고였고 그의 얼굴이 고통스럽게 일그러졌다. 그가 고개를 저으며 말을 이었다.

"벌써 14년이나 됐다. 내가 죽였어."

쑤쓰화는 곧이곧대로 믿지 않고 한층 더 격분했다.

"죽었으면 시체라도 있을 것 아니에요? 어디 있어요? 시체는 어디 있냐고요!"

쑤쓰화의 계속되는 추궁에 리다의 얼굴은 눈물범벅이 되었다. 그는 베개에서 미끄러져 내려와 쑤쓰화를 등지고 눕더니 몸을 잔뜩 웅크렸다. 숨고 싶은 모양이었다. 쑤쓰화가 감정을 주체하지 못하고 달려들어 그의 멱살을 틀어쥐고 마구 흔들며 물었다.

"우리 오빠 어디 있어! 어디 있냐고!"

꼭 고양이가 숨이 간당간당 붙은 늙은 쥐를 가지고 노는 것 같았다. 깜짝 놀란 샤오쥐가 찬 공기를 헉 들이마시고 젊은이와 거의 동시에 훠캉 위로 올라가 쑤쓰화의 손을 붙잡았다.

세 사람이 막 들어왔을 때 바닥 쪽 탁자 위 찻잔에 차를 따르고 말린 과일을 올렸던 부인은 방 안에서 말다툼 소리가 나는 것을 들고도 들어와보지 않았다. 어린아이들도 문밖에서 붙들려 안으로 들어갈 수 없었다. 이윽고 샤오쥐와 쑤쓰화, 젊은이 세 사람은 바닥에 놓인 소파 위에 앉았다. 쑤쓰화는 눈물범벅이 된 채 몸을 덜덜 떨고 있었다. 샤오쥐는 현실과 환상이 뒤섞인 공허 속에 빠진 기분이 들어 쑤쓰화에게 바짝 다가가 앉은 뒤 쑤쓰화의 머리를 제 어깨에 기대게 했다. 일종의 위로인 셈이었다.

돌아오는 길에 쑤쓰화가 맥없이 샤오쥐에게 기댄 채 중얼거렸다.

"난 오빠를 찾을 거야. 시체라도 반드시 찾을 거야."

젊은이는 차를 몰면서 몇 번이나 쑤쓰화를 돌아보았다. 뭔가 할 말이 있는 듯했는데 몇 차례 망설이다가 마침내 입을 열었다.

"제가 어릴 때였어요. 어느 날 아버지가 집에 돌아오셨는데 얼굴에 핏기가 하나도 없고 완전히 넋이 나가셨더라고요. 그날 이후로 차를 팔고 장사도 그만두셨어요. 틀림없이 그때 무슨 일이 일어났던 거예요."

쑤쓰화의 얼굴은 창백했다. 물 한 모금, 밥 한 숟갈도 넘기지 않고 말 한마디도 하지 않은 채 이틀이나 눈을 감고 여관 훠캉에 누워 있었다. 꼭 늪에 빠진 사람처럼 온몸이 딱딱했다. 그러잖아도 사방의 벽 같던 샤오쥐의 침묵도 한층 더 높고 두꺼워졌다. 샤오쥐는 무력했다. 그야말로 속수무책이었다. 할 수 있는 거라곤 훠캉 가장자리에 앉아 한 손으로는 쑤쓰화의 손을 잡고 다른 손으로는 쉴 새 없이 염주를 굴리는 것뿐이었다. 쑤쓰화를 이 고통에서 건져낼 능력이 생기길 바라면서.

어둠이 짙게 깔렸을 때 누군가 문을 두드렸다. 샤오쥐가 문을 열어보니 손수 차를 몰아 두 사람을 리다에게 데려다주었던 리다의 아들이었다. 쑤쓰화가 고개를 돌려 그를 바라보았는데 눈물은 이미 말라 있었다. 샤오줘는 쑤쓰화의 감정을 고려해 밖으로 나간 뒤 조용히 문을 닫았다. 복도 불빛이 어두워 젊은이의 얼굴 윤곽을 겨우 알아볼 수 있었다. 젊은이가 말했다.

"오빠분 시신이요. 아버지께 여쭤보고 알아냈어요. 두 분을 모셔 다드릴게요. 하지만 한 가지만 약속해주세요. 경찰에 신고하지 말아주세요. 아버지는 시간이 얼마 남지 않았어요. 조용히 떠나게 해드리고 싶어요."

샤오줘는 아무 대답도 하지 않았다.

"어른들 사이에서 벌어진 일이에요. 우리 같은 제삼자들이 멋모르고 떠들 일은 아니잖아요. 그분들이 저승에서 알아서 해결하게 두자고요. 어때요?"

그때 방 안에서 쑤쓰화가 찢어질 듯한 비명을 질렀다. 샤오줘는 온몸에 소름이 돋아 서둘러 대답했다.

"알겠어요."

"좋아요. 그럼 내일 아침에 데리러 올게요. 같이 가요."

샤오줘는 고개를 끄덕이고 쑤쓰화에게 달려갔다. 젊은이는 손에 들고 있던 과일 봉지를 문 앞에 내려놓고 조용히 발길을 돌렸다.

5

 날이 밝자 젊은이가 도착했다. 그는 여관 입구에 차를 세우고 알아서 식당으로 들어와 두 사람을 기다렸다. 샤오쥐가 쑤쓰화에게 뭐라도 먹으라고 권하자 쑤쓰화는 흰 쌀죽 한 그릇을 주문했다. 죽을 먹는 동안 눈물이 계속 줄줄 흘렀고 쑤쓰화는 손수건을 꺼내 눈물을 닦으며 죽을 먹었다. 샤오쥐는 몇 번이나 고개를 들어 그녀를 바라보았다. 그렇게 활기차고 향기롭고 용모도 단정하던 사람이 겨우 며칠 만에 누렇게 뜨고 곧 부패할 것처럼 퉁퉁 부어 있었다.
 두 사람이 젊은이의 차에 오르자 젊은이는 쑤쓰화가 매매한 옛집으로 차를 몰면서 쑤정칭의 시신이 그 집 우물 속에 있다고 했다. 이른 새벽의 해가 머리 높이 걸려 있었는데 마치 술병에 너무 오래 담근 청매실처럼 푸르뎅뎅했다. 광활한 하늘은 회색도 푸른색도 띠지 않고 구름 한 점 띄우지 않은 채 냉랭하게 세상을 뒤덮어 을씨년스러운 광경을 연출했다. 세 사람은 차를 세우고 골목 안으로 걸어 들어갔다. 대문 밖으로 뻗은 마른 나뭇가지가 희망이 없음을 알리는 외로운 손짓처럼 보였다. 젊은이가 문을 두드리자 짧은 하늘색 대금 치파오를 입은 부인이 문을 빼꼼 열었다. 그녀는 쑤쓰화의 얼굴을 봤다가 다시 샤오쥐를 보고 말했다.

"두 분 또 오셨네요."

그리고 문을 활짝 열었다.

"들어오세요."

젊은이가 방문 목적을 밝히자 부인이 펄쩍 뛰었다.

"말도 안 돼. 그게 말이 돼요? 우리가 저 우물물을 몇 년이나 마셨는데 어떻게 그 안에 죽은 사람이 있다는 거예요?"

쑤쓰화는 마른 이파리처럼 초췌한 몸으로 그저 가만히 서 있을 뿐이었다. 샤오쥐는 자기도 그 우물물을 마셨던 사실을 떠올리고 망연자실해 우물가로 다가갔다. 우물가의 공기는 고요하고 서늘했다. 샤오쥐는 우물을 한 바퀴 빙 돌고 나서 뚜껑을 열고 그 안을 들여다보았다. 희미한 빛이 어리는 가운데 습기가 자욱했다. 허리를 숙여 더 깊이 내려다보니 우물 바닥에서 짙푸른 물이 옅은 빛을 뿜어내고 있었고 이상하리만치 고요했다. 근처에서 조약돌 하나를 주워 아래로 던지자 깊은 소리가 울려 퍼지며 우물물이 잔잔히 물결쳤다.

부인이 소리를 듣고 고개를 돌려 샤오쥐를 바라보았다.

"아이고, 아가씨. 사람이 마시는 물인데 함부로 그러지 말아요."

굵은 웨이브의 여자도 모습을 드러냈다. 립스틱을 바른 그녀의 입술은 가을 단풍처럼 아름다웠다. 그녀가 우물로 다가가 안쪽을 들여다보다가 부인에게 말했다.

"우리가 막 이사 왔을 때 우물 속에서 손목시계 하나 건졌잖아?"

순간 부인의 얼굴이 그늘에서 말린 과일처럼 쪼글쪼글한 잔주름 투성이가 되었다.

"그래, 맞다. 말해주지 않았으면 깜빡할 뻔했네. 그때 내가 우물에서 물을 길 때마다 뭔가가 같이 딸려 올라왔어요. 손목시계, 바지, 양말, 신발 한 켤레도 있었어요. 회족은 깔끔하다고 들었는데 사람이 마시는 우물물에서 별 지저분한 게 다 나온다고 생각했죠."

젊은이가 부인에게 물었다.

"그때 건진 손목시계는 어디 있죠?"

"고장 나서 안 가더라고요. 그래서 폐품 장수한테 갖다주고 법랑 쟁반 두 개로 바꿨어요."

굵은 웨이브 여자가 경찰에 신고하려 하자 젊은이가 서둘러 제지하고 나섰다. 여자가 벌컥 화를 냈다.

"당신들 사이에 무슨 원한이 있든 당신들끼리 알아서 해요. 하지만 이건 우리 집 일이니 난 신고를 해야겠어요. 게다가 이 우물에선 아직도 물이 솟고 있어요. 만약 시체가 있는 게 사실이라면 누가 내려가서 꺼내죠? 어떻게 꺼낼 건데요?"

경찰은 현장에 도착하자마자 펌프로 물부터 퍼내기로 했다. 사발 주둥이만큼 굵은 수도관 두 개가 우물 입구를 지나 대문 밖으로 이어졌다. 이윽고 물이 댐을 뚫은 강물처럼 밖으로 콸콸 쏟아져 길가 배수구로 흘러들기 시작했다. 이내 청석판 길 위까지 넘쳐흐른 우물물은 도도한 강물처럼 넓은 골목을 향해 흘러갔다. 물살이 점점 느려지고 물이 고이기 시작하더니 수면이 반짝이는 깊은 호수처럼 점점 불어났다. 그렇게 오후 내내 물을 퍼내고 나서야 시신 인양 작업이 시작됐다. 우물 바닥으로 내려간 인양자가 소리쳤다.

"여기 와이어 커터 하나 내려보내요!"

그는 시체에 와이어로프로 돌절구가 묶여 있는데 풀 수 없다고 덧붙였다. 활짝 열린 대문으로 점차 구경꾼이 몰려들었다. 그들은 경찰이 쳐놓은 통제선도 아랑곳하지 않고 우물가까지 비집고 들어왔다. 시체가 매달려 올라오자 경찰은 서둘러 우물 주변에 장막을 설치하고 유가족과 관계자를 제외하고는 모두 밖으로 내보냈다. 샤오줘는 시체를 바라보았다. 햇빛을 보지 못한 이끼처럼 축축한 시체에서 서늘한 비린내가 훅 끼치자 자기도 모르게 뒤로 한 걸음 물러섰다. 시체는 펼쳐진 비닐 위에 평평하게 눕혀졌다. 비교적 형체가 잘 유지된 소가죽 허리띠를 제외하고 나머지 옷은 전부 분해되어 드문드문 조각만 남아 있었다. 법의관은 옷 조각으로 미루어 고인이 생전에 두꺼운 재킷을 입고 있었을 것으로 추측했다. 한바탕 검사를 마친 후에는 대퇴골과 늑골에서 선명한 상흔 몇 개를 발견했는데 생전에 흉기에 찔린 흔적이 틀림없다고 했다. 시신은 형체도 변형되어 다리뼈가 정수리 위로 올라가 있었다. 우물 속에 잠긴 수년 동안 물살에 쓸리며 위치가 바뀐 듯했다.

굵은 웨이브 여자가 비틀거리며 몇 걸음 걷다가 나무를 붙잡고 토하기 시작했다. 부인의 안색도 시퍼렇게 질렸는데 그녀 역시 구토가 치미는지 입을 틀어막은 채 장막을 젖히고 밖으로 뛰어나갔다. 법의관이 천을 당겨 시체를 덮으며 말했다.

"고인의 손가락 관절과 발가락 관절이 마모되어 뼈대에서 이탈했어요. 전부 건져야 된다면 누군가 바닥으로 내려가 진흙을 체로 걸러야 할 거예요. 물론 다 건질 수 있다는 보장은 없지만요."

이미 크나큰 고통에 휩싸인 쑤쓰화는 시체 앞에 무릎을 꿇고 앉아 자신의 가슴께를 움켜쥐었다. 그리고 머리가 물에 잠겨 익사 중인 것처럼 허공에 대고 입을 벌린 채 통곡했는데 눈물만 주룩주룩 흘러내릴 뿐 아무 소리도 나지 않았다.

젊은이가 황급히 경찰에게 말했다.

"제가 할게요. 절 내려보내주세요."

전문 작업복으로 갈아입은 젊은이는 한참이나 내려가 있었지만 아무것도 건지지 못하고 다시 매달려 올라왔다. 경찰은 할 일을 다 마치고 떠났다. 샤오쥐는 혼란스러웠다. 뭘 어떻게 해야 할지 몰라 쑤쓰화를 보며 물었다.

"가족들한테 연락할까요?"

쑤쓰화는 여전히 바닥에 꿇어앉아 있었다. 너무 울어서 이제 더는 울 기력도 없는 듯했다.

"아이들에게 오빠의 이 몰골을 보여주고 싶지 않아."

샤오쥐가 물었다.

"그럼 라마*를 모셔서 천도재라도 지낼까요?"

잠시 멍해졌던 쑤쓰화의 눈에 다시 눈물이 가득 고였다. 그녀가 힘겹게 몸을 일으키며 말했다.

"모시려면 이맘을 모셔야지."

젊은이는 고개를 떨군 채 한쪽에 조용히 서 있었다. 쑤쓰화는 그에게 밖으로 나가 흰 천을 사고, 묘공을 데려오고, 모스크에서 이

---

* 티베트 불교에서 '스승'의 권위를 가진 사람.

맘 몇 분을 모셔오고, 돌아와 시신을 묘지로 옮기라고 지시했다.

이윽고 이맘이 도착했다. 그는 상징적으로 시신의 얼굴을 씻기고 입을 헹궈준 다음 흰 천으로 시신을 감쌌다. 굵은 웨이브 여자가 다시 돌아와 한쪽에서 구경하다가 젊은이에게 작은 목소리로 물었다.

"뭐 하는 거예요?"

젊은이가 대답했다.

"속은 깨끗한 물로 갈고 겉은 깨끗한 옷을 입히는 거예요."

흰 천에 싸인 시신은 망인을 운반할 나무 관 속에 눕혀졌는데 꼭 방금 숨을 거둔 말라빠지고 조용한 노인 같았다.

차량 한 대가 사람들을 싣고 쑤씨 가문 선산으로 향했다. 구불구불하고 긴 산길에 매서운 바람이 불었다. 산속엔 들풀들이 스산하게 널려 있었고 수많은 무덤 위에도 마른 들풀이 얽히고설켜 있었다. 묘공들은 빈터를 골라 곧게 파내려간 뒤 오른쪽에 구멍을 냈다. 그리고 아래에 두 사람이 남아 흰 천에 싸인 시신을 조심스레 내려받은 뒤 구멍에 시신을 안치했다. 이맘이 무릎 꿇고 추도사를 시작하자 사람들이 흙을 퍼 구덩이를 메웠다. 햇빛이 한 삽씩 흘러내리는 흙을 따라 계속해서 떨어져 내렸다. 시신은 마침내 이곳에서 영원한 안식을 얻었다. 속세의 인연과 업보는 끊임없이 윤회하므로 과거의 끝은 새로운 시작이나 마찬가지였다. 샤오쥐는 두 손을 합장하고 윤회를 기도하는 불경을 외우며 아버지가 좋은 육신을 얻어 새롭게 태어날 수 있기를 바랐다.

그 모습을 본 쑤쓰화의 눈에 다시 눈물이 맺혔다.

"이 선산의 망인 중에 네 모습을 보고 기뻐하는 사람은 한 명도 없을 거야. 다신 그러지 마라."

샤오쥐는 거의 버려진 거나 다름없는 주변을 휘 둘러보고 미심쩍은 듯 합장을 풀었다.

새 무덤의 봉분이 높이 쌓이고 간단한 장례 의식도 끝났다. 찬바람이 불었으나 주변 산들은 적막하기만 했다. 샤오쥐는 쑤쓰화를 부축한 채 차가 세워진 곳으로 걸어갔다. 쑤쓰화의 몸이 살짝 떨리는 듯했다.

차에 탄 쑤쓰화는 줄곧 눈을 감고 있었다. 샤오쥐는 쑤쓰화의 머리를 자신의 어깨에 기대게 하고 오랫동안 창밖의 노을을 바라보았다. 샤오쥐는 마침내 아버지를 만났다. 백골이 되어 있을 거라곤 상상도 못 했지만 어쨌든 만난 셈이었다. 한 번의 만남이었으나 오래 방황하던 마음이 마침내 자리를 잡은 기분이었다. 그러나 심경은 복잡했다. 알 수 없는 어떤 힘이 그녀를 마구 휘젓는 것 같았고 평정심을 유지하기가 힘들었다. 샤오쥐는 살아생전 아버지의 모습을 떠올리려 애썼지만 역부족이었다. 얼마 전에 사진으로 본 모습마저 간신히 윤곽만 떠오를 뿐이었다. 한때 아버지는 그녀의 마음속에 실재했고 아버지와 함께한 마지막 기억 속엔 어머니도 있었다. 하지만 이제 희미한 그림자가 되어 눈살을 살짝 찌푸리거나 가벼운 한숨만 내쉬어도 순식간에 연기처럼 사라졌다.

돌아오는 길에 젊은이는 제일 먼저 이맘을 모스크에 내려주고 묘공에게 수고비를 치른 뒤 돌려보냈다. 마지막으로 쑤쓰화와 샤오쥐를 한 식당으로 데려가 밥을 샀다. 냉정을 되찾은 쑤쓰화가 젊은이에게 물었다.

"그쪽 아버지가 왜 우리 오빠를 죽였대요? 시체에 돌절구까지 매달아 우물에 던지다니 인간의 탈을 쓰고 어떻게 그럴 수가 있죠?"

젓가락을 쥔 채 고개를 떨궜던 젊은이가 한참 후에 입을 열었다.

"급소를 찔러 고인을 죽게 한 사람은 저희 아버지가 맞아요. 하지만 사건의 발단은 양더창楊德昌이라는 자였어요. 아주머니 오빠가 티베트로 가서 돌아오지 않자 저희 아버지는 사업 파트너를 잃었고 하는 수 없이 양더창과 손을 잡았어요. 그러던 어느 날 양더창이 저희 아버지를 불러냈어요. 아주머니 오빠에게 그만 돌아오라고 설득하러 가는 길인데 같이 가자고요. 하지만 설득은 통하지 않았고 말다툼은 몸싸움으로 번졌대요."

젊은이가 고개를 들어 쑤쓰화를 보며 말을 이었다.

"아주머니도 아시다시피 당시 티베트를 오가며 장사하던 사람들은 다 칼을 가지고 다녔잖아요. 양더창이 오빠를 몇 차례 찔렀는데 힘이 센 오빠가 칼을 빼앗아 반대로 그를 마구 찔렀대요. 그러자 저희 아버지가 다급해져서 당신 칼을 빼들고 오빠를 몇 차례 찔렀는데 결국 급소에 칼이 박힌 거예요. 그 자리에서 돌아가시는 바람에 병원에 갈 틈도 없었대요."

어쩌나 끔찍한 이야기인지! 순간 공기 중에서 뭔가가 부서지면서 중생들 사이에 반짝이던 자비의 빛이 사라지는 듯했다. 이제 남은 거라곤 들어갈 땐 흰색이던 칼이 나올 땐 살육으로 시뻘게진 것뿐이었다. 샤오쥐는 가슴이 축축해졌고 난생처음으로 공포를 느꼈다. 쑤쓰화는 젊은이의 얼굴을 뚫어져라 쳐다봤다. 한참 동안 말이 없던 그녀가 와르르 무너지더니 줄줄 흐르는 눈물과 콧물을 수습하지도 않고 이를 바득바득 갈았다.

"어쩐지……. 어쩐지 아버지의 옛집을 팔라고 날 그렇게 부추기더라니. 그래서 집을 사겠다는 사람을 그렇게 열심히 찾아준 거였어."

젊은이가 잠시 생각을 정리한 뒤 입을 열었다.

"아버지는 제게 많은 이야기를 들려주셨어요. 그동안 그 이야기들을 짊어지고 가라앉는 배처럼 사신 거예요. 배 밑바닥이 썩어가는데 누구한테 털어놓을 수도 털어놓지 않을 수도 없으셨겠죠."

얼마 지나지 않아 젊은이는 차를 몰고 떠났다. 쑤쓰화와 샤오쥐는 터미널 근처에서 여관을 찾은 뒤 각자 지쳐 자리에 누웠다. 제대로 치지 않은 커튼 한구석으로 달빛이 쏟아져 베갯머리로 흘렀다. 샤오쥐는 젊은이의 말을 곱씹어봤는데 아무래도 이 비극을 만든 진짜 주인공은 양더창이고 리다는 어쩌다 휩쓸린 것 같았다.

"양더창이 누구예요?"

쑤쓰화는 이미 깊이 잠들었는지 아무 대답도 하지 않았다.

이튿날 동이 틀 무렵 샤오쥐와 쑤쓰화는 마주 보고 앉았다. 샤오쥐는 옷을 갖춰 입고 베자루도 가로질러 메고 있었다. 반면 쑤쓰화는 이제 막 잠에서 깬 모습이었다. 머리 위에 얹은 모자는 비뚜름했고 두 눈은 통통 부어 있었으며 눈가엔 주름이 자글자글하고 검은 귀밑머리 사이엔 백발이 듬성듬성 섞여 있었다. 두 사람은 각자 저마다의 시름에 잠긴 듯 유난히 말이 없었다. 아침 해가 떠오르자 창밖 버스 정류장에서 차 소리와 인파 소리가 끊임없이 들려왔다.

샤오쥐가 말했다.

"그만 돌아갈래요."

"돌아간다고? 어디로? 절로?"

"네."

"꼭 가야 하는 거니?"

"신경 쓰이세요?"

쑤쓰화는 한동안 아무 말도 하지 않다가 샤오줴를 꼭 끌어안고 낮게 흐느꼈다. 그리고 쓸쓸하고 지친 모습으로 말했다.

"누가 누굴 묶어둘 수 있겠니. 돌아가고 싶으면 그렇게 해."

두 사람은 밖으로 나가 함께 아침을 먹었다. 고원의 짙푸른 하늘에 작은 구름이 쓸쓸하게 떠 있었다. 쑤쓰화는 샤오줴가 길 건너편으로 떠나는 모습을 지켜봤고 샤오줴는 뒤를 돌아 손을 흔들었다. 물리적 거리도 멀어진 데다 믿음까지 다른 두 사람에게 그것은 영원한 이별일 터였다.

샤오줴는 왔던 길을 따라 절로 돌아갔다. 라오쥐마는 이미 입적해 화장된 상태였다. 그녀의 정원과 방엔 먼지가 가득했고 살림살이도 많이 비어 있었다. 샤오줴는 한 번 죽었다가 육도윤회六道輪廻* 하여 다른 무언가로 다시 태어난 기분이었다. 휑한 훠캉 위에 샤오줴에게 남겨진 작은 상자 하나가 놓여 있었다. 뚜껑을 열어보니 제일 위에 어린 샤오줴가 절에 들어오던 날 입고 있던 옷이 놓여 있었다. 양가죽과 대추색 새틴으로 만든 티베트 두루마기였다. 빨간 바탕에 구름 문양이 새겨져 있었고 소매와 옷깃은 짙은 금색이었다. 샤오줴는 그 옷을 한참 바라보다가 고개를 숙이고 고모네 집에서 입고 온 옷을 내려다보았다. 이윽고 옷을 벗은 뒤 진홍색 승복

---

* 중생이 죽고 나면 생전의 행보에 따라 지옥도, 아귀도, 축생도, 수라도, 인간도, 천상도의 여섯 갈래 길에서 다시 태어난다고 믿는 불교 사상.

으로 갈아입고 입고 온 옷을 상자에 넣었다. 그리고 상자를 정원으로 옮기고 성냥을 그어 전부 태워버렸다. 걷어낼 수 없는 연무가 지난 일들처럼 오르락내리락하며 맴돌았다. 가까운 듯 멀고 친근한 듯 소원한 그것이 마치 무수한 사람 그림자처럼 피어올라 샤오쥐의 눈앞에서 끊임없이 흔들거렸다. 자기모순의 고통 같은 것이 샤오쥐의 마음속에서 들풀처럼 거칠고 끈질기게 자라나기 시작했다. 알고 보니 진정한 괴로움은 이제 시작이었다. 이에 비하면 그동안 겪었던 기나긴 여정과 지난했던 수색 과정은 이 고통을 깨우기 위한 재채기에 불과했다.

젊은 비구니들은 입전을 위해 매일 아침 일찍 일어나 뽕나무를 태우고* 경을 외웠다. 하지만 샤오쥐는 줄곧 밖을 맴돌았고 예전 컨디션을 되찾지 못했다. 알 수 없는 거리감이 느껴졌다.

샤오쥐에게 사원은 전과 다름없이 익숙했다. 하지만 사원은 샤오쥐에게 일말의 관심도 흥미도 없는 듯 눈길도 주지 않았다. 비밀스럽게 무언가를 내주는 일도 없었고 그 무의미한 관계를 유지하지도 차단하지도 않았다. 샤오쥐는 이상했다. 잠시 절 밖으로 나갔다 들어왔을 뿐인데 왜 이렇게 강한 거리감이 생긴 걸까?

고원은 봄이 늦게 와서 5월 말에서 6월 초가 되어야 들판에 푸른 기운이 돌기 시작한다. 하지만 고도가 더 높은 그 절은 아직도 흰 눈으로 뒤덮여 있었다. 대선원大禪院의 활불活佛이 찾아와 입전 의식을 주관했다. 수많은 쑤유등이 온 불당을 밝혔고 셀 수 없이 많은 향이 온 절을 휘감았다. 비구니들은 불좌 앞에서 오른손을 내밀고

---

* 마음을 정화하고 신께 제물을 바친다는 의미의 티베트 불교 의식.

왼손으로 정수 필터*를 쥔 채 잡념을 걸렀다. 불좌에 정좌한 활불이 비구니의 오른 손바닥을 잡고 물었다.

"수계受戒하겠습니까?"

"예."

활불이 다시 서른여섯 항목의 계율을 하나씩 물었고 비구니들이 각 질문에 대답했다. 문답이 끝나자 활불은 비구니들에게 '오늘부터 그대들은 수계한 자'라고 선포했다. 수계한 비구니는 무릎을 꿇고 세 번 절했고 활불은 그녀들의 머리를 쓰다듬었다. 비구니들은 그렇게 정식으로 입전했다. 샤오쥐는 불좌 앞에 나서는 대신 불당 밖 멀리 서 있었다. 마음이 멋대로 흔들리는 작은 쑤유등 같아서 거센 바람에 꺼질세라 두 손으로 잘 감싸줘야 했다. 하지만 불길이 계속해서 이리저리 흔들리는 탓에 손바닥이 뜨거워 고통스러웠다.

샤오쥐가 선사에게 달려가 물었다.

"왜죠? 제게 혜근慧根**이 있다고 하셨잖아요. 그런데 왜 이러는 거죠?"

선사는 염주를 굴리던 손을 멈추고 대답했다.

"넌 예전엔 두려움도 분노도 없는 사람 같았다. 그건 수행자가 수많은 낮과 밤을 고행하여 끝내 가닿기를 바라는 이상적인 상태지. 넌 수행하지 않고도 그 상태에 이르렀었다. 그런데 지금은 어

---

* 불교의 일부 종파에서는 살생하지 않는다는 교리를 지키기 위해 물을 필터에 걸러 마신다. 이들 승려에게 정수 필터는 필수 물품 중 하나다. 잡념을 거르고 마음을 청정하게 한다는 의미도 있다.

** 진리를 깨닫게 하는 지혜의 힘.

떠하냐?"

지금 샤오쥐는 사원이 바깥세상과 똑같다고 생각했다. 똑같이 화려하고 똑같이 허무하며 똑같이 잔혹했다. 자신의 그림자가 불당 안과 쑤유등 앞에서 그녀 자체로부터 뜯겨나간 기분이 들었고 자신이 찢어져 이상한 형상이 된 것 같았다. 그런 자신이 싫고 경멸스러웠다. 그래서 덩달아 아버지를 증오하고 경멸했다. 아버지를 찾아나선 것을 몹시 후회했고 그로 인해 자주 불면증에 시달리며 괴로워했다. 낮에는 예전과 마찬가지로 다른 비구니들과 공부하고 절에서 열리는 크고 작은 행사에 참여했다.

그러나 말로 표현할 수 없는 일련의 경험은 이미 몸 안에서 흐르기 시작해 도저히 제거할 수 없는 들풀처럼 끝없이 자라났다. 꿈만 꿨다 하면 인적 없는 광야, 동분서주하는 자동차, 영원히 위로 오를 수 없는 어둡고 좁은 계단, 미친 듯이 자라나는 머리카락, 어두운 여관 객실, 숨 막히는 외양간, 잘라낼 수 없는 와이어로프, 천지를 뒤덮은 박쥐, 백골이 된 시신, 시커먼 들풀에 뒤덮인 무덤, 끝이 보이지 않는 깊은 우물, 차갑고 독한 기운을 뿜어내는 우물물 따위가 보였다. 그 벗어날 수 없는 시달림과 악몽 같은 환각은 때로 샤오쥐를 광기로 몰아넣었다. 자신이 누군지 잊어버린 채 눈밭에 벌렁 파묻히고 나면 아주 오랜 시간이 흐른 뒤에야 간신히 정신이 들었다. 그러면 유난히 머리가 맑아져 자신이 누구이고 어떤 관계를 맺고 있는지 알 수 있었다. 샤오쥐는 청정심의 느낌을 꽤 오래 경험하지 못했다. 경당에서 공부할 때도 시간 낭비라는 생각이 들어 방황하기 시작했다. 이 공부가 끝나면 무엇을 할 수 있단 말인가? 타인을 구제한다고? 지금 자기 자신조차 구제하지 못하고 있는데?

예전에 배웠던 것도 전부 무용지물 같았다. 이미 혼란에 빠진 샤오쥐는 자기 자신조차 설득하지 못했다.

  깊은 밤이 되자 방 안은 적막했고 바깥 처마 끝에 걸린 작은 구리 방울이 바람에 흔들리면서 가끔 소리를 들여보냈다. 샤오쥐는 악몽을 꿀까봐 두려워 잠들지 못했다. 베개에 엎드린 채 손등을 매만지고 손가락과 손가락 끝, 손톱 그리고 손목에 울퉁불퉁 나온 푸른 핏줄을 쓰다듬었다. 이윽고 자리에서 일어나 불을 켜고 베자루에 담긴 이금 불상을 꺼냈다. 자루를 더듬는데 책 한 권이 만져졌다. 꺼내보니 쑤쓰화에게 받았던 『진경화원』이었다. 까맣게 잊고 있었는데 여기까지 짊어지고 왔을 줄이야. 샤오쥐는 습관처럼 책장을 훌훌 넘겼다. 그런데 책갈피 사이에 붉은 격자 원고지 한 장이 끼워져 있었다. 두 겹으로 접힌 원고지는 책보다 더 누렇게 바래 있었다. 펼쳐보니 깔끔하고 섬세한 해서체가 원고지 한 장을 가득 채우고 있었다.

6

"아! 나는 서쪽에서 왔노라.* 신의 창조에 감사하며! 처음 사원에 기거했을 때 남북 사도들의 사랑이 헤아릴 수 없도록 깊었다. 계속해서 도시 서쪽에 이슬람 골목을 세웠는데 수십 가문의 깊은 정을 잊을 수 없다. 우리 핏줄들은 지극한 가르침을 행한다. 도道가 궁극에 이르고자 하는 것 역시 그 말씀이도다. 애정을 가질 만한 것은 푸른 산과 맑은 물이요, 흠모할 만한 것은 소박한 바람이다. 사람들은 나를 두고 오묘한 것을 꿰뚫는 경지에 이르렀다고 하지만 어찌 내가 감히 그러하겠는가. 나는 담담함과 평온함을 생각하며 그것을 원할 따름이다. 많은 은혜를 입었으나 조금도 갚지 못했다. 커다란 아량으로 이해를 바라지만 보잘것없는 이 마음은 부끄러움을 느낀다. 좋은 밤에 그것을 생각하니 덕으로 갚을 방법은 없

---

* 중국 이슬람교의 창시자인 기정일祁靜一(1656~1719) 대사의 산문시 구절.

기에 다시금 생각하여 말로써 그것을 갚으려 하노니. 선조들이 말씀하시길 '용서하라, 그리하면 자손들의 복이 늘어날 것이다. 양보하라, 그리하면 좁은 길도 쉽게 지나갈 수 있을 것이다. 말 한마디를 참으라, 그리하면 분란이 일지 않을 것이다. 한 번의 분노를 가라앉히라, 그리하면 건강한 마음을 기를 수 있다'고 하였다. 이는 참으로 좋은 말이니 좋은 것은 기억해야 한다. 예의에 어긋나는 일을 당했을 때 누군가 얼굴에 침을 뱉어도 이를 닦아내지 않고 절로 마르길 기다리며 인내하는 자가 현명한 자다. 부당한 대우를 받더라도 조용히 인내하는 자가 귀한 자다. 행복과 수명은 모두 운명에 달린 것일진대 어찌 우열을 다툰단 말인가. 얻고 잃는 것은 모두 하늘에 달렸으니 시비를 따질 필요가 없다. 세 치 혀를 놀리지 마라. 일곱 척의 몸뚱이가 어려움에 빠질 따름이니. 작디작은 굴뚝새가 숲에서 둥지를 놓고 다투어도 나뭇가지 하나 놓고 쉬려는 것일 뿐 많은 것을 차지하지는 않는다. 두더지가 강물을 놓고 다투어도 배를 채우면 그만일 뿐 그 이상을 원하지는 않는다. 오가는 것은 환상에 불과하고 아무리 걸어봐야 결국은 공허함뿐이다. 소년의 검은 머리가 얼마 나기도 전에 흰머리로 뒤덮이는 것을 보지 않았던가. 축하객이 오자마자 조문객이 뒤따르는 것을 보지 않았던가. 이를 생각하면 무상할 따름이다. 나는 이제 쇠약해졌고 말의 기운도 점차 흐트러지고 있다. 나는 천성이 게으르고 언행도 몹시 불경스럽다. 게다가 좁고 험한 길을 지나는 몸뚱이가 조금이라도 기우뚱하면 금방 무너질까 두렵다. 몸뚱이는 망망대해에 뜬 일엽편주 같아서 작은 파도만 일어도 반드시 가라앉는다. 많은 형제에게 간곡히 부탁하노니 부디 공적인 업무는 기준을 높여 처리하라. 사적인 말은 수많은 분란을 남길 것이다. 입을 열면 정신이 흐트러지니 스스로 경계해야 한다. 혀를 놀리면 시비가 생긴다. 이것이 나의 좌우명이라."

　서명도 없고 낙관도 찍혀 있지 않았으며 날짜도 적혀 있지 않았다. 누가 한 말인지조차 알 수 없는 내용이 헌책 속에 끼워져 있었는데 꼭 오래된 편지 한 통이 샤오쥐에게 배달된 것 같았다. 샤오쥐는 훠캉 가장자리에 걸터앉아 원고지를 두 번이나 자세히 읽었다. 그 역시 수행자였다. 출가도 입속도 하지 않고 절에서 참선하고 있는 샤오쥐와 비슷하기도 하고 다르기도 했다. 샤오쥐는 고개를 들어 머리 위 대들보를 바라보았다. 그리고 자신이 불경을 외고 참선하는 데 이미 권태를 느끼고 있음을 깨달았다. 자신이 생각하는 것들은 공허했고 아무 목적도 없었다. 도저히 갈피를 잡을 수 없었다. 멍하니 앉아 있던 샤오쥐는 다시 그 원고지를 들어 꼼꼼히 읽었다. 슬슬 유익하다는 생각이 들었다. 이 내용을 따라 걸으면 어떤 세상이 펼쳐질까?

　위한이 샤오쥐를 찾아왔을 땐 이미 입동이었다. 밖은 몹시 추웠고 수척한 달빛 한 줄기가 구름 속에서 보일락 말락 하고 있었다. 그의 입술엔 피딱지가 앉아 있었고 얼굴도 몹시 피곤해 보였다. 그는 쑤쓰화가 세상을 떠났다면서 가족들 심부름으로 샤오쥐를 장례식장에 데려가기 위해 왔다고 했다. 잠시 얼떨떨했던 샤오쥐의 눈에서 눈물이 멈추지 않고 흘렀다. 두 사람은 그날 밤 즉시 출발했다. 하늘이 희끄무레한 청회색을 띤 가운데 세상 만물은 평온함에 잠겨 있었다. 시커먼 자동차 한 대만이 추운 겨울날 들판의 백조처럼 겹겹이 층을 이룬 산맥들의 거대한 그림자를 따라 차갑게 전진

했다.

대문은 활짝 열려 있었다. 원한이 안으로 들어서자마자 큰 목소리로 외쳤다.

"데려왔어."

정원에 빽빽이 들어선 이들이 진홍색 승복 차림으로 들어오는 사람을 일제히 바라보았다. 샤오쥐는 걷는 속도를 늦추고 상방 쪽 여성 조문객들 사이에 가서 섰다. 처마 아래에 밍한이 깊은 눈빛을 하고 있었다. 그의 눈가엔 짙은 그림자가 져 있었고 눈엔 핏줄이 서 있었다. 그는 샤오쥐 쪽을 여러 차례 바라봤는데 그 눈빛 속엔 말로 설명할 수 없는 복잡한 심경이 담겨 있었다. 샤오쥐는 사방을 둘러봤지만 밍후이도 위안메이도 보이지 않았다. 상방 안쪽에 푸른색 베일을 쓴 원산이 보였는데 눈물범벅이 된 상태였다. 샤오쥐는 가까이 다가가 그녀의 어깨를 가볍게 두드렸다. 그리고 원산에게 옷 몇 벌을 빌려 승복을 갈아입고 원산을 따라 머리에 베일을 뒤집어썼다.

샤오쥐가 도착한 후 줄곧 닫혀 있던 당옥 문이 열렸다. 안에서 밍후이가 나오더니 이제 망인을 만날 수 있다고 했다. 경직된 시신이 들것에 실려 나왔다. 시신의 얼굴만 노출된 상태였는데 머리엔 붕대가 감겨 있고 혈흔이 묻어 있었다. 귀밑머리 부위는 형체가 모호했고 눈엔 시퍼런 멍이 들어 있었다. 마치 놀다 다친 아이가 제대로 씻지 않은 것처럼 깨지고 망가져 있었다. 그러나 천진난만한 얼굴로 잠들어 있었다. 그런 쑤쓰화를 보자 샤오쥐의 전신에 한 줄기 바람 같은 고통이 스며드는 것 같았다. 온몸이 덜덜 떨렸다. 샤오쥐가 옆 사람에게 조용히 물었다.

"어떻게 된 거예요?"

하지만 사람들의 표정은 뭔가를 숨기는 듯했다. 깨끗이 씻기고 잘 감싸진 시신이 밖으로 옮겨지자 남자들이 앞뒤로 따라 나갔다. 여자들은 집 안에 남아 울부짖었는데 고인보다 더 안쓰러워 보였다. 샤오쥐가 위안메이에게 다가가 작은 소리로 물었다.

"무슨 일 있었어요? 고모 얼굴과 머리에 왜 피가 묻어 있어요?"

위안메이가 처량하게 울며 소리 낮춰 대답했다.

"새로 산 아파트에 가서 창문을 닦다가 발을 헛디뎌 추락하셨어."

그 후 일주일 내내 눈이 내렸다. 광풍이 눈송이를 휘감아 하늘에서 흩뿌려 대지를 순식간에 하얗게 뒤덮었다. 밍후이가 샤오쥐에게 절에서 잘 지내고 있냐며 떠보듯 물었다. 샤오쥐가 아무 대답도 하지 않자 다시 물었다.

"절에 돌아가지 말고 여기 남는 건 어때?"

샤오쥐는 고개를 돌려 창밖을 바라보았다. 흰 눈에 아득해진 정원이 벽으로 둘러싸여 있었는데 오히려 벼랑 끝에 선 기분이었다. 심연 가까이에 있는 그 벼랑으로 뛰어내리면 자신도 중생들도 청정할 터였다. 그러나 뛰어내리지 않을 거라면 물러서는 수밖에 없었다.

샤오쥐는 고개를 끄덕여 남겠다는 의사를 밝혔다. 밍후이는 뛸 듯이 기뻐했고 샤오쥐와 밍한의 혼사를 준비하기 시작했다. 샤오쥐는 자신이 결혼을 원하는 건지 분명히 알 수 없어 밍한의 얼굴을 바라보았다. 밍한의 목젖이 위아래로 한 차례 흔들렸다. 그가 말했다.

"어머니 초칠일도 이제 막 지났는데 좀 천천히 하는 건 어때요."
밍후이가 대답했다.
"뭘 뭉그적거려. 원래 세상에 완벽한 일은 없어. 서둘러야지."
　신혼집 문엔 희喜자 한 쌍이, 창문엔 두 쌍이 붙었다. 방 안엔 명주 망사가 둘렸고 침대보와 이불은 온통 빨간색으로 뒤덮였다. 아무리 결혼식 분위기를 내기 위해서라지만 빨간 양초를 녹인 물에 담갔다 꺼낸 것 같아서 눈이 부실 정도였다. 원래 턱선이 날렵한 밍한이 슈트를 입고 구두까지 갖춰 신으니 한층 더 훤칠해 보였다. 밍후이가 그 모습을 보고 쑤쓰화가 그랬던 것처럼 '우리 밍한이 참 괜찮다'며 호들갑을 떨었다.
　신랑은 새 옷만 걸치면 준비가 끝난 셈이었기에 밍한은 당옥에서 하객을 맞이했다. 하지만 신부는 달랐다. 오랜 전통이 고집하는 정교하고 섬세한 삶의 냄새나 온화한 분위기는 모두 신부로 인해 돋보이는 법이다. 머리와 화장을 전문으로 하는 노인이 불려와 샤오쥐 곁에서 바삐 손을 놀렸다. 샤오쥐의 머리가 너무 짧아서 화관을 씌우려면 머리를 더 꼼꼼히 매만져야 했다. 불빛이 비치자 샤오쥐의 얼굴은 거의 은백색으로 빛났다. 얇은 외꺼풀은 쌍꺼풀로 변해 있었는데 한눈에 봐도 아직 손대지 않은 외꺼풀이 더 예뻐 보였기에 쌍꺼풀을 지워내고 다시 손을 봤다. 그리고 복숭앗빛 아이섀도를 칠하고 빨간 립스틱을 바른 뒤 까만 아이브로로 눈썹을 한 올 한 올 그렸다. 샤오쥐는 거울 속 자신을 비춰보고 절에서 모시던 붉은 타라보살을 떠올렸다. 붉은 노을빛을 배경으로 연꽃 속에 앉아 선정에 잠긴 타라보살은 탐욕도 집착도 없는 모습이었다.
　노인은 이곳이 강남 사람의 핏줄을 이어받은 고성古城이기 때문에 신부의 머리에 얹은 화관도 강남 친화이허秦淮河 부근에서 조달했다고 했다. 머리에 층층이 쌓인 꽃송이들이 햇빛 아래에서 저마다 아름다움을 뽐냈고 샤오쥐는 그 꽃들 아래에서 눈을 내리뜨고 있었다. 그녀는 허리가 잘록하게 들어간 새빨간 치파오를 입고 있었다. 가슴에 달린 커다란 은 장신구는 흰빛을 반짝거렸고 여기저기 잔뜩 달린 방울들은 샤오쥐가 걸을 때마다 케케묵은 기쁨과 막연한 환희를 품은 채 끝없이 딸랑거렸다. 그 소리는 회색빛 겨울의 차디찬 공기를 부가해 듣는 사람을 부르르 떨게 했다.

신부 측 들러리와 신랑 측 들러리는 각각 밍후이와 위안메이였다. 두 사람은 샤오쥐의 양쪽에서 팔짱을 꼈다. 샤오쥐는 하이힐을 신어 키가 더 커져 있었다. 머리에 쓴 붉은 면사포는 턱까지 내려와 고개를 숙여도 움직이는 발끝이 겨우 보일 뿐이었다. 주례를 맡은 이맘이 눈처럼 하얀 챙 없는 모자를 쓰고 붉은 천이 깔린 탁자 앞에 서서 목소리를 가다듬었다. 그리고 엄숙한 표정으로 혼인서약서를 낭독하기 시작했다. 낭독을 마친 후에는 모둠 과일 쟁반에서 가장 실한 호두 두 개를 골라 신혼부부의 손에 쥐여주고 쟁반째 들어올려 남은 과일을 앞에 있는 증인들에게 한 줌씩 뿌렸다.

관례에 따라 그들의 혼인은 성립되었다.

대학에 합격한 원한은 등교를 위해 집을 떠났고 평소엔 샤오쥐와 밍한, 원산 셋이서 지냈다. 밍후이와 위안메이가 종종 찾아왔다. 두 사람은 샤오쥐가 명품 신발을 신은 채 진흙을 밟는 꼴을 보고 웃음을 터뜨렸다. 그리고 일상생활 하는 법을 가르치기 시작했다. 그들은 매일 집 안 구석구석을 청소해야 하는데 늘 전심전력을 다해야 하며 그건 요리할 때도 마찬가지라고 했다. 찻잔이나 밥

그릇을 나를 때는 그릇 가장자리에 손대지 말아야 하며 쟁반을 사용하라고 했다. 사람들과 인사하는 법, 음식 먹는 법, 옷을 입고 꾸미는 법과 히잡 쓰는 법, 기도하는 법, 예배드리는 법뿐 아니라 예배할 때 어떻게 무릎 꿇고 어떻게 허리를 숙여야 하는지, 손님 접대는 어떻게 하는지 등 더 구체적인 것도 가르쳐주었다. 두 사람이 말했다.

"우리 집안사람들은 단정하게 살아. 그러니 이런 것들을 특히 신경 써야 하고 자기만의 품위를 갖춰야 해."

샤오줘는 하나하나 제대로 배웠다. 이 또한 수행이라고 여기니 받아들이지 못할 이유가 없었다. 그러나 '단정하게 산다'는 말을 듣는 순간 기분이 싹 가시고 말았다. 쑤쓰화의 장례식장에서 누군가 목소리를 낮춰 그들의 단정함에 관해 떠드는 소리를 들었기 때문이다.

"단정한 집안 사람답게 평생 아름답고 착하게 살았는데 어떻게 마지막엔 저렇게 피범벅이 됐담?"

샤오줘는 매일 자연스럽고 건강한 모습이었는데 새로운 시작을 잘 받아들인 것처럼 보였다.

밤이 되자 달빛이 고목 그림자를 흰 벽에 비추었고 바람이 불어 나무 그림자가 벽 위에서 이리저리 흔들렸다. 밍한은 일이 바빠 귀가가 늦었다. 샤오줘가 방에서 혼자 그 창문을 보는 순간 우물가의 백골이 떠올랐다. 백골은 물을 뚝뚝 흘리며 몇 번이나 꿈에 나타났고 샤오줘의 마음에 떨쳐낼 수 없는 그림자를 드리웠다. 커튼을 치는데 이번엔 누군가 문 두드리는 소리가 들렸다. 꼭 날카로운 흉기가 마음을 휙 베는 것 같았다. 샤오줘는 소스라치게 놀라 감히 숨을 쉴 수도 없었다. 문 쪽으로 한참이나 귀를 기울였지만 아무 낌새도 보이지 않았다. 혹시 귀가한 밍한이 열쇠가 없는 건 아닌가 싶어 옷을 걸치고 밖으로 나간 뒤 처마 등을 켜고 처마 밑에 서서 자세히 귀를 기울였지만 마른 나뭇가지를 스치는 바람 소리밖에 들리지 않았다.

그런데 원산의 창문 앞을 지날 때 낮게 흐느끼는 소리가 들렸다. 샤오쥐는 노크하고 안으로 들어갔다. 커튼이 꼼꼼하게 쳐진 탓에 방 안은 칠흑같이 어두웠다. 샤오쥐가 불을 키고 물었다.

"원산, 왜 그래? 왜 그렇게 우니?"

원산은 아예 목 놓아 울기 시작했다. 샤오쥐가 원산의 등을 토닥이며 말했다.

"무슨 속상한 일 있었어? 언니한테 말해봐."

한참을 울던 원산이 갑자기 눈물을 훔치더니 목멘 소리로 말했다.

"우리 엄마 실수로 창문에서 떨어진 거 아니야. 스스로 뛰어내리셨어. 내가 두 눈으로 똑똑히 봤어. 하지만 그 누구를 붙잡고 이야기해도 아무도 믿지 않았어. 나더러 헛소리하지 말래. 외삼촌을 보내고 돌아온 날부터 엄만 제정신이 아니었어."

샤오쥐는 원산의 얼굴에 남은 눈물 자국을 멍하니 바라보았다. 정신이 혼미했다. 그렇게 긴 시간이 흘렀다. 원산은 여전히 끅끅거리며 울음소리를 억누르고 있었다. 샤오쥐는 이내 마음을 다잡고 원산을 다독여 잠을 재웠다.

달빛은 차디찼고 정원은 쥐 죽은 듯 고요했다. 샤오쥐는 아직도 귓가에 원산의 울음소리가 맴도는 것 같았다. 뭔가 바스락거리며 떨리는 것 같아 주위를 둘러봤지만 역시 아무것도 없었다. 그녀는 다시 처마 밑에 서서 쑤쓰화의 방을 바라보았다. 면으로 된 문발에 덧댄 자수 비단이 바람에 휘날리고 있었는데 그게 종잇장처럼 얇았다. 한참을 바라보던 샤오쥐는 쑤쓰화와 마지막으로 헤어지던 광경을 떠올렸다. 마음이 시리고 무겁게 가라앉더니 눈물이 주르륵 흘러내렸다.

밤바람에 서 있었던 탓인지 샤오쥐는 감기에 걸렸다. 두통에 구역질까지 나서 식탁에 앉아 밥을 뜨는 둥 마는 둥 하다가 이내 밖으로 뛰쳐나가 전부 게워냈다. 그러자 밍후이가 말했다.

"임신한 거 아냐?"

위안메이가 대꾸했다.

"결혼한 지 한 달도 안 됐는데? 임신이라도 벌써 입덧할 리가 없지."

밍후이가 밍한에게 물었다.

"너희 혼인증명서 아직 발급 안 받았지? 시간 내서 처리하고 와. 아이가 생긴 뒤에 한꺼번에 처리하려면 복잡할 거야."

위안메이가 말했다.

"아예 오늘 가서 발급 받아."

밍한이 말했다.

"내일 할게. 샤오쥐부터 호적에 올려야 해서 어차피 오늘은 안 될 거야."

밍후이가 위안메이에게 물었다.

"우리 등본 어디 있지? 엄마 서랍에 있나?"

위안메이가 대답했다.

"내가 이따가 찾아볼게."

겨울이라 해가 짧았다. 태양이 자취를 감추었을 때 밍후이의 남편이 찾아와 밍후이를 데려갔다. 위안메이도 아이 손을 잡고 함께 집을 나섰다. 그녀는 문을 나서기 전에 밍한을 찾아가 미리 찾아두었던 등본을 건넸다.

새벽에 욕실 문이 열렸다. 샤오쥐는 고개를 돌리지 않아도 밍한이 김이 모락모락 나는 욕실에서 수건을 두르고 나오는 모습을 상상할 수 있었다. 샤오쥐가 훠캉 위에 무릎을 꿇고 앉아 이불을 개는데 밍한이 말했다.

"서랍장 위에 등본이 있어. 가방에 잘 넣어둬. 아침 먹고 혼인 신고 하러 가자."

금방이라도 부스러질 만큼 낡은 등본이었다. 샤오쥐가 등본으로 손을 뻗는 순간 '양더창'이라는 세 글자가 눈에 들어왔다. 등본을 집어 들여다보니 호주명이 양더창으로 되어 있었다. 순간 샤오쥐의 심장이 덜컹 내려앉았다.

"양더창이 누구예요?"

"우리 아버지. 돌아가신 뒤에 호적은 말소됐는데 등본을 새로 뗀 적은 없어. 꼭 가죽옷처럼 낡았지?"

"아버님 성함이 양더창이라고요?"

"응. '더창 약재상'이라는 상호도 아버지 성함에서 따온 거야."

밍한은 샤오쥐에게 등을 진 채 옷을 입으며 아버지 이야기를 했다. 그는 그야말로 집안을 일으킨 인물이었다. 본인의 약재상을 운영해 큰돈을 벌었으며 그 후에는 엄청난 부동산까지 축적한 자수성가의 표본이었다.

샤오쥐는 머릿속이 하얘져서 멍하니 밍한의 등만 바라보았다. 그의 등은 가마에서 막 꺼낸 도자기처럼 매끈했다. 긴 척추뼈는 붉은 초를 갖다 붙인 것 같았는데 안에서 밖으로 타오르며 붉은 촛농을 주룩주룩 흘리고 있는 듯했다. 그것이 마치 피처럼 작열하며 샤오줴의 눈을 시리게 했다. 한참을 멍하니 있던 샤오줴가 입을 열었다.

"우리 아버지는 양더창과 리다에게 살해됐어요."

"뭐라고?"

"두 사람이 우리 아버지를 죽이고 시신을 우물에 던져넣었어요."

밍한은 눈살을 찌푸린 채 정신을 가다듬고 나서 샤오줴의 눈을 똑바로 바라보며 물었다.

"무슨 소리야?"

샤오줴가 밍한에게 물었다.

"아무것도 모르는 거예요?"

밍한이 고개를 가로저었다.

"어머니가 돌아오신 후 외삼촌이 몇 년 전 티베트에서 돌아가셨다고 했어. 사람을 보내 유골을 가져다 선산에 묻으셨다고."

샤오줴는 밍한에게 자초지종을 설명했다. 밍한은 기가 막혔는지 한참이 지나서야 겨우 입을 열었다.

"그게 말이 돼?"

샤오줴는 마치 꿈을 꾸고 있는 사람처럼 말없이 밍한을 바라보다가 한참 후에 말했다.

"가야겠어요."

"가다니? 어딜?"

"우리가 함께 살면 제가 어떻게 돌아가신 아버지를 뵙겠어요?

우물 아래 매달린 아버지의 백골을 두 눈으로 직접 봤는데요."

"그래서 떠나겠다고?"

샤오쥐는 아무 말도 하지 않았다. 가슴이 점점 미어졌다. 밍한이 샤오쥐를 보며 말했다.

"떠난다는 소리를 이렇게 쉽게 하다니. 네가 원래 그 어디에도 발붙이지 않는 수행자라는 사실을 깜빡할 뻔했다. 그래 넌 다 놓아 버릴 수 있겠지. 하지만 나는 어떡하라고……."

밍한이 말을 잇지 못하고 헛웃음을 짓더니 눈을 치켜떴다. 그의 눈에 눈물이 그렁그렁했다. 그리고 이내 바닥에 쪼그려 앉아 억울한 아이처럼 울기 시작했다.

샤오쥐는 밍한의 입에서 나온 '수행자'라는 소리에 어색함을 느꼈다. 하지만 자신은 본디 수행자였다. 그녀는 훠캉에서 내려와 짐을 싸기 시작했다.

"삶엔 사랑과 책임이라는 게 있어. 그것만 있으면 됐지 나머지를 굳이 따져야 하니?"

밍한의 목소리는 생각보다 애절했다. 샤오쥐는 흠칫 놀라 고개를 돌려 그를 바라보았다. 하지만 차마 볼 수가 없었다. 순간 인생의 여덟 가지 고통이 떠올랐다. 샤오쥐는 생로병사生老病死와 애별리원愛別離怨을 겪었다. 또 오랫동안 바랐으나 끝내 얻지 못했고 그렇다고 내려놓을 수도 없는 고통도 경험했다. 그 모든 것이 고통이었다. 어찌나 고통스러운지 심장이 오그라들다가 멈춰버리는 것 같았다.

밍한은 엄지손가락으로 눈 밑의 눈물을 훔치다가 내친김에 얼굴의 눈물까지 닦아냈다. 그리고 혼자 훠캉 가장자리에 걸터앉아 이

내 마음을 가라앉히고 오랫동안 침묵했다. 샤오춰는 방 안을 둘러보았다. 딱히 챙길 것도 없었다. 몇 차례 이리저리 오가며 몸에 둘러맸던 베자루를 풀어 물건을 넣었다가 다시 어깨에 메기를 반복했다. 그리고 옷장을 열어 코트를 꺼냈다. 그때 결혼식 때 이맘에게 받은 호두가 주머니에서 굴러떨어져 바닥 위에서 몇 번 튕기더니 두 개로 쪼개졌다. 샤오춰는 허리를 굽혀 호두를 주우려다가 그냥 내버려두었다. 밍한이 물었다.

"꼭 가야겠니?"

샤오춰가 코트 단추를 채우며 말했다.

"가야겠어요."

밍한이 자리에서 일어나 입술을 달싹거렸다.

"아니다. 됐다……."

이미 기력이 다 빠진 목소리였다. 그 목소리를 들은 샤오춰는 예상했던 것보다 더 마음이 아팠다. 사실 그에겐 아무 죄도 없었다. 그러나 조금만 더 깊이 파고들어 결과만 놓고 얘기하자면 피는 위에서 아래로 흘러 이어지므로 무고한 사람은 아무도 없었다. 샤오춰는 문을 열고 밖으로 나왔다. 밍한은 창밖에서 들어오는 희미한 달빛을 받으며 조용히 서 있었다. 샤오춰는 고개를 돌려 그를 바라보았다. 쓸쓸한 방 안에 그 회색 그림자 하나만 보일 뿐이었다. 그 그림자는 꿈쩍도 하지 않고 벽에 아로새겨져 있었다. 마치 환상처럼.

*

또다시 추운 겨울이었다. 하늘은 잿빛이었고 대지는 흰 눈으로 뒤덮여 있었다. 세상은 여전히 흑백 이미지 속 구도처럼 참혹했다. 샤오쥐가 저 멀리에서부터 혼자 걸어오고 있었다. 그녀의 맞은편에 사원이 보였는데 담벼락부터 처마까지 오랜 풍파를 겪은 모습이었다. 조금 더 앞으로 걸어가자 비구니들의 진홍색 승복이 나타나더니 눈밭 위에서 오르락내리락하기 시작했다. 무한한 속세가 눈밭으로 뻗어 나오는 것 같았고 그 속세에서 벗어나기란 불가능해 보였다. 샤오쥐는 코트 깃 안으로 고개를 움츠렸다. 그리고 더는 앞으로 나가지 않았다. 이 세상을 사는 동안 과연 그 누가 속세에서 완전히 벗어나 먼지 한 톨 묻히지 않고 살 수 있을까? 얽히고 설킨 인연을 내려놓으면 마음이 평온해지고 마음이 평온해지면 속세의 인연을 벗어날 수 있다. 마음에 아무 근심이 없으면 어디서든 초탈의 경지에 이를 수 있고 자유와 여유를 얻을 수 있다. 떠돌이 수행자들의 전설도 아마 그렇게 탄생한 것이리라. 하지만 그 누가 분명하게 말할 수 있겠는가?

2020년 7월 1일 뤼탄臨潭에서 마침

설산의 사랑

1

창문은 라브랑 사원의 전당을 정면으로 마주하고 있었다. 바람 때문인지 사람 때문인지 전당 구석에 걸린 구리종이 줄곧 흔들리며 소리를 냈다. 그 소리는 마치 맑은 수면 위에 떨어뜨린 칭량유淸凉油*가 차갑게 가라앉다가 금방 떠올라 푸른 기름 막을 형성하는 것 같았다. 그는 우울한 모습으로 창문 앞 의자에 조용히 오랫동안 앉아 있었다. 먼 산줄기 사이로 설산 꼭대기가 설핏 모습을 드러냈다. 적막 속 그 은은함은 아직 녹지 않은 주변의 하얀 눈과는 완전히 딴판이었다.

그는 린탄현臨潭縣 마馬씨 집안 막내아들이었다. 린탄에서 명성이 자자한 마씨 집안은 샤허夏河에서 티베트 골동품 가게를 운영하고 있었다. 그러다 큰 화재가 발생해 전부 타버렸는데 불행히도 점원

---

* 박하, 계피, 정향 등으로 만든 냉각 오일.

으로 일하던 티베트인 청년 자시紫西가 그 안에서 목숨을 잃었다.

조정 끝에 양측은 목숨값으로 합의를 보았다. 하지만 린탄 쪽은 화재로 인한 손실이 막대해 그 비싼 보상금을 당장 내놓을 길이 없었다. 샤허 측에서는 린탄 측 소유의 사허 골동품 창고 전체를 저당 잡으면 그만이라고 했지만 린탄 측은 당연히 마뜩잖았다. 창고가 저당 잡히면 화마가 집어삼킨 사업을 다시 일으킬 기회를 영영 붙잡을 수 없을 터였다. 아버지는 침울한 표정으로 온 가족과 논의하다가 문득 한 사람을 힐끗 쳐다보았다. 바로 막내아들 마전馬貞이었다. 마전은 아직 업계에 발을 들이지 않은 상태였고 이제 막 유학을 마치고 돌아와 집안의 보살핌 속에서 여유롭게 지내는 도련님이었다. 아버지는 무릎을 '탁' 치고 창고지기로 마전을 보내자고 결정했다. 심지어 샤허 사람들 집에서 그들과 함께 지내며 창고를 지켜야 했다. 샤허 쪽에서는 그 소식을 듣자마자 마전이 인질이라는 사실을 눈치채고 즉각 동의했다. 린탄 쪽에서 보상금을 오롯이 치르는 날 인질을 풀어주면 될 일이었다.

샤허에 들어서자마자 산골짜기에 눈발이 날리기 시작하더니 얼마 지나지 않아 무미건조하던 사방의 잿빛이 흰 눈으로 뒤덮였다. 마전은 운전 중인 마젠馬堅을 상대하고 싶지 않아 고개를 돌리고 창밖을 내다보았다. 차 안은 갑갑했고 창밖의 멀고 가까운 풍경은 덧없이 스쳐 지나갔다. 보고 있자니 눈에 닿는 광경이 그의 심경과 비슷했다. 그저 끝없이 하얗고 조용하기만 했다.

마전의 큰형 마젠은 픽업트럭으로 그를 데려다주었다. 샤허에 도착한 후 그는 한 찻집의 창가 자리에 마전과 오후 내내 앉아 있었다. 눈 오는 날이라 사람이 거의 없었다. 맞은편은 지난번 화재로 전소되고 잿더미가 된 가게였다. 남은 거라곤 벽돌담의 골조뿐이었는데 창틀에 세웠던 방범용 철근들이 하나같이 검게 그을린 채 눈바람 속에서 엉성하게 뻗어 있었다.

마젠은 가세가 얼마나 기울었는지 직접 보여주려는 듯했다. 두 눈으로 똑똑히 확인한 마전 역시 고개를 들고 한숨을 내쉬었다. 그의 눈시울이 살짝 붉어져 있었다. 마젠이 차 한 모금을 마시고 말했다.

"지금 네가 할 일은 집안에 돈이 돌아 보상금을 지불할 수 있을 때까지 그 집에서 조용히 지내는 거야."

마전은 원래 말수가 적었는데 이렇게 완벽하게 수동적일 수밖에 없는 상황에 부딪히자 더더욱 할 말이 없었다. 그저 연거푸 고개를 끄덕이며 "응" 하고 대답하는 수밖에.

창고는 자시의 집 안에 있었다. 가게에서 걸어서 10분 거리였다. 마젠은 차에서 요와 이불을 꺼내 옆구리에 끼고 마전과 나란히 걸으며 말했다.

"자시는 어릴 때 부모를 여의었어. 지금 그 집엔 자시의 할머니와 여동생 융춰雍措, 이렇게 여자 둘뿐이니 네 안전은 걱정 없지."

눈은 잠시 소강상태였다. 텅 빈 거리는 쥐 죽은 듯 고요했지만 바람은 사나웠다. 멀지 않은 라브랑 사원이 마치 눈 오는 날 황량한 고원에 발이 묶인 호화 선박 같았다. 그 위로 다양한 색깔의 깃발들이 요란하게 펄럭이고 있었는데 마전으로서는 찾아보기 어려운 광경이었다.

즐비한 집들 사이로 난 골목을 지나 자시의 집에 도착했다. 대문은 열려 있었다. 널찍한 정원에서 융춰가 탕카唐卡를 펼치고 그 위에 시선을 고정한 채 조용히 그림을 그리고 있었다. 칠흑 같은 머리칼이 바람에 가볍게 흩날렸다. 얼굴 피부가 얇아 찬바람이 스며든 곳에 자연스레 소녀의 홍조가 피어올랐다. 마젠의 시선이 제일 먼저 향한 곳은 탕카의 안료들이었다. 팔레트 위에 금, 은, 진주, 마노, 산호, 터키석, 공작석, 주사 같은 전통 광물과 사프란, 대황, 남전 등의 식물 가루가 가득했다. 전부 천연 재료였다. 마젠은 세밀화를 배울 때도 이런 천연 안료를 사용했기에 그것들을 알아볼 수 있었다. 그의 시선이 다시 눈밭의 융춰를 향했다. 그녀는 일자로 떨어지는 실루엣에 옷깃은 마름모꼴인 자주색 비단 파오즈를 입고 그 위에 파란 허리띠를 두르고 있었다. 길게 땋은 머리는 허리까지 닿았다. 그녀의 뒤편으로 웅장한 라브랑 사원이 펼쳐져서인지 마치 폭설 뒤에 뜬금없이 나타난 환상 또는 환각처럼 보였다.

그곳 사정에 익숙한 마젠이 정원 입구에 들어서자마자 큰 소리로 물었다.

"융춰, 그림 그리는구나. 할머니는 안 계셔?"

융춰는 붓을 멈추고 고개를 돌려 두 사람을 바라보았다. 동그랗고 예쁜 눈에 하얀 눈이 반사되어 맑고 투명해 보였다. 마젠은 융춰를 향해 고개를 살짝 끄덕이고 예의 바른 미소를 지었지만 융춰는 냉담했다. 마젠이 그녀의 비위를 맞추려는 듯 헤벌쭉 웃으며 말했다.

"여긴 내 동생이야. 이 녀석도 너처럼 그림 그리는 걸 좋아해. 라브랑 사원에 탕카 그리러 갈 때 데려가서 견문 좀 넓혀줘."

융춰는 들은 체도 하지 않고 두 사람을 지나 방으로 들어갔다. 이윽고 희끗희끗한 머리를 부스스하게 땋아 내린 한 할머니가 구부정한 자세로 방에서 걸어 나왔다. 품이 넉넉한 티베트식 스웨이드 파오즈를 걸치고 있었는데 가장자리마다 뒤집혀 올라온 흰 양털은 이미 누렇게 바랜 지 오래였다. 마젠이 티베트어로 인사를 건넸다.

"할머니, 안녕하셨어요?"

그러나 할머니는 한 글자도 알아듣지 못하겠다는 듯 뚱한 표정만 지을 뿐이었다.

마젠은 살짝 당황했으나 계속해서 공손하게 말을 이었다.

"할머니, 보세요. 제 동생이에요. 우리 아버지 막내아들이고요. 이 녀석이 이곳 창고를 지킬 거예요."

"저기서 지내라고 해요."

할머니가 손을 뻗어 티베트식 가옥의 가장 아래층을 가리켰다. 창고 앞에 나무와 돌멩이를 겹겹이 쌓아 만든 작은 이방耳房*이었다. 문과 창문이 낮아 가뜩이나 그늘지고 썰렁한데 전기마저 들어오지 않아 꼭 어두컴컴한 동굴 같았다. 먼지가 자욱하고 곳곳에 거미줄이 쳐져 있었으며 소똥과 쑤유가 발효하는 것 같은 쿰쿰한 냄새가 코를 찔렀다. 마전은 기가 막혔다. 그의 심경을 알아챈 마젠이 미안하다는 듯 말했다.

"조금만 버텨. 최대한 빨리 데리러 올게. 매달 생활비를 부칠 테니까 든든히 먹고 골병들지 않게 조심해라. 필요한 물건이 있으면 직접 사서 쓰고."

마젠이 입을 열 때마다 흰 김이 뿜어져 나왔다. 정말이지 몹시

---

* 정방이나 상방 양쪽에 귀처럼 딸린 작은 방.

추웠다.

맞은편 창문 벽엔 흙으로 만든 훠캉이 있었다. 그 위에 누렇게 마른 짚이 잔뜩 깔린 것으로 보아 누군가 전에 여기서 지낸 것이 틀림없었다. 창가엔 밋밋하고 누런 편백 수납장과 낡은 의자 두 개가 놓여 있었다. 마젠은 훠캉 위로 올라가 이불을 깔았다. 하지만 도저히 안 되겠다 싶어 밖으로 나가 돗자리 한 장과 흰 초 한 봉지를 사다가 편백 수납장 위에 올려놓았다. 계속 몸을 움직여도 좀처럼 추위가 가시지 않자 어깨를 잔뜩 웅크리고 손을 비비며 말했다.

"여긴 겨울만 되면 거의 매일 눈이 와. 아무래도 난로를 피워야겠다."

그는 다시 마젠을 데리고 밖으로 나갔다. 트럭을 몰고 난로와 석탄, 장작 가게를 수소문해 필요한 것들을 산 뒤 대들보에 철사 반 토막을 묶고 연통을 매달아 창문 밖으로 연결했다. 그리고 붉은 흙을 개어 난로 안에 발랐다. 하룻밤만 말리고 나면 난로를 피울 수 있을 터였다. 추운 날씨 탓에 도처에 얼음이 얼었다. 진흙을 이길 때 쓴 찬물은 마젠이 할머니에게 얻어 온 것이었다. 할머니는 물도 주기 싫은 모양이었다. 마젠은 문 앞에서 여러 번 소리쳐야 했다. 주변 이웃들이 다 들었을 즈음 문발 틈으로 두 손이 불쑥 나오더니 찬물 대야를 문 앞에 '탁' 내려놓았다. 수면이 흔들리고 물이 튀었다. 난로를 다 바르고 나자 물이 얼마 남지 않았다. 마젠은 손가락 사이에 낀 붉은 흙을 꼼꼼히 씻어내면서 말했다.

"필요한 게 한둘이 아니네. 지내면서 천천히 마련하도록 해. 집안 형편이 쪼들리긴 하지만 여기서 지내는 동안은 돈 걱정 하지 말고 그냥 써."

마전은 휘캉 가장자리에 걸터앉은 채 막 꿈에서 깬 사람처럼 마젠을 바라보았다. 그 역시 장사꾼이라 이성적으로는 수입과 지출을 계산할 수 있었다. 그러나 이곳저곳을 전전하다 거지로 전락한 기분을 떨칠 수 없었다. 여유롭고 부귀하던 시절에 허투루 보낸 수많은 시간이 되돌아와 그의 뺨을 호되게 후려갈기는 듯했다.

2

 마첸은 아무래도 마음이 놓이지 않아 다시 소매를 걷고 곳곳을 손보았다. 망치질하고 바닥을 쓸고 벽면을 긁어내고 나니 어느덧 해가 져 있었다. 그는 더 늦지 않기 위해 저녁도 거른 채 차를 몰고 떠났다. 창유리는 낡은 데다 먼지도 두껍게 쌓였지만 라브랑 사원의 전당과 먼 산비탈을 볼 수는 있었다. 마전은 창문 앞으로 의자를 옮긴 다음 오래도록 앉아 있었다. 지붕창으로 한 칸씩 들어오던 희미한 햇빛이 점차 어두워지더니 아무것도 보이지 않을 만큼 캄캄해졌을 때에야 밖으로 나가 식당을 찾은 뒤 저녁을 먹었다. 돌아오는 길엔 잡화점에 들러 당장 필요한 세면도구를 구입했다. 간 김에 과일도 두세 근 샀다. 할머니와 손녀에게 일종의 상견례 선물로 건넬 참이었다. 문발 뒤의 문은 닫혀 있었다. 마전이 가볍게 몇 번 노크한 다음 살짝 밀자 문이 열렸다. 방 안 불빛은 따뜻했다. 할머니는 안쪽에 모피를 댄 긴 파오즈를 걸치고 카펫 위에 앉아 있었다. 벽에 몸을 기대고 눈꺼풀을 늘어뜨린 채 염주를 돌리고 있었는데 마전이 들어오는 것을 보고 두 눈을 살짝 크게 떴다. 하지만 주름진 눈을 차갑게 뜬 채 쳐다보기만 할 뿐 아무 말도 하지 않았다. 심리적 압박을 느낀 마전은 문가에 멈춰선 채 쭈뼛대며 입을 열었다.

"할머니, 융춰. 안녕하세요, 저는 마전이라고 합니다."

융춰는 놋쇠로 다리를 감싼 철제 화로 앞에 앉아 푸루氆氇*를 만들다가 고개를 들어 마전과 할머니를 번갈아 쳐다본 뒤 고개를 숙이고는 계속해서 바느질을 했다. 화롯불이 비친 그녀의 얼굴은 벌꿀색이었고 고원 사람들 특유의 붉은 뺨은 마치 강남 해안가에 활짝 핀 복숭아 꽃잎 같았다.

방 천장에는 넝쿨무늬가 그려져 있었고 가구와 장식품들은 예스러웠다. 사방 벽엔 가장자리에 구슬을 박아넣고 꽃무늬로 장식한 탕카가 걸려 있었는데 전부 신神의 초상이었다. 기뻐하는 상像, 기쁨과 분노가 뒤섞인 상, 노기 띤 상, 대로大怒한 상들이 결가부좌를 하거나 웅크려 앉거나 서 있었다. 희로애락을 매혹적으로 표현한 그 탕카들이 작은 방을 가득 메워 가뜩이나 좁은 방을 더 비좁게 했다. 마전은 어쩔 줄 모르고 문 앞에 멍하니 선 채 장대한 그림자를 드리웠다. 조금 전 문을 밀고 들어올 때 고개를 살짝 숙이지 않았다면 문틀에 머리를 부딪혔을 터였다. 안으로 들어온 후에도 대들보가 낮은 탓에 조심스레 머리를 숙이고 있어야 했다. 그는 골격이 큰 사람이었다. 큰 뼈대가 온몸을 힘 있게 떠받들어 건장한 남성미를 물씬 풍겼다. 그는 융춰를 바라보았다. 그리고 그녀가 한 땀씩 빠르

---

* 티베트인들이 손으로 짜는 모직물로 의복, 예복, 침구 등을 만드는 데 쓴다.

게 박아가는 바늘땀을 응시하며 유창한 티베트어로 말했다.

"죄송합니다. 우리 가게가 안전에 소홀했어요. 두 분이 가족을 잃은 것은 우리 잘못입니다. 하지만 걱정 마세요. 우리는 최선을 다해 이 일을 마무리할 겁니다."

그리고 자신이 이곳에 머무는 바람에 두 사람의 생활을 방해하게 되어 미안하다고 덧붙였다. 윤곽이 뚜렷하고 마른 그의 얼굴은 여느 회족의 생김새와 다르지 않았다. 눈동자는 갈색에 가까웠고 말할 때마다 눈누덩이가 푹 꺼져 눈썹뼈 아래로 드리워진 그림자에 눈이 가려졌다. 속눈썹을 깜빡이면 솜털 같은 그림자가 얼굴 절반을 덮었다. 코는 우뚝 솟았고 콧날 양쪽으로 길고 깊은 주름이 잡혀 있었다. 한족漢族의 관상학에 따르면 이는 법령문法令紋*으로 고통을 감내한 흔적을 뜻한다.

마전의 머리칼은 전등 아래에서도 갈색을 띠었다. 그가 발산하는 갈색빛과 벽에 걸린 화려한 색감의 탕카가 의외로 조화를 이루었다. 말을 걸었으나 돌아오는 대답이 없어 난처해하는 탕카 속 그림 같기도 했다. 그렇게 엉거주춤하게 서 있자니 가느다란 실 같은 난감함이 소리 없이 그의 피부와 머리카락, 손가락에서 가닥가닥 뿜어져 나와 신들의 초상과 함께 온 집안을 휘젓는 것 같았다. 그는 할머니를 바라보며 억지로 미소 지었다. 그리고 사방을 두리번거리다가 손에 든 과일 봉지를 가까운 수납장 위에 올려놓고 밖으로 나와 문을 닫았다. 그는 그 상황을 충분히 이해할 수 있었다. 집안의 유일한 사내가 자기 집 골동품 가게에서 불타 죽었다. 그 어

---

* 팔자주름.

떤 집안이 이런 일을 당하고도 쉽게 받아들일 수 있겠는가.

창밖에서 밤바람이 끊임없이 불어와 방문을 흔들었다. 마전은 삐걱거리는 소리에 잠을 이루지 못하고 자리에서 일어나 촛불을 켰다. 촛불이 마구 흔들리며 방 구석구석에 깊고 어두운 그림자를 드리웠다. 깊은 꿈속에서 본 술 취한 귀신들이 형체를 감춘 채 그의 평정심을 흐트러뜨리는 것 같았다. 그는 참지 못하고 단숨에 촛불을 불어 껐다. 그러자 심지 타는 냄새가 그의 콧구멍으로 훅 빨려들어왔다. 더더욱 견딜 수 없어진 그는 밖으로 나간 뒤 큰길로 들어섰다. 떠도는 혼령처럼 칠흑같이 어둡고 황량한 거리를 걷고 쉬고 하다가 모스크 하나를 발견했다. 그날 이후 그는 매일 아침 동이 트기도 전에 서둘러 일어나 그곳에서 아침 예배를 드렸다. 먼 길을 오가다보면 한기가 스며 온몸이 움츠러들었지만 같은 그룹을 찾고 나니 물 한 방울이 강에 스민 것처럼 마음이 편안해졌다.

그는 무슬림 가정 출신이었다. 그의 예의나 교양은 얄팍한 인사치레에 불과한 것이 아니라 역지사지를 바탕으로 한 배려와 이해를 품고 있었다. 이번 시련은 그의 감성지수뿐 아니라 선량함도 시험하고 있었다. 자시는 그의 집 가게에서 불타 죽었다. 그는 이곳에서 지내는 동안에는 자신을 자시 대신이라고 생각했고 매일 식당에서 밥을 먹고 돌아오는 길에 잡화점에 들러 할머니와 손녀에게 줄 신선한 과일을 샀다. 그리고 직접 방문을 열고 들어가 가까운 수납장에 올려놓고 두 사람에게 인사를 건넨 뒤 어색하나마 몇 마디 대화를 시도했다. 융취는 늘 화로 앞에서 일손을 멈추지 않았다. 고개도 들지 않고 대꾸도 하지 않았으며 무관심으로 일관했다. 할머니 역시 따뜻한 곳에 비스듬히 기대앉은 채 염주만 굴렸다. 그녀 곁엔 양가죽으로 만든 티베트 파오즈가 견고한 반석처럼 쌓여 꿈쩍도 하지 않을 것 같았다.

　얼마 지나지 않아 라마단이 시작되었다. 마전은 야간 예배에 참여하고 모스크에서 단체로 이프타르*를 먹었다. 이러한 참여와 집단적 경험은 사원을 가득 메운 아이들에겐 일종의 잔치이자 즐거움에 불과했으나 마전처럼 타향살이하는 성인에겐 든든한 믿음과 힘, 우정을 느끼게 했으므로 더더욱 감사하는 마음이 일었다. 그날 밤, 그는 평소보다 한 시간은 더 늦게 돌아왔다. 하늘에 수많은 별이 반짝이는 가운데 골목은 텅 비어 사람 그림자도 보이지 않았다. 그런데 정원 대문과 거기에 딸린 작은 문까지 전부 안에서 잠겨 있었다. 꽤 오래 문을 두드렸지만 안에 있는 사람들은 이미 잠든 모양이었다. 어찌 해야 할지 몰라 망설이는데 발소리가 들렸다. 두꺼운 파오즈를 걸친 융춰가 말없이 작은 문을 열더니 문짝 옆에 서서 그가 들어오길 기다렸다. 이윽고 할머니도 지팡이를 짚고 방에서 나와 처마 밑의 불을 켠 뒤 융춰에게 무슨 일이냐고 물었다. 융춰는 대꾸도 하지 않고 다시 문을 닫은 뒤 문고리에 자물쇠를 걸었다.

　대문은 처마와 마주 보고 있었고 네모난 붉은 벽돌을 깐 작은 길이 대문에서 처마 계단 아래까지 곧게 뻗어 있었다. 어두운 밤, 등불에 비친 붉고 매끄러운 그 길은 마치 팽팽하게 당겨져 곧게 뻗은 파오즈의 허리띠가 되어 할머니와 융춰를 양쪽에 비끄러맨 것 같았다. 할머니의 시선이 그 띠를 따라 융춰에게 닿았다.

---

* 라마단 기간에는 태양이 떠 있는 동안 금식하고 태양이 지면 가족이나 친구들끼리 모여 푸짐한 만찬을 먹는데, 이를 이프타르라고 한다.

"저녁에 문을 걸어 잠갔어? 문고리에 자물쇠를 건 거야?"

할머니가 의아한 듯 물었다.

"우리 집이 여관도 아닌데 왜 안 잠가요?"

융춰가 이맛살을 찌푸리며 띠를 따라 할머니에게 시선을 던졌다. 약간의 분노도 함께 전해졌다.

할머니는 긴 한숨을 내쉬고 융춰에게 내일 사람을 불러 마전이 드나드는 작은 문의 열쇠 구멍을 고치라고 일렀다.

라마단은 까다롭고 거대한 과정이자 일상의 나태함을 떨치고 너더분한 모든 것을 극복해야 하는 고통스러운 전쟁이다. 마전은 한참이나 말없이 버티고 서 있다가 계단 위로 걸어 올라가 처마 밑에 서 있는 할머니에게 말했다.

"할머니, 라마단이 시작됐어요. 전 매일 밤 열 시나 돼야 돌아올 겁니다. 괜찮다면 제가 사람을 불러 열쇠 구멍을 고치고 열쇠를 하나 더 복사할게요. 두 분이 문을 잠그고 일찍 주무셔도 제가 밖에서 직접 열고 들어올 수 있으니 폐를 끼치는 일이 없을 거예요."

할머니는 가타부타 말이 없었다. 이튿날 이른 아침, 문밖에 자욱한 안개가 흩어지기도 전에 마전은 수리공을 불러다 열쇠 구멍을 고쳤다. 태양이 노랗게 밝자 각 집 지붕마다 밥 짓는 연기가 모락모락 피어올랐다. 그런데 융춰 또래로 보이는 웬 젊은 남자가 정원에서 장작을 패고 있었다. 녹색 군용 스니커즈를 신은 그의 체격은 무척 다부졌다. 굵은 장작도 도끼질 한 번이면 반으로 쩍 갈라졌다. 얼마 지나지 않아 쪼개진 장작이 한 무더기나 쌓였다. 융춰는 그를 탕난唐南이라고 불렀다. 그가 장작을 패며 융춰에게 물었다.

"내일 친구들이랑 산에 말 타러 갈 건데 같이 갈래?"

융춰가 고개를 저었다.

"아니. 시간 없어."

남자가 말했다.

"안 가면 앞으로 장작 안 패준다."

"우리가 하면 돼."

"너랑 할머니가? 퍽이나. 차라리 여기 사는 그 린탄 사람한테 패 달라고 해라."

남자는 허리를 펴고 마전의 방을 보며 말을 이었다.

"얼굴도 허여멀겋던데 팰 수 있으려나."

"내가 팰 거야."

융춰의 얼굴에 무기력한 슬픔이 서렸다. 그녀는 패놓은 장작을 안아 올려 장작더미에 쌓았다.

마전은 창문 앞에 서서 두 사람을 한참이나 바라봤지만 그 남자와 이 집안의 관계를 알아낼 수 없었다. 친척일까? 아니면 이웃이려나? 여자 둘만 남은 집에서는 장작 패는 일도 남의 손을 빌려야 하는구나.

라마단 기간에 길거리 할랄 식당들은 밤샘 영업을 시작했다. 마전은 새벽 세 시에 그곳에 가서 마지막 식사를 하고 종일 단식하며 마음을 비웠다. 생리적 허기가 몰려와 매일 그를 밖으로 떠밀었고 그는 아무 데나 쏘다녔다. 사각형과 마름모를 주요 구도로 하는 티베트 건축물의 빨강, 검정, 하양, 노랑 등의 강렬한 색채보다 더 뇌리에 남는 것은 바로 코로 맡는 냄새였다. 겨울날 마른풀 냄새, 강변 냄새, 사람들의 머리카락과 가죽옷에서 풍기는 독특한 냄새, 그리고 쓰레기통 냄새까지. 문을 나서던 그는 자신이 사온 과일이 봉지째 문 앞에 놓인 플라스틱 쓰레기통 속에 버려진 것을 봤다. 손도 대지 않고 원래 포장된 상태 그대로였다. 한참을 서서 바라보노라니 문득 울적해졌다. 그 울적함은 마치 옷깃으로 들어간 눈송이가 목을 타고 죽 미끄러져 내려가는 것처럼 차디차서 몸서리가 쳐졌다.

하지만 까슬까슬한 수염이 뺨까지 뒤덮인 모스크의 젊은 이맘이 대전 한가운데 서서 라마단 기간에는 자제하고 인내하며 용서해야 한다고 연설했다. 알라는 사랑에서 비롯되며 그분께서 진정으로 사랑하는 선지자를 보내 사랑으로 인류애를 가르치고자 하는 것 역시 오직 사랑으로 말미암은 것이라고 했다. 그 말을 들은 마전은 따지지 않기로 하고 자신이 죽은 자시의 대역이라는 생각을 더 확고히 한 뒤 계속 과일을 사 날랐다.

20세기 1990년대 중반이었지만 황량한 고원지대에는 아직 전화가 보편화되지 않았다. 마전은 한 달이 지나서야 수표를 바꾸러 우체국에 갔다가 겸사겸사 공중전화 부스에서 집으로 전화를 걸었다. 전화를 받은 아버지는 아무 때고 전화를 걸어 널 찾아도 자시의 할머니는 늘 네가 집에 없다고 하던데 어찌 된 영문이냐고 물었다.

마전은 고개를 숙이고 잠자코 있다가 요즘 거의 모스크에 가 있어서 그렇다고 대답했다. 날이 춥고 어두운 탓에 거리는 고요했다. 홀로 쓸쓸히 돌아가던 마전은 점점 머릿속이 복잡해졌다. 두 사람은 자신과 말을 섞기 싫어서 일부러 없다고 둘러댄 것 같았다. 하지만 왜일까? 전화로는 아버지와 대화하면서 정작 여기 있는 자신과는 왜 말을 하지 않으려는 걸까? 왜 날이 갈수록 자신을 공기 또는 없는 사람 취급하는 걸까? 자신에게 무슨 편견을 가지고 있는 걸까? 아니면 정말 인질로 여기는 걸까?

그때 저 멀리 융춰가 보였다. 물이 가득 찬 커다란 나무 물통 두 개를 짊어진 채 집 쪽으로 걸어가다 잠시 내려놓다 쉬다 하고 있었다. 마전은 걸음을 재촉해 가까이 다가갔다.

"제가 들어드릴게요."

융춰는 말없이 멜대를 어깨에 얹고 물통을 들어올려 앞으로 걸어갔다. 고집도 세고 겁도 없는 아가씨였다. 큰 통 두 개를 짊어지고 마전 앞을 비틀대며 걸어가면서도 한사코 멈추려 하지 않았다. 마전은 숨죽인 채 그녀의 뒤를 따랐다. 그런데 융춰가 제 다리에 걸려 물통과 함께 나동그라지고 말았다. 그 꼴은 볼썽사나웠고 바닥은 물로 흥건했으며 융춰의 얼굴은 허옇게 질렸다. 마전은 얼른 다가갔지만 허둥대느라 멜대를 잡아주거나 융춰를 부축해주지 못했다. 혼자·몸을 일으킨 융춰는 물통과 멜대를 그대로 버려둔 채 흠뻑 젖은 몸으로 집으로 돌아갔다. 마전이 물통과 멜대를 손에 쥐었을 때 융춰는 이미 자취를 감추었고 바닥엔 한 걸음 한 걸음 물자국만 남아 있었다.

마전이 문을 밀고 들어가보니 할머니가 어두운 표정으로 화로에 석탄을 넣고 있었다. 방 안은 몹시 조용했고 화롯불 소리만 지붕을 태워 무너뜨릴 듯 우르릉거리고 있었다. 마전은 물통과 멜대를 내려놓았다. 그의 눈이 네모난 손수건에 덮인 채 5단 서랍장 한 귀퉁이에 놓인 전화기를 찾아낸 순간 융춰가 계단에서 내려왔다. 맨발이었지만 옷은 이미 두꺼운 가죽 파오즈로 갈아입은 터였다. 긴 파오즈가 그녀의 발 위를 켜켜이 덮고 있었다. 땋은 머리는 아직 젖어 있었는데 까맣고 반들거리는 머리가 가슴까지 늘어져 가뜩이나 어두운 계단에 어둠을 더했다. 융춰는 마전을 힐끗 쳐다보았다. 아까 억지 부린 자신에게 화가 난 듯했다. 그리고 몸을 옆으로 돌려 할머니 뒤로 지나간 뒤 눈을 내리뜨고 화로 앞에 웅크린 채 불을 쬐었다.

마전은 밖으로 나온 뒤 아까 그 상황을 되새겼다. 하지만 온 땅을 적신 물밖에 생각나지 않았다. 얼떨떨하고 이상한 기분이 들었다. 주위에서 소리 소문 없이 큰일이 벌어지고 있는데 정작 자기만 모르는 것 같았다. 사방을 둘러봤지만 주위 사람들이며 저 멀리 떨어진 설산이며 눈에 보이는 모든 것은 고요하고 엄중하기만 했다. 냉담하고 엄숙하며 고요한 그것들은 평소와 다르지 않았다. 그런데 몇 걸음 걷다보니 공기 중에서 뭔가 다른 것이 요동치는 것 같았다. 타인에게 확 떠밀린 것 같기도 했고 바닥에 엎어진 물통에서 물이 세차게 튀어 오르는 것 같기도 했으며 빛에 노출된 상처가 스스로 긴 그림자를 드리우는 것 같기도 했다.

샤허는 큰길 하나와 산발적으로 난 갈림길 몇 개로 통한다. 큰길 끝에는 샤허라는 도시 자체보다 더 유명한 라브랑 사원이 있다. 황금색 지붕과 푸른 기와를 얹은 전당이 셀 수 없이 겹쳐 있었는데 진홍색 그림자가 그 사이를 오가면 꼭 거대한 환각 속 태평성세를 보는 것 같았다. 인간은 원래 환각의 유혹에 가장 쉽게 넘어간다. 특히 황량한 사막에 이르러 딱히 눈 둘 데 없는 사람일수록 그의 눈에 띈 신기루를 향해 달려들게 되어 있다.

마전은 이미 여러 차례 방문해서 그곳의 구조에 익숙했다. 이제 갈 때마다 곧장 공당보탑貢唐寶塔*으로 향했다. 공당보탑은 사원에

---

* 라브랑 사원 남서쪽에 위치한 탑으로 네팔에서 옮겨온 무량광불이 안치되어 있다.

설산의 사랑　117

서 가장 높은 곳이었다. 게다가 작은 길들이 모두 그곳을 거쳐 경당, 불전, 불탑뿐 아니라 승려들이 경전 수업 하는 곳까지 종횡으로 이어져 있어 사원 전체를 조망하기 좋은 장소였다. 사원의 흐름은 몹시 느렸다. 마전은 쟁반에 담긴 떡을 내려다보듯이 본인이 원하는 한 조각을 정확히 확인해 집어든 뒤 승려들의 느리고 고요한 발걸음에 맞추어 천천히 음미했다.

 탑을 한 바퀴 돌고 나니 쌀쌀한 공기 속에서 눈발이 흩날리기 시작했다. 그는 다시 밖으로 나갔다. 세찬 바람에 눈이 가파른 경사면을 그리며 휘날렸다. 수백 칸의 방만큼이나 긴 좐징장랑轉經長廊*이 그 경사면 속에서 눈바람을 따라 나부꼈다. 꼭 색색의 타르초**가 라브랑 사원의 허리춤을 길게 휘감은 것 같았다. 많은 사람이 눈 속에서 마니차를 돌리고 있었다. 거기엔 할머니도 있었다. 눈이며 어깨 모두 눈이었는데도 천천히 걸으며 모든 마니차를 돌렸다. 할머니는 매일 거기서 다른 사람들처럼 한두 시간을 들여 복도를 따라 차례로 마니차를 돌렸다.

 꼭 대설 속에서 펼쳐지는 연극처럼 사람들이 눈앞에서 조용하고 아득하게 움직이고 있었다. 마전은 조금 가까이 다가갔으나 그들과는 완전히 동떨어진 개체로 거기에 던져진 기분이었다. 그들에겐 모든 것이 자연스러웠다. 본인들의 행위가 비범하다거나 비정상적이라는 의식조차 하지 않는 듯했다. 마전은 그들을 이해하면서도 무의식중에 다음과 같은 질문이 떠올랐다. 저들과 '우리'의

---

* 특정 노선을 도는 티베트 불교식 기도 방식을 행할 수 있는 긴 복도.
** 불교 경전이나 문양을 새긴 오색 깃발을 산이나 나무, 기둥 사이에 묶어둔 것.

차이는 과연 뭘까? '우리'는 저런 사람들을 볼 때마다 대부분 "매일매일의 시간을 한사코 저런 데다 쓰다니 대체 왜 그러는 거야!"라는 말을 내뱉을 것이다. 설령 말을 내뱉지는 않더라도 속으론 그렇게 생각할 것이다.

　삶의 기질은 타고난 운명의 결과다. 그 신비한 운명이 서로 다른 사람들의 삶에 각기 다른 질서와 복종의 암호를 만들어내면 그들의 목표와 방향은 완전히 달라진다. 근원이 다른 두 개의 물줄기가 각자 굽이쳐 흐르면서 서로 다른 것을 갈망하고 추구하는 것과 같다. 대대로 기꺼이 전통을 계승하고 일궈온 토양에서 열매는 자연스레 익어 떨어진다. 생각이 많아진 마전은 문득 쓸쓸한 기분이 들었다. 고원에 내린 눈 속에는 눈보다 몇 배 더 무거운 무언가가 들어 있었다. 그 특별한 무게감이 그에게 부딪히면서 그의 머리를 어지럽혔다.

　그때 맞은편에서 한 아이가 달려오다가 제 앞자락에 발이 걸려 비틀대더니 마전의 발치에서 철퍼덕 넘어지고 말았다. 마전은 허리를 굽혀 아이를 일으켜 세운 뒤 아이 몸에 묻은 눈을 털어주려 했다. 그런데 머리가 헝클어진 한 여자가 뛰어오더니 그의 얼굴을 향해 침을 뱉었다. 다행히 마전이 한발 앞서 팔로 얼굴을 가린 덕에 침은 그의 소매에 묻었다가 찐득하게 땅으로 떨어졌다. 여자는 멈추지 않고 마전을 향해 달려들더니 그를 마구 쥐어뜯기 시작했다. 마전은 주위를 살폈지만 도움을 청할 곳이 없었다. 당황한 그가 팔꿈치로 머리를 감싼 채 연신 뒷걸음질 치는데 할머니가 다가오더니 성난 목소리로 여자를 제지하고 손에 든 지팡이로 여자를 막아섰다. 마전은 그제야 간신히 구출될 수 있었다.

모르는 사람에게 미움을 사다니. 마전은 무슨 상황인지 도무지 알 수 없었다. 할머니에게 물어보려 했지만 그녀의 어두운 표정을 보니 입이 떨어지지 않았다. 자신이 꼭 이곳에 유배된 부랑자 같다는 생각이 더 강해졌다. 몸뚱이가 완벽히 노출된 데다 의지할 곳이라곤 전혀 없으니 아무나 와서 짓밟을 수 있을 것 같았다. 갑자기 그의 심장이 빠르게 뛰기 시작했다. 땅에서 눈 한 움큼을 집어 소매에 묻은 침을 닦는데 마전의 몸이 살짝 떨렸다. 모든 감정이 눈물로 변해 용솟음쳤고 눈앞이 흐려졌다.

"하릴없이 매일 여긴 뭐 하러 와요?"

전에 없이 할머니가 먼저 말을 걸자 마전은 깜짝 놀라 얼른 두 눈을 치켜뜨고 눈물을 훔친 뒤 서둘러 대답했다.

"그냥 구경하려고요."

그리고 할머니 곁으로 다가가 그녀의 발걸음에 맞춰 천천히 걸었다. 얼마 지나지 않아 할머니가 걸음을 멈추고 숨을 골랐다.

"그 여자네 식구도 불에 타죽었거든."

"예?"

"아까 그쪽을 때린 여자 말이에요. 그 여자 남편도 우리 자시처럼 점원으로 일하다가 같이 불에 타죽었어요."

"전혀 몰랐어요. 집에서 얘기해준 적이 없어서요."

순간적으로 아무 반응도 하지 못했던 마전은 그렇게 대꾸하고 나서 다시 멍해졌다.

"그 여자 남편은 그쪽 가게 점원이 아니었어요. 다른 가게 사람이었지."

"불에 탄 상점 한 줄 전체가 다 우리 가게인 줄 알았어요."

"아니에요. 두 집 거였어요. 다른 하나는 비단 가게였죠. 사람이 그 안에서 타죽였으니 졸지에 남편 잃고 아비 잃은 처자식만 살기 어려워졌지."

"보상은 못 받은 겁니까?"

"못 받았어요."

"법원에 고소하면 될 텐데요."

할머니가 잠시 침묵했다가 말을 이었다.

"고소할 수 없죠. 남편 되는 사람이 혼자 전기난로를 안으로 옮겨서 물을 끓이다 불을 낸 거니까. 그 불이 비단 가게를 태우고 그쪽 집 가게로 옮겨붙은 거예요."

두 사람이 문을 열고 안으로 들어갔을 때 융춰가 철제 쓰레받기 속 쓰레기를 대문 옆에 놓인 큰 플라스틱 쓰레기통에 쏟고 있었다. 그리고 손에 든 비닐봉지도 던져넣었다. 그 봉지 안에는 마전이 사 온 과일이 들어 있었다.

그 광경을 본 할머니가 마전의 얼굴을 힐끗 쳐다본 뒤 거북한 듯 물었다.

"그 멀쩡한 걸 또 버리는 거냐?"

모든 책임을 융춰에게 떠넘기는 물음이었다. 융춰는 굳은 얼굴로 입을 꾹 다물었다.

"다음부터는 받기 싫거든 안에서 방문을 잠가야겠다. 아예 들어오지 못하게."

나이 탓인지 할머니의 말은 요지가 불분명했다.

융춰는 마침 분풀이할 데가 없었는데 잘됐다는 듯 말했다.

"문을 왜 잠그는데요? 안에 사람이 있는 줄 뻔히 알면서 밖에서 문을 걸어 잠그고 문틀과 창틀에 철근까지 덧씌웠으니 불이 나자마자 안에 있는 사람이 타죽은 거 아니에요!"

해가 아직 완전히 지기 전이었다. 금식 중인 마전은 버티기가 힘들었다. 눈앞의 모든 것이 어두웠다. 융춰의 얼굴도 어두웠고 흩날리는 눈송이도 어두워 보였다. 기분이 엉망이었다. 그는 자기 방 쪽으로 발걸음을 돌렸다. 발밑이 푹신푹신했는데 두껍게 쌓인 눈 때문인지 아니면 다리가 풀린 탓인지 알 수 없었다.

융춰가 할머니에게 물었다.

"어떻게 저 사람이랑 같이 돌아오세요?"

할머니가 대답했다.

"조금 전 사원 밖에서 양진央金이 저 애 얼굴에 침을 뱉을 뻔했어. 그걸로 모자라 때리려들기에 내가 말렸다."

"그러고 보니 양진을 본 지도 꽤 됐네요. 좀 괜찮던가요?"

"아니. 절망이라는 게 어디 그리 쉽게 사라진다던."

"할머니는 저 사람이랑 같이 돌아오셨으면서."

융춰가 다시 볼멘소리를 했다.

"우리 집에 묵고 있는 이상 저 애의 안전은 우리가 보장해야지."

"하지만 우리 약속했잖아요."

할머니가 헛기침으로 목을 가다듬고 대답했다.

"성실한 청년이 까닭 없이 상처 입는 꼴을 보고만 있을 수 있나."

"상처를 입어요? 진짜 상처 입은 사람은 우리거든요?"

융춰가 살짝 화를 냈다.

할머니는 잠시 입을 다물었다가 말했다.

"앞으로는 계속 모른 체하마."

융취는 대꾸하지 않았다.

큰 눈이 이젤을 뒤덮어 형체도 보이지 않게 되었다. 할머니가 계단을 오르며 융취에게 말했다.

"집에서 탕카 그리지 않을 거면 이젤을 잘 들여놔라. 밖에서 볕 쐬고 눈에 불면 못 써."

융취가 신경질적으로 대답했다.

"싫어요. 그림도 안 그릴 거예요. 부처님을 믿지 않는 사람이 매일 들락거리니까 짜증나서 그리기 싫어요."

할머니가 그 말을 듣고 웃다가 입술을 낮게 끌어내리며 말했다.

"세상에 부처 믿지 않는 사람이 수두룩한데 별 신경을 다 쓰는구나."

마전은 소리 없이 걸으며 자신이 이 집에 온 이후로 이젤과 화판이 늘 거기에 내팽개쳐져 있었다는 사실을 떠올렸다. 위치가 바뀐 적도 없고 융취가 마당에서 탕카 그리는 모습을 본 적도 없었다. 이제야 그 이유를 알게 되었다.

3

밤이 되자 하늘이 갰다. 하얀 달빛이 눈을 비추자 대지가 아래에서 위로 은백색 빛을 내뿜었다. 마전은 방으로 돌아와 화로에 석탄을 더 넣고 촛불을 켰다. 그리고 훠캉 가장자리에 책상다리를 하고 앉아 쿠란을 펼쳤다. 읽으면 읽을수록 마음이 고요해졌다. 라마단은 쿠란을 읽기에 가장 좋은 때다. 최초의 쿠란은 낫 놓고 기역자도 모르는 한 문맹이 이맘때쯤 받은 계시에서 비롯되있다. 그 성실한 문맹은 쿠란을 낙타 치는 무리와 약탈자, 흑인 노예에게 전파했다. 이는 쿠란이 스스로 기술한 것과 같이 소박한 언어로 기록된 분명한 가르침이라는 증거였다. 그 안에는 황금 가옥이나 천 섬의 곡식 같은 현세의 보상은 없지만 간단명료하고 감동적인 문구들은 읽는 사람으로 하여금 세상의 진면모와 인간의 도리를 깨닫게 했다. 그때 마당에서 무슨 소리가 들렸다. 마전은 사원에서 돌아올 때 깜빡하고 대문을 걸어 잠그지 않았다는 사실을 떠올리고는 밖을 내다보았다. 밖엔 융춰뿐이었다. 두꺼운 파오즈 차림의 융춰가 화판에 쌓인 눈을 손으로 털어내고 있었다. 한참을 쓸어낸 뒤 우울하고 쓸쓸한 모습으로 화판 앞을 서성거렸다. 밤새 그러고 있을 기세였다. 유리를 사이에 두고 멀찌감치 떨어져 밖을 내다보던 마전은 융춰의 눈에 띄고 말았다. 융춰는 마전을 힐끗 보고는 서둘러 방으로 돌아갔다.

마전은 이곳에 온 날부터 자신이 두려워하는 건지 갈망하는 건지 알 수 없었다. 어찌 됐든 그를 전율케 하는, 그도 어쩔 도리가 없는, 금기에 속하는 이 이끌림에 저항하려고 갖은 애를 쓰고 있었다. 하지만 저항하면 할수록 위험의 경계에 가까이 다가가는 기분이었다. 마전은 달빛을 빌려 화판 쪽으로 걸어갔다. 낡고 얇은 종이가 바람에 날리며 소리를 냈다. 그는 손가락으로 종이를 가볍게 쓰다듬었다. 밖에 오랫동안 방치되어 있던 종이는 여기저기 부풀고 뒤틀려 있었다. 그러나 안료 덕분에 그림은 살짝 바래기만 했을 뿐 색깔은 여전히 선명했다. 그림은 미완성의 분노한 신상神像이었다. 신은 양손에 각종 무기를 들고 있었고 머리와 몸엔 끔찍한 해골을 주렁주렁 매달고 있었다. 분노에 찬 눈을 동그랗게 뜨고 이를 드러낸 채 흉악한 표정을 짓고 있었지만 오히려 천진난만하고 즐거워 보였다.

그 그림은 예전에 본 적 있는 세밀화 한 폭을 떠올리게 했다. 이름 모를 젊은 남자의 초상화였는데 그의 이목구비는 몹시 수려했다. 전형적인 중국인의 외모였지만 전체적으로 구불구불한 곱슬머리는 그가 아리아인이라고 설명하고 있었다. 송이송이 금꽃으로 장식된 몽골식 의복을 입고 있었고 군데군데 말려올라간 옷자락 사이로 붉은 셔츠가 보였다. 남자는 쿠션에 기대어 바닥에 비스듬히 앉아 있었는데 쿠션의 사슴, 나무, 구름 같은 문양은 전형적인 페르시아풍이었다. 그 옆엔 금주전자와 금쟁반이 놓여 있었고 금쟁반 위엔 석류와 배가 있었다. 배경은 옅은 금색으로 그린 풀과 나무였다.

그가 그렇게 자세히 떠올릴 수 있는 이유는 그 그림이 인물화여서가 아니라 그림에 사용된 안료와 화법이 비슷했기 때문이다. 융춰는 당카를 그리고 있었으나 화법은 카슈미르 스타일의 영향을 받은 것이 분명했다. 그것은 인도 쿠샨 왕조 시대의 간다라 불교 예술을 모본으로 하고 서아시아 페르시아 예술을 흡수해 형성된 일종의 융합식 불교 예술 양식이었다. 역사의 긴 흐름 속에서 사라져가는 그 화법을 여기서 보게 되었다는 사실에 마젠은 깜짝 놀랐다.

라마단 금식을 시작한 지 여러 날이 지나자 인간의 감각은 날카로워졌고 사고 역시 날이 갈수록 예민해졌다. 그는 화판 앞에 조용히 서서 한참이나 그림을 응시하다가 스스로에게 질문을 던졌다. 예술은 어디에서 오는 걸까? 프랑스 라스코 동굴의 첫 번째 벽화는 어떻게 그려졌을까? 그걸 그린 사람은 신앙이나 금기를 생각했을까? 종족을 위해 그린 걸까 아니면 표현의 욕망에 떠밀려 자신의 감각과 경험, 사랑과 증오에 영원한 형태를 부여하고 싶었던 걸까? 탕카는 또 어떻고? 탕카는 이 드넓은 칭창靑藏* 땅에서 못해도

---

* 칭하이성靑海省, 티베트 자치구, 쓰촨성 서부, 간쑤성 서남부를 포함하는 지역 일대.

천 년 넘게 계승되어왔다. 그런데 왜 여기 도착하자마자 자신이 받아들일 수 없는 우상숭배와 탕카가 한자리에 있는 걸까? 마전은 다시 라브랑 사원에 갔을 때 각처에 놓인 신불 조각상이나 벽화 탕카를 애써 피하지 않았다. 아직 완성되지 않은 그 천진난만한 분노의 신상을 통해 이미 스스로를 설득했기 때문이다. 그는 지금 성대한 예술의 전당에 와 있는 것이다. 처음 이란에 갔을 때 이스파한*의 체헬 소툰 궁전에서 사방에 가득한 세밀화 스타일의 벽화를 보는 것처럼 말이다.

그는 열세 살에 어머니를 여의고 줄곧 학교 기숙사에서 생활했다. 일찌감치 아버지와 형의 영향을 받아 성공한 사업가를 꿈꾸며 대학에서 금융을 전공했다. 그러던 어느 날 우연한 기회에 운명의 문이 삐걱 열렸다. 빛은 순식간에 새어들어와 사냥감을 포획하듯 그의 영혼을 사로잡았다. 그는 예술이 좋았다. 예술이 무엇인지 한마디로 정의할 수는 없었지만 예술인 것과 그렇지 않은 것은 한눈에 알아볼 수 있었다. 그는 예술에 대한 끊을 수 없는 욕구와 애정을 타고났다. 때로는 외부 세계의 예술에 대해서 그러했고 때로는 자신의 내면에 대해서 그러했다. 하지만 그의 아버지를 비롯한 그가 아는 모든 장사꾼은 예술을 하찮게 여겼다. 그들은 현실적인 이익이 없는 엉뚱한 상상력을 무시했고 감정과 연관된 것은 전부 경시했다. 늘 독선적으로 삶의 감성을 말살하면서 입만 열면 돈 이야기뿐이었다. 모든 것을 가졌지만 가진 것이 하나도 없었다.

아버지와 왕래하던 나이 든 사업가가 있었다. 개혁개방 이후 처

* 이란의 수도 테헤란 남쪽에 있는 도시.

음으로 이란을 누빈 중국인이었다. 그는 이란 서북부에서 옥 광산 하나를 하청받아 대리석과 옥 광석을 채굴하고 중국 상인에게 공급해 차액을 남겼다. 이란의 광석 채굴은 원가가 낮았고 당시 환율도 비교적 안정돼 있었다. 게다가 이란 정부가 수출품에 보조금 혜택을 지원했던 터라 양자 무역에 종사하면 상당한 이윤을 얻을 수 있었다.

당시 마씨 집안 사업은 한창 번창하고 있었다. 구식 장사꾼이었던 마전의 아버지는 이란 사업의 물꼬를 트고 싶었지만 인맥도 없고 방법도 몰라 애를 먹고 있었다. 그때 그 나이 든 사업가가 차라리 대학을 갓 졸업한 마전을 이란으로 유학 보내라고 제안했다. 이란으로 건너가 창업하는 중국인 대다수가 '어학-통·번역-창업-이익 창출'이라는 발전 모델을 답습하고 있다는 말에 마전의 아버지는 귀가 솔깃했다. 어차피 마전에게 의지해 집안을 꾸려가는 것도 아니었으므로 보내지 않을 이유도 없었다. 아버지는 즉시 마전을 테헤란대학에 입학시키고 언어와 국제무역을 전공하게 했다. 그리고 진로 고민 따위는 하지 말고 학업에 전념하다가 집으로 돌아와 사업 확장을 도우라고 했다.

스물두 살 가을에 마전은 홀로 이란 땅을 밟았다. 이란은 시아파 국가였지만 국민의 뿌리는 마전과 같았기에 빠르게 적응할 수 있었다. 그곳에서의 생활은 조용하고 여유로웠다. 곳곳에 보이는 세밀화뿐 아니라 아바스 대제*의 사파비 왕조 때부터 왕의 광장 주변으로 몰려든 화방과 화가들이 다시 한번 그를 비추었다. 그는 가장

---

* 이란 사파비 왕조의 제5대 황제.

세심한 붓 터치와 가장 눈에 띄지 않는 작은 부분을 통해 영혼이 포획되는 그 느낌을 다시 받았다. 그것은 기회였다. 그곳에서 마전은 오랫동안 감추고 있던 남모를 병을 열어젖히고 치유해야 했다.

그는 먼저 광장 주변의 세밀화 상점으로 들어갔다. 그리고 세밀화 화가들이 전수하는 기법을 따라 종이나 낙타 뼈에 그림을 그렸다. 나중에는 학교에서 미술 과목을 선택 이수했고 세밀화 작업실에 들어가 전공생들과 함께 공부했다.

라브랑 사원의 모든 경당과 불전의 네 벽 그리고 천장까지 대부분 벽화가 그려져 있었다. 부처, 보살, 수호신, 불전, 불佛 본생, 육도윤회 같은 테마 벽화 외에도 산수, 초목, 동물, 역사적 사실, 음악과 무용, 종교 건축 장식 및 민속 풍습과 같이 예술성과 창의성에 더 치중된 벽화도 있었다. 그것을 그린 사람들은 종교의 경건함과 낭만을 마음 깊이 품고 페르시아, 고대 인도, 이슬람과 중국 예술에서 영양분을 섭취하며 모든 면에서 완벽을 추구했다.

마전은 한 문 앞에 이르렀다. 그 위에는 지팡이를 짚고 힘겹게 걸어가는 맹인이 그려져 있었다. 한 나이 든 라마가 맨발로 지나가다가 마전이 이방인임을 알아보고 무명서인의 작품이라고 일러주었다.

"무명서인이 무슨 뜻입니까?"

"눈은 보지 않고 귀는 듣지 않고 마음은 숭배하지 않으며 육체는 들지 않은 사람이지요."

라마는 문을 열고 좁고 가파른 돌계단을 올라갔다. 마전이 따라 올라가보니 다시 두 쪽으로 된 붉은 나무문이 나타났다. 그 위로 밝은 햇빛이 쏟아지고 있었다. 문을 밀어 열자 시대를 가늠하기

설산의 사랑 129

어려운 벽화들이 보였다. 어떤 것은 향불에 검게 그을었고 어떤 것은 깨지고 갈라졌으며 어떤 것은 심하게 얼룩지거나 일부가 떨어져 나가기도 했다. 라마는 안으로 들어가면서 찾는 사람이 많지 않아 조용한 곳이라고 말했다.

사방 모든 벽에 작은 창문이 나 있었다. 세찬 바람과 밝은 빛이 이쪽 창으로 들어와 저쪽 창으로 빠져나갔다. 마전은 그 모습에 매료되어 창문을 하나하나 내다보았다. 그런데 융취가 보이는 듯했다. 자세히 보니 정말 융취였다. 다른 화가들과 함께 허물어진 담벼락 위의 그림을 커다란 캔버스에 옮겨 그리고 있었다. 알고 보니 그녀는 매일 여기서 소실된 벽화를 모사하고 있었다.

갈색 삼베 파오즈 위에 파도 무늬의 회색 캐시미어 코트를 걸치고 있었는데 늘어진 옷자락이 햇빛에 밝게 빛났다. 조용히 집중하는 모습이 마치 속세를 잊은 수행자 같았다. 마전은 벽 하나를 사이에 두고 창밖으로 그녀를 바라보았다. 마치 벽화를 보는 것 같았다. 그녀는 벽화 속 온화한 상이었다. 한참을 보고 있자니 번잡한 의식과 모습이 그의 내면을 흐르기 시작하더니 무의식적으로 그녀를 중생들 사이에서 끄집어내 벽화에서 떨어진 금가루와 은 부스러기로 그녀의 고귀한 신체를 빚기 시작했다.

창밖에서 비쳐 들어오는 새하얀 빛이 와들와들 떨었다. 그러자 갈라진 벽의 한 부분이 부풀어 오르더니 더 버티지 못하고 툭 떨어져 내렸고 그 위에 그려졌던 그림 조각은 가루가 되었다. 벽화 역시 강력한 환영의 거울에 지나지 않았다. 그 안에 담긴 갖가지 환상은 떨어져 내리는 순간 바닥에 흩어진 파편에 불과했다. 환영은 사라지고 벽화는 먼지가 되었다. 마전은 이토록 극단적인 관점의 변화에 화들짝 놀랐다. 정체불명의 공포가 마음 깊은 곳에서 그를 압박하는 듯하여 더는 거기 서 있지 못하고 복도 쪽으로 향했다. 복도 천장과 벽에도 벽화가 보였다. 벽화들은 시커먼 기름때를 뒤집어쓰고 있었고 한 라마가 면봉으로 조금씩 닦아내고 있었다. 천천히 살펴보던 마전은 문득 흥분을 감추지 못하고 라마에게 말했다.

"이곳 벽화들은 세상 모든 벽화의 기적일 겁니다."

"예?"

라마는 낯선 이의 말에 놀랐다가 이내 이유를 물었다.

"각기 다른 장소에 그려진 벽화라도 안료는 비슷할 수 있죠. 하지만 화풍은 제각각입니다. 벽화의 화풍은 벽화가 담아낸 오브제나 화가의 문화적 배경에 따라 달라지니까요. 그런데 여기는……."

마전이 잠시 생각한 뒤 말을 이었다.

"제가 왜 이곳 벽화가 세상 모든 벽화의 기적이라고 했는지 아세요? 여기 벽화들은 정교하진 않지만……."

그는 다시 말을 골랐다.

"삼라만상을 다 담고 있거든요."

마전은 벽화 앞에 섰다. 손으로 더듬으려다 아무래도 부적절한 행위인 듯하여 허공에서 손을 멈추고 벽화를 따라 천천히 걸으며 말했다.

"하지만 제가 예전에 봤던 것들은……."

그는 말을 끝내기도 전에 또 새로운 점을 발견했기에 걸음을 멈추고 자세히 들여다본 후 다시 말을 이었다.

"전 수많은 벽화를 봤습니다. 세밀화도 배우고 미술 전공 수업도 들었죠. 사파비 왕조의 세밀화 기법은 거의 완벽에 가깝습니다. 수많은 문양은 극히 복잡한데 무한히 확장돼요. 보는 이의 눈이 어지러울 정도로요. 페르시아, 사마르칸트, 터키의 화가들은 역사적 사건이나 전설을 즐겨 그렸습니다. 인도 벽화의 인물들은 인도의 특징을 완벽하게 재현하고 있고요. 아무튼 각자 자기만의 화풍이 있어요. 이슬람의 세밀화도 그렇습니다. 초기 세밀화를 창작한 화가들은 우상숭배를 불러올 수 있다는 두려움에 휩싸였죠. 그래서 이야기나 시에서 벗어난 그 어떤 새로운 장면도 창작하지 않았습니다. 16세기에 이르러 이슬람교 수피파가 이란에서 부흥하고 아바스 대제의 궁정에서 이스파한 화파가 등장하고 나서야 상투적인 틀이 깨졌어요."

마전의 얼굴에 즐거운 기색이 넘쳐흘렀다. 그는 몸을 돌려 라마를 보며 말했다.

"하지만 이곳의 벽화에는 전형적인 틀이 없어요. 다양한 화풍과 화법이 다 모여 있어요. 꼭 순수하고 낭만적인 거대한 종합 캔디처럼요. 왜 그럴까요?"

그는 다시 벽화로 시선을 놀려 육도윤회도를 바라보며 말을 이었다.

"왜 이곳엔 이토록 다양한 화풍과 화법이 존재할까요?"

그가 라마에게 시선을 던졌다. 라마는 대답하지 않고 벽을 가득 메운 벽화를 쓱 훑어본 뒤 다시 마전을 바라보았다.

마전이 다시 몸을 돌렸을 때 그의 뒤에 융춰가 서 있었다. 그녀는 양미간에 깊은 주름을 새긴 채 조용히 그를 바라보았다. 마전은 입을 다물었다. 하려다 만 말들이 허공에 걸려 파리 날개처럼 번득이다가 온몸을 이끌고 날아올라 종적을 감추었다. 융춰는 서둘러 시선을 거두고 코트 주머니에 두 손을 억지로 쑤셔넣다가 다시 빼낸 뒤 몸을 돌려 계단 아래로 내려갔다.

처마에 걸린 길상무늬 휘장이 바람에 흔들리자 마전은 긴장감을 느끼고 라마를 돌아보며 물었다.

"절 왜 그런 눈으로 쳐다본 걸까요?"

라마가 웃으며 대답했다.

"말씀하시는 동안 여기 줄곧 서 있었거든요. 꽤 오랫동안 이야기를 들었어요."

마전의 얼굴에 머쓱하면서도 놀라운 표정이 스쳤다. 그가 검고 짙은 속눈썹을 늘어뜨리고 이미 계단 아래로 내려간 융춰를 바라보았다.

"융춰."

라마가 몇 걸음 다가가 융춰를 불러 세웠다.

"가는 건가요? 잊지 말고 붓과 안료를 챙기세요. 바람에 마르지 않도록."

융춰는 몸은 돌리지 않고 고개만 든 채 허공에 대고 대답했다.

"이미 다 챙겼어요."

마전은 평소처럼 사원을 돌아다니다가 오후 네 시가 넘어서야 밖을 나섰다. 햇빛이 부드러워 거리에 사람이 가장 많을 때였다. 수많은 남녀가 길가 계단에 앉아 햇볕을 쬐고 있었는데 그 여러 개의 긴 줄은 마치 솟구치는 강바닥 같았다. 깊은 세월 속을 맴도는 핏줄기 소리가 그 안에서 메아리쳤다. 짙푸른 거리 끝에 이른 마전은 고개를 들어 더 먼 곳을 바라보았다. 기복하며 길게 이어지는 산맥과 그 산맥 위로 우뚝 솟은 빙설에 뒤덮인 산봉우리. 그는 거리 끝에 멈춰 서서 금빛 찬란한 석양이 내리쬐는 설산을 마주 보았다. 설산 봉우리는 맑고 차가운 흰색이었다. 태양이 비춰도 여전히 서늘한 그 흰색은 볼수록 멀게 느껴졌다. 눈앞의 저 설산도 벽화처럼 환상에 불과한 건 아닐까 하는 의심이 들 정도였다.

대문에 가까이 가지 않아도 활짝 열린 문으로 마당 안이 다 보였다. 젊은 남자 두 명이 더 있었는데 한 명은 탕난이었고 다른 한 명은 신발이나 안장 따위를 고치는 수리공이었다. 등이 살짝 굽은 수리공이 자신의 공구 세트를 처마 밑으로 옮기고 융춰의 물동이 멜대를 고치고 있었다. 탕난은 지난번처럼 군용 녹색 스니커즈를 신고 있었는데 수리공과 잘 아는 사이인지 먼저 그에게 말을 건 다음 거리를 전전하는 잡상인처럼 융춰 주위를 은근히 맴돌았다.

마전이 안으로 들어갔지만 아무도 아는 체하지 않았다. 그는 투명 인간처럼 곧장 자기 방으로 간 뒤 창문으로 바깥을 살폈다. 남쪽 담벼락에 아직 녹지 않고 쌓인 눈이 햇빛에 반짝거렸다. 그때 한 어린아이가 굴렁쇠를 굴리며 대문 안으로 들어왔다. 채를 벗어난 굴렁쇠가 데굴데굴 굴러가 눈 속에 처박히더니 그대로 쓰러졌다.

일전에 마전이 눈밭에서 부축해준 아이였다. 오늘도 그날과 같은 두꺼운 파오즈를 입고 있었다.

융춰가 아이에게 물었다.

"뤄부羅佈, 우리 집에 얼마 만에 놀러 온 거야?"

여러 색깔이 뒤섞인 털실 장갑을 낀 아이가 달려가 눈 속에서 굴렁쇠를 끄집어내고 채에 끼운 뒤 다시 굴리며 대답했다.

"엄마가 누나네 집에 나쁜 사람이 있다고 가지 말랬어요."

"그럼 오늘은 어떻게 왔는데?"

"굴렁쇠가 내 말을 안 듣고 굳이 누나네로 굴러온 거예요. 그래서 저까지 끌고 들어왔고요."

"뤄부, 너 정말 귀엽구나. 어쩜 그렇게 똑똑한 굴렁쇠를 가졌니?"

웃으며 아이의 머리를 톡톡 두드리던 융춰의 두 눈에 물 같은 기운이 반짝거렸다. 멜대를 고치던 젊은 남자가 곁에서 지켜보다가 살짝 매혹된 듯 말했다.

"융춰, 뤄부보다 네가 더 귀여운걸."

탕난이 그 말을 듣자마자 자리에서 일어나 경고했다.

"융춰한테 추파 던지지 마. 나와 자시는 서로 목숨을 내놔도 아깝지 않은 친구였어. 흠씬 패주는 수가 있다고."

수리공이 소리 높여 웃었다.

"하하하, 융춰. 탕난이 너 때문에 날 패겠다는데."

"탕난은 쐐기풀이에요. 붙이지 않아도 자동으로 달라붙거든요."

융춰는 개의치 않고 조용히 대꾸한 뒤 방으로 들어가 포슬포슬하게 찐 뽀얀 감자 한 접시를 들고 나와 아이에게 건넸다.

"금방 찐 거야. 엄마 갖다드려. 굴렁쇠는 일단 여기에 두고 감자부터 가져다드린 다음에 다시 가지러 오면 되겠다."

"다 들고 갈 수 있어요."

아이는 재빨리 굴렁쇠를 머리에 둘러쓰고 한 손을 뻗어 감자를 받은 다음 총총대며 돌아갔다.

날씨는 맑았고 고요한 태양이 마당에 가득 쏟아졌다. 할머니가 처마 밑에서 오체투지용 목판 위에 가부좌를 틀고 앉아 모든 광경을 눈에 담고 있었다. 그러다 두 눈을 가늘게 뜨고 웃었다. 미간에도 주름이 잡혔는데 마치 타오르는 화염 고리를 배경으로 한 벽화 속 인물 같았다. 마전은 창문 앞에 앉아 그 광경을 한참이나 바라보았다. 벽화 속 화염이 천천히 다가와 그의 몸에 옮겨붙은 것 같았다. 하지만 덥지도 뜨겁지도 않았다. 마치 피도 살도 없는 조립식 장난감 로봇이 타는 것처럼.

4

정월 내내 라브랑 사원에서 경축 법회가 자주 열렸고 일찍부터 바람에 나부끼는 룽다가 거리를 가득 메웠다. 공기 속에 독특한 정취가 있었다. 마전은 외로웠지만 그런 분위기에 호감을 느끼지는 않았다. 그는 거기 있는 동안 자신을 낮에는 달리고 밤에는 별을 머리에 인 채 조용히 신념과 계율을 사색하는 수행자라고 여겼다. 사물과 사물 사이를 자유롭게 오가지만 그 어떤 희비에도 물들지 않는 수행자.

하루는 마젠이 마전을 보러 왔다. 기름에 튀긴 화궈쯔花餜子*와 싼쯔饊子** 그리고 각종 고기 요리를 잔뜩 싸들고 왔는데 집안 며느

---

* 밀가루 반죽을 꽃 모양으로 튀긴 명절 음식.
** 보릿가루나 밀가루를 면처럼 가늘고 길게 뽑은 뒤 꽈배기 형태로 만들어 튀긴 디저트의 일종.

리들이 라마단 종료 축제*를 맞이해 준비한 음식들이었다. 그는 식탁에 음식을 올려놓고 인상을 찌푸린 채 마전의 얼굴이 탔다는 둥 말랐다는 둥 걱정을 늘어놓고 여기서 지내기 힘드냐고 물었다. 마전은 솔직하게 대답했다.

"처음엔 하루가 정말 길었어. 그러다 라마단이 시작되자마자 어떤 어려움이 닥쳐도 능동적으로 대응하고 기꺼이 참아보자고 스스로를 설득했지. 그리고 저 건너에 있는 라브랑 사원에 자주 가서 벽화를 구경했더니 시간이 빨리 가더라고."

마전은 자신이 본 각종 벽화에 관해 이야기하다가 감정이 격해져 주먹을 불끈 쥔 채 두 눈을 감고 몸을 살짝 떨었다. 꼭 깜깜한 어둠 속에서 하얀 번개 한 줄기를 커다란 천둥소리로 오해한 것 같았다. 잠재의식 속에 이미 강한 충격으로 남은 모양이었다.

마젠이 한쪽에 앉으며 두 눈을 부릅뜨고 잔소리했다.

"조심해. 유혹에 빠져 삿된 길로 들어서지 않도록."

마전이 웃으며 말했다.

"그럴 리가. 벽화 보면서 시간 좀 보낸다고 삿된 길로 들어서겠어?"

마젠은 장사꾼답게 진지한 사람이었다.

"그렇지 않아. 완벽한 네 세계가 외부 세계에 잠식되는 순간 넌 사라지는 거야."

마전은 웃으며 고개를 끄덕이고는 몸을 기울여 벽에 걸린 작은 거울로 자기 얼굴을 들여다보았다.

---

* 아랍어로는 이드 알피트르, 중국어로는 카이자이절開齋節이라고 한다.

그리고 자리에 앉아 이런저런 이야기를 나누는데 마젠이 외투 주머니에서 편지 한 통을 꺼내며 말했다.

"리텐러李天樂가 네게 쓴 편지야."

잠시 멍해졌던 마전이 편지를 건네받고 웃으며 말했다.

"여기 온 뒤로 처음 받는 편지네."

그는 살짝 쑥스러워했다.

마젠은 가만히 웃으며 동생의 어깨를 두드렸다.

리텐러는 마전이 아직 유학생일 때 그의 아버지가 인맥을 통해 소개해준 여자였다. 리텐러의 아버지는 관료였다. 장사꾼들은 관료와 사귀기를 좋아했다. 돈과 권력이야말로 가장 충직한 친구라고 여겼기 때문이다. 관료들의 생각도 비슷했다. 뭐가 됐든 권력에 돈이 붙으면 틀림없이 이득이 될 거라고 믿었다. 마전은 처음에는 강하게 저항했지만 리텐러를 보고 난 뒤 태도가 완전히 달라졌다.

리텐러는 똑똑하고 아름다운 사람이었다. 말을 하거나 웃는 데 거침없었고 사람을 보는 눈빛은 이글거렸다. 무슬림 전통 사회에서 이런 여자는 짐승 우리에서 자란 흰독말풀로 여겨졌다. 독을 뿜어내며 사람을 홀리기 때문이다. 마전은 그녀와 함께 있는 것을 좋아했고 그녀도 마찬가지였다. 집안에 이런 갑작스러운 사고만 발생하지 않았다면 두 사람은 올해 결혼했을 터였다.

마전은 마젠을 배웅하고 서둘러 편지를 뜯어보았다. 놀랍게도 이별 편지였다. 편지지 절반에 걸쳐 우리 둘은 어울리지 않는다는 내용만 적혀 있었다. 상대가 싫으면 어울리지 않는 이유는 수천 가지도 찾을 수 있다. 마전은 화가 나다 못해 웃음이 났다. 겉으로 드러나지 않는 거래로부터 시작된 거래는 결국 거래로 끝났다. 눈살을 찌푸리자 눈물이 조용히 흘러 그의 얼굴을 적셨다.

그는 창문 앞 의자에 꼼짝도 하지 않고 앉아 있었다. 맞은편 산비탈에서 어떤 사람이 바람을 맞으며 룽다를 세우고 있었는데 수많은 등불이 바람 속에서 깜빡거리는 것 같았다. 또 다른 누군가가 노래를 부르기 시작했다.

라브랑 사원 한 귀퉁이에
은빛 달이 떠올랐네.
그것은 은빛 달이 아니라
교교한 하얀 불탑이라네.

옳은 것과 그른 것, 닮은 것과 다른 것, 노랫소리와 속세, 속세와 불문佛門, 서로 융합하면서 겉도는 것, 불문 같지 않기도 하고 속세 같지 않기도 한 것이 지금 그의 심정에 꼭 들어맞았다. 입에서 살짝 쓴맛이 돌았지만 금식 중이라는 사실이 떠올랐다. 참고 자제해야 했다. 리톈러는 살다가 우연히 보게 된 불꽃놀이이며 하늘을 가로지르는 그 찰나의 불꽃이 밝게 빛났다가 꺼지며 사라졌다고 생각하기로 했다. 마전은 한숨을 내쉬고 손에 든 편지를 찢었다. 갈기갈기 찢을 필요도 없었다. 화도 나지 않아 편지를 가볍게 뭉쳐 쓰레기통으로 던져넣었다.

금식 27일째 되는 날이었다. 이제 사흘 후면 라마단이 끝날 터였다. 하루 종일 햇빛이 거의 비치지 않았다. 저녁 무렵에 모스크에서 단체 예배를 드리는데 하늘색이 변하더니 커다란 눈송이가 거위털처럼 흩날리기 시작했다. 대전 앞 작은 칠판에 무슨 글씨가 적혀 있었는데 휘날리는 눈송이 때문에 잘 보이지 않았다. 가까이 다가가 보니 흰 분필로 아랍어가 적혀 있었다.

'이번 달의 하룻밤이 수천 달보다 존귀하다.'*

예배를 보러 온 사람이 평소보다 많아 식사와 세수와 양치를 하고 나머지 일을 해결하는 데 30분이나 걸렸다. 또 두 시간여 만에 새벽 예배와 입식 예배를 마치고 정좌한 뒤 고요히 명상했다. 그들 모두 이번 달의 하룻밤이 수천 달보다 귀하다는 것을 알고 있었다. 여기서 말하는 하룻밤이란 라마단의 스물일곱째 밤이었다. 그래서 모두 고개를 숙이고 자신의 내면세계로 들어가 이미 알고 있던 흩어진 모든 사물과 아직 완전히 실현되지 않은 미지의 필연을 모았다.

사방이 고요했다. 마전은 대체 어떤 심경의 변화가 생긴 건지 자신도 알 수 없었지만 이 중요한 밤에 좀처럼 가만히 앉아 있을 수가 없었다. 눈 내리는 겨울밤은 영하 20도를 훨씬 밑돌았다. 마전은 손전등을 비춰 집으로 돌아갔다. 흰 눈에 뒤덮인 온몸이 꽁꽁 얼었다. 화로 뚜껑을 열어보니 화로가 꽉 막혀 있고 불은 진작 꺼져 있었다. 방은 대형 냉동고처럼 추웠다. 손을 비비고 발을 동동 구르며 서성이던 중 불쏘시개용 장작도 다 떨어진 것을 발견했다. 마전은 힘겹게 도끼를 들고 마당에 나가 장작 몇 개를 쪼갰다.

인기척 없는 깊은 밤, 장작 패는 소리에 옆집 개가 짖자 할머니가 문을 열고 나와 처마 등을 켜고 뭐 하냐고 물었다.

---

* 라마단 27일째를 일명 권능의 밤이라고 한다. 무함마드가 처음 쿠란을 계시받은 날로 이슬람교에서는 이날 밤 신실한 마음으로 기도드리는 것이 천 개월 동안 기도드리는 것보다 낫다고 믿는다.

마전이 대답했다.

"화롯불이 꺼져서 방이 너무 추워요. 도저히 견딜 수가 없어서 장작 패서 불을 붙이려고요."

너무 추운 나머지 이가 탁탁 부딪치고 목소리도 덜덜 떨렸다.

"지금 불을 붙이면 따뜻해지기도 전에 얼어 죽겠어요. 이리 와요. 내 방에 불이 있으니 몸부터 녹여요."

마전은 도끼를 내려놓고 방 쪽으로 몇 걸음 가다가 머뭇거렸다.

"오라니까. 읍취는 외삼촌 댁에 가고 없어요. 나도 아직 자기 전이고."

마전이 걱정하는 것은 그게 아니었다. 이 존귀한 밤에 대전에 앉아 있지 않은 것도 이상한데 불상이 걸린 방에 들어가도 괜찮을까?

어쩐담? 들어가지 말아야 하나? 그러나 정말 얼어 죽기 일보 직전인 데다 할머니가 먼저 자신을 방으로 청할 줄은 생각지도 못한 터였다. 이제 몸이 얼다 못해 마비되기 시작했다. 마전은 한마디도 하지 않고 할머니를 따라 쭈뼛거리며 방으로 들어갔다.

방 안의 뜨거운 열기가 얼굴을 후끈 달아오르게 했다. 이윽고 얼었던 얼굴이 화끈거리며 아프기 시작했고 손가락과 발가락에도 통증이 느껴졌다. 그야말로 꽁꽁 얼었다는 뜻이었다. 그는 손발이 따뜻해질 때까지 화로 앞에 앉아 있었다. 몸의 떨림이 멈추자 그제야 할머니가 왜 이 늦은 시간까지 잠들지 않았는지 궁금해졌다. 아마 노인 혼자 집에 있으려니 쉬이 잠들 수 없는 모양이었다.

마전은 할머니를 바라보았다. 그녀는 평소처럼 화로 앞에 놓인 두꺼운 양가죽을 깐 의자에 앉아 염주를 굴리고 있었다. 이미 몇 바퀴째였다. 그녀는 눈을 반쯤 감고 있었는데 살짝 나른해 보였다. 설마 내가 걱정되어 날 기다리느라 잠을 못 주무신 걸까? 마전이 평소보다 훨씬 늦은 시간에 귀가한 것은 사실이었다. 하지만 할머니가 자신을 기다렸든 그렇지 않든 그녀가 고마웠다. 그녀가 화로 앞으로 불러주지 않았다면 틀림없이 얼어 죽었을 테니까.

할머니는 마전의 감사 인사를 듣고 엉겁결에 물었다.

"학생이라고 들었어요. 아버지 곁에서 사업을 한 적도 없을 텐데 어떻게 그렇게 티베트 말을 잘해요?"

"아, 어머니가 티베트 분이라 티베트 말을 하셨어요. 어릴 때 어머니께 배웠어요."

"그쪽 집안도 티베트족과 혼인할 수 있나?"

할머니가 믿을 수 없다는 듯 물었다.

"아니요. 어머니는 티베트족과 회족의 피가 섞인 분이었어요. 말, 입는 것, 먹는 것, 꾸미는 것은 티베트족을 따랐고 신앙은 회족을 따르셨어요."

"아."

할머니가 고개를 끄덕였다.

"그랬군요."

"네."

마전이 앉은 자리는 평소에 융취가 앉던 자리였다. 옆에 놓인 작은 탁자 위에 융취가 만들고 있는 모포氆氌가 실, 바늘과 함께 놓여 있었다. 마전은 문간에 서 있을 때마다 이 동굴 같은 방이 늘 궁금했다. 하지만 막상 그 안으로 들어온 데다 심지어 할머니 맞은편에 앉아 있으려니 어디서부터 둘러봐야 좋을지 알 수 없었다. 벽에 걸린 수많은 탕카를 훑고 나서 곁에 있는 작은 탁자로 시선을 돌린 순간, 아직 완성되지 않은 모포 옆에 종이 한 장이 보였다. 무심코 스쳐 지나갔던 시선을 되돌려보니 종이에 테이프가 붙어 있었다. 마전은 실눈을 뜨고 자세히 바라보았다. 리텐러가 보냈던 바로 그 편지였다. 저게 왜 여기 있지? 마전의 눈살이 절로 찌푸려졌다. 어찌 된 영문일까? 아침에 집을 나설 때 분명히 다른 쓰레기와 함께 대문 옆 플라스틱 쓰레기통에 버렸는데. 손을 뻗어 종이를 가져다보니 찢어진 편지지 뒷면에 테이프가 꼼꼼하게 붙어 있었다. 마전이 멍하니 바라보는데 할머니가 말했다.

"융춰 거예요. 아침에 밖에서 가져오더니 한참 동안 붙이더군요. 보고 잘 둬요. 못 찾으면 나한테 물어볼 텐데 난 글자를 몰라요."

마전의 얼굴에 간신히 내렸던 열이 다시 올랐다. 손에 쥐고 있을 수도 내려놓을 수도 없었다. 입장이 난처해지자 얼굴이 더 뜨겁게 달아올랐다. 솜옷 주머니에 슬그머니 넣어 가져가고 싶었지만 테이프로 붙인 걸 보니 내용을 다 읽은 것이 분명한데 이제 와서 숨겨봐야 무슨 소용이랴. 그는 마음도 무겁고 몸도 무거워져 의자 등받이에 깊숙이 기대앉아 두 손을 솜옷 주머니에 넣고 고개를 숙인 채 오랫동안 침묵했다. 그리고 한참 뒤 자리에서 일어난 그는 할머니에게 이제 따뜻해졌으니 됐다고 말했다.

할머니는 자리에서 일어나 석탄 담는 철제 쓰레받기를 들고 화로에 석탄을 아낌없이 쏟아부으며 말했다.

"잠깐만 더 있어요. 이 석탄들이 빨갛게 익으면 몇 개 꺼내다가 그쪽 화로에 넣어요. 그리고 석탄 조각 몇 개를 넣어 불이 붙으면 자도록 해요."

그는 할머니 말대로 했지만 밤새 잠을 이룰 수 없었다. 처음엔 민망했다. 한 여자는 그의 잘못을 늘어놓았고 다른 여자는 그것을 자세히 읽었다. 다음엔 이유를 생각했다. 늘 거리를 두던 사람이 왜 이런 짓을 한 걸까? 마전은 그가 생각할 수 있는 온갖 이유를 다 떠올렸으나 도저히 이해할 수 없었다. 생각하는 동안 계속해서 화로에 석탄을 추가했다. 추가하고 또 추가했으나 화로라는 물건은 늘 그랬다. 한번 화르르 타오르고 텅 비어버린다. 추가하는 만큼 전부 태워버린다. 마전이 화로를 살폈다. 뚜껑과 벽면이 모두 빨갛게 익어 있었다. 석탄을 더 넣으면 연통까지 빨개져 방에 불이 붙을 것 같았다. 생각이 거기에 미치자 마전은 얼른 손을 거두었다. 그리고 믿기지 않는다는 듯 고개를 저었다. 하지만 그것 말고 그녀가 자신을 몰래 지켜본 이유가 또 있을까?

내면이 강한 사람들은 이런 일에 신경 쓰지 않을 것이다. 하지만 그는 달랐다. 그의 마음은 원래 비어 있었는데 그 편지를 받은 후에는 아예 자유로울 정도로 텅 비어버렸다. 그는 평소에 새벽 예배를 마치면 일출을 고독한 산책자의 황혼으로 여기며 천천히 걸어 집으로 돌아온 뒤 정오까지 잠을 자곤 했다. 하지만 그날은 눈이 내려 온 대지가 흰색으로 덮인 데다 하늘도 스스로 빛을 발해 일출이 잘 보이지 않았다. 마전은 흐리멍덩한 기분으로 귀가해 잠을 청했지만 도저히 잠이 오지 않아 다시 자리에서 일어났다. 마당도 조용했다. 그는 다시 라브랑 사원으로 향했다. 아침 수업을 듣는 라마들이 경당으로 들어가기 전에 장화를 벗어 경당 밖 발판 위에 올려두었는데 하나같이 날개를 접고 기와 위를 기어가는 까마귀처럼 새까맸다. 그는 곧장 융춰가 벽화를 모사하는 곳으로 향했다. 서둘러 계단을 올라가보니 누군가 이미 작업을 하고 있었다. 연기 얼룩을 닦아낸 곳의 색상은 눈에 띄게 선명해서 붉은색은 더 붉고 검은색은 더 검어 보였다. 잠시 구경하고 있는데 융춰가 붓이 가득 담긴 붓통을 들고 계단 위로 올라왔다.

융춰는 마전의 두 눈이 자신의 얼굴로 향한 것을 발견하고는 미간을 찌푸렸다. 걸음을 살짝 주저하긴 했지만 서둘러 안으로 들어가 마전을 에돌아 지나갔다. 그때 덜그럭거리는 소리와 함께 그녀의 품에 안겨 있던 붓통이 떨어져 붓들이 바닥에 쏟아졌다. 융춰는 얼른 무릎 꿇고 고개를 숙인 채 하나씩 줍기 시작했다. 마전도 다가가 그녀를 도왔다. 그가 붓 하나를 주워 건네자 융춰가 고개를 들어 마전을 힐끗 쳐다보았다. 하지만 다시 서둘러 시선을 돌렸다. 마전이 그녀의 눈을 통해 그녀의 마음을 읽을까봐 두려워하는 것 같았다. 그러나 마전은 어젯밤에 이미 눈치챈 상태였다. 두 사람은 바쁘게 붓을 주울 뿐 아무 말도 하지 않았다. 붓을 다 주운 뒤에도 아무 말이 없었다. 융춰는 붓통을 들고 멀어졌고 마전은 그녀의 뒷모습을 바라보았다. 그 뒷모습은 사람을 휘감아 그 안에 붙잡아두는 에너지를 발산하며 수수께끼의 해답을 제시하고 있었다. 그러나 여전히 애매모호한 해답이었다.

조용히 걸어 내려온 마전은 다시 반나절 동안 사원을 한가로이 거닐었다. 건너편에 여덟 살쯤 된 어린 라마들이 보였는데 그들도 진홍색 승복을 입고 있었다. 어린 라마들은 계단 난간을 타고 주르륵 미끄러져 내려왔다가 다시 뛰어 올라가 미끄러지기를 반복했다. 계단 위쪽은 그들이 불경을 배우는 곳이었다. 마전은 그곳으로 걸음을 옮겼다. 탁자 위에는 책들이 엉망으로 널려 있었고 벽은 온통 낙서투성이었다. 원래 아이들이 공부하는 곳마다 대체로 이런 광경이다. 지근거리 벽 한 곳에 연필로 그려진 작은 두 사람이 보였다. 한 명은 싯다르타, 다른 한 명은 지도승이라고 적혀 있었다. 아이들의 서툰 글씨체가 무척 사랑스러웠다. 싯다르타의 말씀이 꽃 모양 말풍선 안에 삐뚤빼뚤 적혀 있었다.

"일체는 환상이니 지혜로써 판단하라. 그 환상은 모든 고통의 근원이다. 나는 이미 생명 뒤편의 기운을 느꼈다. 하지만 그 뒤엔 또 무엇이 있을까?"

지도승 옆의 말풍선은 비어 있었는데 꼭 숨결이 뿜어져 나오는 것 같았다. 그림을 그린 어린 라마가 지도승이 무슨 말을 했는지 잊은 모양이었다. 어쩌면 노느라 정신이 팔려 미처 적지 못했을지도 모른다.

마전은 문득 융취를 떠올렸다. 조금 전 그녀를 바라볼 때 그녀는 눈살을 찌푸리고 있었고 눈빛도 냉랭했다. 평소처럼 한마디도 하지 않았다. 자신이 혼자 너무 많은 생각을 한 걸까? 정말 그런 거라면 더 난감했다. 문득 마음도 아파오기 시작했다. 그는 말없이 계단 위에 앉아 어린 라마들이 난간을 타고 내려갔다가 다시 뛰어 올라와 미끄러지는 것을 물끄러미 바라보았다. 생각이 자꾸 엉뚱한 곳으로 튀었다. 그는 고개를 가로젓고 기억을 되짚었다. 조금 전에는 분명히 뭔가 달랐다. 융취는 자신이 주워준 붓을 전부 받았다. 일전에 물통을 들어준다고 했을 때는 한사코 거절하다가 끝내 넘어지고 말았는데.

그 후 마전은 며칠이나 융취를 보지 못했다. 절에서도 보이지 않았고 과일을 들고 방으로 찾아갔을 때도 마주치지 못했다. 하지만 그는 융춰가 거기 있다는 사실을 알고 있었다. 매일 밤 불을 켤 때마다 이층에 있는 그녀의 방 창문으로 그림자가 보였기 때문이다. 그녀는 일부러 그를 피하고 있었다.

라브랑 사원에서 조만간 쇄불의식晒佛儀式*이 거행될 예정이었다. 매년 정월 13일에 열리는 쇄불의식은 폭 4미터, 길이 10미터에 달하는 비단 자수 불상을 꺼내 사원 맞은편 산비탈에 걸고 햇볕을 쪼이는 행사라고 했다. 발등에 불이 떨어진 라마들은 바쁘게 움직였다. 사원 밖에서는 수많은 인파가 이리지리 오갔는데 한번 밀려왔다가 다시 밀려가기를 반복하며 넘실거렸다. 그러나 대체 햇볕에 어떻게 쪼인다는 건지 알 수 없었다. 그와 동시에 하늘이 어두워지더니 눈이 날리기 시작했다. 눈송이가 떨어지는 곳마다 축축하게 적셔버리는 진눈깨비였다. 마전의 머리카락에도 녹아버린 눈이 작은 물방울로 변해 잔뜩 박혔고 몸도 으스스했다. 일전에 이곳 바람에 하마터면 동사할 뻔했던 그는 서둘러 집으로 돌아갔다. 옷을 더 껴입고 다시 사원으로 갈 참이었다. 그가 막 대문을 들어섰을 때 탕난이 물통 두 개를 들고 마당에 선 채 "할머니!" "융춰!" 하고 외치고 있었다.

할머니가 지팡이를 짚고 나오자 탕난이 말했다.

"지난번에 융춰가 물 긷는 통을 봤는데 너무 커서 안 되겠더라고요. 그래서 작은 통 두 개를 만들어왔어요."

할머니가 말했다.

"정말 잘됐다. 우리 나무 물통이 융춰에겐 너무 커서 늘 비틀거

---

* 티베트 불교 최대 축제.

리는 게 영 불안했거든."

탕난은 자신의 공헌에 득의양양한 듯 고개를 흔들며 할머니에게 물었다.

"융춰는요?"

"방에 있어."

할머니가 몸을 돌려 방문을 향해 소리쳤다.

"융춰, 탕난이 우리 준다고 작은 나무통 두 개를 가져왔다."

"고마워, 탕난."

방 안에서 융춰의 목소리가 흘러나왔다.

탕난의 녹색 군용 스니커즈가 흙탕물에 잠겨 걸을 때마다 진흙이 묻어났다. 그는 물통을 처마 밑에 내려놓고 융춰가 나오기를 기다렸다. 할머니는 서둘러 쇄불의식에 참석하러 가면서 끊임없이 그를 끌어당기며 말했다.

"고맙다, 탕난. 나도 융춰도 고마워."

"그런데 융춰는 왜 안 나오죠? 기분이 별로인가봐요?"

할머니가 서둘러 말했다.

"아니야, 기분 좋아. 막 집에 돌아와서 추워서 그래."

"융춰는 쇄불 보러 안 간대요?"

"갠 원래 사람 많은 곳을 싫어해. 자, 우리끼리 가자."

할머니는 말을 하면서 탕난을 잡아끌어 함께 밖으로 나갔다.

마당 한쪽에 방치되었던 화판과 이젤 모두 눈에 젖어 있었다. 마전은 가까이 다가가 살펴보다가 이렇게 된 김에 처마 밑으로 옮겨도 괜찮겠다 싶었다. 그가 물건을 들고 처마 밑으로 걸어가는데 대문에 이른 할머니가 큰 소리로 외쳤다.

"아예 방으로 들여놔요. 먼지가 잔뜩 끼어서 곧 망가질 것 같아."

"할머니. 저 오늘 기분 엉망이에요. 너무 힘들어요. 글쎄 원본 위에 새 안료를 덧칠하래요. 선인들이 남긴 유산이 무궁무진한 것처럼 굴면서 우리더러 마구 탕진해 패가망신하라는 것 같아요."

마전은 얼떨떨했다. 평소엔 완강하고 조용하던 융춰가 오늘은 화려한 차림새를 하고 있었다. 매화 무늬가 들어간 푸른 비단으로 지은 그 옷은 띠로 허리를 휘감는 티베트식 파오즈였다. 눈 오는 날이라 방 안은 어두운 편이었지만 융춰가 입은 옷은 빛을 반사해 눈앞에서 푸르게 물결쳤다. 이제 막 돌아왔는지 그녀가 문을 등진 채 머리에 꽂았던 산호, 마노 등의 액세서리를 하나씩 빼 상자에 넣으며 말을 이었다.

"원본 위에 새 안료를 덧칠하는데 아주 오래된 영혼을 쪼개서 새롭게 만드는 기분이었어요. 새것은 새것이죠. 원래 것은 사라지고 망가져서 다음 사람들은 원래 것을 볼 수 없단 말이에요."

그리고 몸을 돌렸다. 한참이나 떠든 끝에야 상대가 할머니가 아닌 마전이었음을 발견한 융춰는 깜짝 놀랐다. 그녀의 동공이 수축됐다. 그녀는 황급히 돌아서서 화로 옆 의자에 털썩 주저앉은 다음 두 다리를 끌어올리고는 한껏 웅크렸다. 방 안은 쥐 죽은 듯 고요했다.

마전은 화판과 이젤을 들고 문간에 선 채 물었다.

"이거 어디에 둘까요?"

그러나 아무 대답도 돌아오지 않았다. 마전은 참지 못하고 융춰 쪽을 힐끗 쳐다보았다. 의자 등받이가 그를 향하고 있어 융춰의 목과 뒤통수밖에 보이지 않았다. 그는 다시 사방을 둘러보고 이젤을 둘 만한 곳을 찾아 내려놓았다. 그리고 밖으로 나가려다 다시 융췌 쪽을 바라보았다. 마전은 조금 전 융췌의 이야기를 다 들었다. 융췌는 괴롭다고 했다. 원래 무언가를 고집하는 사람이 더 고통스러운 법이다. 그러나 고통스러운 것은 무감각한 것보다 생명력이 있다. 마전이 머뭇거리다 입을 열었다.

"내가 여기 있다고 작업 환경에 구속받지 마세요. 예술은 자유롭게 표현해야 하는 거니까요."

융췌는 여전히 꼼짝하지 않고 조각상처럼 의자에 앉아 있었다. 그녀의 어깨 위로 푸른 연무가 피어올랐다. 마전은 감정을 억누르지 못하고 그녀 쪽으로 걸음을 옮겼다. 하지만 몇 걸음 지나지 않아 다시 멈춰 섰다. 융췌는 겉으로는 고집스러워 보여도 내면은 몹시 민감한 여자였다. 늘 침묵했고, 늘 자신을 보고도 못 본 체했다. 마전은 잠시 망설이다가 다시 말했다.

"세상의 모든 아름다운 예술은 개성의 교류에서 비롯돼요. 예술에는 한계가 없고 예술 앞에서 사람들의 감정은 다 똑같아요. 마치……"

그는 잠시 생각을 고른 뒤 말을 이었다.

"마치 사람들이 저마다 다른 일을 하고 각양각색의 방식으로 살아가지만 결국 생명은 단 하나밖에 없는 것과 같죠."

융췌는 그를 등진 채 여전히 한마디도 하지 않았다. 침묵과 대항의 기류가 방 안을 가득 메웠다.

하지만 그렇다 해도, 그녀가 아무 말도 하지 않는대도 상관없었다. 이성적인 의식보다 더 진실한 무언가가 마전을 지배했다. 그는 몇 걸음 더 다가가 융춰 뒤에서 멈춰 섰다. 융춰도 같은 느낌이었는지 모른다. 그녀의 부드러운 목덜미가 살짝 떨리고 있었기 때문이다. 하지만 그녀는 여전히 입을 열지 않았다. 그 침묵 속에서 묘한 갈망이 출렁여 마전을 융춰에게 더 가까이 다가가고 싶게 만들었다. 더 가까이 다가가려는 순간, 마전은 두 사람 사이에 뛰어넘을 수 없는 그 무언가가 뻗어 있다는 사실을 의식했다. 마전은 손가락을 펼쳤다 다시 구부렸고 구부렸다 다시 펼쳤다. 그리고 끝내 손가락을 구부리고 단단히 입을 다문 꽃봉오리처럼 주먹을 꽉 쥐었다. 무거운 침묵이 공기 속에 드리워졌고 심장이 뛸 때마다 고통스러웠다. 융춰 뒤에 한참이나 침묵하고 서 있던 마전이 입을 열었다.

"이젤과 화판은 제가 안에 들여놨어요."

말을 마친 그는 몸을 돌려 밖으로 나간 뒤 처마 앞에 잠시 멍하니 서 있었다.

진눈깨비의 기세는 한층 더 맹렬해져 온 하늘을 떠돌다 이곳저곳으로 흩어졌다. 마전은 다시 쇄불의식을 보러 갈지 말지 망설이며 대문에 이르렀다. 그러다 원래 옷을 갈아입으러 왔다는 사실을 떠올리고는 다시 몸을 돌렸다. 대문 옆 커다란 쓰레기통 속에 쌓인 쓰레기가 녹은 눈으로 흥건히 젖어 있었다. 마전은 쓰레기 더미를 힐끗 쳐다보았다. 그러고 보니 본인이 사 온 과일 봉지가 쓰레기통에 처박힌 광경을 꽤 오랫동안 보지 못한 듯했다. 복잡한 감정 속에서 한 줄기 기쁨이 솟구쳤다. 여성에겐 남성보다 더 강한 부분이 있는데 그건 바로 모성애와 자비라는 생각이 들었다. 어쩌면 그것 때문에 여성이 세상을 대하는 방식이 더 세심하고 복잡한 것인지도 모른다.

방에 온 마전은 두꺼운 솜옷으로 갈아입었다. 그리고 창밖을 내다보는데 갑자기 나가기가 귀찮아졌다. 그는 훠캉 가장자리에 걸터앉은 다음 훠캉에 등을 대고 편안히 누웠다. 꼭 긴 여정 끝에 목적지에 도착한 기분이었다. 그러나 도저히 내려놓을 수 없는, 쉽게 내상을 입히는 고민이 하나 늘었다. 조용한 가운데 눈앞에 그 뒷모습이 다시 어른거렸다. 그 침묵하는 뒷모습은 마치 벽에 그려진 벽화처럼 그의 마음속에 못 박혀 깊고 비밀스러운 감정을 만들어냈고 소리 없는 곳에서 피를 타고 온몸의 혈관을 돌고 돌았다.

5

샤허의 큰길을 따라가다보면 서쪽으로 라브랑 사원에 이른다. 다시 남쪽으로 내려가면 사찰이 모여 있는 서남쪽 모퉁이에 오래된 돌다리 하나가 나온다. 샤허를 가로지르는 그 돌다리를 건너면 높이가 50미터에 달하는 산비탈이 보인다. 누군가 거기로 말을 산책시키러 가는지 또각또각 말발굽 소리와 함께 돌다리를 건너왔다. 마전은 소리 나는 쪽을 바라보았다. 밝은 햇빛 아래, 얼어붙은 강이 물고기 비늘처럼 반짝거렸다. 그는 사흘이 멀다 하고 라브랑 사원을 찾아가 빙 돌곤 했다. 계속 돌다보니 마니차의 색깔이 처음 봤을 때처럼 선명하지 않고 얼룩덜룩해 보였다. 마니차는 맑은 날이나 눈 오는 날, 일출이나 일몰에도 언제나 그것을 돌리는 사람들처럼 온갖 풍상을 다 겪으면서도 여전히 돌고 있었다. 사람들이 오른손으로 밀면 미는 대로 시계 방향으로 계속 돌았다.

 마전은 서글펐다. 한곳에 오래 머물러 시간이 덥석덥석 삼켜지고 나면 수많은 것이 처음 봤을 때의 새로움을 잃는다는 사실을 깨달았기 때문이다. 타향살이가 힘든 것도 바로 그 때문이리라. 처음 도착했을 땐 입맛에 맞는 것이 하나도 없다. 그러나 겨우 적응하고 나면 모든 것은 묵은 것이 된다. 묵은 것은 고향에 있다. 감정은 묵은 것에 기대기를 좋아하기 때문이다. 그러나 타향에서 묵은 것은 불안이 된다. 마전은 다시 주위를 둘러보았다. 수많은 불자佛子가 붉고 높은 담벼락 아래에서 절을 올리며 고통과 평범한 즐거움을 초월한 이미지에 공헌하고 있었다. 보고 있자니 자신은 마치 육지에서 끝없는 바다 밑으로 잠수한 사람 같았다. 사방이 온통 바닷물이었다. 그 짜고 떫은맛에는 익숙해졌지만 외로움에는 익숙해지지 않았다. 더 멀리 내다보니 설산이 보였다. 오직 설산뿐이었다. 볼 수는 있지만 닿을 수는 없기에 처음 느낀 감정과 지금이 똑같은 것은.

푸른 하늘에서 조용하고 무심하며 풀이 죽은 태양이 따사로운 빛을 발하고 있었다. 그때 마전의 눈에 사원 한 곳에 놓인 석대에 앉아 마니차를 돌리며 햇볕을 쬐는 할머니가 보였다. 석대에는 많은 사람이 함께 앉아 햇빛을 받고 있었다. 그는 가까이 다가가 할머니 옆에 앉았다. 할머니는 말없이 마니차를 돌렸다. 마전도 아무 말 하지 않고 온몸의 긴장을 푼 채 설산을 바라보았다. 설산은 평소처럼 평온하고 새하얬다. 손을 뻗으면 닿을 것 같아도 아득히 멀리 떨어져 보는 사람으로 하여금 흠잡을 데 없는 고결한 아름다움을 추구하게 만들었다.

마전은 묵묵히 설산을 보았다. 그는 설산이 좋았다. 뭐가 좋은 건지 분명히 설명할 수는 없었다. 설산 봉우리의 만년설이 좋은 것도 아니고 고요하고 평온해서 좋은 것도 아니었다. 거기엔 뭔가 다른 것이 있었다. 비밀스럽고 숭고한 무언가가 설산을 거대한 수수께끼처럼 보이게 만들었다.

마전은 마니차가 반복하여 회전하는 소리 속에서 그렇게 설산을 바라보았다. 그는 설산을 보는 것이 좋았다. 정신적이고 형이상학적 차원에서 자신의 고독을 위하여 의지처와 수호자를 찾고 싶은 듯했다. 계속 보다보니 잠이 오기 시작했다. 눈을 감자 감상은 경청으로 변했다. 햇빛에 나른해졌을 때 어두운 파도 속에서 무언가 용솟음쳐 눈앞으로 일파만파 밀려오는 기분이 들었다. 화들짝 놀라 눈을 떠보니 할머니는 이미 떠나고 옆자리는 텅 비어 있었다.

마전은 잠시 더 앉아 있다가 태양의 각도가 기운 뒤에야 몸을 일으켰다. 그리고 세면용 수건을 챙기고 모스크에 갈 채비를 하기 위해 집으로 돌아갔다.

대문에 들어서자마자 할머니 방 쪽에서 뭔가 바닥으로 떨어지는 소리가 들리더니 누군가 날카로운 비명을 질렀다.

"왜 이래? 무슨 짓이야? 이거 놔! 꺼져!"

융춰의 목소리였다. 마전이 재빨리 달려가보니 활짝 열린 방문 안으로 탕난이 보였다. 융춰의 머리는 헝클어져 있었고 티베트식 파오즈의 앞섶이 벌어져 있었다. 앞섶 아래 호두 단추가 몇 개나 뜯겨 새하얀 젖가슴이 밖으로 훤히 드러나 있었다. 꼭 날고 싶은 비둘기 같았다. 융춰는 석탄 집게를 무기 삼아 두 손에 쥐고 스스로를 방어하느라 다른 것을 돌볼 여유가 없었다.

탕난은 마전을 보자마자 허둥지둥 방문턱을 넘었다. 그리고 그 푹신푹신한 녹색 군용 스니커즈를 신고 한걸음에 처마 계단을 뛰어 내려갔다. 상황을 파악한 융춰는 본능적으로 뒤로 물러선 뒤 얼른 어둠 속으로 자신을 숨겼다.

마전은 아무 말도 하지 않았다. 그 짧은 순간에 많은 생각이 떠올랐다. 자시가 자기 집 가게에서 불타 죽는 바람에 이 집은 대들보 같았던 보호자를 잃었다. 이제 장작도 못 패고 물도 나르지 못할 뿐 아니라 벌건 대낮에 집 안에서 수모를 겪기까지 했다. 생각이 거기에 미치자 마전의 마음에 가시가 돋친 기분이었다. 관자놀이 아래 핏줄이 솟구쳐 어두운 동굴 속 뱀처럼 꿈틀대며 온몸을 돌아다니는 것 같았다.

허둥대며 뛰어나가던 탕난은 막 문으로 들어오던 할머니와 정면으로 부딪칠 뻔했다. 심상치 않은 집 안 분위기를 감지한 할머니가 눈살을 찌푸린 채 주의 깊게 마전의 얼굴을 살폈다. 마전은 긴장한 나머지 자신의 얼굴을 더듬었다.

융취가 찢긴 옷을 수습하고 나왔다. 마전은 무척 당혹스러웠다. 그녀는 어둠에서 햇빛 아래로 불쑥 나온 사람처럼 놀라우리만치 침착했다. 너무 침착해서 사람 같지 않아 보일 정도였다.

할머니가 다급하게 물었다.

"왜 그래?"

하지만 융취도 끝까지 침착하지는 못했다. 눈동자에 눈물이 가득 찼지만 다시 삼키고는 고개를 가로저었다.

더욱 초조해진 할머니가 마전과 융취를 번갈아 바라보면서 두 사람의 표정을 살폈다.

"무슨 일 있었어?"

"일은 무슨 일이요? 아무 일도 없었어요!"

융취는 신경질적으로 대꾸하고 씩씩대며 안으로 들어간 뒤 계단 위로 뛰어 올라갔다. 할머니가 그 뒤를 따라 들어가며 방문을 닫았고 마전은 홀로 마당에 남겨졌다. 매 한 마리가 푸른 하늘을 맴돌고 있었다. 너무 높이 날아서 윤곽만 보였다. 그 둥근 원을 바라보던 마전은 서글펐다. 저 매는 어째서 오직 이곳만 뚫어져라 바라보며 선회하는 걸까. 그는 조금 전 탕난을 붙잡지 않은 것을 후회했다. 자시가 있었다면 탕난이 도망치지 못하도록 흠씬 두들겨 팼을 텐데.

　라마단 종료 축제 당일, 마전은 기념일의 기쁨을 나누기 위해 특별히 찻잎 한 근과 과일 두 상자를 사서 할머니와 손녀 두 사람에게 건넸다. 과일은 한동안 충분히 먹을 양이었다. 그런데 오늘 이런 일이 벌어졌다. 자신도 쉽게 떨쳐내기 힘든데 융취는 오죽하겠는가. 그는 밖에서 저녁 식사를 하고 다시 과일을 샀다. 그리고 과일을 핑계로 문을 열고 두 사람을 들여다보았다. 두 사람은 평소와 다름없었다. 할머니는 따뜻한 곳에 자리 잡고 앉아 염주를 굴리고 있었다. 여전히 눈도 뜨지 않았다. 융취 역시 아무 말 하지 않고 고개를 숙인 채 모포를 바느질하고 있었다. 마전의 시선이 할머니에게서 융취 쪽으로 옮겨간 뒤 거기서 멈췄다. 융취의 손에 들린 바늘이 삐끗하면서 그녀의 다른 손을 찌르자 흠칫 놀란 융취가 거의 알아들을 수 없을 정도로 '스읍' 하고 숨을 들이마시고는 손가락을 들여다보았다. 손가락 끝에 작은 핏방울이 맺혔는데 검붉은 핏방울이 계속 커지면서 마전의 시선을 사로잡았다. 조용하고 따뜻한 방 안에 보이지 않는 무언가가 감춰져 있었다. 그것이 안개처럼 짙게 내려앉아 숨이 막혔다. 마전은 과일을 내려놓지도 못하고 한마디 말도 하지 못한 채 문간에 가만히 서 있다가 밖으로 나왔다. 노랗고 커다란 달이 마당 담벼락에 낮게 걸려 있었다. 꼭 사람이 떠난 골목 사이에서 떠올라 희뿌연 이 집 안에 사람 냄새를 비춰주려는 것 같았다.

 이유는 알 수 없으나 잠들기 직전에 마전은 대낮의 그 장면을 떠올렸다. 반나절이나 지난 시점에 문득 그 광경이 생각나자 마전은 말로 표현할 수 없는 감정을 느꼈다. 잠에 든 뒤에도 그 장면은 수면까지 따라와 어지러운 꿈으로 용솟음치고 맴돌았다. 마치 날아가려던 비둘기가 건드린 구리방울 소리가 봄바람을 타고 끊임없이 울려 퍼져 그의 심금을 울리는 것 같았다. 그는 넋을 놓고 바라보았다. 도저히 억누를 수 없는 충동이 일었다. 몰래 그리고 싶었다. 그녀에게 입맞추고 싶었다. 가슴이 뛰었다. 눈앞에 짙은 어둠이 깔렸다. 깊은 밤의 어둠보다 훨씬 더 짙은 어둠이었다. 마치 모욕과 공포를 뒤섞고 고요함으로 끈적임을 더한 시커먼 소스 같은 것이 머리 위에서 흘러내려 그의 눈을 가리고 코를 뒤덮고 입으로 쏟아져 들어오는 듯했다. 머리까지 잠긴 시커먼 소스 속에서 흉악한 귀신들이 외치는 날카로운 소리가 어둠 중에서도 가장 어두운 곳까지 울려 퍼졌다. 햇빛 아래 새하얀 설산이 무너지더니 산더미 같은 얼음과 눈이 천지를 뒤덮고 와르르 몰려들었다. 마전은 그 광경 속에서 수많은 환각을 보았고 환각이 부서지며 사라지는 것을 보았다.

 마전은 정신이 혼미했다. 천지를 뒤흔드는 붕괴 소리 속에서 줄줄 새어나오는 욕망을 억제하기 위해 발버둥 쳤다. 하지만 힘이 빠졌고 목이 말라 죽을 지경이었다. 그는 자신의 몸에 열이 나고 있다는 것을 느꼈다. 막 타고 남은 잿더미 속에 누워 있는 것처럼 온몸이 뜨겁고 건조했다.

마침내 그는 잠에서 깨어났다. 꿈은 현상을 통해 그에게 본질을 깨닫게 했다. 그 치명적인 미련은 그의 마음속에 깊이 파고들고 스며들었다. 그렇지 않았다면 이토록 연약하고 모순적이지 않았으리라. 또 그런 악몽에 이토록 시달리지도 않았을 터였다. 하늘에 어렴풋한 푸른빛이 감돌기 시작했으나 여전히 어둑어둑했다. 마전은 자리에서 일어나 앉아 잠시 숨을 돌리고 모스크의 욕실로 향했다. 그리고 온수를 뜨겁게 틀어 욕실을 수증기로 가득 메웠다. 눈앞에 뿌연 안개뿐이었다. 쏟아지는 물줄기 속에서 몸을 씻다보니 가슴이 점차 차가워졌고 팽팽한 근육이 잘 발달한 몸도 가벼워지기 시작했다. 맑은 바람이 온몸의 혈관으로 스며드는 것 같았다. 자욱하게 퍼지던 비안개는 부드러운 가랑비로 변해 있었다. 그의 마음속 풍경은 완전히 달라졌다.

마음을 가라앉힌 그가 다시 고개를 들었을 때 유난히 푸른 하늘에 또렷한 흰 구름이 보였다. 저 멀리 설산 봉우리는 기복하는 산맥들보다 고요하게 높이 솟아 있었다. 움직이거나 흔들리지 않았고 흠잡을 데 없이 새하앴다. 주변 공기는 신선하고 가벼웠다. 그는 산봉우리에서 시선을 거두고 가볍게 한숨을 내쉰 다음 평소 늘 찾던 식당에서 아침을 먹었다. 그런데 갑자기 거리에서 소란이 일더니 사람들이 한 방향으로 달리기 시작했다. 식당 여주인이 밖에서 들어오며 소리쳤다.

"저 앞에서 웬 젊은 여자가 젊은 남자를 칼로 찔렀어. 즉사한 것 같아."

"내가 가볼게."

남자 주인이 하던 일을 멈추고 앞치마를 풀어 의자 등받이에 걸친 뒤 말을 하면서 밖으로 나갔다.

한쪽 식탁에서 식사하던 마전은 알 수 없는 공포를 느꼈고 심장이 덜컹 내려앉았다. 하지만 홀로 타향살이를 할 때는 이런 소란과 거리를 두는 편이 좋았다. 식사를 마친 그는 사람들을 거슬러 집으로 돌아왔다. 어떤 육체적 피로가 완전히 풀리지 않은 것 같아 신발을 신은 채 구들 가장자리에 몸을 뉘었다. 잠깐 눈을 붙일 참이었다.

그런데 비몽사몽간에 누군가 대문을 여는 소리가 들렸다. 문을 어찌나 세게 열어젖혔는지 빙글 돌아 열린 문이 담벼락에 '쾅' 부딪히며 온 집 안의 정적을 깨뜨렸다.

융춰가 쏜살같이 달려 들어왔다. 얼굴이 온통 땀투성이였다. 그녀가 마당에서 울면서 찢어질 듯 소리쳤다.

"할머니! 할머니!!"

그녀는 폐가 터질 듯이 연거푸 소리를 질렀다.

"왜 그래?"

놀란 할머니가 신발도 신지 못하고 맨발로 뛰쳐나와 황급히 물었다.

"또 무슨 일이야?"

"그 사람이 살해당했어요."

"누가?"

"마전이요!"

"마전?"

"우리 집에 사는 마전이요. 양진이 마전을 찔렀어요."

융춰의 얼굴에는 눈물이 가득했고 목소리는 이미 패닉 상태였다.

설산의 사랑

"뭐라고?"

할머니도 경악을 금치 못했다.

"같이 탕카 그리는 사람이 직접 봤대요. 불탄 골동품 가게 앞에서요."

융춰는 온몸을 바들바들 떨다가 더는 버틸 수 없다는 듯 마당에 주저앉아 머리를 감싸쥐고 애통하게 울었다.

상상도 못 한 일이었다. 마전은 밖으로 나가 그 광경을 마주하고 한동안 아무 말도 하지 못했다.

융춰는 입술이 하얗게 질리고 온 얼굴이 눈물투성이가 된 채 고개를 들어 믿을 수 없다는 듯 마전을 바라보았다. 마전도 융춰를 바라보았다. 마음속에 안개 같은 무언가가 그녀의 얼굴을 뒤덮은 눈물에 흩어지는 듯했고 그의 마음도 깨끗해졌다.

익살극 같은 해프닝이었다. 곁에 서 있던 할머니가 더는 못 봐주겠다는 듯 눈살을 찌푸리며 말했다.

"그만 일어나. 감기 걸릴라."

융춰는 힘껏 달려온 데다 통곡까지 하느라 체력을 너무 많이 허비한 탓에 자리에서 일어나지 못했다. 그녀는 손을 뻗어 할머니의 팔을 붙잡고 간신히 몸을 일으킨 다음 바들바들 떨며 방으로 걸어들어갔다. 께름칙한 사건이었기에 마전은 불안한 마음으로 문을 나섰다. 이글거리는 태양 아래 모든 사람이 이미 소문을 듣고 수군대고 있었다.

시커멓게 그을린 골동품 가게 문 앞 시멘트 바닥에 혈흔 몇 개가 보였다. 햇빛을 받은 혈흔은 암갈색을 띠어 더욱 눈에 띄었다. 심장이 격렬하게 뛰면서 마전은 심장이 부서질 것 같은 극심한 통증을 느꼈다. 가게를 둘러싸고 떠드는 사람들의 입을 통해 그는 진상을 알게 되었다. 배상금을 받지 못해 극도로 절망한 양진은 매일 거기 쭈그리고 앉아 비단 가게 사람이 오기를 기다렸다. 그리고 마침내 누군가 오자마자 달려들어 그의 목숨을 앗았다. 목숨을 목숨으로 돌려받은 셈이었다. 상대는 마전 또래의 젊은이였다. 양진의 칼에 몇 차례 찔렸는데 죽지는 않고 병원으로 옮겨졌다. 하지만 위독한 상태라고 했다.

마전에게 그 소식은 예상치 못한 충격이 아닐 수 없었다. 그는 만약 비극이 있다면 그것은 틀림없이 각자의 무너진 폐허 위에 세워진 것이라고 생각했다. 이번 사건을 통해 그는 다시 정신을 차렸다. 그와 두 조손 사이에 줄곧 철조망 같은 무언가가 가로놓여 있었다. 그것을 뛰어넘지 않으면 결국 사고가 날 터였다. 하지만 본디 다른 부류의 사람들이고 방향과 목적도 다른데 어찌 뛰어넘을 수 있단 말인가. 그는 길을 따라 한참을 배회하다 집으로 돌아갔다. 정오의 태양 아래 융취가 계단에 앉아 탕카를 그리기 위해 안료를 갈고 있었다. 돌절구 속에서 광물이 한 바퀴씩 갈릴 때마다 고요한 마당에 끽끽 소리가 울려 퍼졌다. 마전이 잠시 말없이 지켜보다가 가까이 다가가 물었다.

"지금 갈고 있는 게 공작석인가요?"

뭐라도 좋으니 말문을 트고 융취와 이야기를 나누고 싶었다. 그러려면 자신과 그녀 사이의 이 단단한 돌덩이 같은 침묵부터 깨야 했다. 하지만 융취는 아무 대꾸 없이 기계적으로 안료만 갈았다. 오히려 할머니가 지팡이를 짚고 방에서 나와 헛기침을 했다. 그리고 싸늘한 표정과 적대적인 눈빛으로 마전을 뚫어져라 바라보았다. 마치 자신의 주머니에 손을 넣은 도둑을 쳐다보는 것 같았다.

마전은 몹시 괴로웠다. 그는 할머니의 눈을 바라보았다. 그리고 조금 전 자신이 던진 질문도 잊은 채 꼿꼿이 서 있었다. 융춰는 다 간 절구를 끌어안고 계단을 올라가 할머니와 함께 안으로 들어간 뒤 문을 닫았다.

고요한 가운데 밖에서 차 소리가 들리더니 마젠의 픽업트럭이 열린 문으로 곧장 들어왔다. 가게 앞에서 일어난 사건을 듣자마자 마전을 데리러 온 것이었다. 그는 가방에서 돈뭉치 몇 개를 꺼낸 뒤 방문을 열고 들어가 할머니에게 말했다.

"할머니, 여기저기서 긁어모았지만 절반밖에 마련하지 못했어요. 일단 창고 전체를 저당 잡으세요. 우리가 보상금을 전부 해결하기 전까지 창고를 마음대로 하셔도 좋아요. 마전은 무슨 수를 써서라도 오늘 제가 데려가야겠어요."

마전은 고개를 돌려 할머니를 바라보았다. 그녀는 침착한 얼굴로 한참이나 묵묵히 있다가 입을 열었다.

"데려가요."

마젠은 그 말을 듣고 자기도 모르게 안도의 한숨을 내쉬고 할머니가 변심할세라 책상 위에 돈을 내려놓았다.

"세어보세요. 제가 할머니 드리려고 양 반 마리를 가져왔는데 저는 그동안 그걸 내리고 있을게요."

전부 은행에서 찾아온 고액권이었다. 할머니는 한 뭉치씩 가져다 하나로 쌓아 융춰에게 건네며 잘 보관하라고 말했다.

마젠은 양고기 반 마리를 메고 들어와 탁자 위에 올리고 곁에 서 있는 마전에게 말했다.

"가서 짐 챙겨. 집에 가자."

돈뭉치를 안고 계단을 오르던 융춰가 고개를 돌려 마전 쪽을 바라보았다. 그녀의 시선과 마전의 시선이 맞닿았다. 마전은 잠시 망설이다가 다시 마젠을 바라보며 실망한 듯 물었다.

"이래도 돼? 집에서 얘기가 다 된 거야?"

결정적인 순간에 부잣집 도련님의 어리숙함이 튀어나오자 마젠이 마전을 노려보며 쏘아붙이려다 할머니의 어두운 표정을 보고 꾹 참았다.

"그럼. 돈이야 없으면 다시 벌면 그만이지만 사람은 죽으면 그걸로 끝인 거야."

그리고 안타깝다는 듯 한숨을 내쉬고 마전의 눈을 바라보며 말을 이었다.

"거긴 저주받은 곳이야. 사람 잡아먹는 곳이라고. 젊은 사람의 목숨을 계속 앗아가잖아. 돌아가자."

돌아온 지 얼마 지나지 않아 마전의 아버지는 담낭 결석으로 수술을 받았다. 누구보다 원대한 꿈을 품고 강하게 살던 사람이 늙은 데다 큰 병까지 얻자 쉽게 죽음을 생각했다. 수술을 마친 후 병상에 드러누운 그는 줄곧 입술을 떨고 눈물을 흘리며 이렇게 눈감으면 미처 갚지 못한 그 목숨값을 어찌 하겠냐고. 계속 질질 끌고 있으니 마음이 편치 않은데 머리카락보다 더 가늘고 번개보다 더 빠른 그 다리를 어찌 건널 수 있겠냐고 넋두리했다. 수술이 그를 어찌 하기도 전에 심리적 압박감이 그를 먼저 무너뜨렸다. 아들들은 머리를 맞대고 상의했으나 팔 수 있는 거라곤 집 안의 너른 뒤뜰뿐이었다. 조상들이 유산으로 남긴 땅이었다. 그들은 나중에 돈이 생기면 되찾기로 했다.

마젠과 마전은 다시 트럭을 몰고 돈을 갚으러 갔다. 마전이 샤허에서 돌아온 뒤 다시 돈을 갚으러 가기까지 한 달도 지나지 않았는데 조용하던 대문의 분위기가 벌써 달라져 있었다. 편백나무 대문은 밝은색으로 칠해져 있었고 한 유랑자가 나무 막대기를 쥐고 어깨엔 양가죽으로 만든 괴상한 가면을 맨 채 대문 앞에서 노래하고 춤추며 구경꾼들을 끌어들이고 있었다.

마전은 그 광경을 보고도 무슨 상황인지 알 수 없어 마젠에게 물었다.

"뭐 하는 거야?"

"가면극을 하는 거야."

"가면극?"

"떠돌이 음유시인들이 시를 읊는 것과 비슷해. 아마 융춰가 시집가나보다. 다들 축하하러 온 것 같은데."

예상하지 못한 일이었고 너무 갑작스러웠다. 마전은 문간에 서 있었다. 뭐라 설명할 수 없고 자신조차 깨닫지 못했던 감정이 그의 호흡을 흐트러뜨렸다. 그는 말을 더듬거리며 물었다.

"그러니까, 융춰가 오늘 결혼을 한다고?"

마당에는 크기가 다른 자동차가 여러 대 세워져 있었고 누군가 차 앞머리에 카닥*을 걸고 있었다. 마젠이 말했다.

"지금 결혼식을 올리는 중이네. 봐, 신랑 측 차가 아직 세워져 있잖아."

---

* 티베트에서 사람들이 서로 인사 나눌 때 주고받는 긴 비단 스카프.

"신랑 측?"

줄곧 아래로 가라앉던 마음이 다시 멈추었다. 도저히 믿을 수가 없었다.

"융춰가 데릴사위를 들인다는 뜻이야?"

마젠이 말했다.

"티베트에는 데릴사위를 들인다는 말은 없어. 남자가 장가갈 수도 있고 여자가 시집갈 수도 있지. 그 부분에서 그들은 절대적으로 공평해. 우리처럼 집안이 가난하거나 뭔가 결함이 있어서 아내를 구하지 못한 사내들이 데릴사위로 들어가는 게 아니야."

융춰는 자기 방에서 치장을 하고 있었고 할머니 혼자 마당에서 일을 처리하느라 바빴다. 마당 안팎으로 사람이 많아 무척 혼잡스러웠다. 할머니는 돈을 갚으러 왔다는 말을 듣고 두 사람을 빈방으로 데리고 들어갔다.

마젠은 할머니에게 돈을 건네고 빙글빙글 웃으며 말했다.

"할머니, 융춰 결혼해요?"

"그래요."

할머니는 무척 기쁜지 얼굴이 상온보다 더 따뜻해 보였다.

옆에 서 있던 마전이 미소 지으며 할머니를 향해 살짝 고개를 끄덕이고 말했다.

"미리 소식을 듣지 못해서 축하 선물 하나 못 챙겨왔어요."

그의 눈빛에 민망함과 수줍음이 가득했다. 마젠은 그 모습을 보고 웃으며 가죽 벨트에서 창고 열쇠를 풀어 마전에게 건넸다.

"우리 창고가 바로 여기 있잖아. 가서 융춰에게 줄 만한 선물 하나 골라봐."

할머니가 극구 거절했으나 마전은 창고에 들어가 융취에게 줄 선물을 살폈다. 할머니가 돈을 다 세도록 마전이 돌아오지 않자 마젠이 창고로 들어갔다. 창고에는 창문이 없어서 등불을 켜야 했다. 누런 등불 아래 창고는 마치 아라비안나이트 속 시장처럼 진귀한 보물로 가득했다. 마전은 아무리 꼼꼼히 살펴도 마음에 드는 물건을 찾지 못했다. 문득 시대가 변했다는 느낌이 들었다. 마젠이 물었다.

"아직 못 골랐어?"

"응. 적당한 게 없는 것 같아."

"마노, 밀랍, 산호, 비취, 터키석, 금귀걸이, 은팔찌. 여자 결혼 선물로 주지 못할 것이 하나도 없는데 적당한 것을 찾을 수 없다니?"

그는 몇 걸음 걸어가 커다란 터키석 귀걸이를 고른 다음 몸을 돌려 마전에게 말했다.

"이게 제격이겠다."

마전이 물었다.

"이게?"

"이거 지금 값 꽤 나간다. 아까워서 그래, 성에 안 차서 그래?"

마전이 웃으며 농담했다.

"성에 안 차."

마젠이 너털웃음을 터뜨리고 마전의 등을 두드리며 말했다.

"그날 할머니가 널 순순히 놓아준 이유를 알겠다. 네 꼴을 보니 널 여기 두면 자기 손녀를 꾀어갈까봐 두려우셨던 거야."

순간 마전의 심장이 두근거렸으나 마젠이 농담하고 있다는 것을 깨닫고 장단을 맞췄다.

"그렇게 말하니까 날 창고지기로 보낸 게 꼭 우리 쪽에서 놓은 덫처럼 들리네."

두 형제는 모두 키가 커서 창고에서 나올 때 허리를 살짝 구부려야 했다. 마젠이 창고 방범 문을 잠그며 말했다.

"그럼 아니야? 네가 일을 제대로 하지 못해서 간파당한 거지."

마젠은 자기도 모르게 미소를 지었다. 그 미소엔 약간의 상실감이 묻어 있었다. 적막한 하늘은 청회색을 띠고 있었고 공기 중에는 잔치의 흥청망청한 기운이 둥둥 떠 있었다. 가면극을 하는 사람은 여전히 대문에서 노래하고 있었는데 검정 펠트 중절모를 손에 쥐고 만지작거리며 한 구절씩 불렀다. 마전은 곁에서 조용히 지켜보았다. 노랫소리는 마치 거세게 포효하는 급류가 머릿속을 스치고 지나가는 것 같았다. 어찌나 빠른지 희미한 메아리조차 남지 않았다.

마젠은 예물을 받는 사람에게 터키석 귀걸이를 들고 가 기록을 남기고 사방을 둘러보았다. 그리고 아는 얼굴이 하나도 없자 마전에게 말했다.

"가자. 여기 있어봤자 뭘 얻어먹지도 못할 텐데 괜히 자리만 차지해서 뭐 해."

두 사람은 이야기를 나누며 문을 나섰다. 마젠이 재빨리 조수석 문을 열고 올라타더니 더는 운전하고 싶지 않으니까 마전더러 운전대를 잡으라고 했다. 마전이 막 운전석에 오르려는데 융취가 문밖으로 달려 나오는 모습이 보였다. 티베트식 혼례복을 입고 머리엔 은, 산호, 밀랍으로 한껏 장식한 그녀의 모습은 눈부시도록 아름다웠다. 마치 황량한 고원의 옛 궁전 밖을 뛰쳐나온 아름다운 혼령 같았다. 마전은 침착한 표정을 지었지만 심장은 터질 듯이 뛰었다. 그는 이미 운전석에 올려놓았던 한쪽 다리를 다시 땅으로 내리고 융춰를 바라보았다.

마젠이 조수석에서 머리를 내밀고 물었다.

"왜 나왔지?"

그는 의아한 표정을 지었다.

"결혼식을 올리기 전까지 아무도 신부를 볼 수 없다고 들었는데."

융춰는 손에 터키석 귀걸이를 들고 있었다. 달려 나온 그녀는 아무 말도 하지 않고 눈물이 그렁그렁한 눈으로 두 사람을 바라보았다. 눈물이 점점 더 가득 차올랐다. 꼭 털어놓을 수 없는 억울한 일을 당한 사람 같았다.

마전은 융춰의 표정을 보고 멈칫했다. 그녀의 눈을 똑바로 바라보고 있자니 놀랍기까지 했다. 한참이 지나서야 융춰가 입술을 파들파들 떨며 말했다.

"두 분 선물 고마워요."

작은 목소리였다. 하지만 새 떼가 수면을 스쳐 일으킨 잔물결이 조금씩 넘실대며 수면 위의 평온을 깨뜨리는 것 같았다. 차 안에서 마젠이 웃으며 말했다.

"융춰, 우리 사이에 너무 예의 갖출 것 없어. 선물은 마음에 드니?"

융춰는 눈물을 흘리며 말없이 마젠을 향해 살짝 고개를 끄덕이고 다시 마전을 바라보았다. 마전은 뻣뻣하게 서서 그녀의 눈물을 바라보았다. 그리고 그 눈물 속에서 자신을 보았고 자신과 그녀의 관계를 보았다. 그것은 환상 속에 투영된 상상이었다. 환상 속 만물은 각자의 궤적에 따라 자라고 움직였다. 상상은 쓸데없는 것이었다. 실현할 길이 없었다. 그에게는 길이 없었고 그녀에게도 길이 없었다. 두 사람은 그 사실을 너무 잘 알고 있기에 둘 다 길을 찾으려고 하지 않았다. 차 안에서 마젠이 "어이" 하고 소리쳤다.

"융춰 오늘 시집간다. 그만 가야지."

마전이 잠시 머뭇거리다 다시 융춰를 바라보았다. 그리고 여전히 거리를 유지한 채 융춰를 향해 살짝 미소 짓고 작별을 고한 뒤 몸을 돌려 트럭에 올랐다. 차를 몰며 손가락으로 차창에 서린 김을 닦아내고 밖을 내다보니 융춰가 여전히 그곳에 서서 두 사람을 향해 힘껏 손을 흔들고 있었다. 이제 표정은 자세히 보이지 않았고 이윽고 얼굴도 보이지 않게 되었다.

마전은 눈을 비볐다. 창밖으로 눈송이가 흩날리고 있었다. 언제부터 내린 건지 알 수 없었다. 그는 액셀러레이터를 더 세게 밟아 눈송이 속으로 내달렸다. 달리면 달릴수록 더 하얘졌다. 소리도 없고 형상도 없는 완전한 흰색 속으로 접어들자 빛이 보였다. 다시 빛나는 곳을 향해 달렸지만 여전히 하얗기만 했다. 온통 하얀색이었다. 온 대지가 이미 흰색으로 뒤덮여 있었다. 하지만 환상처럼 아름다운 그 모습이 아직도 몰아치는 찬바람 속에 서 있는 것 같았다. 그 모습 역시 하얀색이었고 흐릿했다. 마치 그가 백번 천번 우러러보았던 설산 같았다. 그는 호기심을 안고 그것을 집요하게 바라보면서 한 바퀴 빙 돌았다. 그리고 그것을 스쳐 지나가 멀어지고 또 멀어졌다. 그 모습도 사라진 것 같았다.

2020년 4월 27일 란저우에서 마침

아프리카봉선화

1

 튀쥔花駿이 맨 처음 수선집에 옷을 가져간 날, 쇼윈도에 일렬로 늘어선 키 큰 아프리카봉선화가 그의 시선을 사로잡았다. 잎은 당장이라도 물이 뚝뚝 떨어질 것 같은 쪽빛이었고 작은 꽃송이는 고서에나 나올 법한 여인의 이마에 찍힌 복숭아꽃 점처럼 새빨갰다.
 그의 회사는 조만간 열릴 사내 예술 공연을 앞두고 있었고 합창단원인 그는 단체복을 지급받았다. 하지만 튀쥔의 마른 몸 때문인지 상의 세트는 볼품없어 보였다. 바지도 사이즈가 맞지 않을 뿐 아니라 한쪽 단은 너무 짧고 다른 한쪽은 너무 길어 바닥에 질질 끌렸다.
 튀쥔은 거울 앞에서 그만 멍해지고 말았다. 자기 꼴이 너무 우스꽝스러웠다. 그러다 문득 산책로 꽃집 옆의 수선집이 생각났다. 간판에 적힌 '단추 달아드립니다' '바짓단 수선' 등의 문구를 지나가다 본 적이 있었다.

"이 옷 좀 수선해주세요."

수선집의 밝은 불빛 아래서 튀퀀이 봉지 속 옷을 꺼냈다. 그가 옷을 펼치기도 전에 가게 여자가 말했다.

"수선은 20위안이에요."

그녀는 고개를 숙인 채 자를 따라 초크로 옷감에 패턴을 뜨고 있었다. 다크브라운 색상의 원단에 그리고 있는 것은 옷의 뒤판이 틀림없고 팔오금 두 개가 확실하게 보였다. 어지는 튀퀀의 옷은 거들떠보지도 않았다. 튀퀀은 어차피 불량에 가까운 양복이라 그럭저럭 고쳐 입고 공연이 끝나면 버릴 작정이었다. 지갑에서 50위안을 꺼내 건네자 여자가 초크와 자를 놓고 돈을 받은 뒤 원단을 돌돌 말았다. 그리고 튀퀀을 등진 채 작은 상자에 손을 넣어 뭔가를 찾기 시작했다.

긴 작업대에는 각종 자투리 천이 널려 있었다. 바닥도 마찬가지였다. 튀퀀은 옷을 작업대 한쪽에 내려놓고 재봉틀 맞은편 의자에 앉았다. 그 위에 자투리 천을 이어 붙여 만든 방석이 놓여 있었으므로 손님을 위해 마련해둔 의자가 틀림없었다. 그는 그 작은 가게를 둘러보았다. 분위기가 독특했다. 벽에는 각종 의류 샘플이 잔뜩 걸려 있었지만 아프리카봉선화로 가득 찬 쇼윈도는 옆 꽃집에 바짝 붙어 있어서 안으로 들어오지 않으면 꽃집 쇼윈도로 착각될 정도였다. 옆 꽃집에도 이렇게 많은 아프리카봉선화가 있지는 않을 터였다. 같은 식물을 한 줄로 늘어놓으니 꽤 보기 좋았다.

튀퀀은 가까이 다가가 자세히 들여다보고 향기를 맡고 싶은 충동을 느꼈다. 그때 여자가 몸을 돌려 튀퀀을 보며 말했다.

"외투 좀 벗어주세요."

그녀가 한 손에 든 줄자를 길게 늘이며 말했다.

"예?"

튀퀸은 영문을 알 수 없었다.

"치수 좀 재려고요."

그가 외투를 벗고 여자 앞에 서자 여자는 그의 어깨너비와 팔 길이를 재고 팔을 들게 한 다음 가슴둘레와 허리둘레를 쟀다. 그리고 뒤로 돌게 해 등 길이도 쟀다. 튀퀸은 그녀에게 조종당하는 로봇이 된 기분이었다. 병원에서 신체검사를 할 때도 이렇게 신체 치수를 잰 적은 없었다.

이윽고 여자가 몸을 돌려 작업대로 가더니 튀퀸의 옷을 펼치고 초크로 이곳저곳을 표시했다. 튀퀸이 여자에게 바지도 사이즈가 맞지 않는다고 알려주자 여자가 바지를 펼쳐 살펴보았다.

"허리도 크겠네요. 이쪽으로 오세요. 다시 재보죠."

튀퀸이 다시 가까이 다가가자 여자는 엉덩이둘레를 쟀다. 튀퀸은 자세가 어색해서 가슴을 곧게 폈다.

여자가 바늘땀을 따라 바지를 뜯고 작업대에 펼친 뒤 적지 않은 옷감을 잘라냈다. 그리고 재봉틀 앞에 앉아 한 손으로 초크 자국을 누르고 다른 한 손을 움직여 옷을 노루발 아래로 밀어넣고는 드르륵 재봉하기 시작했다. 작업하는 내내 온전히 몰두한 모습이었다.

"다 됐어요. 입어보세요."

튀퀸은 거울 앞에 서서 자신을 보는 동시에 뒤쪽에 있는 여자를 바라보았다. 까만 머리카락을 집게 핀으로 대충 집어 뒤로 넘긴 모습은 꽤 젊어 보였고 얼굴은 하얀 편이었다. 아무래도 이곳 사람은 아닌 듯했다. 여자가 허리를 숙여 튀퀸의 실밥을 정리해주는데 옷

깃 사이로 그녀의 목덜미 피부가 보였다. 불빛 아래에서 은은한 윤기가 흐르고 있었다.

  수선은 딱 알맞았다. 튀쿈이 옷을 벗자 여자가 물티슈로 옷에 묻은 초크 자국을 지우고 손바느질로 바짓단을 꿰맨 뒤 다림질하고 잘 개어 튀쿈에게 건넸다.

  "상의 20위안 바지 10위안, 합쳐서 30위안이네요. 20위안 거슬러드릴게요."

  튀쿈은 여자에게 옷을 건네받고 거스름돈도 받았다. 밖에는 비가 내리고 있었고 텅 빈 거리는 이미 비안개에 휩싸여 있었다. 그는 고맙다고 인사하고는 가게에서 나온 뒤 옷 봉지를 머리에 얹고 차까지 껑충껑충 뛰어갔다. 그리고 차를 몰아 집으로 돌아왔다.

2

 같은 사무실에서 근무하는 마신馬鑫은 단체복이 아주 저질이며 바지 지퍼도 없다고 불평했다. 키 작은 마신이 큰 옷을 걸치자 어깨가 저만치 내려갔다. 그가 허리춤에 허리띠를 익살스럽게 매더니 이렇게 하면 짧은 치마로 입을 수 있겠다고 말했다.
 "우리 돈으로 이따위 저질 제품을 팔아주다니."
 마신은 허리에서 허리띠를 풀어 책상 위에 집어던졌다.
 "이딴 걸 입고 어떻게 무대에 서서 합창을 해? 이 바지 좀 봐."
 퉈쿤은 책상 뒤에서 고개를 들고 그를 바라보았다. 바지 한쪽 다리가 무릎부터 비뚤어져서 꼭 바지를 비뚤게 입은 것 같았다. 몹시 우스꽝스러웠다.
 "난 어제 퇴근하고 수선 맡겨서 이제 그럭저럭 입을 수 있어. 산책로 꽃집 옆에 있는 수선집이야. 바짓단 수선하고 단추를 달아준다는 그 집."

"어디?"

마신이 물었다.

"가게는 작은데 쇼윈도에 아프리카봉선화가 한 줄로 놓여 있어."

튀췬이 말했다.

"산책로에 가면 볼 수 있을 거야. 눈에 잘 띄거든. 수선사가 여자인데 재주가 좋고 손도 빠르더라고."

"아, 그 아프리카봉선화. 알아."

마신은 그 수선사를 아프리카봉선화라고 불렀다. 알고 보니 그녀는 마신의 옛 이웃이었다.

그녀는 타향 사람이었다. 외지에서 작은 장사를 하던 이 지역 청년을 따라 이곳으로 왔다. 청년의 아버지는 쓰촨에서 오랜 기간 사업을 했고 일 년에 두세 번밖에 집에 오지 않았다. 청년의 어머니는 혼자서 그를 키웠다. 보수적인 어머니는 아들이 어느 날 예고도 없이 데려온 며느릿감을 도저히 받아들일 수 없었다. 게다가 외지 여자가 어떻게 자기 아들을 꾀었는지 이해할 수 없었다. 아들이 무능력하고 성격도 나약하지만 그렇게 멍청한 정도는 아니라고 생각했다.

그의 어머니는 직설적이고 모진 말을 잘했다.

"뭔가 꿍꿍이가 있는 거야. 내 아들을 호구 잡아서 우리 집에서 손가락 하나 까딱하지 않고 호의호식하려는 거라고."

어머니는 아들이 결혼도 하기 전에 그녀를 경멸했다. 두 사람의 혼인에는 부모의 참석도, 혼수도, 예단도, 피로연도, 그 어떤 축복도 없었고 각자 혼인 증서를 한 부씩 나눠 가진 것이 전부였다. 그렇게 엉성한 결혼이었으니 멸시를 받은 것도 당연했다. 그녀는 부지런하고 유능했지만 가족과 섞이지 못했고 시어머니를 감당할 수 없었다. 매일 시어머니로부터 "창녀" 따위의 모욕적인 언사를 들어야 했다. 결혼은 몸과 마음의 의지처를 찾는 일이건만 그녀에겐 고작 몸을 뉠 공간이 생긴 것에 불과했다. 그녀는 그 집에서 거의 반년을 살았다. 하지만 언어폭력과 눈칫밥을 이겨내지 못했는지 결국 밖으로 뛰쳐나와 일을 찾았다. 처음엔 상가에서 구두를 닦거나 바짓단을 수리하는 등 닥치는 대로 일을 했고 몇 달 뒤에는 가게를 임대해 수선집을 차렸다. 일 년 후, 그녀는 시어머니 집에서 나와 집을 빌려 혼자 살았다. 그리고 이미 이혼한 사람처럼 독립적인 삶을 살며 생활비를 마련했다.

"참 안됐어."

마신이 한숨을 내쉬었다.

튀췬은 고개를 끄덕였다. 이 고읍古邑에 올라와 생존을 위해 홀로 발버둥 치는 여자였다니.

"나도 이름은 몰라. 아무튼 사람들은 다 그 여자를 아프리카봉선화라고 불렀어."

마신이 말했다.

"아프리카봉선화를 많이 키워서?"

"키우기 쉬워서. 줄기 하나를 잘라 물에 며칠만 꽂아두면 수염뿌리가 생겨서 어디에 심어도 잘 살거든. 꼭 그 여자랑 비슷하잖아."

튀췬은 마신을 바라보았다. 일리 있는 말이었다. 그녀는 이미 이 고읍에 자리를 잡지 않았는가.

"그리고 아프리카봉선화는 가지와 이파리가 푸르고 꽃잎은 짙고 요염하잖아. 실속 있는 미인처럼."
 마신이 그 말을 하면서 웃는 듯 마는 듯한 표정을 지었다.
 퉈쿼으로부터 정보를 입수한 마신은 다른 부서로 건너가 단체복을 수선 맡길 사람이 있느냐고 물었다. 퉈쿼은 사무실 창문을 통해 먼 곳에 우뚝 솟은 고층 건물을 바라보았다. 손끝을 뻗으면 닿을 것 같았다. 그러나 툭 건드리자마자 먼지처럼 흩어져버렸다. 그는 살짝 미소를 지었지만 자신이 왜 웃는지 알 수 없었다.

3

"내 옷도 수선했다."

이튿날 튀췬이 출근하자 마신이 굳이 그의 책상까지 찾아와 상황을 보고했다. 그는 이번에도 웃는 듯 마는 듯한 표정을 짓고 있었다.

"전보다 살이 좀 올랐더라. 피부도 더 하얘지고."

"무슨 소리를 하는 거야?"

튀췬이 고개를 갸웃대며 물었다.

"아프리카봉선화 말이야. 이번에 수선하러 가서 보니까 예전보다 더 예뻐졌더라고."

"아 그 여자 재봉사? 난 어떻게 생겼는지 기억도 안 나. 자세히 보지 않았거든. 옷 수선하러 가서 재봉사를 빤히 보는 것도 이상하잖아. 그 여자가 그렇게 예뻐?"

"당연하지. 이웃이었을 땐 화장하거나 밝은색 옷을 입은 걸 거의 본 적이 없어. 옷도 늘 구식이었는데 이목구비가 단정하고 예뻐서 눈에 띄었지."

마신은 그 집 환경이 그녀를 기죽였을 거라는 둥 지금은 살도 적 낭히 올랐는데 예전엔 너무 말랐었다는 둥 새카만 머리칼은 늘 까 맸는데 염색한 것 같지는 않다는 둥 그 여자에 관해 끊임없이 떠들 어댔다. 여자를 칭찬하는 것은 남자의 미덕이라지만 마신은 조금 지나쳤다. 음으로 양으로 그녀를 얼마나 오래 관찰했는지 모를 일 이었다. 튀퀸은 머릿속으로 그 재봉사를 떠올렸다. 하지만 그녀의 얼굴은 까맣게 잊혔고 집게 핀으로 대충 틀어올린 까만 머리카락 밖에 생각나지 않았다.

"기억 안 나. 피부가 여기 사람들보다 좀 하얬던 것 같긴 해. 화 장기는 없어 보였고."

"화장은 안 했지만 전보다 훨씬 더 강해 보였어. 표정은 평온한 데 눈빛은 좀 차가워졌고."

"나도 눈빛이 좀 차갑다고 느꼈어. 말수도 적고 조용하더라. 그 렇지만 솜씨는 좋지?"

"솜씨라면 좋은 편이지."

마신은 책상 앞에 서서 책상 위 서류 더미를 정리하고 물 한 잔 을 받으며 말했다.

"하지만 일을 잘하느냐 마느냐를 따질 때 난 솜씨를 보지 않아. 태도를 보지. 그 여자는 제대로더라. 이 바짓단 좀 봐. 전부 손으로 꿰맨 거야."

마신은 의자에 다리를 올리고 바짓단을 뒤집어 튀퀸에게 바늘땀 을 보여주었다. 삼각 스티치로 꼼꼼하게 바느질되어 있었다. 비뚤어진 바지통도 곧게 뻗어 불량품을 수선한 것 같지 않았다.
 "옷 입어봤어? 내 바짓단도 그렇게 꿰맸더라고."
 "응. 바지가 엄청 편해졌어. 내 말이 맞지? 태도 문제라니까. 이렇게 꿰매주는 사람이 엄마밖에 더 있어? 다들 기계로 드르륵 한 줄 박고 치워버리지. 아무리 좋은 바지도 바짓단을 한 줄로 박아버리면 싸구려가 된다고."
 마신은 바짓단을 내리고 의자에 묻은 신발 자국을 닦으며 말했다. 몹시 만족스러운 듯했다.
 튀쿼은 퇴근 시간만 손꼽아 기다렸다. 노을이 하늘을 뒤덮자 그는 차를 놔두고 일부러 산책로로 퇴근했다. 그리고 수선집을 지날 때 잠시 걸음을 멈추었다.
 마신의 눈에 그렇게 예쁘다는 수선사가 대체 얼마나 예쁜지 확인하고 싶었다. 치기 어린 나이는 일찌감치 지났고 그의 심장은 현실에 납작하게 눌린 채 가슴에 박혀 있는 듯 없는 듯 뛰고 있었다. 하지만 마신의 말 때문인지 그날 그의 마음속엔 온갖 묘한 본능이 꿈틀거렸다. 여자 재봉사의 새까만 머리카락이 조용하고 부드러운 호수처럼 그의 눈앞에서 가닥가닥 흔들거렸다.
 산책로는 텅 비어 있었다. 버드나무의 마른 잎만 땅바닥을 빙빙 돌고 있었고 바람 속에는 먼지 냄새가 묻어 있었다. 튀쿼은 가까이 다가가는 대신 길 건너편에서 실눈을 뜨고 멀리 내다보았다. 하늘이 흐릿한 가운데 쇼윈도 안쪽으로 고요한 백색 등불이 보였다. 한 줄로 늘어선 아프리카봉선화의 무성한 가지 사이사이에 작은 분홍색 꽃송이가 가득 박혀 있었다. 여자의 그림자가 바삐 움직였다. 대추색 원피스에 검정 앞치마를 두른 그녀는 작업대에서 재단하고 재봉틀 앞으로 자리를 옮겼다. 옆 꽃집에서 여자 두 명이 각자 커다란 꽃다발을 안고 밖으로 나왔다. 예쁜 드레스를 입은 그녀들의 반짝거리는 두 눈이 웃음으로 흔들거렸다. 두 사람이 어깨를 나란히 하고 아프리카봉선화로 가득 찬 쇼윈도를 지나는 순간 창문 안과 밖의 그림자가 하나로 합쳐졌다. 그리고 그림자가 다시 분리되었을 때 창문 안 그림자는 아무런 방해도 받지 않은 듯 고요하고 흐릿해 보였다.

튀퀸은 재봉틀 앞에 바싹 붙어 앉은 여자의 모습을 지켜보았다. 재봉틀은 단조로운 소리와 함께 드르륵 나아갔다. 그녀는 키가 크지 않았고 다소 마른 데다 체구도 가냘파서 꼭 소녀의 실루엣을 보는 듯했다. 마신의 말에 따르면 지금 살이 오른 편이라니 예전엔 얼마나 말랐다는 것일까. 피부는 튀퀸의 인상에 남은 것처럼 하얬다. 거리가 먼 탓에 얼굴이 잘 보이진 않았지만 까만 머리카락은 여전히 큰 집게핀으로 무심하게 집혀 있었다.

그때 한 뚱뚱한 사내가 봉지를 들고 가게로 들어갔다. 튀퀸은 그 광경을 주의 깊게 살폈다. 재봉사가 일손을 멈추고 고개를 들더니 허리를 꼿꼿이 세우고 사내와 이야기를 나누었다. 이윽고 고개를 끄덕이며 쇼윈도 밖을 힐끗 쳐다보았다.

튀퀸은 얼른 몸을 돌리고 잰걸음으로 집을 향해 걸었다. 그녀는 틀림없이 자신을 보지 못했겠지만 괜히 민망했다.

그 사내가 수선하러 온 것이라면 그녀는 그의 치수도 재주겠지. 어쩌면 또 다른 일이 벌어질지도 모른다. 순간 마신의 그 웃는 듯 마는 듯한 표정이 떠올랐다. 튀퀸은 사람들이 오가는 이 거리에서 매일 출퇴근하며 수많은 낯선 사람을 스쳐 지나갔다. 단조로운 삶에 색을 입히기 위해 종종 사람들의 세세한 부분을 살피며 그들의 삶을 상상하곤 했다. 가끔 차를 몰고 장마철의 긴 거리를 지날 때면 모든 공기마다 이야기가 들어 있는 것 같았다.

　막상 확인하고 나니 실망스러웠다. 재봉사의 얼굴은 예쁜 축에 들지 못했고 옆모습의 윤곽도 평평해 보였다. 서북쪽에 위치한 이 전형적인 옛 도시는 문화적 충격으로 크게 동요했던 과거와 돈과 물질적인 가치를 좇다가 이제는 그조차 시들해진 현재가 있는 곳이었다. 보수적이고 체면을 중시하며 고집스러운 고읍이면서 동시에 편협하고 무정하며 권력과 이익을 좇는 도시이기도 했다. 이 고읍 안의 소란스러운 사람들은 지극히 무감각한 태도로 즐기며 살아가지만 신앙의 통제 덕분에 흥청망청하거나 허송세월한다는 느낌은 없었다. 이처럼 단절된 역사를 짊어진 이 도시는 투지 높은 사람들에 의해 지극히 과장되었다. 그리하여 파란만장하지만 진실하지 않은 빛과 열을 발산했고 그 실상을 알지 못하는 불나방들이 자신의 생활을 정리하고 이곳으로 날아들도록 유인했다. 그 여자 재봉사도 마찬가지였다. 지금 그녀의 마음과 영혼은 물에 잠긴 아프리카봉선화의 수염뿌리처럼 적합한 토양을 찾고 있을지도 모른다.

4

금요일 퇴근길에 마신이 튀쿈의 차를 향해 달려와 말했다.

"일요일 회식 장소 꽤 멀던데 내 차는 수리 들어갔으니 네 차 좀 얻어 타자."

회사는 직원들이 업무 스트레스를 풀고 동료들과의 관계도 다질 수 있도록 내월 마지막 주말 회식을 하고 있었다.

"나 회식 못 갈지도 몰라. 터미널에 친구 마중 가야 해서."

"쑤팅蘇婷 데리러 가냐?"

마신이 의미심장한 미소를 지었다.

"응. 일요일에 도착한대."

"확실히 회식보다 중요한 일이네. 행운을 빈다."

"행운은 무슨? 동창 마중 가는 것뿐인데."

"동창 마중이라고? 나도 동창인데 왜 나한테는 데리러 오라고 부탁하지 않았을까?"

"나 네가 말한 그 여자 재봉사 보러 갔었어."

퉈쿼이 화제를 돌렸다.

"어? 지금은 그런 스타일에 끌리는 거야?"

"난 여자면 다 좋아하는 줄 알아? 그냥 네가 말한 것만큼 예쁜지 확인하러 간 거야. 별로던데."

"뭐, 사람마다 보는 눈은 다르니까. 이번에 쑤팅 오면 좀 적극적으로 해봐. 또 기회 놓치지 말고. 개인적인 일이 큰일이지. 쑤팅 참 괜찮은 여자야. 나랑 채팅할 때 외지 회사 그만뒀다고 하더라. 다시는 안 돌아간대."

"응. 이쪽에서 벌써 일자리를 구했대."

"걔가 그러는 거 십중팔구 너 때문이라고 본다."

그때 뒤의 차가 경적을 울려 차선을 막지 말라고 경고했다. 마신은 뒤를 돌아보며 손을 흔들었다.

"죄송합니다."

그리고 뒤로 몇 걸음 물러섰다.

"먼저 가. 무슨 일 있으면 연락하고."

퉈쿼은 고개를 끄덕인 후 시동을 걸고 차를 몰았다.

쑤팅은 퉈쿼과 마신의 동창이었다. 세 사람은 고등학교 때 같은 반이었다. 쑤팅은 대학 졸업 후 줄곧 외지에서 일했는데 지난주에 갑자기 그룹 채팅방에서 고향으로 돌아갈 예정이라며 타지에서 혼자 일하려니 보통 힘든 게 아니라고 하소연했다.

태양이 심장처럼 뛰는 오후였다. 퉈쿼은 문득 기분이 동해서 차를 몰고 길을 따라 무작정 달렸다. 오랜 시간 동안 그는 겨울잠을 자는 개구리처럼 몸뚱이를 움직일 필요성을 느끼지 못했다.

좁은 길엔 먼지가 무겁게 내려앉아 있었고 길가엔 빗물의 흔적으로 가득한 집들이 보였다. 앞섶이 옆으로 나 있고 매듭단추로 옷깃을 여미는 무릎길이의 셔츠를 입은 노인이 테라스에서 한가롭게 햇볕을 쬐고 있었다. 인상이 온화해 보였다. 점포들은 모두 작은 방 한 칸으로 이루어져 있었는데 밖에서 들여다보니 안쪽은 깊고 어두웠다. 이 작은 마을은 줄곧 변화를 거듭했지만 그 안에 담긴 나태함은 변한 적이 없었다. 부귀와 빈곤이 함께 넘쳐흘러 재앙이 되었으므로 그 안에서 생활하기 위해서는 신중함과 용기가 필요했다.

몇 킬로미터를 운전한 뒤 그는 속도를 늦추고 여유롭게 창밖을 감상했다. 고원의 산야, 화려한 옷차림의 티베트족 여인, 평온한 오후, 싸구려 붉은 지붕, 낡은 티베트 사원, 빨래를 널어놓은 마당, 벽을 타고 무성하게 뻗은 식물, 백양나무 잎사귀가 햇빛에 반짝이는 모습 등. 길가의 시골 사내들은 빈곤하지만 강인한 생존력을 온몸으로 뿜어내고 있었다. 햇빛 아래에서 실눈을 뜨고 있는 그들의 표정은 딱딱하고 차가웠다.

한 번도 익숙하게 느껴본 적 없는 풍경과 사람들이었다. 그것은 어릴 때부터 지금까지 해마다 고읍 내 좁은 거리와 격렬한 대비를 이루며 고읍에 생기 넘치는 허상을 불러일으켰다.

차창 밖 풍경은 계속 스쳐 지나갔고 말발굽 형태의 도로는 계속해서 커브를 그렸다. 누렇게 변한 늦가을 초원은 무겁게 가라앉아 있었고 저 멀리 백 년을 이어온 사원은 엄숙한 의지를 뿜어내고 있었다. 뒤켠이 사원을 바라볼 때 그가 내뿜는 숨결이 찬 공기 속에서 하얀 안개가 되어 흩어졌다.

튀쿼은 대학을 졸업하고 일을 시작한 뒤 몇 년간 조용히 살았다. 나름 분수를 알고 본분을 지킨 셈이었지만 약간의 권태가 드는 건 어쩔 수 없었다. 그는 열심히 일했고 은행 대출로 집과 차를 구입했다. 가끔 데이트를 했고 그게 아니면 가라앉은 채 지냈다.

말로 설명할 수 없는 혼돈과 각성 사이에서 세월을 보낸 것이다.

삶은 본질적으로 논리적 모순이라고 할 수 있다. 우리는 아름다움을 동경하는 동시에 제자리에서 꿈쩍도 하지 않는다. 튀쿼은 지극히 상대론적인 이런 문제를 고민하지 말라고 스스로에게 경고할 때가 많았지만 생각은 결국 늘 그쪽으로 향했다.

쑤팅은 그와 위챗으로 음성 채팅을 할 때 오랜만이라고 인사하면서 그에게 집과 차가 있는지 에둘러 물었다.

오랜만이었다. 오랫동안 그녀를 만난 적이 없었다. 쑤팅은 튀쿼의 고등학교 시절 연인이었다. 순수했던 그 소녀와 대학 입학 후 갈등을 겪었고 말다툼 끝에 이별한 뒤 서로 소식을 끊었다. 그는 다시는 쑤팅을 만나지 못할 거라고 생각했다.

쑤팅의 의도를 눈치챈 튀쿼이 답장했다.

"오랜만이야. 부모님은 고향에 계셔. 두 분이 집 계약금을 내주셨어. 대출로 차를 샀고."

튀쿼은 진실과 인내심은 언젠가 보상받을 거라고 생각했다.

그는 일찌감치 현실에 의식을 빼앗긴 기분이었다. 감정을 둘 곳이 없었다. 싫은 동료와 어쩔 수 없이 함께 지내야 했고 싫은 친구와 연락을 유지해야 했다. 싫은 일도 울며 겨자 먹기로 계속 해야 했다. 싫은 삶은 다른 사람이 그에게 어설프게 씌운 올가미 같았다. 어두운 늪에서 발버둥 쳐도 빠져나올 기력이 없는 것처럼 그의 상태는 점차 무감각해졌고 삶에 대한 동경이나 자신에 대한 존중도 사라진 지 오래였다.

그는 집을 어둡게 하고 지냈다. 시각장애인이 보는 캄캄한 어둠이 아니라 어둠침침하고 안전한 곳이었다. 그는 자신을 그 안에 조심스럽게 넣어두고 있었다. 원래 모습을 알아볼 수 없을 만큼 개조된 몸뚱이와 겨우 목숨을 부지하고 있는 심장이 거기 있었다.

쑤팅이 오다니. 그는 마침내 안도의 한숨을 내쉬었다. 혼기를 놓친 지 오래였기에 며칠에 한 번씩 소개팅을 하고 생판 모르는 사람과 결혼하느니 조금만 노력해서 쑤팅과 함께 지내는 편이 나았다. 익숙한 것이 낯선 것보다는 나은 법이니까. 심지어 그는 아직 그녀에게 감정이 남아 있다고 느꼈다. 쑤팅이 채팅했다.

"나 일요일에 도착하거든. 터미널로 데리러 와줄래?"

그가 웃으며 대답했다.

"좋아."

휴대폰 화면이 꺼지자 액정에 그의 얼굴이 비쳤다. 그는 미소 짓고 있었다.

튀췬은 이렇게 주어진 기회와 자신이 내린 결정에 감개무량했다.

그리하여 토요일에 혼자 백화점에 가서 새 옷과 바지, 신발을 사고 이발소에서 머리를 깎았다.

집으로 돌아오는 길에 그는 만약 쑤팅이 당분간 지낼 곳이 없다면 본인의 집으로 올 가능성도 있다고 생각했다. 물론 그건 거의 불가능하다는 것도 잘 알고 있었다. 쑤팅은 순결하고 신중한 여자였기 때문이다. 그래도 집을 좀 꾸며놓고 싶어 꽃집에 가기로 했다. 그리고 어떤 꽃을 사다 병에 꽂아놓으면 더 잘 어울릴지 고민하기 시작했다.

주말이어서인지 산책로에 사람이 많았다. 꽃집도 손님으로 북적였다. 바닥도 온통 커다란 꽃다발 천지여서 걸을 때마다 계속 걸리적거렸다. 하지만 이웃 수선집에서 가끔씩 들리는 드르륵 소리는 그의 귀를 자극했다. 꽃집 소녀가 하얀 백합을 흰 면사로 포장해 그에게 건넸다. 향기로웠다. 그는 꽃다발을 안고 밖으로 나온 뒤 자기도 모르게 수선집 쇼윈도를 들여다보았다. 가장 먼저 눈에 띈 것은 여전히 흐드러지게 꽃을 피운 아프리카봉선화였다. 여자 재봉사는 작업대에 몸을 붙인 채 재단을 하고 있었는데 느슨하게 흘러내린 검은 머리카락이 불빛 아래서 빛나고 있었다. 재봉틀 맞은편 의자에는 한 노부인이 앉아 있었다. 그녀는 인자한 표정을 지은 채 두 손으로 지팡이를 짚고 있었다. 뒤퀸은 발걸음을 늦추었다. 이번엔 거리가 가까우니 그녀의 얼굴을 똑똑히 볼 수 있을 터였다.

그는 쇼윈도 안에서 움직이고 있는 뒷모습을 주시했다. 여자 재봉사가 몸을 돌리기를 기다렸지만 쇼윈도를 다 지나갈 때까지 그녀는 끝내 돌아서지 않았다. 백합으로 얼굴을 가리고 짙은 향기를 맡는데 노부인이 여자 재봉사에게 다가갔다. 여자 재봉사는 부인의 치수를 재기 시작했다. 지난번 그의 사이즈를 잴 때와 마찬가지로 앞쪽 치수를 다 잰 다음에 뒤쪽을 쟀다. 노부인이 입술을 움직여 뭐라고 말하면서 미소 지었다. 재봉사에게 하는 말인지는 알 수 없었다. 재봉사의 진지한 모습을 보며 뒤퀸은 자기 일을 떠올렸다. 그는 지금 하는 일을 좋아하지 않았다. 그래도 매일 허투루 일하지는 않았고 지금껏 한 번도 실수한 적이 없었다. 상사는 웃으며 그를 칭찬했고 그는 연말마다 보너스와 함께 우수 직원 타이틀을 얻곤 했다.

그때 치수를 다 잰 여자 재봉사가 갑자기 몸을 돌려 입구에 서 있는 뒤퀀을 바라보았다. 그러나 조금도 개의치 않고 재봉틀 앞에 앉아 다시 작업에 몰두했다. 이마에서부터 턱까지 얼굴 옆선을 한 획으로 그린 것 같았다. 뒤퀀은 시선을 거두었다. 마침내 그녀의 얼굴을 분명히 확인했다. 눈꼬리는 살짝 올라간 편이고 얼굴은 그저 하얗기만 한 것이 아니라 침착함 속에 쓸쓸함이 묻어나고 있었다. 하지만 그런 얼굴로 거리를 걷는다면 사람들에게 특별한 인상을 남기기 힘들 터였다.

뒤퀀도 자신에게 여유를 주기 위해 주위 사람들을 개의치 않을 때가 많았다. 그는 성인의 삶이란 꼭 모래시계 같다고 생각했다. 한쪽이 다 흘러내리면 뒤집어 다시 흘러내리게 하고 그것을 반복한다. 모래시계 안에 갇힌 고운 모래는 한 톨도 빠져나가지 못한다. 열정이 있어도 쓸 곳이 없고 꿈이 있어도 시대와 동떨어져 각종 제약을 받는다. 소년 시절에는 그의 마음 깊은 곳에 작으나마 자유와 의지가 있었다. 아주 작은 느낌에도 반응했고 불편함을 느끼면 반항심도 일었다. 지리 선생님의 수업을 싫어했는데 종이 칠 때까지 견디지 못하고 책상에 앉아 중국 지도를 외우거나 빈 종이에 본떠 그리기도 했다. 지금 그는 자신이 모래시계가 되어 보이지 않는 시간을 소모하는 기분이었다.

저 여자 재봉사도 현재의 자신을 모래시계라고 생각할까? 수선집에서 아프리카봉선화를 키우며 매일 형광등 스위치를 켜고 무표정한 얼굴로 싫어하는 일을 하고 있을까? 생존을 위해 또는 돈을 벌기 위해 매일 사람들을 상대하고 반복해서 치수를 재고 반복해서 옷감을 자르며 이왕이면 완벽하게 해내려고 애쓰고 있을까?

튀퀸은 독립된 삶을 사는 성인 대부분이 그럴 것이라고 생각했다. 혼자 살다보면 외부 세계와 융합하기 힘들다. 백화점의 커다란 거울 앞을 지날 때 많은 사람이 연인, 가족, 친구와 함께 짝을 지어 걷는 것을 보았다. 튀퀸은 친구가 점점 줄어들고 있음을 깨달았다. 어떤 의미에서는 마신도 친구라고 할 수 없었다. 한때 동창이었고 지금은 동료여서 시간과 환경이 매일 보게 만든 관계일 뿐. 여자 재봉사도 이곳에서 친구를 많이 만들지 못했으리라. 그녀도 백화점의 큰 거울에 비친 자기 모습을 주의 깊게 본 적이 있을까? 튀퀸이 멋대로 상상하고 있는데 녹황색 나뭇잎이 그의 눈앞으로 우수수 떨어졌다. 마치 햇빛 사이에서 쓸쓸하게 추는 춤 같았다.

집으로 돌아온 그는 꽃병에 깨끗한 물을 담고 꽃을 꽂았다. 그리고 백화점에서 사온 바지를 다시 입고 거울로 이리저리 비춰보았다. 청춘은 강풍에 날아간 지 오래지만 이번엔 어린 시절에 유행했던 스타일의 바지를 골랐다. 고등학교 때 모습으로 단장하고 쑤팅을 마중하고 싶었다. 그러나 세월 앞에 장사 없었다.

튀퀸은 다시 옷장을 뒤져 이것저것 입어보았다. 마음에 드는 게 하나도 없었다. 하는 수 없이 예전에 사두었던 사이즈가 맞지 않는 양복 두 벌을 꺼냈다. 하나는 남색, 하나는 회색이었다. 입어보니 이거다 싶었다. 거울 앞에 서서 앞뒤를 살폈다. 몸에 꼭 맞았고 사람도 한층 또렷해 보였다. 그러나 두 벌 다 살짝 길었다. 오랫동안 옷장에 처박아둔 이유도 바로 그것이리라.

튀쾬은 수선집에 가져가서 고쳐오기로 했다. 그 여자 재봉사는 바짓단을 손으로 꿰매는 사람이니 제법 값나가는 이 양복을 망치지는 않을 터였다.

그는 아직 여덟 시도 되지 않았다는 것을 확인한 뒤 차를 몰고 수선집으로 향했다. 10분도 되지 않는 길이었다. 멀리서 보니 쇼윈도 안에 불이 켜져 있었다. 아직 문을 닫지 않은 것이었다. 하지만 가까이 다가가서야 유리문에 자물쇠가 걸린 것을 발견했다.

꽃집 소녀가 창문을 통해 수선집 문 앞에 서 있는 튀쾬을 보고 밖으로 나왔다.

"저녁 식사 하러 갔을 거예요. 조금만 기다리세요."

튀쾬은 바지 두 장이 담긴 비닐봉지를 든 채 허리를 굽히고 유리 너머 쇼윈도 안의 아프리카봉선화를 자세히 살펴보았다. 화분 하나하나를 살피다 문득 자신이 아프리카봉선화처럼 무성하지만 뽐내지 않는 식물을 좋아한다는 사실을 깨달았다.

거리의 불빛이 어두운 가운데 우르릉 소리와 함께 천둥번개가 치더니 폭우가 쏟아졌다. 굵은 빗방울이 창문을 때렸다. 튀쾬은 재빨리 뒤로 물러나 창문에 등을 바짝 붙이고 섰지만 여전히 빗물에 옷이 젖었다.

"들어와서 기다리세요."

꽃집 소녀가 밖으로 나오더니 가게 입구에 놓인 화분을 부랴부랴 안으로 들여놓으며 말했다.

"고맙습니다."

튀쾬이 꽃집 소녀가 옮겨준 걸상에 앉는데 비닐봉지가 부스럭거렸다.

"이렇게 늦은 시간에 뭐 하시려고요? 급한 일인가봐요?"

소녀가 튀퀸의 비닐봉지를 힐끗 보며 물었다.

"바지 두 벌 단 좀 줄이려고요. 내일 입어야 해서."

"제가 전화해볼게요."

튀퀸이 뭐라 대꾸하기도 전에 소녀가 전화를 걸었다.

"어디예요? 아, 손님 오셨어요. 식사부터 하세요. 다 드시면 오세요. 우산은 있어요? 네."

소녀가 전화를 끊고 말했다.

"지금 식사 중이래요. 다 드시고 오신대요."

낮엔 손님으로 비좁던 꽃집이 지금은 텅 비어 있었다. 가장 안쪽 탁자 위에 치자나무 한 그루밖에 보이지 않았는데 꽃잎이 희고 싱싱했다.

"그 많던 꽃을 다 판 거예요?"

튀퀸이 물었다. 밖에는 비가 퍼붓고 있었다.

"판 것도 있고 안 팔린 건 화원에서 걷어갔어요. 내일 신선한 걸로 다시 가져다줄 거예요."

"그렇군요."

"네. 꽃은 예민해서요. 특히 이런 계절에 오래 두면 좋지 않죠. 오늘 오후에 백합 사셨죠? 좋아하는 여자분한테 주시려고요?"

말하는 소녀의 얼굴에 환한 웃음이 번졌다.

좋아하는 여자에게 주는 꽃은 장미 아닌가? 튀퀸은 속으로 생각했다.

"그냥 집 좀 꾸미려고요."

튀퀸이 미소지으며 대답했다. 하지만 아무래도 말이 안 되는 것 같아 다시 덧붙였다.

"오래 못 만났던 동창이 오거든요."

두 사람은 잡담을 주고받았다.

"오랜만에 만나시는 그 동창분은 여자겠죠?"

소녀가 다시 물었다.

튀퀸은 웃기만 할 뿐 대답하지 않았다. 왜인지 몰라도 지금의 그는 사람들에게 인내심이 많은 편이 아니었다.

"제 느낌에 여자 같아요. 아, 양복을 입고 만나시려는 거군요. 그런데 양복은 너무 차려입은 것 같지 않나요? 게다가 색깔 좀 봐요."

소녀가 말하며 튀퀸의 비닐봉지를 바라보았다. 투명한 봉지였다.

튀퀸은 놀랄 수밖에 없었다. 여자들은 전부 사람 마음을 꿰뚫는 건가? 고등학교 때 쑤팅은 별자리 운세를 자주 들먹였는데 튀퀸은 그녀가 거의 알아맞혔던 것으로 기억했다. 그때 하이힐 소리가 들렸다. 빗소리보다 더 크고 분명했다. 고개를 빼고 보니 여자 재봉사가 돌아와 있었다. 앞코가 네모닌 하이힐을 신고 우산을 어깨에 걸친 그녀는 가게 문 앞에 서서 자물쇠를 풀고 있었다.

"왔네요."

꽃집 소녀가 말했다.

여자 재봉사가 가게로 들어가 우산을 접는데 튀퀸이 말했다.

"바짓단 좀 줄이려고요. 너무 길어서요."

그가 봉지에서 바지를 꺼내 들었을 때 꽃집 불이 꺼지더니 소녀가 장대로 셔터를 잡아당겨 차르륵 소리를 냈다. 튀퀸은 소녀가 일부러 자신과 함께 재봉사를 기다렸다는 사실을 깨닫고 참 착하고 다정한 아이라고 생각했다.

여자 재봉사가 잠시 멈칫거리더니 체인을 작업대에 올려놓았다. 그리고 줄자로 튀퀸의 다리 길이를 잰 뒤 초크로 바지에 표시했다. 그녀는 손도 너무 하얘서 울퉁불퉁한 뼈마디와 정맥까지 또렷하게 보였다.

"내일 찾으러 오세요."

"내일이요? 지금 안 될까요? 기다릴 수 있는데요."

밖엔 폭우가 퍼붓고 있었고 거리는 텅 비어 있었다. 불빛이 두 사람의 그림자를 벽에 새겨넣었다. 하나는 크고 하나는 작았다.

"날이 늦어서 저도 문 닫고 집에 가야 해요. 비도 많이 내리고요."

지난번 바지 수선이 금방 끝났기에 튀퀸은 이 두 벌을 고치는 데도 시간이 오래 걸리지 않을 거라고 생각했던 터라 약간 서운했다. 하지만 여자 재봉사의 냉랭한 표정을 보고는 아무 말도 하지 못했다. 쑤팅이 내일 오후에 도착할 예정이니 오전에 찾으러 오면 늦지 않으리라.

"그럼 내일 아침에 가지러 올게요. 수고하세요."

튀퀸은 큰비를 맞으며 길가에 세워둔 차로 뛰어가 운전석에 앉았다. 그리고 속으로 중얼거렸다.

'저렇게 차가운 여자가 예쁘다고? 마신 그 녀석 진짜 예쁜 게 뭔지 모르는군.'

차창을 통해 쇼윈도 안에서 움직이는 여자 재봉사의 모습이 보였다. 빗방울이 차 유리를 격하게 두드렸고 희미한 가로등이 빗방울과 한데 뒤엉켜 반짝이는 빛과 그림자로 변했다. 그녀의 가냘픈

실루엣이 그 안에서 흔들거리며 작업대와 재봉틀을 정리했다. 그리고 쇼윈도를 따라 늘어선 아프리카봉선화에 물을 주었다. 그녀의 움직임은 조용하고 느긋하며 꼼꼼했다. 다시 바다을 쓴 그녀가 밖으로 나와 셔터를 내리고 자물쇠를 채울 때까지 뒤퀸은 조용히 그녀를 바라보았다. 그녀는 열심이었다. 하지만 열심인 여자가 손님에게 친절해야 한다는 기본적인 상식도 모르고 단순히 하기 싫다는 이유로 작업을 거절하다니. 자신은 큰비를 뚫고 온 고객인 데다 그녀를 오래 기다리기까지 했는데.

비가 뚝 그쳤다. 고원의 가을은 늘 이런 식이었다. 큰비가 갑자기 내리고 갑자기 그쳤다. 야경은 땅 위의 강물이 거꾸로 비춰낸 수많은 불빛이었다. 빗물이 자동차 바퀴에 깔릴 때마다 물보라가 되어 사방으로 튀었다. 누군가 희미하고 좁은 길을 잘 골라가며 갈지자로 걷고 있었다. 뒤퀸은 차를 세우고 핸들에 이마를 댔다. 깊은 피로감이 몰려왔다. 아직 저녁도 먹지 못한 상태였다. 그는 라이터를 켜고 담배에 불을 붙였다. 거리 건너편의 남성 양복 전문점에서 하얀 불빛이 흔들리고 있었다. 꽃집 소녀의 말마따나 양복 차림으로 쑤팅을 마중하는 것은 지나치게 차려입은 꼴인지도 몰랐다. 그는 차에서 내려 가게로 통하는 계단을 올랐다. 찬바람이 불어와 목덜미의 솜털이 곤두섰다.

가게에는 여자 점원 한 명뿐이었고 손님은 하나도 없었다. 뒤퀸은 매장을 한 바퀴 돌았다. 부드러운 불빛 아래 선택지는 많았으나 다 거기서 거기였다. 몇 년간 혼자 살면서 옷장에 부지런히 모아둔 옷들 중 아무거나 꺼내들어도 여기서 비슷한 스타일을 찾을 수 있을 정도였다. 시야가 좁은 그에게는 선택의 여지가 더더욱 많지 않왔다. 정말 살 마음이 있다면 이 중에서 하나 고르는 수밖에 없었다. 그러나 지금 옷을 사려는 이유는 말로 설명할 수 없는 공허감을 메꾸기 위해서라는 생각이 들었다.

튀퀀이 몸을 돌리는데 할인존에 있는 파란색 스웨터가 눈에 들어왔다. 보통 이런 할인존을 주의 깊게 살피는 사람은 없으리라. 칼라가 달려 있고 부드러운 양털로 된 카디건 스타일의 스웨터는 디자인이 심플했으나 다른 옷에는 없는 특징이 하나 있었고 그것이 튀퀀의 기준에 완전히 부합했다.

"손님, 그 옷 지금 세일 중이에요. 50퍼센트 할인이니까 한번 입어보세요."

여자 점원이 다가와 말했다.

튀퀀은 입어보지 않고 자신의 사이즈를 알려준 뒤 한 벌 달라고 했다.

5

 뒤쥔은 차를 몰고 버스 터미널 입구로 가서 쑤팅을 기다렸다. 이 날 그는 수선집에 맡긴 바지를 찾으러 가지도 않았고 새로 산 옷이나 스웨터를 입지도 않았다. 평소 출근할 때의 차림새였다. 찬비가 내리는 오후, 쑤팅이 트렁크를 끌고 터미널 밖으로 나왔다. 흰색 바람막이에 검은색 하이힐을 신고 있었고 머리카락은 어깨까지 내려왔다. 그녀는 인파 속에 핀 한 송이 흰 꽃처럼 밝고 아름다웠다. 뒤쥔은 기쁜 마음으로 창밖으로 고개를 내밀어 쑤팅에게 손짓했다.
 그는 차에서 내린 뒤 쑤팅의 트렁크를 건네받으며 말했다.
 "쑤팅, 잘 돌아왔어."
 그녀에게 다가간 순간 은은한 향수 냄새가 풍겼다.
 차 안에서 쑤팅은 휴지 한 장을 찾아 꺼낸 뒤 긴 머리에서 떨어지는 빗물을 닦으며 말했다.
 "넌 하나도 안 변했다."

튀퀀은 핸들을 꽉 쥔 채 조용히 웃었다. 사실 두 사람 다 변해 있었다. 하나도 안 변했다는 그녀의 말은 그가 이 작은 마을에서 줄곧 제자리걸음을 하고 있다는 뜻이리라.

튀퀀은 자신이 기뻐하고 있다는 것을 깨달았다. 쑤팅을 데리고 집으로 돌아가는 길에 먼저 식사부터 하러 갔다. 쑤팅이 외투를 벗자 치마 위에 커다란 진분홍 모란이 송이송이 피어 있었다. 입술은 빨간색이었고 얼굴도 아름다웠다. 그녀의 미모는 여전했다.

그는 쑤팅에게 먹고 싶은 것을 주문하라고 권했다. 두 사람은 마주앉아 식사하면서 그동안 겪은 일들을 편하게 주고받았다.

"그럼 이제 부모님 집에서 살 계획이야?"

튀퀀이 물었다.

"응. 돌고 돌아서 결국 원래 자리로 왔어."

쑤팅은 생선구이 한 조각을 젓가락으로 집어 작은 앞접시에 올리고 가시를 바른 뒤 입에 넣었다. 생선 조각을 집을 때마다 같은 동작을 반복했다. 식탁에 음식이 가득했으나 그녀는 생선에만 손을 댔고 흰목이버섯탕을 조금 먹었다. 그녀의 손톱엔 옅은 분홍색 매니큐어가 칠해져 있었고 귀에는 심플한 백금 귀걸이가 달려 있었다. 화장도 한 상태였는데 아이라인으로 그린 눈꼬리가 살짝 올라가 있었다. 열일곱 살, 그녀의 이마에 키스할 때는 화장기가 없었다는 기억이 떠올랐다. 튀퀀은 고개를 숙이고 미소 지었다. 몇 년 전에 그들은 작은 식당에서 이렇게 고개 숙인 채 마라탕 한 그릇을 나눠 먹었다. 몇 년이 지난 지금 또 이렇게 함께 앉아 밥을 먹을 줄이야. 꼭 역할과 메이크업만 바꾼 채 똑같은 단막극을 공연하는 기분이었다.

"그럼 일은? 통신사 콜센터에서 일하기로 한 거야?"

"응. 돌아와서 모든 걸 처음부터 다시 시작하고 싶은데 일자리 찾기가 쉽지 않아서 일단 아무거나 시작하려고. 자리 잡으면 천천히 다시 찾아봐야지."

쑤팅이 유쾌한 표정으로 말했다.

낙담하거나 비관하는 기색은 찾아볼 수 없었다. 튀퀀은 그런 그녀를 보며 그녀의 마음이 자기보다 젊다고 생각했다. 바깥 하늘에 노을이 깔리고 있었다. 유리창을 통해 거리를 가득 메운 자동차들이 보였다.

주문한 차는 맑고 부드러웠는데 튀퀀 혼자 거의 다 마셨다. 차를 마시고 나니 몸과 마음이 시원해진 기분이었다. 튀퀀은 쑤팅이 식사를 마치길 기다렸다가 단도직입적으로 말했다.

"쑤팅, 내 여자친구가 되어줘."

쑤팅은 고개를 끄덕였다. 튀퀀이 기대한 것과 같이 고요하고 평온했다.

"나 쑤팅이랑 사귀기 시작했어."

월요일에 출근한 튀퀀이 맞은편 책상에서 타자를 치고 있는 마신에게 말했다.

"속도 뭐야? 세상에."

마신은 웃으며 엄지손가락을 치켜세웠다.

"점심에 시간 있어? 그 수선집에 바지 두 벌 맡겼는데 지나는 길에 좀 찾아다줘. 사무실로 가져오면 돼."

튀퀀은 쑤팅과 점심 약속이 있어 수선집에 들를 짬이 나지 않을 것 같았다.

"아프리카봉선화네? 미안. 가고 싶지 않다. 나 사귀는 사람 생겼거든."

"그래? 그럼 내가 며칠 후에 찾으러 가야겠네."

"너도 여자친구가 생겼으니 아프리카봉선화한테 작작 가. 그 여자 말이야, 뭐랄까, 평판이 썩 좋지 않아. 주변 이웃들도 그 가게에 자주 들락거리는 손님 역시 좋은 사람은 아닐 거래."

"평판이 좋지 않다고?"

마신은 여전히 키보드를 두드리며 말했다.

"여자 혼자 단추 달고 바짓단 수선해서 어떻게 가게를 열고 임대료를 내겠어. 그 여자 외모를 보면 수선집으로 위장해서 뒤로 구린 일을 하는 것 같아."

여자 재봉사에 대한 마신의 견해가 180도 달라진 듯했다.

"내가 늘 그 가게를 지나가는데 늘 재봉질만 하던데? 구린 일을 하는 것 같지 않았어."

"장난해? 구린 일을 티 나게 하겠냐?"

튀쿤은 그날 수선집에 앉아 있었던 인자하고 선량한 노부인을 떠올렸다. 마신의 논리에 따르면 그 부인도 좋은 사람이 아니라는 뜻이다. 튀쿤은 '그 여자가 정말 부적절한 짓을 하고 있다면 사람들이 눈치챌 수 있게 해야 하는 것 아니냐'고 반박하고 싶었지만 마신에게 오해를 살까봐 아무 말도 하지 않았다. 그는 마신에게 함부로 사람을 평가하는 못된 버릇을 고치라고 충고한 적이 있다. 마신은 알겠다고 대답했지만 조금도 변하지 않았다.

"언제 시간 될 때 너랑 쑤팅한테 밥 살게."

"그래. 시원하게 쏴라."

"몇 년 만에 만난 거지? 여전히 예뻐?"
"걔는 별로 변한 게 없더라."

마신은 쑤팅이 예쁘다고 했다. 지난번엔 여자 재봉사가 예쁘다고 했으나 오늘은 무가치한 사람으로 평가했다. 튀퀀은 마신에게 예쁘다는 것이 어떤 개념인지 궁금했다. 단지 얼굴만 보는 걸까 아니면 내면의 아름다움도 포함하는 걸까? 얼굴만 놓고 보자면 당연히 쑤팅이 한 수 위였다. 하지만 여자 재봉사에게는 쑤팅에겐 찾아볼 수 없는 뭔가가 있었다. 그걸 뭐라고 설명해야 할까? 그렇다. 바로 무표정한 얼굴과 강인한 의지였다. 튀퀀은 컴퓨터로 보고서의 수치를 계산하면서 시답잖은 생각을 했다. 하지만 중요한 건 그가 자신의 여자친구와 그 여자 재봉사를 비교하고 있다는 것이었다. 순간 그의 입가에 미소가 번졌다. 자기가 생각해도 무척 한심했다.

문득 이번 쑤팅과의 교제를 통해 고등학교 때보다 그녀와 더 가까워진 기분이 들었다. 그들은 이제 어른의 방식으로 함께 지내고 있었다. 쑤팅은 그의 삶에 완전히 개입했다. 튀퀀은 대출받아 얻은 집에서 혼자 사는 동안 요리도 하지 않았고 집을 제대로 꾸민 적도 없었다. 쑤팅은 집 안을 살펴보더니 커튼을 바꾸고 대청소를 했다. 적막하던 집에 사람 냄새와 음식 냄새가 돌기 시작했다. 그녀는 주말마다 찾아와 튀퀀의 옷을 빨고 흰 셔츠와 양말을 다리미로 깔끔하게 다려놓았다. 또 바닥 걸레질을 하고 창문을 닦았으며 유리병에 꽃다발을 꽂아 식탁에 올려놓았다. 일을 마치고 나면 주방에서 요리를 하고 튀퀀과 식사한 뒤 해 질 무렵에 돌아갔다.

두 사람은 주로 마트에 가서 함께 식재료를 구입했다. 쑤팅은 주방의 작은 나무 탁자에 놓인 노트북으로 인터넷에서 요리 동영상을 찾아 천천히 하나를 완성하고 또 다른 요리를 했다. 튀퀸은 가끔 주방에 들어가 일을 거들었고 가끔은 TV 앞에 앉아 축구 경기를 보곤 했다. 두 사람은 함께 있어도 대화를 많이 하지 않았다. 각자 과거 이야기를 털어놓기는 했지만 완전히 오픈하지는 않았고 지뢰는 가능한 한 피했다. 어차피 다 지난 삶인데 깊이 파고들어서 뭐 하겠는가?

어떤 일은 타인과 함께해도 그 과정에서 느끼는 바가 서로 다를 수 있다. 튀퀸은 문득 몹시 피곤했다. 모든 게 그런 건 아니라는 것을 그는 잘 알고 있었다. 지금 이건 이미 사랑이 아니었다. 그저 겪고 있는 일에 불과했다. 어쩌면 그처럼 나이 먹은 사람들에게 더 이상 사랑은 없을지도 모른다. 그저 서로 잘 적응해서 결국 결혼하면 족한 것일지도. 문득 주방에서 바삐 움직이는 쑤팅의 뒷모습이 낯설게 느껴졌다.

평일엔 아침 아홉 시부터 저녁 다섯 시까지 일하고 주말엔 쑤팅과 함께 집에서 시간을 보내거나 외출했다. 먹고 마시고 노는 일상의 자질구레함이 그들의 삶 속에서 이어졌다. 튀퀸은 바지를 찾으러 수선집에 들르지 않았다. 간혹 출근할 때 그 사실이 떠올랐지만 퇴근할 때마다 잊어버렸다. 가끔 기억났지만 수선집 앞에서 굳이 차를 세우고 옷을 찾기 귀찮아 그대로 차를 몰고 집으로 돌아갔다.

어느 날 쑤팅이 튀퀸에게 꽃다발 사는 것을 깜빡 잊었으니 오는 길에 꽃집에 들러 사오라고 전화했다. 튀퀸은 달력을 봤다. 또 금요일이었다. 혼자 있을 때보다 둘이 함께하는 삶이 더 혼란스럽고 무감각했다. 평범한 일상이 매일 반복됐다. 튀퀸은 퇴근길에 산책로 꽃집에 들러 꽃을 사기로 했다. 간 김에 바지도 찾아오면 될 것 같았다. 바지를 맡긴 지 벌써 석 달이나 지나 있었다.
 회사를 나서자 찬바람이 쌩쌩 불었다. 퉈퀀은 위챗을 확인했다. 꽃만 사서 곧장 집으로 돌아오라는 쑤팅의 메시지였다. 그녀는 요리를 많이 했다면서 요리책 이미지를 캡처해 전송했다.
 차창 밖으로 조용히 눈이 오더니 점점 더 많이 내리기 시작했다. 꽃집은 문이 닫혀 있었다. 셔터에 급한 용무가 있으면 전화하라는 메시지와 함께 휴대폰 번호가 적힌 쪽지가 붙어 있었다.
 그 옆 수선집엔 따뜻한 불빛이 비치고 있었다. 한 초등학생이 재봉틀 앞 의자에 앉아 여자 재봉사와 마주 보고 있었다. 아이는 교복 바지를 입고 있었고 여자 재봉사는 교복을 들고 있었다. 재봉사가 몸을 숙여 재봉틀 앞에 앉았다. 이내 드르륵 소리와 함께 노루발이 교복을 밟고 지나갔다. 교복이 뜯겨 수선을 맡긴 모양이었다. 바느질을 마친 재봉사가 아이에게 교복을 건넸다.
 아이가 의자에서 내려와 교복을 입는 사이 재봉사가 퉈퀀을 보며 물었다.
 "어떻게 오셨어요?"
 "바지 찾으러 왔어요. 두세 달 전에 바짓단 수선을 맡겼어요."
 여자 재봉사는 자리에서 일어나 몸을 돌리고 작업대를 뒤적거렸다. 수많은 옷감과 자루들이 벽을 따라 일렬로 층층이 쌓여 있었다. 그녀가 손가락으로 하나하나 젖혀보다가 퉈퀀의 투명한 비닐봉지에서 손을 멈췄다. 그러곤 한 손으로 위에 쌓인 짐들을 누르고 다른 손으로 힘껏 봉지를 뽑아냈다.
 "이 바지 두 벌 맞죠?"
 그녀는 비닐봉지에서 바지를 꺼내 탁탁 털고 퉈퀀에게 보여주었다. 바짓단은 수선된 상태였지만 다른 짐에 오랫동안 눌린 탓에 온통 주름투성이였다.

"네, 맞아요."

튀퀸이 눈살을 찌푸리며 말했다.

"잠시만 기다리세요. 다려드릴게요."

여자 재봉사는 다리미를 들고 손끝으로 재빨리 온도를 체크했다. 그리고 재봉선을 따라 바지를 정리하고 작업대에서 깔끔하게 다리기 시작했다. 바지 하나를 다 다린 뒤 나머지도 다렸다.

"아줌마, 지퍼가 안 올라가요."

아이가 고개를 숙인 채 지퍼를 올리려고 안간힘을 썼다.

"내가 도와줄게."

여자 재봉사는 한쪽에 다리미를 세워놓고 쪼그려 앉아 아이를 도와 지퍼를 끌어올렸다. 하지만 꿈쩍도 하지 않자 몸을 돌려 작업대에서 양초 하나를 가져다 지퍼에 문질렀다.

"자, 됐다."

몸을 일으킨 재봉사가 아이의 머리를 쓰다듬으며 웃었다.

튀퀸은 그녀의 미소를 처음 봤다. 쑤팅의 웃는 얼굴과는 달랐다. 쑤팅은 늘 흐릿하게 웃었다. 튀퀸은 스티커처럼 얼굴에 붙어 있는 그녀의 웃음을 늘 손으로 떼어버리고 싶었다.

"감사합니다."

"아니야."

아이는 의자 등받이에 걸어두었던 책가방을 메고 가게 문을 나섰다.

그때 튀퀸의 휴대폰에서 '딩동' 하는 알림이 울렸다. 휴대폰을 꺼내보니 쑤팅의 메시지가 와 있었다.

'꽃 샀어? 저녁 다 됐어. 기다릴게.'

고작 한 줄이었지만 튀퀀은 큰 부담감을 느꼈다. 그는 쇼윈도 앞에 부성하게 핀 아프리카봉선화를 가리키며 물었다.

"저 꽃 파는 건가요?"

"아니요. 제가 키우는 거예요."

여자 재봉사가 고개도 들지 않고 다림질을 하며 대답했다.

다림질이 끝난 후 그녀는 바지 두 벌을 잘 갠 뒤 봉지에 담아 튀퀀에게 건넸다.

"두 벌 해서 20위안이에요."

튀퀀이 현금을 꺼내는데 조금 전 그 초등학생이 다시 들어왔다. 손으로 머리를 감싼 채였다.

"아줌마 밖에 눈이 너무 많이 와요."

여자 재봉사가 아이를 보고 다시 미소를 지었다.

"아줌마가 우산 줄게."

그녀는 작업대 밑에서 우산 하나를 꺼내 아이에게 선넸다.

"어서 돌아가. 곧 어두워질 거야."

그러면서 손가락으로 흘러내린 머리카락 한 줌을 귀 뒤로 넘겼다.

"고맙습니다. 나중에 돌려드릴게요."

아이는 우산을 펼치며 환하게 웃었다.

튀퀀은 여자 재봉사의 일련의 동작을 주시했다. 마음속에 풍성한 층이 지기 시작했다. 그는 그녀의 얼굴을 봤고 집게핀으로 대충 집어 뒤통수에 틀어올린 검은 머리를 봤다. 그 순간 꽃을 사오라는 쑤팅의 부탁도, 쑤팅이 만든 저녁도, 쑤팅과의 결혼 계획도 전부 희미해졌다. 애써 유지하면서 조심스럽게 계획하고 있던 모든 것을 포기해도 괜찮을 것 같았다. 굴레를 벗어나 마음속에 오랫동안 쌓여 있던 나약함과 무기력함을 단박에 끊어낼 수 있는 곳, 그곳이 바로 여기였고 바로 이 순간이었다.

이 여자 재봉사가 자신의 기대에 반응하기를 얼마나 고대했던가. 이 여자는 홀로 살아가고 있었다. 사람들과 교제하지 않으면서도 마음속엔 따뜻한 한구석을 남겨두고 어린아이에게 선심을 베풀었다. 튀췬은 그녀를 우러러보기 시작했다.

여자 재봉사는 튀췬의 손에 들린 돈을 받으며 그의 얼굴을 힐끗 쳐다보았다. 그런 다음 몸을 돌려 작업대 위 상자에 돈을 집어넣고 다시 바쁘게 움직였다.

튀췬은 정신을 차리고는 고맙다고 인사한 뒤 봉투를 들고 밖을 나섰다.

차를 몰고 떠나는 순간 쇼윈도에 만개한 아프리카봉선화가 보였다가 눈 깜짝할 사이에 사라졌다. 쏟아지는 대설 속에서 그것은 마치 손가락 사이에 걸린 바람 같았다. 순간 뜨거운 눈물이 그의 눈시울을 붉혔다. 하지만 흘러내리지는 않았다.

2017년 5월 19일 린샤에서 마침

UFO가 온다

1

 머리 꼭대기에 걸린 눈부신 조명을 오랫동안 바라보면 계속해서 불어나는 강물에 빠진 기분이 든다. 강물은 입술도, 눈도, 정수리도 넘지 않는다. 갑자기 더 창백한 선들이 눈앞에 나타나더니 극도로 흥분하여 한 덩어리로 마구 휘감긴다. 수백 개의 어지러운 손가락이 소리 없이 뭔가를 갈라 끄집어내려는 것 같다. 보기가 괴롭다.
 나는 몸을 돌리고 일어나 앉았다. 눈앞이 번쩍거리다가 흐릿해졌다. 류劉 선생님이 창가에 놓인 갈색 가죽 의자에 앉아 컴퓨터를 들여다보고 있었다. 선생님은 늘 거기 앉아 있었다. 책상 위에 놓인 작은 선인장 화분들 뒤에서 맞은편에 앉은 환자들과 부드럽고 따뜻하게 이야기를 나누었다.
 류 선생님이 나를 힐끗 보며 물었다.
 "깼어?"
 "네. 정말 깊이 잤어요."

선생님은 빙그레 웃고는 다시 컴퓨터 모니터로 시선을 돌렸다. 그리고 손가락으로 키보드를 두드리며 물었다.

"호두 좋아해?"

"그냥저냥요."

"어제 환자 보호자가 큰 걸로 두 상자나 보내왔어. 너무 많아. 여기 봉지 있으니까 한 봉지 담아가서 먹어."

류 선생님이 책상 서랍에서 비닐봉지를 하나 꺼내 내게 건넸다.

나는 자리에서 일어나 느릿느릿 팔을 뻗어 봉지를 받았다. 병원에서 약을 담을 때 쓰는 신식 비닐봉지였는데 한참이나 비빈 끝에야 간신히 벌릴 수 있었다. 류 선생님이 자리에서 일어나 호두 상자를 안아 들고 내가 벌린 봉지에 호두를 쏟아부었다. 몇 알이 바닥으로 굴러떨어지며 데구루루 소리를 냈다.

"됐어요. 그만. 너무 많아요. 저도 이렇게 많이는 못 먹어요."

내가 황급히 거절했으나 류 선생님은 웃으며 계속 쏟아부었다.

"아빠 뵈러 갈 때 가져가."

나는 호두가 가득 담긴 봉지를 들고 엘리베이터에서 내렸다. 고원 겨울의 황혼은 늘 한두 점의 어둠이 나머지 여덟아홉 점의 빛을 희석시켰고 그러고 나면 이내 장대하고 섬세한 밤이 내렸다. 커다란 봉지에 담긴 호두는 무척 무거웠다. 류 선생님은 내게 주는 거라고 말했지만 사실은 우리 아빠에게 준 것이었다. 나는 그런 쓸데없는 생각을 하면서 가방에서 차 키를 꺼냈다.

어느덧 겨울도 절반이나 지났고 어슴푸레한 가로등 아래 켜켜이 쌓인 눈도 희끄무레해져 있었다. 나는 차를 몰았다. 순간 마음이 다른 사람에게 붙들린 것 같았고 곧 후회가 밀려들기 시작했다.

얼마 전, 나는 아빠가 다시 약에 손을 대기 시작했다는 사실을 알게 되었다. 누워서 잠을 자려는데 누군가 가슴을 손바닥으로 세게 후려친 것 같았다. 한바탕 계속되는 통증이 머리 위로 솟아올랐다. 꼭 불에 타고 있는 헝클어진 실 같았다. 나는 날이 밝을 때까지 도저히 기다릴 수가 없어 패딩 점퍼를 걸치고 옥상으로 올라갔다. 가로등은 어슴푸레했고 길은 텅 비었으며 큰 눈이 내리고 있었다. 광활한 옥상이 꼭 조용한 피난처 같았다. 옥상에는 이미 여러 번 올라갔다. 옥상에서 햇볕을 쬐기도 하고 멀리 내다보기도 했다. 먼 곳에 세월의 풍파를 겪은 고요한 구식 가옥과 사찰이 많았다. 몇십 년에서 몇백 년의 역사를 간직한 만큼 색채는 칙칙했고 엉망진창으로 뒤섞여 액자에 박힌 고화古畫 같았다. 고화 주변은 철거와 재건축이 여러 차례 반복되었다. 하지만 할머니가 새 옷을 입어봐야 허리는 여전히 구부정하고 얼굴의 주름도 감추지 못하는 것과 비슷했다. 시간은 생각보다 빨리 흘렀다. 창문 너머 등불이 하나둘씩 꺼지기 시작했고 가로등도 꺼졌다. 하지만 눈은 계속 내렸다. 저 멀리 동쪽 산꼭대기가 새하얗게 뒤덮였다. 산발치에서 가장 눈에 띄는 것은 한 난방 회사의 보일러 굴뚝이었다. 하얀 연기 기둥이 위로 올라갈수록 희미해지면서 산꼭대기의 오랜 사찰을 휘감았고 사찰은 환상처럼 보였다. 막 겨울에 접어들었을 때 산꼭대기의 오랜 사찰 근처에 UFO가 출몰했다는 소문이 돌았다. 초롱같이 생긴 것이 갑자기 높게 날다 갑자기 낮아졌고 안쪽에서 희미한 불이 새어나오더니 도깨비불처럼 번쩍거리며 꽤 오랫동안 거기 머물렀다고 했다. 목격자도 적지 않았다. 사람들은 UFO를 보러 산꼭대기에 오르겠노라 목소리를 높였으나 전염병이 돌면서 도시가 봉쇄되고 각종 통제가 시작되면서 아무도 집 밖을 나서지 못하게 되었다. 사람들은 하는 수 없이 멀리서 촬영한 흐릿한 영상이나 사진을 인터넷에 공유했다. 일상의 균형이 깨지면서 반대급부로 인터넷 토론이 활기를 띠었다. 사람들은 UFO가 다시 오기를 고대했다. 옥상 난간에 오랫동안 걸터앉아 이런저런 생각을 하다보니 눈이 시큰거렸다. 나는 손으로 눈을 비비고 고개를 숙였다. 온몸에 눈이 가득 쌓여 있었다. 눈을 털어내리는데 지나가던 사람이 나를 발견했다. 그는 적잖이 놀랐는지 허둥지둥 달려와 아침부터 옥상 난간에 앉아 뭘 하느냐고 물었다. 나는 입에서 나오는 대로 농담을 던졌다.

"UFO 기다려요."

그는 내 대답에 더 놀랐는지 눈을 커다랗게 뜨고 마치 머저리를 보듯 나를 한참이나 쳐다보았다. 나는 개의치 않고 피식 웃음을 터뜨렸다.

쌩쌩 부는 찬바람을 쐬니 기운이 났다. 그만 내려가려고 고개를 돌렸을 때 난간 옆에 누군가 버린 화분이 보였다. 마른 산초나무 한 그루였고 그 위로 눈이 잔뜩 쌓여 있었다. 수형樹形이 꽤 괜찮았다. 꽃꽂이를 하면 좋을 것 같아서 나무를 뽑고 뿌리에 붙은 흙을 힘껏 털었다. 흙은 잘 떨어지지 않았다. 다시 나무를 잘 쥐고 가지에 쌓인 눈도 탁탁 털었다. 그러다 고개를 들었는데 저 아래에 사람들이 무리 지어 있었다. 그들은 전부 고개를 들고 나를 올려다보며 휴대폰으로 촬영하는 동시에 나를 향해 소리치기 시작했다. 내가 뛰어내리려는 줄 안 모양이었다. 어이가 없었다. 나는 옥상의 거센 바람 속에서 날개조차 접지 못하는 멍청한 새처럼 당황했고 갑자기 숨이 콱 막혔다.

마른 가지를 쥔 손이 땀으로 흥건했다. 난간을 넘어 안으로 들어가려다 깨진 화분에 발이 걸리는 바람에 옥상으로 넘어졌다. 아주 심하게 나동그라졌다. 순간 먼지투성이의 작은 참새 같은 무언가가 내 육신에서 빠져나와 날아가는 것 같았다. 머리가 어질어질해진 나는 그대로 기절했다. 깨어나보니 병원에 누워 있었고 아빠가 곁에 있었다. 나는 몸을 일으키려 했으나 아빠가 제지했다. 내가 계속해서 발버둥 치자 의사와 간호사가 함께 달려와 날 짓누르고 주사를 놓았다.

놀라 자빠질 일이었다. 나는 아빠에게 집에 데려다달라고 부탁했지만 아빠는 날 외면했고 의사의 지시에 따라 특수 치료를 받으라고 했다. 나는 그제야 내가 정신병원에 와 있다는 사실을 깨달았다. 내 침대 머리맡에 '정신분열'이라는 글씨가 보였다. 나는 병실을 훑어보았다. 옆 침대에도 환자가 있었다. 작고 마른 사람이었다. 머리카락이 뒤통수를 따라 흘러내리고 있는데 몇 가닥 없었다. 그마저 자르지 않아서 꼭 암벽등반용 밧줄처럼 옷깃에 매달려 있었다. 내 시선을 느낀 그가 입을 벌리더니 군침을 질질 흘리며 나를 보고 헤헤 웃었다. 순간 온몸의 솜털이 바짝 섰다. 치욕 중의 치욕이었다. 너무 놀라 저절로 욕이 쏟아져 나왔다.

나는 아빠를 노려보았다.

"내가 어디가 미쳤다는 거야?"

아빠는 타지 않은 숯처럼 희끄무레하고 유난히 깊은 두 눈동자로 말했다.

"한밤중에 잠은 안 자고 옥상에 올라갔다며? UFO를 기다려? 둘다 괴이한 짓 아니냐? 그게 정상인이 할 짓이야?"

나는 아빠의 말을 듣다가 또 욕을 할 뻔했다. 옥상이 아니라 아무 데나 다른 곳을 골라 앉았다면 이런 골치 아픈 일은 없었을 텐데. 행인에게 UFO를 기다린다는 농담만 던지지 않았어도 '정신분열'이라는 말도 안 되는 병명을 얻지 않았을 텐데. 후회됐다. 몹시 후회됐다.

나는 며칠이나 울었다. 아빠를 볼 때마다 울었다. 눈이 빨개지고 통통 부어서 가느다란 틈으로 변할 정도로 울었다. 나를 만나러 온 모든 사람에게 내 눈물이 묻었다. 두 손 두 발 다 든 아빠는 내게 대체 뭘 원하느냐고 물었다. 나는 재빨리 조건을 제시했다.

"약물중독재활센터에 들어가. 그러면 나도 의사한테 협조하고 정신분열 치료 받을게."

사실 나는 속으로 다른 계산을 하고 있었다. 아빠가 병원에 들어가기만 하면 난 즉시 이 괴상한 곳을 탈출할 수 있을 거라는.

아빠는 내 얼굴을 잠시 살피고 말했다.

"어떻게 너를 혼자 병원에 둘 수 있겠냐."

그래서 아빠는 류 선생님을 찾아가 도움을 청했다. 성격도 부드럽고 말투도 온화한 류 선생님은 내가 어릴 때부터 알던 사람이었다. 선생님은 그 병원 소속의 정신과 의사이자 아빠의 오랜 친구였다. 우리 엄마와는 동갑내기였다. 엄마가 돌아가시던 해에 난 겨우 열두 살이었다. 나는 기절할 정도로 울었다. 장례식에 참석한 류 선생님은 슬픈 눈빛으로 내 어깨를 감싸며 말했다.

"이신意心, 강해져야 해."

나는 그때부터 류 선생님과 내 엄마를 비교하기 시작했고 만약 엄마가 아직 살아 있었다면 지금쯤 어떤 모습일까 상상했다. 류 선생님처럼 부드럽고 유쾌하며 세월의 흔적이 묻은 모습일까?

아빠는 유난히 무거운 표정으로 흔한 안부 인사도 나누지 않고 류 선생님에게 내가 정신분열이라는 사실에 관해 있는 힘껏 하소연했다. 거대한 슬픔이 세찬 파도처럼 나를 향해 밀려들었다. 나는 변명조차 할 수 없었다. 류 선생님도 억지로 내게 말을 걸지 않고 그저 내 손을 잡고 한숨 자라고 권할 뿐이었다. 나는 얼떨떨했다. 설마 내게 정말 말 못 할 정신적 문제가 생긴 건가?

그 후 나는 내가 겪은 일들을 류 선생님에게 낱낱이 들려주었다. 선생님은 줄곧 내 마음을 잘 이해해주었고 아무 문제 없으니 입원할 필요도 없다고 웃으며 말했다. 나는 기운이 나서 당장 퇴원 수속을 밟으려 했다. 그러자 류 선생님이 날 붙잡고 말했다.

"하지만 일주일에 한 번씩 날 찾아오는 게 좋겠다. 우리가 뭔가 하는 척은 해야 아빠도 안심하고 중독 치료를 받을 수 있을 테니까."

나는 연신 고개를 끄덕였고 최대한 빨리 퇴원하기 위해 류 선생님이 시키는 대로 다 했다.

2

 그다음 주에 류 선생님을 찾아갔을 때 한페이韓培도 거기 있었다. 그는 문가의 긴 의자에 앉아 차례를 기다리고 있었다. 한페이는 일주일에 네 번 오는데 류 선생님이 내게 어느 요일에 오라고 구체적으로 요구한 적이 없기 때문에 나는 그와 자주 마주쳤다.
 한페이에게시는 학자學者 냄새가 났고 말소리도 늘 조용했다. 내가 살짝 웃어 보이자 그가 조용히 물었다.
 "왔어?"
 "응."
 "앞 사람 들어간 지 얼마나 됐어?"
 "좀 됐어."
 한페이가 옆으로 슥 움직여 내가 앉을 자리를 만들어주었다.
 "좀 어때?"
 한페이는 얼굴의 절반은 마스크로 가리고 두 눈만 드러낸 채 눈빛을 반짝이며 나를 바라보았다.

"괜찮아."

"살이 좀 빠진 것 같아."

"요새 다이어트 중이거든."

거짓말이 아니었다. 나는 정말 다이어트 중이었고 처음으로 효과를 보고 있었다.

한페이가 눈살을 찌푸리고는 가볍게 웃으며 작게 말했다.

"여자들은 늘 자학하는 것 같아."

나는 아랑곳하지 않고 빙그레 웃었다.

한페이는 나에게 고민을 털어놓은 적이 있다. 자기 몸에 다른 신경계가 만들어져 자신이 원래 가지고 있던 사상과 행위를 통제하려든다는 생각이 들었고 다소 어이가 없어 정신과 의사를 찾아갔다고 했다. 의사는 그가 오랫동안 극도의 스트레스를 받은 데다 한 번도 속마음을 토로하지 않고 안에 눌러놓다보니 우울증이 되었다고 진단했다. 한페이가 무엇 때문에 오랫동안 극도의 스트레스를 받았는지는 모른다. 그는 내게 한 번도 말하지 않았고 나도 묻지 않았다. 그것도 자꾸 물어보면 상처가 될지 모를 일이었다. 다만 가끔 그가 정말 우울증 환자처럼 보인다는 사실을 알아채긴 했다. 그는 습관적으로 침묵했고 지나치게 예민해졌다. 아주 사소한 행위나 말을 통해서 특정 사실을 거의 알아맞히기도 했다. 그리고 사람이나 사건에 세심한 주의를 기울였다. 무척 꼼꼼했다. 그는 나를 만날 때마다 살뜰히 보살펴주었다.

병원은 후끈할 정도로 따뜻했다. 얼굴을 가린 마스크처럼 사람을 옥죄는 기분이었다. 한페이는 주위를 둘러보고 나서 마스크를 벗어 잘 접은 다음 재킷 주머니에 넣었다. 그의 얼굴은 야위었고 고요했다. 나는 다소 조용한 생활을 좋아했지만 지금의 이 조용함은 마치 누군가가 문틈으로 훔쳐보는 것 같았다. 숨소리까지 들려 압박감이 느껴졌다. 나는 마스크를 턱에 걸쳤다. 이내 땀이 송골송골 맺혀서 아예 벗어버렸더니 손까지 축축해져서 자리에서 일어나 쓰레기통에 버렸다.

쓰레기통에 마스크를 던져넣자마자 안에 있던 사람이 나왔다.

"나 먼저 들어가서 선생님한테 내일 다시 오겠다는 말씀만 드리고 나올게. 금방 끝날 거야."

나는 몸을 돌려 한페이의 동의를 구했다.

"그래. 어서 들어가봐."

노크하고 안으로 들어가보니 류 선생님이 진료 책상 뒤 갈색 가죽 의자에 앉아 환자의 진료 차트 한쪽을 펼치고 조금 전에 인쇄한 종이 한 장을 스테이플러로 찍고 있었다.

"바쁘시죠?"

"오전엔 한가했어. 한 사람도 안 왔거든. 그러다 오후에 세 명이 한꺼번에 왔네. 한페이가 먼저 왔던데 기다리지 못하고 그냥 간 거야?"

"아니요, 아직 밖에 있어요. 오늘은 그냥 가고 내일 다시 오겠다고 말씀드리려고 제가 먼저 들어온 거예요."

"오늘 왜? 너도 바쁘니?"

"바쁘지는 않은데 기다릴 수가 없어서요. 여기서 자는 거랑 집에서 자는 것도 별 차이 없는 것 같고요."

"매일 여기 오는 것도 지겹지?"

"이제 습관이 돼서 여기 좋아해요. 머리 위에서 밝은 조명이 비치면 모든 게 다 녹아버리는 것 같아요. 깨끗하게요. 모든 고민이 다 사라져요."

"그래?"

류 선생님은 입구로 걸어가 문을 열고 문가에 한페이 혼자 앉아 있는 것을 확인했다.

"오늘은 제가 시간이 안 되겠네요. 방금 병원에서 원장님 모시고 회의를 진행한다는 공지가 떠서요. 내일이나 모레 보죠. 정말 미안합니다."

한페이는 그 말을 듣자마자 손을 비비며 자리에서 일어났다.

"괜찮습니다. 그럼 이신과 함께 가야겠네요."

류 선생님은 내가 그녀의 책상 밑에 있는 호두를 주시하고 있다는 사실을 발견하고는 웃으며 물었다.

"지난주에 아빠 뵈러 갔지? 호두 가져다드렸니?"

"네. 다 가져갔어요. 그쪽 의사 선생님이 호두가 약물 치료 환자의 수면을 돕는 데 효과가 있다고 해서 기뻤어요. 보안 검사를 통과하자마자 전부 넣어드렸어요."

류 선생님은 쪼그리고 앉아 상자 속 호두를 들여다보고 다시 서랍에서 커다란 비닐봉지를 꺼내며 말했다.

"그럼 이거 다 갖다드려. 병원에 가져가서 거기 선생님께 환자들에게 다 나눠주라고 해. 이왕이면 유용하게 써야지."

"그럼 감사히 받을게요. 다들 기뻐할 거예요."

내가 선생님에게 비닐봉지를 건네받아 벌리자 선생님이 상자를 들어 호두를 쏟아부었다. 반 상자를 다 부은 뒤 나머지 상자 하나까지 전부 붓자 족히 4킬로는 되는 것 같았다. 아빠가 처음 중독센터에 들어갔을 때가 떠올랐다. 나는 범죄를 저질러 교도소에 간 사람처럼 전전긍긍하며 경찰에게 물었다.

"우리 아버지 면회 가능한가요?"

이마에서 난데없이 땀이 나더니 눈을 따라 흘러내렸다. 경찰이 부드럽게 말했다.

"당연하죠. 아버지는 병든 거예요. 환자가 되셨으니 우리가 잘 치료하려는 거죠. 따님이 아버지를 보살피는 것도 당연하고요."

그 말은 의외로 오랫동안 날 감동시켰다. 나는 그 호두를 중독 환자들뿐 아니라 환자를 돕는 사람들에게도 나눠줘야겠다고 생각했다.

내가 호두 한 봉지를 들고 나오자 한페이가 얼른 다가와 나를 도왔다. 류 선생님은 빙그레 웃으며 나를 보았다. 아마 내가 한페이와 연애하고 있다고 여기는 모양이었다. 나도 애써 부인하지 않았다. 나는 활달한 사람이어서 그런 것에 크게 연연하지 않는다.

"그러니까 류 선생님이 너희 집안 오랜 친구인 셈이네?"

병원에서 나올 때 한페이가 물었다.

"아니. 그냥 아빠 친구야."

나는 예전에 한페이에게 아빠가 마약을 끊는 중이라고 말한 적이 있다. 지금 그에게 뭔가를 더 자세히 설명해주고 싶었지만 아무 말도 나오지 않았다. 한페이는 줄곧 호두를 들어주었고 기어코 내 차 앞까지 가져다주었다. 커다란 호두 봉지를 계속 들고 있다보니 꽤 무거웠는지 그의 손등에 핏줄이 잔뜩 솟아 있었다. 내가 계속 손을 내밀어 도우려 해도 그는 한사코 거절했다.

"가끔 류 선생님이 외로워 보여."

"그럴지도. 이혼한 지 10여 년이나 됐지, 아이도 없지, 재혼도 하지 않았으니까. 늘 혼자셨어."

고개를 끄덕이는 한페이의 표정이 금세 어두워졌고 한마디도 하지 않았다. 그는 야윈 얼굴로 침묵했다. 그가 그렇게 침묵할 때마다 귓가를 스치고 지나가는 바람 소리가 유난히 황량하게 들렸다. 나는 곁눈질로 한페이를 살폈다. 또 내가 어떤 부분에서 실수로 그의 예민함을 건드린 건지 알 수 없었다. 거리엔 차도 사람도 거의 없었고 바람은 매우 거셌다. 옅은 겨울 햇빛이 발밑에 그림자를 드리웠는데 꼭 어두운 사람의 얼굴 같았다. 순간 마음속에 알 수 없는 분노가 일었다. 나는 줄곧 새로운 세상과 새로운 친구 찾기를 포기하지 않았다. 하지만 나라고 이렇게 고생할 이유는 없었다. 나는 가능한 한 즐겁게 살고 싶은 사람인데 이렇게 시도 때도 없이 표정이 어두워지고 사람을 침묵으로 상대하는 우울증 환자를 만났으니 이를 어쩌면 좋단 말인가.

내가 나만의 생각에 빠져 있을 때 한페이가 다시 입을 열었다.

"우리 내일 동쪽 산 정상에 가서 UFO를 기다리자."

"뭐? UFO?"

즉각 반응하지 못했던 나는 퍼뜩 정신이 들었다. 그리고 깜짝 놀랐다.

"응. UFO 기다리러 가자. 최근에 올 확률이 높아졌대."

나는 깊은 한숨을 내쉬며 속으로 그를 은근히 비웃었다. 동시에 양심의 가책도 느꼈다.

"매년 겨울에 동쪽 산 정상에 여러 차례 출몰했나봐. 어떤 사람이 통계를 내서 인터넷에……"

한페이는 일부러 걷는 속도를 늦추고 내게 UFO에 관해 이야기하기 시작했다. 다행히 나는 UFO의 존재를 믿은 적이 없었고 그가 아무리 설명해도 내 흥미를 끌지 못했다. 하지만 아무 말도 하지 않았다.

3

 나는 처음 류 선생님에게 갔던 날 한페이를 만났다. 류 선생님 사무실에서 한숨 자고 나오는데 대기실에 한페이가 있었다. 그는 자리에서 일어나 곧장 내게 다가왔다. 무릎까지 내려오는 진회색 롱패딩을 입은 그는 깡말랐고 키는 몹시 컸다. 조용하고 점잖은 사람 같았는데 내게 무언가 말을 하려다 망설이고 있었다.
 그 순간 나는 그에게서 이상한 느낌을 받았다. 붉게 상기된 그의 얼굴을 바라보던 나도 괜히 긴장되어 숨을 죽였다. 한참이 지나서야 그가 입을 열었다.
 "자오이신趙意心 씨, 안녕하세요. 저는 한페이라고 합니다."
 나는 그 자리에서 굳어버렸다. 한 번도 본 적 없는 낯선 사람이 내 이름에 성까지 붙여 자연스럽게 부르다니. 내게 뭘 원하는 걸까? 그 후 그의 횡설수설이 이어지고 나서야 나는 진상을 알게 되었다. 그날 류 선생님의 진료실에서 나오던 그는 안으로 들어가는 나를 보고 대기실에서 날 기다렸다. 동영상을 통해 알게 되었다고 했다. 내가 옥상에 앉아 UFO를 기다리는 중이라고 말하는 장면을 누군가 찍어 인터넷에 올린 것이다.

"UFO를 기다리신다면서요? 전염병 때문에 도시가 봉쇄되었을 때 동쪽 산 정상에 나타난 UFO를 저도 봤어요."

한페이가 동영상을 보여주며 막역한 친구를 찾은 눈빛으로 나를 바라보았다.

지난 몇 년간 나는 엄마를 여의고 아빠를 돌보면서 정신력도 강해지고 식견도 넓어졌다. 하지만 이런 사람, 그러니까 내가 추태를 부리는 모습이 고스란히 찍힌 영상을 내게 보여주는 사람을 만나니 어이가 없고 당혹스러웠다. 나는 동영상 끝부분에서 내가 옥상에서 넘어진 뒤 난간에 한쪽 다리만 걸치고 있는 모습을 봤지만 낯선 사람에게 그때의 상황을 미주알고주알 설명하고 싶지 않아 애써 침묵했다. 하지만 끝내 웃음을 참지 못했고 그건 불가사의한 경험이었다.

그 후 병원에 올 때마다 청조하고 침울하며 근심에 싸인 한페이를 종종 만났다. 그때마다 궁금했다. 어떻게 저런 사람이 UFO가 정말 올 거라고 믿고 있는 걸까? 어떻게 종종 동쪽 산 정상에 가서 UFO를 기다릴 수 있지? 너무 이상했고 도저히 이해할 수 없었다.

어느 날 나는 류 선생님과 대화하던 중 갑자기 그 일이 생각나 농담 삼아 이야기를 꺼냈다.

류 선생님이 의아하다는 듯 물었다.

"한페이가 먼저 말을 걸었다고?"

"네."

류 선생님은 잠시 아무 말 하지 않다가 이내 한페이가 우울증을 앓고 있다고 말했다. 처음 병원을 찾아왔을 때는 눈물을 흘리며 죽음을 생각하고 있고 자살 충동을 느낀다고 털어놨다고 했다. 나는 그 말을 듣자마자 심장이 멈칫하는 기분이었다. 선생님이 말했다.

"약은 먹고 싶지 않고 진단부터 받으러 왔다고 했어. 나는 심리 상담을 진행하면서 마음을 편하게 하고 주의력을 다른 데로 옮기거나 분산시키라고 권유했지. 본인의 흥미를 끄는 일에 집중하라고 말이야. 그래서 최근에 화제가 된 UFO에 관심을 두기 시작했는지 모르겠다. 어쩌면 전부터 관심이 있었는데 우울증에서 벗어나려고 더 집중하고 있는 건지도 모르고. 아무튼 한페이에게는 좋은 일이고 더 나은 방향으로 나아가고 있다는 뜻이야."

나는 고개를 끄덕였고 그를 비웃어서는 안 된다는 사실을 깨달았다.

내가 류 선생님 진료실을 들락거린 지도 거의 3개월이 다 되었다. 그동안 사흘이 멀다 하고 한페이와 마주쳤는데 그는 늘 나를 기다렸다가 함께 돌아가곤 했다. 처음엔 그가 내게 마음이 있어서 호감을 표시하는 줄 알았다. 하지만 류 선생님으로부터 그의 상태를 들은 이후로 쓸데없는 생각은 접었고 그와 대화할 때도 늘 평정심을 유지했다. 가끔 퇴근길에 그가 내게 전화를 걸어 밥을 먹거나 영화를 보자고 할 때도 늘 동의했다.

이튿날 나는 류 선생님 진료실에 가서 평소처럼 잠을 잤다. 한숨 자고 일어나 매무새를 가다듬고 목도리를 두른 뒤 패딩 점퍼를 입고 막 돌아가려는데 류 선생님이 날 불러 세웠다.

"이신. 잠깐만. 물어볼 게 있어."

나는 잠시 머뭇거리며 시계를 확인했다. 한페이와 동쪽 산 정상에 UFO를 기다리러 가기로 한 날이었다. 여기서 나가자마자 저녁을 먹고 차를 몰아 산발치에 도착한 다음 산에 오르면 틀림없이 날이 어두워질 터였다. 사실 내가 한페이와 UFO를 보러 가기로 한 것은 그와 식사하거나 영화를 보러 가기로 약속한 것과 본질적으로 다를 바 없었다. 나는 가끔 혼자 일찍 집에 돌아가는 게 두려웠다. 적막한 방은 내 외로움을 조금씩 낚아올렸고 먹구름이 몰려드는 것처럼 점점 더 어두워져 나를 극도로 우울하게 만들었다. 나는 똑바로 누운 채 죽음을 생각했다.

류 선생님은 오늘의 내 방문 기록을 출력한 다음 스테이플러로 진료 차트에 고정한 후 물었다.

"주말에 아빠 보러 다녀왔니?"

"아직요. 내일 가려고요. 선생님이 어제 준 호두도 가져갈 거예요."

"벌써 3개월째 치료 중이시지?"

"네. 딱 3개월 됐어요. 내일 강제 금독 기간이 끝나요."

류 선생님은 더 할 말이 있어 보였지만 말을 잇지 않았다. 나는 헤헤 웃는 것 외에는 할 일이 없었다. 선생님이 내가 웃는 모습을 보고 우물쭈물하다가 목구멍에 뭐가 걸린 것처럼 물었다.

"내일 아빠 보러 갈 때 나도 같이 가도 될까?"

나는 참지 못하고 웃음을 터뜨렸다. 그게 뭐 그리 어려운 말이라고. 내가 서둘러 대답했다.

"네. 당연하죠."

류 선생님은 나를 바라보며 늘 띠고 있는 그 직업적인 미소를 지었다.

"전에 원격 화상 면회를 신청했는데 거절당했어. 재활자와의 관계 증명이 필요하다고 해서."

내가 웃으며 말했다.

"재활자 딸의 정신과 의사라고 쓰시면 되잖아요."

류 선생님이 다시 웃으며 말했다.

"그건 생각도 못 했네. 아무튼 너랑 같이 가면 틀림없이 날 들여보내줄 거야."

"네. 문제없을 거예요. 강제 금독 기간이 끝나면 감시도 느슨해지고 자유시간도 더 많아지거든요."

아빠가 재활센터에 여러 번 들어간 덕분에 나는 잘 알고 있었다.

류 선생님이 안도의 한숨을 내쉬었다.

"진작 너랑 함께 가고 싶었는데 올해 전염병이 반복되는 바람에 병원이 바빠졌어. 종종 주말도 반납했지."

나는 그저 웃기만 했다. 가끔 난 내가 류 선생님을 깊이 이해한다고 느꼈고 류 선생님 역시 날 잘 이해해주곤 했다. 이렇게 서로를 이해할 수 있다는 것도 일종의 인연이리라.

"그럼 내일 몇 시 면회 갈까?"

"오전 10시 괜찮으세요? 제가 운전할게요."

"더 일찍 가도 좋아. 오후에 병원에 또 일이 생길까봐."

"그럼 8시 괜찮으세요? 면회 가능한 시간이에요. 6시에 출발하면 두 시간 걸려 도착해요."

"그래."

류 선생님은 날 보며 미소 짓고 다시 말을 이었다.

"한페이가 밖에서 기다리고 있지? 어서 가봐."

나는 내일 가는 길에 먹을 음식을 준비할지 물어보려고 했다. 이른 시간에 길을 나서는 만큼 동이 트기 전이라 아침 먹을 시간이 없을 것 같았다. 그러나 류 선생님의 건강해 보이는 모습을 보고 입을 다물었다. 알아서 챙긴 다음 가는 길에 여쭤보고 나눠드리면 되겠지.

병원 엘리베이터에서 나는 한페이에게 내일 류 선생님과 약물재활센터에 가기로 했고 일찍 일어나야 하니 오늘은 얼른 돌아가 쉬겠다고 말했다. 한페이는 말이 없었다.

"내일 UFO도 보러 갈 수 있어."

"내일은 내가 어떻게 될지 모르겠어. 종일 출근해야 하거든."

"출근?"

나는 그가 일주일에 네 번은 병원을 오가기에 백수인 줄 알았다.

"어디서 일하는데?"

"식물원."

"근데 일이 그렇게 한가해? 일주일에 네 번이나 휴가를 쓰게."

나는 도서관에서 일하는데 일주일 내내 전전긍긍하며 일을 다 끝내고 반차를 두 번 쓰는 데도 관장의 눈치를 봐야 했다.

한페이는 나의 의아함을 알아채지 못하고 웃으며 말했다.

"겨울엔 식물들이 다 휴면기에 접어드니까 상대적으로 좀 한가한 편이지."

전염병의 영향으로 먹고살기 힘들어지자 병원 맞은편에 먹자골목이 형성되어 임시 방수포를 친 노점상이 즐비했다. 밝은 조명이 켜진 노점상에서 김이 모락모락 피어오르는 모습은 보기만 해도 따뜻했다. 우리는 더 마음에 드는 곳을 찾으려고 계속 앞으로 걸어 나갔다. 그런데 뒤에서 소형차 한 대가 달려오더니 경적을 울려 우리 걸음을 재촉했다. 좁은 골목 양쪽은 노점이 점령했고 길가엔 고인 물이 언 더러운 얼음으로 가득했다. 그런 곳까지 차를 몰고 오는 사람이 있을 줄이야. 우리는 하는 수 없이 몸을 옆으로 돌리고 제일 가까이에 있는 천막 안으로 들어갔다.

비좁은 천막 안에는 탁자 두 개와 널찍한 벤치 네 개가 놓여 있었다. 메뉴로는 라오짜오탕醪糟湯*과 여러 종류의 볶음면이 있었다. 장사가 썩 잘되지는 않았다. 면을 볶는 여자 조리사의 비취 귀걸이가 눈에 띄었다. 두 뺨은 고원 사람 특유의 붉은빛을 띠고 있었는데 꼭 암초에 활짝 핀 붉은 장미처럼 유난히 생기 넘쳐 보였다. 그녀는 우리가 들어가자마자 따뜻한 물 두 잔을 가져와 우리가 다시 나갈 기회를 주지 않았다.

음식 볶는 열기와 연기가 바람을 타고 천막 밖으로 흩날렸다. 어슴푸레 저녁 빛이 감도는 하늘에는 옅은 구름이 떠 있었는데 등불에 물든 짙은 노란색을 반사하며 세상에 온기를 더했다. 한페이는 내 옆에 앉아 마스크를 벗어 주머니에 넣고는 조용히 음식이 나오기를 기다렸다. 그의 모습에서 나는 그가 우울증 환자라는 사실을 찾아볼 수 없었다. 그는 다른 누구보다 정상적인 젊은이로 보일 때가 많았다. 나는 어떤 의미에서는 모든 사람이 각자 병을 앓고 있는 환자일지 모른다고 생각했다. 거리를 스쳐 지나가는 정상인처

---

* 라오짜오醪糟는 찹쌀이나 멥쌀을 발효한 음식. 라오짜오에 마, 구기자, 버섯, 인삼 등을 넣고 끓인 후 설탕을 넣고 차갑거나 뜨겁게 먹는 음식이 라오짜오탕이다.

럼 보이는 행인도 어쩌면 볼품없는 중독자일 수 있고 불치병에 걸린 가여운 사람일 수도 있으며 편협하지만 부유한 편집증 환자일 수도 있다. 다만 우리가 서로 알지 못하는 데다 바빠 지나치느라 알아차릴 새가 없을 뿐인지도 모른다.

나는 한페이에게 류 선생님이 왜 나와 함께 아빠를 보러 가는지 설명했다.

"친척이 아니면 화상 면회도 안 되는 거야?"

한페이가 국수에 식초를 쳤다. 먼저 살짝 치고 그릇을 들여다본 후 다시 조금 더 첨가했는데 아주 신중해 보였다.

"응. 강제 금독 기간에는 안 돼."

"류 선생님이 아버지를 좋아하시는 거 아냐?"

라오짜오탕 그릇을 들고 국물을 마시던 나는 그의 말에 놀라움을 금치 못했다.

"좋아하시면 진작 아빠랑 결혼했겠지."

"류 선생님이 재혼할 마음은 없을 수도 있지."

한페이는 솔직한 사람이었다. 그가 젓가락으로 국수를 비비며 말을 이었다.

"류 선생님 전남편이 우리 회사 최고 기술자인데 회사 사람들이 그 사람의 가정폭력에 관해서 수군대는 소리를 여러 번 들었어. 벌써 네 명이나 되는 부인에게 손찌검하고 헤어졌대. 류 선생님처럼 다정한 분도 갈비뼈가 부러지고 비장이 파열됐다던데."

순간 나는 한기를 느꼈다. 무언가 쾅 하고 부딪혀 뒤집어지는 기분이 들더니 심장이 덜컥 내려앉았다.

마음이 아팠다.

4

 나는 류 선생님이 이혼 후 줄곧 재혼하지 않았다는 사실만 알고 있을 뿐 그녀에게 그런 과거와 그렇게 큰 상처가 있을 줄은 상상도 못 했다.
 그보다 더 생각지도 못한 것은 내가 지금까지 아무것도 눈치채지 못했다는 점이다. 나는 오랜 옛날을 떠올렸다. 류 선생님이 아주 젊은 시절이었다. 선생님의 친정과 우리 집은 같은 골목에 있었다. 선생님은 날씬했다. 우리 엄마보다 더 마른 체구에 피부는 새하얬다. 선생님은 볼 때마다 늘 긴 스커트를 입고 있었는데 마치 정교하게 조각한 꽃병 같았다. 그렇다고 자신을 뽐내거나 오만하게 굴지는 않았다. 선생님이 뿜어내는 차분한 기운은 보는 사람을 편하게 했다. 하지만 엄마는 선생님에게 줄곧 적개심을 품었다. 선생님을 볼 때마다 눈을 내리뜨고 고개를 숙인 채 아무 말도 하지 않았다. 나는 당시 영화 「말레나」를 보고 예쁜 여자는 전부 똑같다고 생각했다. 그녀들은 햇빛 아래를 흐르는 물 같았다. 여자들은 그녀들을 질투했고 남자들은 망가뜨렸다. 그리고 망가진 여자를 경멸하면서 함께 외면했다. 그런데 이제 보니 그게 아니었다. 선생님의 그 병적인 침착함은 가정폭력의 후유증이 남긴 엄청난 인내였다.

어떤 통증 같은 것이 여전히 내 가슴속에서 용솟음쳤지만 류 선생님은 이렇게 말했다.

"오늘 컨디션 좋아 보이네."

나는 고개를 돌리고 웃어 보였다. 어제 일찍 잠들어 꼬박 여덟 시간을 잤다. 덕분에 눈 밑 부기도 빠졌다. 일찍 일어나 머리를 감고 성분이 제일 좋은 팩을 한 다음 화장을 했다. 나는 완전히 딴 사람처럼 보였다. 특별히 옷과 외투까지 잘 매치하고 거울을 봤다. 다이어트도 꽤 효과가 있었다. 나는 매번 아빠를 보러 갈 때마다 최상의 컨디션으로 얼굴을 들이밀었다. 내가 정신병자가 아니라는 사실을 보여주고 아빠를 안심시키기 위해서였다.

약물중독재활센터는 현대적이고 관리 또한 엄격했다. 동선 QR 코드와 백신 접종 기록을 제공하고도 상세한 방문 기록을 작성해야 했다. 입구를 향해 걸을 때마다 찬바람이 패딩 안으로 훅훅 들어와 얼어 죽을 것 같았다. 고원은 아주 추워서 전염병이 한 건도 발생하지 않았지만 진짜 뉴스와 가짜 뉴스가 범벅이 되어 천지를 뒤덮었다. 전염병 비非발생 지역 사람들은 전염병 발생 지역 사람들보다 더 공포에 떨며 정보를 주고받았다. 무의미하거나 심지어 모순된 정보도 끊임없이 오갔다. 출입구마다 세워진 간이 방역소에는 근무자가 상주하고 있었는데 머리부터 발끝까지 온통 하얗게 싸맨 채 왔다 갔다 하고 있었다. 적어도 얼어 죽지는 않겠지만 고된 근무 환경이었다.

류 선생님은 마스크를 하고 머리카락을 꼼꼼히 정리해 스카프 한쪽으로 싸맨 뒤 내 뒤를 따랐다. 방문 기록을 다 적은 나는 선생님에게 펜을 건넸다. 잉크가 다된 것 같았다. 선생님은 외투를 단단히 여미고 힘껏 펜을 그어본 다음 "쓰민思憫"이라는 두 글자를 적어넣고 다시 앞으로 돌아가 류劉 자를 추가했다. 줄을 바꾸어 날짜를 적어넣으려는데 또 잉크가 나오지 않았다. 당직 의사가 서둘러 다른 펜을 찾으며 말했다.

"그 정도면 됐어요. 흐릿한 부분은 제가 다시 적어넣을게요."

나는 봉지를 들고 걸으며 물었다.

"의사도 꽤 힘든 직업이죠?"

류 선생님이 웃으며 대답했다.

"힘들다고 느낄 때도 많지. 하지만 시간이 지나면 익숙해져."

고원의 햇빛은 춥든 덥든 줄곧 밝고 건조하다. 이제 많이 건강해진 아버지는 새 병실로 옮겨졌다. 기운 넘치는 두 눈과 높은 콧대를 보니 모든 것을 다시 시작할 수 있을 것 같았다.

아버지는 덩그러니 서 있는 류 선생님을 보고 난데없이 친근한 미소를 지으며 물었다.

"여긴 웬일이야?"

"너 보러 왔지."

류 선생님은 가져온 꽃과 과일을 탁자에 올려놓고 아버지의 변화에 감탄했다.

"많이 좋아진 것 같다. 머리도 짧게 깎았네. 환자답지 않게 깔끔

한데?"

우리를 데리고 들어온 의사는 체격이 크고 에너지 넘치는 사람이었다. 그가 웃으며 말했다.

"이번엔 아주 협조적이에요."

그러고는 고개를 돌리고 말했다.

"여기서 말씀을 나누셔도 되고 밖에 나가 한 바퀴 돌면서 바람을 쐬셔도 좋습니다. 전 볼일이 있어서 잠시 후에 다시 오죠."

류 선생님은 그제야 마스크를 벗고 아빠 옆에 앉으며 말했다.

"요 몇 년 동안 이신이 줄곧 네 걱정뿐이었어. 이번에 치료 끝나면 다신 그러지 마. 걱정 좀 그만 시켜. 아직 어린애잖아."

그 말을 듣던 나는 가슴이 아렸고 이내 눈물이 솟아올랐다. 나는 소파로 다가가 두 사람 앞에 서서 아빠의 눈을 지그시 바라보았다. 아빠도 괴로웠는지 눈시울과 코끝이 붉어졌다. 아빠도 울려고 했다.

깜짝 놀란 나는 아무 말도 하지 못하고 류 선생님을 바라보았다.

아빠가 앞으로 바짝 다가와 앉더니 내 손을 꼭 잡았다. 그리고 내 손으로 자기 눈을 가리고는 어깨를 떨며 목 놓아 울기 시작했다. 나는 과거의 많은 일이 아빠와 나를 힘들게 했다는 사실을 잘 알고 있었다. 하지만 아빠의 이런 모습, 그러니까 이렇게 우는 모습을 보는 것은 내 예상을 완전히 빗나간 일이었다. 아빠는 하늘이 무너져도 눈물을 흘릴 사람이 아니었다. 나는 두 눈을 동그랗게 뜨고 멍하니 서 있었다. 적잖이 당황스러웠다. 류 선생님이 나를 보며 미소 지었다.

"울고 싶으신가보다. 우시게 두자. 눈물을 흘리면 마음속 독소도 빠져서 더 건강해지실 거야."

그러고는 몸을 돌려 티슈 두어 장을 뽑아들고 아빠가 눈물을 그칠 때까지 잠자코 기다렸다.

손등의 따뜻한 눈물이 손가락 사이로 스며들어 손바닥까지 흘러내렸다. 난 아빠가 처음으로 약을 하던 때를 떠올렸다. 그때 난 아빠가 마약을 하는 줄도 몰랐다. 아빠가 담뱃대에 불을 붙이고 빨기 시작했을 때 그 타는 냄새가 내 콧구멍으로도 들어왔다. 그때도 지금처럼 따뜻하고 편안했던 것 같다.

생각은 계속되어 시곗바늘을 뒤로 돌렸다. 일찍이 열세 살 때부터 나는 이미 애어른이 되어 있었다. 아빠가 온몸을 바들바들 떨고 얼굴은 새파랗게 질린 채 바닥을 데굴데굴 구를 때 나는 비로소 아빠가 약물에 중독되었다는 사실을 알게 되었다. 그날 오후 나는 아빠를 꽉 끌어안았다. 이마에서 땀이 줄줄 흘렀다. 하지만 아빠를 진정시킬 수는 없었다. 아빠 목의 핏줄이 터질 듯 부풀었다. 아빠는 미친 듯이 발버둥 치면서도 비틀비틀 걸어 밖으로 나가려고 했다. 혼자였던 나는 말할 수 없는 공포에 휩싸였다. 꼭 솜뭉치를 밟는 것처럼 발걸음이 둥둥 떠올랐다.

그보다 일 년 전, 도시 재개발 사업이 한창이었을 때 오래된 골목은 전부 철거되었고 우리는 새 집으로 이사했다. 그때부터 집안 분위기가 달라졌다. 앙상하게 마른 엄마는 초췌해졌고 성격도 이상해졌다. 당시 엄마는 이미 우울증을 앓고 있었다. 하지만 난 그런 것을 이해하기엔 아직 어렸고 아빠는 사소한 일에는 관심 없는 사람이어서 우리는 오랫동안 엄마의 상태를 알아채지 못했다. 다만 엄마가 지독하게 우울해하거나 욕하고 저주를 퍼부을 때마다 집안이 바위틈에 낀 활화산처럼 언제든 폭발할 준비가 된 것 같다고 생각했다. 진이 빠진 아빠는 집에 돌아오지 않을 때가 많았다. 아빠가 그때 약물에 중독된 건지 아니면 엄마가 돌아가신 후에 그런 건지는 모르겠다. 엄마는 짜증만 났다 하면 지칠 때까지 울다가 욕하기를 반복했다. 그리고 끝내 살아 있는 시체 같은 몸뚱이를 내던졌다. 학교를 마치고 귀가하는데 아래층에 인파가 몰려 있었다. 내가 가까이 다가가자 인파 속에서 누군가 '애가 못 보게 해요, 애를 멀리 떨어뜨리세요'라고 소리쳤다. 하지만 누군가의 커다란 손이 내 두 눈을 가리기 전에 나는 모든 것을 똑똑히 보았다. 엄마가 신고 있던 가느다란 끈이 달린 소가죽 샌들부터 긴 머리카락 사이에서 흘러나오는 찐득한 피, 흘러나와 고인 새까만 피 웅덩이까지. 나는 내장이 뒤집혔고 온몸은 경련하듯 바들바들 떨렸으며 넋이 나가고 말았다.

그 어두운 기억은 그 후로도 오랫동안 늘 새로 쓴 악령 부적처럼 내 머리 위를 소리 없이 천천히 떠다니며 모든 시간에 스며들었다. 나는 수많은 밤을 잠 못 이뤘고 집에서 일어났던 사건을 반복해서 곱씹었다. 많은 것을 이해한 것 같기도 했고 아무것도 이해하지 못한 것 같기도 했다. 나는 빠지기 시작한 내 머리카락을 보았다. 화장실 타일 위에 한 움큼씩 빠진 머리카락이 한데 뭉쳐 있었는데 꼭 찢긴 상복의 검은 망사처럼 보이곤 했다.

동시에 아빠의 삶의 질도 크게 떨어졌다. 아빠는 원래 보석상을 운영하고 있었는데 엄마가 우울증으로 뛰어내린 것이 본인의 무관심 때문에 생긴 일이라고 자책했고 매일 풀이 죽어 있었다. 약물은 아빠의 존엄을 산산조각 냈고 아빠는 저축을 헐어가며 되는대로 살았다. 나는 어느 날 하교하고 집에 돌아오자마자 화장실로 뛰어들어가 웩웩 토한 적이 있다. 시큼털털한 담즙에 사레가 들려 눈을 뜰 수도 숨을 쉴 수도 없었다. 아빠는 그런 내 꼴을 보자마자 걱정하며 온 얼굴을 찌푸렸다. 아빠가 많이 늙어 보였다. 아빠는 나를 병원에 데려가 검사를 받게 했는데 그때 병원에서 류 선생님을 다시 만났다. 새집으로 이사한 후 좀처럼 만나지 못한 상태였다.

류 선생님이 측은한 표정으로 말했다.

"이신이 왜 그래?"

그리고 서둘러 의사를 찾아주고 오후에 퇴근한 후 우리 집으로 찾아와 날 살폈다.

오래 청소하지 않은 바닥은 먼지로 가득했다. 아빠는 소파에 앉아 아무 말 하지 않고 낙담한 표정으로 필사적으로 담배를 피웠다. 그 탓에 사람이 연기 속에 파묻혀 있었다.

류 선생님이 말했다.

"이신이 심리 상태가 완전히 무너지기 일보 직전이야. 진작 의사에게 데려갔어야지."

"제 엄마 죽고 나서 내가 관심을 많이 못 가졌는데 이렇게 될 줄 몰랐어."

"너무 억눌러서 그래. 조심해야 해. 까딱하다 극에 달하면 고삐 풀린 망아지처럼 걷잡을 수 없을 만큼 발산할 수도 있단 말이야."

그때 나는 옆방에 있었다. 졸음이 쏟아져 눈을 뜨기 힘들었지만 억지로 정신을 차리고 두 사람의 대화를 엿들었다.

그 후로 오랫동안 아빠는 병들어 시들해지면서도 의사의 지시에 따라 정성껏 날 돌봤다. 류 선생님도 여러 차례 전화를 걸어 내 상태를 체크했다. 아빠가 재활센터에 갇혀 들어갔을 때 우리가 살던 집 근처에는 의지할 만한 이웃이 없었다. 본디 왕래하며 지냈던 친척들도 상대가 돈이 많으면 두려워하고 가난하면 업신여기며 잘나가면 미워하고 시궁창에 빠지면 비웃는 사람들이라 어느덧 코빼기도 보이지 않았다. 오직 류 선생님만 종종 날 보러 왔고 가끔은 내게 밥을 해주기도 했다. 온 집 안을 메운 음식 냄새는 내 가슴에 매달린 막막함을 차분하게 가라앉혔다.

아빠도 점점 평정을 되찾았다.

너무나 바라던 바였기에 나는 참았던 눈물을 펑펑 쏟았다. 류 선생님이 자리에서 일어나 어깨를 감싸며 나를 위로했다. 내가 목놓아 울자 류 선생님도 슬퍼하며 티슈로 자신의 눈가를 가볍게 훔쳤다.

나는 마음을 가라앉히고 고개를 돌려 눈물을 닦다가 류 선생님의 귀밑머리에 난 흰머리를 발견했다. 검은 머리카락 사이에 가려진 흰머리가 꼭 퇴색된 과거처럼 보였다. 시간은 그야말로 쏜살같았다. 아빠는 꼭 내 나이 때 류 선생님을 쫓아다녔다. 엄마가 우울증을 앓고 나서 쉰 목소리로 울며 넋두리할 때 알게 된 사실이었다. 엄마 아빠가 결혼하기 전의 일이었지만 엄마에겐 그게 중요한 모양이었다. 그 사실에 죽어라 매달리며 류 선생님을 미워하기 시작했다. 비합리적인 증오는 마치 부드러운 꽃줄기에 난 뾰족한 가시 같았다. 나는 그 때문에 엄마에게 좋지 않은 감정을 품게 됐다. 오히려 아빠가 그때 류 선생님과 결혼했으면 더 좋았을 거라고 생각했다. 하지만 그래도 나는 엄마의 딸이었기 때문에 해서는 안 될 그 생각이 마치 한 잔씩 들이부은 독주처럼 나를 조금씩 갉아 먹기 시작했다. 나는 시간이 갈수록 곤란해졌고 엄마에게 정말 미안했다.

엄마가 돌아가셨을 때 류 선생님도 혼자였다. 나는 한때 아빠가 류 선생님과 결혼할 거라고 생각했다. 아빠가 정말 류 선생님과 함께한다 해도 괜찮을 작정이었다. 아빠는 내 아빠이기 이전에 자기 삶이 있는 사람이니까. 아빠에게는 본인의 결혼생활을 선택할 권리가 있고 나는 그 사실을 충분히 이해하고 있었다. 하지만 아무 낌새도 보이지 않았다. 나는 온갖 희한한 생각을 하다가 참지 못한 채 왜 류 선생님과 결혼하지 않느냐고 아빠에게 물었다. 시기상으로 보나 사람 마음으로 보나 결혼하기 딱 좋을 때인데 말이다.

"함께할 수 있었으면 진작 그랬을 거다."

"왜?"

나는 즉시 귀를 길게 빼고 그 이유를 들었다.

"닥터 류 마음엔 신이 있어. 난 어릴 때부터 태양밖에 몰랐지. 다른 건 둘째 치고 밥 한 끼를 먹더라도 따로 요리해서 각자 먹어야 하는걸."

아빠는 깊은 한숨을 내쉬었다.

"내가 함께하길 원해도 닥터 류가 타협하지 않을 거야."

나는 경악했다. 나로서는 상상도 못 한 이유였다. 아빠는 철저한 무신론자였다. 반면 류 선생님은 유신론자로서 사람 마음 이외의 질서와 힘을 경외하고 따랐다. 이는 두 사람 사이의 난제였고 이 땅에 살아본 적 없는 사람은 결코 이해할 수 없는 부분이었다. 나는 그때부터 입을 다물었고 그 일에 관해 다시는 언급하지 않았다.

나는 아빠의 병상 근처에서 의자를 가져다 아빠와 류 선생님 맞은편에 앉았다. 그리고 병실을 자세히 살폈다. 하얀 벽에 커다란 창문이 하나 나 있었다. 창문으로 햇빛이 들어와 사방을 밝게 비추었고 방 안은 몹시 조용했다. 그 전에 아빠를 몇 번 보러 왔을 때는 다른 병동에 있었는데 양옆 병실에서 처량한 울음과 기도 소리가 뒤섞인 신음이 끊임없이 들렸다. 그때 류 선생님의 전화가 울렸다. 류 선생님은 한페이가 나를 찾고 있다면서 왜 휴대폰을 껐냐고 물었다. 휴대폰을 꺼내보니 정말 배터리가 방전되어 전원이 꺼져 있었다. 나는 류 선생님의 전화를 건네받고 한페이와 이야기를 나누었다. 그는 인터넷에 오늘 밤 UFO가 올 거라는 소문이 기정사실화되어 돌고 있다면서 몇 시에 돌아올 건지, 같이 동쪽 산 정상에 UFO를 보러 갈 건지 등을 물었다. 나는 참지 못하고 낄낄거리다가 돌아가서 다시 얘기하자고 말했다

  아빠가 물었다.

"무슨 중요한 일 있어?"

"친구가 동쪽 산 정상에 가서 UFO 기다리자고 해서."

아빠는 긴 한숨을 내쉬었다.

"또 그 UFO 타령이냐! 아직도 단념하지 않은 거야?"

나는 아빠의 뜻을 알았지만 설명하고 싶지 않았다.

"처음부터 아빠가 생각하는 그런 거 아니었어."

류 선생님은 웃음 가득한 얼굴로 완곡하게 아빠를 위로했다.

  "원래 젊은 애들은 에너지가 넘쳐서 모든 일에 호기심이 많잖아."

아버지가 못마땅한 듯 말했다.

"저렇게 제멋대로라니까. 하지 말라는데도 기어코 하고 다니면

서 사람들에게 구경거리나 되고."

나와 류 선생님은 아빠의 말엔 아랑곳하지 않고 서로 마주 보며 빙그레 웃었다.

아빠는 탁자 위에 놓인 호두 봉지를 들고 안을 들여다보며 물었다.

"왜 이렇게 많이 가져왔어? 지난번에 가져온 것도 아직 남았는데."

"이번에도 선생님이 주신 거야. 병원 사람들이랑 나눠 먹으라고 이번엔 더 많이 주셨어."

아빠는 작은 비닐봉지를 찾아 몇 움큼 집어넣으며 말했다.

"나가자. 병원 구경시켜줄게."

류 선생님이 말했다.

"그럴 시간은 없을 것 같아. 우리 돌아가야 해. 나 오후에 출근해야 하거든."

아빠가 손목시계를 보았다.

"아직 열 시도 안 됐어. 조금만 돌고 가도 출근하는 데 문제없을 거야. 게다가 나 아니면 이런 곳을 구경할 기회가 언제 또 있겠어?"

그 말을 들은 나는 화가 났다.

"그런 기회라면 평생 없었으면 좋겠네요."

아빠는 쓸쓸한 미소를 지으며 류 선생님의 얼굴을 쳐다보았다.

밖으로 나가자 반짝이는 햇빛이 사방을 비추고 있었고 하늘도 유난히 맑았다. 나는 심호흡을 했다. 더할 나위 없이 맑은 공기가 내 가슴을 깨끗이 비웠다. 우리는 수많은 오솔길을 천천히 걸었다.

길 양쪽엔 온통 소나무였고 그 위로 눈이 쌓여 있었는데 바람이 불 때마다 부스러기처럼 흩날렸다. 아빠와 류 선생님은 내 앞에서 나란히 걸었다. 나는 뒤따라 걸으며 두 사람의 뒷모습을 보았다. 사람이 중년을 지나 노년을 향해 달릴 때는 뒷모습조차 케케묵은 느낌을 준다. 이런 느낌은 아무 까닭 없이 나의 어떤 신경을 자극해 갑작스러운 반응을 일으킨다. 류 선생님은 정情을 넘는 수준으로 아버지를 이해하고 있었다. 정이란 것은 불꽃 덩어리 같다. 양방향일 때는 서로 의지하고 기댈 수 있지만 한쪽 방향일 때는 내 어머니처럼 황당하리만치 치근덕대고 미친 듯이 집착하며 증오에 휩싸여 애면글면한다. 반면 류 선생님은 그저 아버지를 꿰뚫어보고 자비와 동정을 베풀었으며 도울 수 있는 일을 도울 뿐이었다.

 내 생각과 같을 수도 같지 않을 수도 있다. 태양 아래 이해할 수 없는 일은 너무 많았고 그것들은 하나같이 깨진 유리처럼 어지럽고 날카로웠다. 하지만 발밑의 눈은 도톰하고 푹신푹신했다. 흔들리는 나뭇가지의 그림자가 거꾸로 드리워 마치 꽃무늬 침대보를 펼쳐놓은 것 같았다. 그 위에 한번 누워보고 싶을 정도였다. 아빠와 류 선생님은 이미 저 멀리 걷고 있었다. 아빠가 뒤돌아보며 말했다.

 "저 앞에 정자가 있는데 병원 전경이 다 보여. 거기 가서 좀 앉아 있자."

 "좋아."

 나는 얼른 쫓아갔다.

 완만한 언덕 꼭대기에 하얀 석조 정자가 있었다. 기둥에 시든 덩굴이 칭칭 감겨 있어 전체적으로 죽은 식물이 고요 속에서 썩고 있는 것처럼 보였다. 자리에 앉자마자 아빠는 봉지를 열고 무릎 위에 올려놓은 다음 호두를 고르며 우리에게 까주겠다고 말했다.

"며칠 전에 이신이 가져온 호두를 의사와 환자들에게 몇 개씩 나눠줬는데 다들 좋아하더라고."

"나도 이신한테 그 얘기를 듣고 더 많이 가져온 거야."

호두 집게의 나사가 느슨해졌는지 호두가 자꾸 튕겨나갔다. 아빠는 미간을 잔뜩 찌푸리고 손에 힘을 더 주어 다른 호두를 끼웠지만 다시 튕겨나가 류 선생님 발치까지 데굴데굴 굴러갔다. 선생님은 호두를 줍더니 정자 주변에서 돌멩이 하나를 찾은 다음 쭈그리고 앉아 호두를 깨기 시작했다. 호두알이 나오자 몸을 일으켜 아빠의 비닐봉지에 넣고 다시 호두 몇 알을 집어 하나씩 깨뜨렸다.

나도 쪼그리고 앉아 류 선생님이 깐 호두알을 주웠다. 너무 잘게 부서진 것은 흙이 묻어 줍지 않고 알이 꽉 차고 깨끗한 것만 주워 아빠의 봉지에 담았다. 류 선생님은 마스크를 쓰지 않았는데 입술선이 선명했고 콧대도 높고 곧았다. 얼굴에 햇빛이 쏟아져 눈가의 잔주름과 한데 어우러진 모습은 여유로워 보이기까지 했다. 꼭 세상 모든 것이 그녀의 것 같았다.

내가 호두알을 한 주먹 가득 줍고 고개를 들었을 때 아빠는 고개를 옆으로 돌려 조용히 우리를 바라보고 있었다. 내가 봉지에 호두알을 넣자 아빠는 미소 지으며 시선을 다른 데로 돌렸다. 류 선생님이 차고 있는 팔찌가 빛을 반사했고 손목의 움직임에 따라 여러 번 탈피한 연체동물처럼 내 눈앞에서 끊임없이 흔들거렸다. 그 흔들림은 내 마음을 텅 비게 만들었다. 꼭 한바탕 헛꿈처럼 깨어나면 기억나지 않을 것 같았다.

호두를 다 깨고 우리는 잠시 앉아 있다가 정자에서 작별을 고했다.

집으로 돌아가는 길에 류 선생님은 올 때와 마찬가지로 말을 거의 하지 않고 대부분의 시간 동안 창밖 초원을 내다보았다. 뭔가 깊이 고민하는 것 같았다. 그때 길가에 오체투지를 하며 앞으로 나아가는 고행승이 보였다. 그의 스웨이드 가죽 옷은 이미 너덜너덜했다. 그는 몸을 완전히 숙이고 사지를 바닥에 단단히 붙인 다음 이마를 땅에 부딪혔다. 한 걸음에 세 번씩 머리를 부딪혔는데 완선히 몰입한 것 같았다. 자동차 속도가 빨라서 나는 고개를 돌려 사이드미러를 확인했다. 그런데 놀랍게도 도로가 수직으로 솟아오르더니 그 고행승이 깊고 깊은 심연에 빠진 채 타이어 흔적을 밧줄 삼아 위로 기어오르고 있는 것처럼 보였다. 나는 깜짝 놀라 숨이 막혔고 얼른 속도를 늦췄다. 창밖으로 겨울의 초원이 펼쳐져 있었다. 길을 돌자 누렇게 말라붙은 양지가 보였다. 꼭 태양에 그을린 삭막한 꿈 같았다. 다시 길을 돌자 이번엔 음지가 나타났는데 그 위를 덮은 눈은 하나도 녹지 않았다. 눈밭에는 맹금류가 껍질과 살은 다 파먹고 뼈만 남은 동물 사체가 눈에 뒤덮인 채 하얗게 빛나고 있었다. 소가죽 승마 부츠 한 짝이 눈밭에 얼어붙어 있었는데 부츠 통이 뒤집혀 마치 배가 갈라져 죽은 양처럼 보였다. 꽁꽁 얼어붙은 것들에게는 썩는 것도 일종의 사치였다.

"역시 살아 있는 세상이 좋아요."

"응? 뭐라고?"

류 선생님이 고개를 돌리고 나를 바라보았다.

"모든 질문엔 답이 없는 것 같아요. 그래서 인간은 정답이 없는 상태에서도 희망을 품고 열심히 살죠. 그것만으로도 참 대단하지 않아요?"

나는 느끼는 대로 말했다.

"너도 참······."

류 선생님은 웃으며 눈을 감고 마음을 가라앉혔다.

5

　센터에서 돌아온 뒤 나는 선생님을 댁까지 모셔다드리고 혼자 길에서 국수 한 그릇을 사 먹은 뒤 출근했다.
　오후에 퇴근하고 길을 나서는데 텅 빈 거리에 바람이 불고 있었다. 세찬바람 때문에 눈가루가 바닥을 빙글빙글 맴돌았다. 나는 이 길을 어릴 때부터 지나다녔다. 이 길은 소란스러운 추억을 너무 많이 짊어지고 있었다. 하지만 지금은 텅 비어 있었고 세상이 끝난 것처럼 쓸쓸했다. 문득 아침에 차를 몰고 지나온 황량한 설원이 떠오르면서 그 지독한 적막함과 꽁꽁 얼어붙은 것들이 생각나 슬펐다. 거리에게도 영혼이 있다면 울지 않으려나? 차에 올라타자마자 갖가지 아련한 감정이 끊임없이 내게 부딪혀왔다. 심장이 빨리 뛰었고 손까지 떨렸다. 나는 창문을 열고 담배에 불을 붙였다. 몇 모금 빨지도 않았는데 찬바람이 내 얼굴로 훅 끼쳤다. 그 바람은 꼭 타오르는 감정처럼 날 자극했고 나는 격렬하게 기침했다. 담뱃불을 끄고 시트에 잠시 누워 있다가 한페이에게 전화를 걸었다. 그는 아직 일하는 중이었다.

"동쪽 산 정상에 가서 UFO 기다리자며? 갈 거야?"

"좀 늦을 것 같아. 하던 일은 마치고 가야지."

"얼마나 걸리는데?"

"큰 문제만 없으면 앞으로 한 시간이면 끝나. 최대한 서두를게."

"난 벌써 퇴근했어. 집에 가 있을 테니까 끝나면 연락해."

"오케이."

한페이는 말을 마치고 급히 전화를 끊었다. 나는 차를 몰고 집으로 돌아갔다. 하루 종일 차를 몰고 오간 데다 환경 변화도 너무 컸던 탓에 오후부터 화장이 얼굴을 감싼 껍질처럼 들떠 있었다. 내가 봐도 초췌했다. 나는 욕실 문을 닫고 뜨거운 물로 샤워를 했다. 답답했던 가슴이 풀리고 피곤함이 가시자 허기가 몰려와 위가 타들어가는 듯했다.

냉장고를 열어보니 전염병으로 도시가 봉쇄됐을 때 아빠가 비축해놓은 국수와 계란이 아직 남아 있었다. 나는 토마토 계란 볶음면을 만들고 TV를 보며 먹었다. 식사를 마친 후 머리를 말리고 고데기로 한참을 말았고 차를 끓이고 과자도 한 봉지 뜯어서 이래저래 시간을 때웠다.

그때 한페이가 집 아래에 도착했다고 전화했다. 내가 창문을 열자 그가 경적을 울리며 반응했다. 나는 패딩 점퍼를 걸치고 목도리를 두른 뒤 거울을 확인하는 김에 마스크까지 쓰고 계단을 뛰어 내려갔다.

"미안. 오늘 퇴근이 늦어져서. 저녁은 먹었어?"

"먹었어. 너는?"

"찐빵 좀 샀어. 이따가 배고프면 대충 때우면 돼."

"배가 고픈데 끼니까지 거를 정도로 UFO가 보고 싶어?"

한페이가 웃으며 말했다.

"사실 좀 무서워. 정말 UFO를 보게 될까봐. 보고 나면 이제 더 이상 기다릴 게 없어지잖아."

그의 맑고 검은 눈동자 속에 모범생 티가 가득해서 웃음이 났지만 나는 웃지 않았다.

차를 몰아 산기슭에 도착했을 때 해는 이미 완전히 하산했고 하늘은 어두운 잿빛이 되어 있었다. 드문드문 보이는 별은 깨진 다이아몬드처럼 반짝거렸다. 구식인 데다 허물어져가는 집들 사이에 공터가 널려 있어서 우리는 아무 데나 차를 세우고 단숨에 정상까지 올라갔다. 찬바람이 살을 에는 듯했지만 생각한 것만큼 춥지는 않았다. 그보다 놀라운 것은 정상에 이미 10여 명의 사람이 있었다는 것이다. UFO를 보러 왔는지 다들 조용했다. 고대인들이 높은 곳에 올라 멀리 내다볼 때 느꼈을 법한 쓸쓸한 심경마저 느껴졌다.

한페이는 두꺼운 목도리를 두르고 묵묵히 앉아 고개를 숙이고 있었다. 그가 무슨 생각을 하고 있는지 알 수 없었다. 주위는 다소 어두웠는데 다른 쪽 비탈을 타고 올라온 사람들은 전부 옆쪽 오래된 사찰 안으로 들어갔다. 찬 공기 속에 향냄새와 낮은 기도 소리가 가득했다. 나는 한페이에게 물었다.

"왜 저쪽에서 사람들이 저렇게 많이 올라오는 거지?"

"예불하러 가는 사람들이야."

"예불?"

나는 다시 오래된 사찰 입구를 돌아보며 물었다.

"저 안에 약사불藥師佛 보살*을 모시고 있거든. 전염병이 돈 후에 많은 사람이 기도하러 와."

"왜 이렇게 늦은 시간에 기도를 해?"

"최근 들어 불상 모신 전당을 외부에 개방하지 않거든. 그러니까 해가 진 후에 몰래 찾아와 절을 올리는 수밖에."

그때 사찰 안의 등불이 훤히 밝아지더니 한 줄기 빛이 문으로 쏟아져 나왔고 그중 절반은 어슴푸레한 길 위에 깔렸다. 멀리서 들여다보니 사찰 안쪽의 촛불 그림자가 흔들거리고 있었다. 이마를 땅에 대거나 무릎을 꿇거나 향을 피우는 사람들의 그림자도 보였다. 어지러운 그 광경은 인간 세상이 아닌 듯했다.

나는 어려서부터 지금까지 한 번도 이런 곳에 와본 적이 없었다. 차디찬 산바람은 꼭 뼈를 찌르는 각성제 같아서 주변의 향취가 일으킨 환상을 극복하는 데 도움을 주었다. 속눈썹에 맺힌 찬 서리가 시선을 가리자 나는 눈을 뒤집어 떴다. 그러자 하늘의 별이 보였다. 짙푸른 벨벳에 다이아몬드가 박힌 것 같았다. 나는 고개를 들고 한참을 바라보았다. 내가 살면서 본 것 중에 가장 아름다운 별하늘이었다. 그러나 내 머릿속에 다른 광경이 떠올랐고 지난 삶의 자질구레한 단편들이 기억 속에서 재현되는 듯했다.

2022년 3월 20일 란저우에서 마침

---

* 병든 자들의 병을 고쳐주고 도와주는 보살.

잿물

1

 안유安佑가 선전深圳에 도착했을 때는 이미 저녁 무렵이었다. 얼마 남지 않은 태양은 베일에 싸인 유리구슬 같았다. 그가 가려는 곳은 푸톈구福田區였다. 역에서 나와 한참을 두리번거렸지만 마중오기로 한 사람은 코빼기도 보이지 않았다. 여러 번 전화를 걸어봤으나 신호음은 아무 응답 없이 꺼졌다.
 애초에 서북쪽에서 남쪽까지 기차를 타고 오기로 한 것이 실수였다. 중년의 나이에 마흔 시간이 넘는 여정은 아무래도 무리였고 지금 상대는 전화조차 받질 않았다. 안유는 짜증이 났다. 하지만 선전은 처음 와본 데다 전화를 계속 거는 것도 부담스러워 떠들썩한 대합실에 앉아 기다리기로 했다. 허기가 위 속에서 불길처럼 타오르는 것 같았다. 한참 동안 기다린 끝에 더는 안 되겠다 싶어 밖으로 나온 뒤 택시를 타고 기사에게 말했다.
 "가까운 국수집으로 가주세요. 할랄 식당 중에 잘하는 곳으로

요."

 기사는 웨량완 대로를 지나 한 란저우蘭州 할랄 소고기 라멘* 집으로 안유를 데려갔다. 안유가 국수를 절반쯤 먹었을 때 전화벨이 울렸다. 기차역에 도착했느냐며 데리러 오겠다는 전화였다.

 안유는 라멘 한 그릇을 다 비웠다. 배가 부르니 잠이 쏟아졌다. 차 뒷좌석에 기대어 눈을 감자마자 까무룩 꿈속으로 빠져들었다. 그러다 갑자기 들려온 도시의 데시벨 높은 소음에 화들짝 놀라 눈을 떴다. 이미 밤의 장막이 내려온 가운데 높고 큰 건물들이 창밖으로 스쳐 지나갔다. 동시에 흐릿하고 매혹적인 네온사인과 도시의 소란도 함께 휙 지나갔다. 선전에 처음 와본 안유는 이 도시의 발전 속도가 빠르다는 사실은 익히 들어 알고 있었지만 얼마나 빠른지에 관해서는 아무 개념이 없었다. 그는 빠르게 지나가는 야경을 나른한 눈으로 바라보며 속으로 생각했다.

 '발전 속도가 아무리 빨라봤자 사람 사는 건 다 똑같겠지. 여기서 편안하고 즐겁게 사는 사람이 있는가 하면 누군가는 위기감을 느낄 거야.'

 그가 이 도시에 온 이유도 다름 아니라 이곳 직원들에게 전통 란저우 소고기 라멘 만드는 법을 가르치라며 본점에서 그를 보냈기 때문이다.

 식당에 도착하자 로비 매니저가 젊은 직원 몇 명을 데리고 나와 안유에게 목례하고 악수를 청했다. 예의 바르고 프로페셔널한 모습이었다. 슈트에 구두를 신은 매니저가 안유 앞에서 걸으며 뒤를

---

* 란저우 소고기 라멘은 수타면으로 만드는 전통 깊은 국수다.

돌아보고 말했다.

"오늘은 늦었으니 내일 오전 7시에 주방으로 모시겠습니다. 식당 위쪽이 우리 호텔 객실이니 묵기 편하실 겁니다. 식사는 언제든지 식당 홀로 내려와서 하시면 됩니다."

그는 프런트 데스크에서 객실을 지정하고 직원을 불러 안유를 위층으로 안내하게 했다. 선전에서 지내는 일주일 동안 그는 호텔 1인실에 묵게 되어 있었다.

직원은 안유를 데리고 객실로 올라가는 엘리베이터를 탔다. 그 안에 탄 남녀 무리 중에서 안유는 전형적인 서북 사람의 외모를 지니고 있었다. 이목구비는 뚜렷하고 얼굴은 수염으로 덮여 있었다. 남쪽 사람들 사이에 서 있으니 키도 유난히 컸다. 거기에 챙 없는 둥근 흰 모자를 쓰고 있어서 더 눈에 띄었다. 누군가 살짝 고개를 돌려 안유를 곁눈질했다. 무슨 눈빛이지? 동물원에서 온 고릴라 취급하는 것도 아니고. 불쾌한 감정이 안유의 마음을 슬며시 짓눌렀다. 엘리베이터에서 내려 복도를 걷던 안유는 생각할수록 의아했다. 그는 직원에게 조금 전 엘리베이터에 어떤 사람이 채소를 잔뜩 들고 탔던데 무슨 의미냐고 물었다. 직원은 18층 이상은 호텔의 임대 아파트라서 임차인들이 손수 요리를 한다고 대답했다.

안유는 짐을 많이 가져오지 않았다. 심플한 손가방 하나가 전부였다. 그는 가방에서 수건을 꺼내 어깨에 걸치고 욕실로 들어가 가볍게 씻었다. 욕실을 한 바퀴 둘러봤지만 물을 담을 수 있는 주전자 같은 건 보이지 않았다. 하는 수 없이 샤워기로 샤워를 하는데 욕실은 수증기로 가득했고 사방으로 물이 튀었다. 그렇게 대충 씻은 셈 치고 밖으로 나와 침대 가장자리에 걸터앉은 다음 한쪽 다리를 다른 쪽 무릎에 올리고 어깨에 걸친 수건 한쪽 끝으로 발가락을 하나하나 잘 닦았다. 그리고 자리에서 일어나 주변을 살폈으나 기도 매트를 대신할 만한 깨끗한 물건이 하나도 없다는 사실을 발견했다. 그는 잠시 망설이다가 자신의 옷을 가져다 바닥에 깔고 밤 예배를 드렸다.

안유는 오랫동안 차를 마셔왔기 때문에 자기 전에 마시지 않으면 불안했다. 아래층으로 내려가 막 찻잔에 입을 대려는데 아내에게 전화가 왔다. 아내는 안유에게 잘 도착했느냐고 묻고 나서 말했다.

"선전 거기가 홍콩 물건도 많고 싸대. 시간 나면 좀 가봐요. 사야 할 물건들은 내가 메시지로 보내놓을게. 작은집 며느리가 홍콩에서 구매 대행하는 네덜란드 직수입 분유 몇 통만 사다달래. 애 먹인다고. 그런데 브랜드가 생각이 안 나. 내가 물어보고 알려줄게. 사서 한꺼번에 택배로 부치면 편할 거야."

아내가 지루한 장광설을 늘어놓는 동안 안유는 찻잔에 뜬 찻잎만 바라보다가 시간이 나면 가보겠노라고 대답했다. 그리고 전화를 끊고 차 한 잔을 다 비운 다음 위층으로 올라갔다.

밤이 깊었으나 잠을 잘 수 없었다. 그는 침대에 똑바로 누워 있다가 다시 일어나 앉았다. 하얀 침대 시트와 이불 커버, 식탁에 가지런히 놓인 주전자와 컵, 쟁반에 놓인 과일. 평소라면 여느 호텔 시설과 별반 다를 바 없다고 여겼겠지만 웬일인지 오늘은 이런 것들이 어질어질하게 느껴졌다. 한참을 보다가 몸을 돌려 다시 잠을 청했지만 도저히 잠이 오지 않았다. 어질어질한 와중에 어둠 속으로 손을 내밀어 휴대폰을 집어들고 실눈으로 시계를 확인했다. 겨우 새벽 네 시가 조금 넘은 시간이었다. 휴대폰은 언제부터 무음으로 되어 있었는지 화면에 알림 몇 개가 떠 있었다. 전부 아내의 음성 메시지였다. 그는 아랑곳하지 않고 어질어질한 상태로 깊은 잠에 빠졌다.

아침이 되자 안유는 호텔 로비에서 식사하고 매니저의 안내에 따라 주방으로 향했다. 양복에 넥타이를 맨 매니저가 손뼉을 몇 번 치고 주방의 젊은 직원들 앞에 서서 말했다.

"본점에서 오신 최고의 라멘 명인이십니다. 다들 잘 모르는 부분이 있으면 가르침을 받으세요."

주방엔 반죽 기계가 윙윙 돌아가고 있었다. 안유가 소고기 라멘을 만든 지도 30년이 넘었으니 라멘 명인이라고 칭할 만했다. 그러나 소고기 라멘을 이런 식으로 만드는 건 본 적이 없었다. 잿물도 넣지 않고 반죽도 하지 않았다. 기계에 밀가루 한 봉지를 넣으면 기계 끝에서 면이 뽑아져 나와 자동으로 솥에 들어갔다. 안유가 소고기 라멘에 잿물을 넣지 않는 게 말이 되냐고 하자 솥 옆에서 면을 건지던 젊은 직원이 안유를 흘겨보며 말했다.

"잿물 넣은 소고기 라멘을 누가 먹겠어요? 중금속 기준치를 초과해서 암에 걸릴 텐데요."

그가 살짝 비웃으며 말을 이었다.

"어르신, 바쁘니까 왈가왈부하지 마세요."

어르신? 늙으면 얼마나 늙었다고? 안유는 풀이 죽어 고개를 떨궜다. 화가 났지만 반박하지 않았다. 사람은 중년이 되면 나날이 눈빛이 어두워진다. 영혼이 육체보다 더 빨리 늙는 것 같았다. 감당하기 어려운 일을 맞닥뜨리면 차라리 무관심한 쪽을 택한다.

안유는 면 뽑는 기계를 덤덤하게 바라보며 생각했다.

'이렇게 손쉽게 시간과 에너지를 아끼고 있는데 본점에선 뭐 하러 날 여기로 보냈지? 이거야말로 시간 낭비 아닌가?'

그러나 몹시 슬프기도 했다. 이건 소고기 라멘이라고 불러서는 안 될 음식이었다. 소고기 라멘은 이렇게 만들어지는 것이 아니기 때문이다.

그는 하루 종일 주방에서 일했다. 솥 옆에 서서 면을 건지고 고수나 마늘을 넣고 고추기름을 뜨거나 소고기를 얹는 일 따위였다. 한가하시는 않아도 단순 업무였다. 어쨌든 일주일은 꽤 빨리 흐르리라. 본점에서 최고의 라멘 명인으로 인정받은 그는 굳이 여기서 정통 라멘이냐 아니냐를 놓고 직원들과 실랑이할 필요성을 느끼지 못했다. 무책임하게 일하는 것 아니냐고 할 수 있겠지만 사실 이 시대에 라멘 명인의 의견이나 생각 따위에 무슨 권위가 있단 말인가. 말이 많으면 미움만 살 테고 자칫 조롱을 당할 수도 있다. 차라리 입을 열지 않는 편이 조용할 터였다.

그렇게 시간은 흘렀고 안유는 께름칙하고 복잡한 심경으로 주방을 나섰다. 그가 엘리베이터에 탔을 때 그 안에 베일을 두른 젊은 여자가 서 있었다. 연분홍 베일 아래 해말간 얼굴과 초롱초롱한 두 눈이 보였는데 맑고 산뜻했다. 여자는 두 손을 코트 주머니에 넣은 채 종종 눈을 들어 엘리베이터 위쪽에서 움직이고 있는 층수를 확인했다. 그러다 안유가 자신을 보고 있음을 깨닫고 미소 지으며 그를 향해 가볍게 고개를 끄덕이고는 다시 숫자를 주시했다. 지극히 평범한 여자였으나 단지 베일을 쓰고 있다는 이유로 안유는 그녀를 한 번 더 바라보았다. 서북쪽 무슬림 거주지에서야 흔한 차림이었지만 남쪽에서는 그렇지 않았다. 엘리베이터 문이 열리자 안유는 밖으로 나온 뒤 바지 주머니에 손을 넣어 뒤적거렸다. 어제 엘리베이터에서 흰색 모자 때문에 사람들의 시선을 끈 그는 엘리베이터를 타기 전에 일부러 모자를 벗어 바지 주머니에 넣어두었다. 그의 입가에 미소가 떠올랐다. 자신이 꼭 물고기처럼 느껴졌다. 맹목적으로 인파 속으로 뛰어들어 그들과 같아지기를 원했으나 결국 이도 저도 아닌 꼴이 되어버린.

2

위로 올라간 미나米娜는 22층 원룸으로 들어갔다. 밤이 깊어도 잠이 오지 않아 다리를 끌어안고 내닫이창에 앉아 먼 곳을 내다보았다. 그러다 피곤해서 유리창에 머리를 기댔다. 원룸은 도심 한가운데 있었다. 창밖으로 네온사인이 찬란하게 빛났고 빌딩 숲 산맥도 정신없이 오르락내리락했다. 소란스러워 잠들지 못하는 이 도시에서 '밤은 깊고 인적 없이 고요하다'는 말은 애초에 있을 수 없었다. 그때 방 안에서 코 고는 소리가 들렸다. 미나는 고개를 돌려 소리 나는 쪽을 바라보았다. 코를 골고 있는 후디胡迪는 그녀와 겨우 침대 하나만큼 떨어져 있었지만 한 사람은 깨어 있고 다른 한 사람은 깊이 잠들어 서로 다른 세계에 있는 것 같았다.

먼 곳의 짙푸른 하늘이 점점 하얗게 밝아오기 시작했다. 미나는 욕실로 들어가 세수하고 주전자에 뜨거운 물을 받은 뒤 침대 옆에 서서 허리를 숙이고 후디의 어깨를 가볍게 흔들어 조용히 그를 깨웠다.

"일어나. 새벽 예배 시간이야. 뜨거운 물 받아놨으니까 세수하고 양치해."

후디가 게슴츠레한 눈으로 손을 뻗어 미나의 얼굴을 쓰다듬고는 웅얼거렸다.

"착하지? 나 조금만 더 자게 해줘."

그는 눈도 뜨지 않고 미나에게 등을 돌린 채 다시 코를 골았다. 미나는 왠지 모를 쓸쓸함을 느끼고 한숨을 내쉰 뒤 침대 가장자리에 걸터앉아 턱을 괴고 후디를 바라보았다. 한참을 멍하니 바라보는데 별안간 뺨이 차가워지는 것을 느꼈다. 손을 올려 닦아본 후에야 그게 눈물이라는 것을 깨달았다.

미나는 불을 켜지 않고 창밖에서 들어오는 빛을 빌려 어둠 속에서 예배를 드렸다. 억울하거나 우울하거나 외로울 때마다 기도 매트에 머리를 대고 절하면 위로받는 기분이었다. 하지만 이번만큼은 눈물이 멈추질 않았다.

미나가 부엌에서 귀리와 우유를 끓이는데 후디가 침대에서 일어나 욕실로 들어가더니 거울을 보며 단장했다. 욕실에서 나온 그는 티셔츠 위에 체크 셔츠를 걸치고 빵 한 조각을 입에 문 채 현관에서 신발을 신었다. 그리고 문을 열면서 고개를 돌려 미나에게 말했다.

"나 일하러 가. 집 잘 보고 있어. 밥 잘 챙겨 먹고."

미나는 눈살을 찌푸리며 알겠다고 대답하고 입가에 옅은 미소를 지었다. 후디가 체크 셔츠를 활짝 열어젖힌 채 지하철을 타러 뛰어가는 모습에 이미 익숙해진 터였다.

원룸이 텅 비자 미나는 다시 내닫이창에 멍하니 앉아 있었다. 멀리 보이는 징지100京基100*은 그녀의 창문에서는 거대하고 낯설지만 차를 타고 그 아래를 지나갈 때면 요원한 하늘과 비교되어 보는 사람에게 그 어떤 두려움도 주지 못한다고 생각했다.

후디는 늘 바빴다. 매일 일찍 나가서 밤늦게 들어왔고 집에 와서는 잠만 잤다. 낮 동안 미나는 거의 혼자 원룸에 있었다. 외출하는 일도 거의 없었다. 몇 차례 예배를 드리고 책을 읽거나 혹은 아무것도 하지 않았다. 그래도 하루는 지나갔다. 때로는 문득 마음이 동해서 혼자 밖에 나가 정처 없이 돌아다니기도 했다. 해변에 가서 바다를 보고 바닷바람을 쐬거나 발길 닿는 대로 길을 걷기도 했다. 어머니는 미나가 한가한 부잣집 사모님이 되었다며 웃었다. 하지만 미나는 생산지를 떠난 물건은 값이 오르지만 고향을 떠난 사람은 천해지는 법이라면서 이런 식의 부귀영화는 원치 않는다고 받아쳤다.

잠시 앉아 있으니 심장 뛰는 곳이 텅 비어 구멍이 뚫리고 그곳으로 바람이 쌩쌩 부는 것 같아 몹시 괴로웠다. 창가에서 내려와 소파에 파묻힌 그녀는 어딘가로 전화를 걸었다. 상대가 전화를 받기도 전에 눈물이 주르륵 흘렀다.

"여보세요, 엄마……."

미나는 손등으로 얼굴의 눈물을 닦고 억지로 웃었다.

"응. 미나구나. 잠깐만 기다려봐. 좀 바빠서."

수화기 너머로 소음이 들렸다. 공공장소인 듯했다. 한참을 기다려도 말이 없자 눈에서 또 눈물이 흘렀다. 그녀는 다시 손등으로

---

* 선전에서 두 번째로 높은 100층짜리 고층 빌딩.

눈물을 닦으며 말했다.
"엄마, 일 봐요. 나 끊을게."
"응. 그래. 일단 끊자."
 더 이상 닦아낼 수 없을 만큼 눈물이 흘렀다. 엄마가 지금 자신의 꼴을 본다면 얼마나 슬퍼하실까. 하지만 엄마는 멀리 떨어져 있었고 전화 너머로는 자신의 상태가 좋은지 나쁜지 전혀 알아채지 못했다. 바닷물이 머리끝까지 차올라 흘러내리는 것처럼 눈물이 흘렀다. 미나는 다른 번호를 찾기 시작했다. 한참을 뒤적여도 속마음을 털어놓을 만한 상대를 찾을 수 없었다. 결국 그녀는 휴대폰을 내려놓고 오랫동안 조용히 앉아 있었다. 이윽고 소파에서 몸을 일으키려다 발에 통증을 느끼고 다시 주저앉았다. 미나는 눈을 가린 채 소리 내어 울었다. 다 울고 나서 심호흡을 하고 손등으로 눈물을 닦았다. 그리고 아무 일도 없었던 사람처럼 욕실로 들어가 거울에 비친 자신의 얼굴을 들여다보았다. 두 눈이 호두처럼 부어 있었다. 어쩜 이렇게 못생길 수 있지? 다시 들여다보니 이 지루한 삶은 못생긴 것조차 지루해 보일 정도로 지루했다. 미나는 거울을 보며 손으로 총 모양을 만든 뒤 거울 속 자신을 향해 '빵! 빵!' 쏘았다. 그리고 서글프게 자신을 바라보면서 손으로 제 뺨을 몇 차례 세게 때렸다. 그런 다음 세수를 하고 아이섀도와 립스틱을 바른 후 화사한 옷으로 갈아입고 거울 앞에 서서 이리저리 비춰보았다. 하지만 이미 기운이 다 빠져서 침대로 터덜터덜 걸어간 뒤 아무렇게나 누워 한참 동안 눈을 감고 있었다. 텅 빈 방은 고요했다. 다시 몸을 일으킨 미나는 집을 치우고 무릎을 꿇고 앉아 바닥을 닦은 뒤 욕조 안에서 빨래를 했다. 그리고 걸상을 밟고 올라가 천장의 장식 등을 닦다가 바닥에 놓인 마른걸레를 집으려고 쪼그려 앉는 순간 그만 균형을 잃고 쿵 소리와 함께 걸상에서 떨어지고 말았다.

"아!"

그녀는 고통스러운 비명을 질렀다.

그리고 카펫에 쪼그리고 앉아 발가락을 어루만졌다. 아파 죽을 지경이었다. 그래도 한바탕 대청소를 마친 방을 둘러보니 유리창으로 스며든 햇빛과 잘 어우러져 몹시 만족스러웠다.

매니저가 주방으로 안유를 찾아와 만면에 미소를 띠고 말했다.

"혹시 일주일만 더 계실 수 있겠습니까? 주방 직원들에게 정통 란저우 라멘 만드는 법을 전수해주셨으면 해서요. 반죽하는 법과 수타면 뽑는 법까지요. 그동안 너무 바빠서 강의 시간을 배정해드리지 못하고 주방에서 자질구레한 일에 시간 낭비하게 해드려서 정말 죄송합니다."

안유가 놀라며 말했다.

"더 머물러달라니 저로서는 영광입니다. 하지만 본사에서 계획한 일정은 일주일이었어요. 일주일이 지나면 저는 돌아가야 합니다. 그쪽에도 제가 해야 할 일이 있거든요."

매니저가 말했다.

"충분히 이해합니다. 이러면 어떨까요? 제가 본사에 전화를 걸어 일정을 재배치해달라고 요청하겠습니다."

안유는 죽어도 더 있고 싶지 않았지만 상대의 체면을 고려해 여전히 미소 지으며 말했다.

"정 그렇다면 한번 물어보세요. 아마 안 될 겁니다. 애초에 일주일로 이야기가 되어 있어서요."

그러나 본사는 3분 만에 직접 안유에게 전화를 걸었다.

"지점이 바빠서 제대로 배우지 못했답니다. 매니저 요청대로 일주일만 더 있다 오시죠."

"안 됩니다. 여기 하루도 더 있고 싶지 않아요. 원래 계획대로 일주일만 채우고 돌아가게 해주세요."

안유는 치밀어 오르는 화를 꾹 누르며 말했다.

"이러시면 어떨까요? 일주일 더 계시면서 강의 몇 번 해주시면 원래 책정했던 페이의 두 배를 더 드리겠습니다. 그쪽 지점에도 별도의 페이를 지급하라고 하죠."

수화기 너머에서는 좋은 말로 안유와 협상하려 했다.

안유는 한숨을 내쉬었다.

"페이 문제가 아닙니다. 여기서는 예배도 제대로 드릴 수 없고 생활 리듬도 따라갈 수가 없어요. 여러모로 적응하기가 힘듭니다."

"다시 한번 잘 생각해보세요. 어차피 이미 거기 계시잖습니까. 일주일만 더 계시면 페이를 세 배로 받을 수 있어요. 애초에 지점 발령을 수락하신 이유도 페이 때문이 아니었습니까?"

수화기 너머에서 계속 설득하자 안유는 더 이상 참을 수 없었다. 그의 목은 새빨개졌고 목소리도 크고 거칠어졌다.

"충분히 고민했습니다. 가능한 한 빨리 여길 떠나고 싶어요."

"좋습니다. 그러면 우리 쪽에서 다른 명인을 보낼 방안을 검토하겠습니다. 하지만 다시 한번 생각해보시는 쪽을······."

저쪽에서 말이 다 끝나기도 전에 안유는 전화를 끊어버렸다. 몹시 화가 났다.

주말 저녁, 후디가 친구 몇 명과 아래층 홀에서 식사를 하기로

했다. 그는 휴대폰으로 미나에게 전화를 걸었다.
"나 아래층 식당에서 친구들이랑 식사 약속 잡았어. 너도 내려와서 같이 먹자."

미나는 거울을 보며 천연 곱슬머리를 재빨리 빗고 베일을 썼다. 그리고 립스틱을 살짝 발랐다. 엘리베이터를 타는 순간, 선전에 온 지도 벌써 한 달이 다 되어가는데 후디가 자신을 데리고 한 번도 밖에 나가 밥을 먹은 적이 없다는 생각이 들었다.

후디는 테이블에서 친구들과 업무 이야기를 나눴다. 그들이 주고받는 대화를 듣던 미나는 마치 안개가 피어오르는 듯한 기분을 느꼈다. 더는 듣기가 힘들어 지나가는 종업원에게 소고기 라멘 한 그릇을 부탁했다. 음식 픽업 창구에서 소고기 라멘이 완성되었다는 소리가 들리자 미나는 직접 가서 국수를 받았다. 창구 안쪽에서 안유가 미나의 그릇에 소고기를 듬뿍 올려주었다. 소고기 1인분을 시켜도 이렇게 많이 주지는 않을 터였다. 미나가 멍하니 서 있다가 고개를 들어 큰 눈으로 안유를 바라보았다. 안유의 눈가에 미소가 담겨 있었는데 몹시 친근해 보였다. 살짝 감동한 미나는 웃음으로 답했다.

테이블의 대화는 점점 더 격렬해졌다. 사용자 충성도 강화, 앱 론칭, 택배 배송 업무 통합 같은 비즈니스 용어가 미나를 더 어질어질하게 만들었다. 그녀는 자기도 모르게 곁눈질로 창구 쪽의 안유를 바라보았다. 국수 한 그릇 한 그릇이 그의 손을 거쳐 창구 밖으로 나오고 있었다. 미나는 주머니에 손을 넣은 채 그를 가만히 지켜보았다. 그는 흰 셔츠를 입고 창구 안에 서 있었다. 마침 그의 머리 위에 달린 조명 하나가 그의 얼굴을 밝고 따뜻해 비췄다. 안유는 그런 자신의 모습은 전혀 알아채지 못하고 고개를 숙인 채 바쁘게 손을 놀리고 있었다. 미나는 처음엔 몰래 지켜보다가 아예 대놓고 바라보았다. 식당에 흐르는 음악이 몹시 조용해서 마치 꿈속처럼 공허하게 느껴졌다.

 자기 사업을 하는 사람에게 주말은 있으나 마나였다. 삶은 평일과 똑같이 이어졌다. 그런데 웬일인지 이번 일요일에 후디는 평소보다 조금 더 일찍 일어났다. 아침부터 맨발로 컴퓨터 앞에 앉아 키보드를 두드리던 그가 난데없이 말했다.

 "자체 앱 플랫폼을 론칭해서 서비스 플랫폼을 통합하면 매일 한 사람이 하나의 네트워크에서 컴퓨터를 들여다보고 있지 않아도 돼."

 미나는 그의 말을 이해하지 못했다.

 "당신이 그렇다면 그런 거지."

 후디가 흥분했다.

 "그래, 못 할 게 뭐야? 그런데 녀석들이 내 말을 듣지 않아. 굳이 매일 아침부터 저녁까지 모니터를 들여다보면서 주문을 받고 접수해서 배송 처리를 해야 한대. 그건 너무 고생스럽잖아."

 미나는 주방에서 후디의 아침을 만들고 있었다. 메뉴는 그가 좋아하는 감자 소고기 구이였다. 뒤집개가 팬 안에서 달그락 소리를 내자 후디가 고개를 돌리고 주방을 힐끗 쳐다봤다.

 "집에서 웬만하면 요리하지 말라니까. 아래 내려가서 먹으면 편하잖아. 집이 좁아서 옷에 기름 냄새 다 밴단 말이야."

 미나는 손에 쥐고 있던 뒤집개를 내려놓고 불을 끈 뒤 창문을 열었다. 두 사람의 삶은 이미 충분히 단조로웠다. 미나는 이제 요리하는 즐거움마저 잃었다는 생각에 코끝이 시큰했고 눈물이 핑 돌았다.
 후디가 말했다.
 "정리하고 준비해. 나가서 아침 먹자."
 미나는 단정한 옷으로 갈아입고 후디와 함께 외출했다. 후디는 미나를 데리고 칭하이青海 사람이 운영하는 조식 식당에 갔다. 식당 안은 깨끗하고 소박한 무슬림 스타일이었는데 아침을 먹는 사람들의 열기는 하늘을 찌를 듯했다. 미나가 고개를 숙이고 밥을 먹는데 누군가 신대륙이라도 발견한 것처럼 큰 소리로 외쳤다.
 "후디!"
 검은 머리가 어깨까지 내려오는 젊은 여자가 두 사람을 향해 다가왔다. 늘씬한 여자였다. 큐빅이 박힌 날렵하고 높은 샌들을 신은 발은 맨발이었다. 허리까지 내려오는 블랙 니트는 신축성이 좋아서 그녀의 높이 솟은 가슴을 돋보이게 해 무척 매력적이었다. 후디 역시 놀라며 말했다.
 "쑤모蘇茉?"
 여자가 쾌활하게 웃으며 말했다.
 "정말 후디 맞네? 그쪽 일 관두고 이쪽으로 건너와서 위챗에 온라인 스토어를 열었다는 소식은 진작 들었어."
 후디가 자리에서 일어나 물었다.
 "여기 놀러 온 거야? 아니면……."
 "나 여기서 의류 사업 해. 매일 주문이 얼마나 많은지 몰라. 만나서 반갑다. 네 서비스 플랫폼은 어때? 나중에 같이 일해보자."
 "우리 인터넷 주문도 받을 수 있어."

미나는 후디를 힐끗 쳐다보고 자리에서 일어나 쑤모를 향해 살짝 웃으며 고개를 끄떡였다. 후디가 쑤모에게 말했다.

"내 아내야."

쑤모가 말했다.

"어? 그래? 너 결혼했구나!"

그리고 웃는 얼굴로 미나를 위아래로 훑었다. 후디는 적극적으로 쑤모에게 동석을 청했고 헤어질 때 서로 위챗 친구 추가를 했다.

미나는 호기심 어린 눈빛으로 후디에게 물었다.

"누구야?"

후디가 말했다.

"내 고등학교 동창. 쟤도 여기서 창업한 줄은 몰랐네."

3

후디가 업무 미팅을 하러 가는 장소는 남산南山구에 있었다. 지하철역에서 그가 유리문을 사이에 두고 미나에게 손을 흔들기도 전에 지하철이 쌩하니 출발해버렸다.

미나는 혼자 거리를 걸었다. 꼭 군중 속에 섞인 방관자 같아서 조금 서글프고 쓸쓸했다. 정류장에 서서 버스를 기다리는 동안 휴대폰으로 선전의 모스크 위치를 검색했다. 버스에서 내려보니 한창 짓고 있는 모스크가 보였다. 별로 놀랍지는 않았다. 안쪽의 5층짜리 예배당은 이미 완공되어 히잡을 쓴 노부인들이 안으로 들어가고 있었다.

미나는 모스크의 문턱을 넘지 않고 입구에 서서 잠시 바라보다가 다시 길을 따라 걸었다. 앞쪽에 경기장 하나가 세워져 있었는데 왁자지껄한 군중이 본래의 모습을 잃은 물고기 떼처럼 경기장을 둘러싸고 맹목적으로 소리치고 있었다. 미나는 방향을 바꿔 걸었다. 정해진 목적지는 없었다. 우연히 백화점을 발견한 김에 아이쇼핑을 하고 오후 내내 하릴없이 거리를 배회한 뒤 다시 천천히 걸어 돌아왔다. 다시 모스크 앞을 지나는데 수많은 남녀가 밖으로 나오고 있었다. 미나가 히잡을 쓰고 있어서인지 히잡을 쓴 여자 하나가 적극적으로 미나에게 말을 걸었다.

"자매님, 혹시 도움이 필요하세요?"

자매? 그건 기독교에서 사용하는 용어 아닌가? 미나는 웃으며 고개를 젓고 나서 몇 걸음 걷다가 뒤를 돌아보며 물었다.

"안에서 뭘 한 건가요? 왜 이렇게 사람이 많아요?"

"지도교사 이맘께서 수업을 여셔서 공부하러 온 거예요. 자매님도 들을 수 있어요. 누구나 올 수 있어요."

여자는 친절하게 수업 시간표를 건넸다. 미나는 잘 접어서 주머니에 넣고 아이스크림 한 컵을 산 다음 광장 의자에 앉아 천천히 먹고 자리에서 일어나 집으로 돌아갔다.

후디가 돌아왔을 때는 이미 늦은 시간이었다. 기진맥진한 그가 물었다.

"차 있어?"

미나가 대답했다.

"금방 끓여줄게."

미나가 물을 끓이고 큰 잔에 차를 타서 가져와 보니 후디는 침대에 누워 잠들어 있었다. 몹시 피곤해 보였고 영혼과 육체가 분리된 것 같았다.

미나가 작은 소리로 물었다.

"저녁은 어떻게 할래?"

후디가 웅얼거렸다.

"밖에서 사람들이랑 먹었어. 나 너무 피곤해. 내려가서 먹고 와."

미나는 침대 옆에 한참 서 있다가 후디에게 담요를 덮어주고 혼자 아래층으로 내려갔다.

피크 타임은 끝난 시각이어서 식당은 한산했다. 미나는 주문대 앞에 서서 사전을 찾듯이 메뉴판을 한참을 들여다봤지만 마땅한 메뉴를 고르지 못했다. 안유가 안에서 미나를 보고 창구 밖으로 몸을 뺀 채 웃으며 메뉴를 추천했다.

"소고기 라멘 드세요. 육수가 시원해요. 하얀 무에 새빨간 고추기름, 파릇파릇한 고수와 마늘종, 거기에 노랗고 반들반들한 면이 담긴 소고기 라멘이요. 한 그릇 드셔보세요."

미나는 고개를 들어 서북 지방 억양으로 만담하듯 말하는 명인을 보고 웃으며 말했다.

"그럼 소고기 라멘으로 할게요."

미나는 지난번에 자신의 그릇에 소고기를 추가로 잔뜩 올려준 그 명인을 알아보았다. 안유는 한 손엔 찻주전자를, 다른 손엔 찻잔을 들고 주방에서 나와 미나의 맞은편에 앉았다.

"왜 이제야 저녁을 드세요?"

미나가 미소 지으며 대답했다.

"사람을 기다리다보니 늦어졌어요."

"제가 방금 우린 차인데 좀 드실래요?"

미나가 고개를 가로저으며 말했다.

"아니요. 밤에 잠을 못 자서요."

안유가 차 한 모금을 마시며 물었다.

"여기서 뭐 하세요? 회사 다녀요?"

"남편이 여기서 창업했어요. 전 하는 일 없어요. 그냥 따라온 거지."

"결혼한 지 얼마 안 됐죠?"

"아직 1년도 안 됐어요."

그때 창구에서 라멘이 다 되었다고 외치는 소리가 들렸다. 한 종업원이 국수를 가져다 미나 앞에 놓아주었다. 미나는 그릇째 들고 국물부터 한 모금 마신 뒤 젓가락으로 국수를 저었다.

안유가 고개를 끄덕였다.

"전 결혼 20년 차예요."

"20년이요?"

미나는 입을 살짝 벌렸다가 다시 다물었다. 무슨 말을 해야 할지 몰랐다. 안유가 말했다.

"길죠? 하지만 시간보다는 마음이 빨리 가는 것 같아요. 그래도 아직은 감당이 돼요."

"감당이요?"

어떻게 결혼생활에 '감당'이라는 단어를 쓸 수 있지? 미나는 빙그레 웃으며 국수에 식초를 살짝 쳤다.

안유가 물었다.

"무슨 일을 하세요?"

"작년 6월에 대학을 졸업하고 지금까지 일자리를 찾지 못했어요. 백수예요."

안유는 살짝 놀랐다.

잿물

"학사시군요. 전공은 뭐였는데요?"

"종교학이요."

"종교학이라니! 어렵지 않나요?"

미나가 살짝 웃음을 터뜨렸다.

"쉬웠어요. 졸업과 동시에 실업자가 될 만큼."

안유는 자기도 모르게 너털웃음을 터뜨렸다.

"인생이 어디 쉬운가요. 저를 보세요. 서북 지방에서 남쪽까지 와서 라멘 만드는 법을 가르치고 돈을 벌려니 여간 힘든 게 아니네요."

미나가 그 말에 얼른 반응했다.

"왜 이렇게 멀리까지 오신 거예요? 서북 지방에서도 가르칠 수 있잖아요. 아니, 더 낫지 않나? 여기 소고기 라멘은……."

그러고는 고개를 절레절레 저었다.

"소고기 라멘 맛이 안 나요."

안유가 한숨을 내쉬었다.

"다 돈 때문이죠. 여기가 돈을 많이 주니까요. 내 나이가 되면 애들 교육비도 마련해야 하고 연로하신 부모님 봉양도 해야 해서 늘 빠듯하거든요."

미나는 가볍게 탄식했다. 갓 사회에 발 디딘 청년들도 늘 돈에 쪼들리는데 긍정적이고 열정적인 데다 언변까지 좋은 중년도 돈에 쫓길 줄이야.

라멘을 먹으며 이야기를 나누다보니 국수 한 그릇이 어느새 바닥을 보였다. 미나가 아파트로 돌아왔을 때 후디는 여전히 처음처럼 똑바로 누워 자고 있었다. 미나는 차마 그를 깨울 수 없어 바닥에 쪼그리고 앉아 조심스레 그의 축구화를 벗겼다. 그러자 후디는 화들짝 놀라 깨고 말았다.

"밥은 먹었어?"

"응. 방금 올라왔어."

미나는 허리를 숙여 후디에게 베개를 받쳐주었다. 후디가 몸을 돌려 팔을 뻗더니 미나를 잡아당겨 침대에 눕혔다. 그리고 미나의 얼굴에 제 얼굴을 바짝 붙였다. 미나는 그의 머리카락을 어루만졌다. 후디가 손을 미나의 가슴으로 뻗자 미나는 한숨을 내쉬며 후디를 밀쳤다.

"일어나서 씻어."

후디는 벌떡 일어나 앉은 뒤 고개를 흔들어 정신을 차리고 욕실로 들어가 샤워했다.

뒤이어 미나가 들어가 세수하고 침대로 돌아와보니 후디는 다시 잠들어 있었다. 긴 손가락을 베개에 걸친 채 빈손을 꽉 쥐고 드르렁드르렁 코를 골았다. 미나는 가볍게 한숨을 내쉬고 스탠드를 켠 다음 잡지를 한 페이지씩 넘겼다. 잠시 뒤적거리다 잠이 쏟아지자 후디의 가슴에 얼굴을 파묻고 그의 품으로 비집고 들어갔다.

다시 하루가 지났다. 한밤의 호텔 건물은 네온사인으로 번쩍였다. 후디가 문을 열고 들어오자 미나는 흠칫 놀랐다. 원래 좀처럼 일찍 돌아오지 않는 사람이었다.

"웬일로 이렇게 일찍 왔어?"

후디는 웃으며 걸어 들어와 옷을 갈아입고 장난스럽게 미나의 뺨을 움켜쥐었다.

"아래층에서 쑤모 일행과 식사하면서 사업 얘기 할 거야."

미나는 후디의 손바닥을 떼어내며 말했다.

"나도 같이 갈래."

"아직 밥 안 먹은 거야?"

"대충 때우긴 했는데 오늘 하루 종일 아무 데도 안 나갔거든."

아래층 한 테이블에 서로 어색해 보이는 청년 무리가 보였다. 여자는 쑤모 혼자였다. 쑤모는 등이 파인 파란색 드레스를 입고 있었는데 촘촘한 큐빅과 금실 장식이 조명 아래에서 반짝반짝 빛났다. 목둘레가 조금 큰 듯했으나 목덜미부터 가슴까지 유난히 부드럽고 풍만해 보였다. 그녀가 말할 때마다 그곳도 함께 흔들렸다.

진보적이고 당당한 쑤모는 다양한 화제를 끄집어냈다. 끊임없이 손으로 목 주변을 어루만졌고 그때마다 손톱에 박힌 큐빅이 반짝거렸다. 후디 옆에 앉은 미나는 잘못 놓인 화분처럼 그 테이블과 어울리지 않았다.

안유는 여전히 창구 앞에 서서 소고기 라멘을 밖으로 내보내고 있었는데 그릇이 나갈 때마다 가끔 눈을 들어 미나 쪽을 바라보았다. 미나의 얼굴이 다시 안유 쪽을 향했다. 그쪽을 한참 동안 바라보던 미나가 자리에서 일어나 후디에게 말했다.

"나 먼저 가 있을게."

후디는 엘리베이터가 아닌 다른 방향으로 가는 미나를 보며 눈살을 찌푸리다가 다시 고개를 돌려 사람들과 이야기를 나누었다.

안유는 자신을 향해 다가오는 미나를 보고 일부러 동정 어린 표정을 지었다.

"왜 도망치려고 그래요? 젊은 사람들이랑 수다도 떨고 스트레스 좀 풀지."

미나가 풀이 죽은 듯 말했다.

"그러고 싶은데 저는 문외한이라 당최 무슨 소리들을 하는지 알아들을 수가 있어야죠. 대화에 낄 수가 없어요."

안유는 일손이 바빠 수다를 떨 틈이 없었다. 미나는 인사를 하고 엘리베이터로 향했다.

엘리베이터 안은 미나 혼자였다. 미나는 한숨을 내쉬었지만 마음속에 뭉친 실타래를 풀어내지는 못했다. 고요 속에서 무척 혼란스러웠다. 눈물이 끝없이 흘러내렸다. 왜 이렇게 슬픈 건지 자신도 알 수 없었다. 너무 슬픈 나머지 어두운 구석을 찾아 웅크리고 몸을 숨기고 싶었다.

4

비 내리는 저녁, 후디가 난데없이 집에 와 급히 욕실로 뛰어 들어갔다. 곧 몸단장을 하고 부랴부랴 짐을 싸며 말했다.

"나 출장 가. 일주일은 걸릴 거야. 같이 갈래?"

미나는 침대에 다리를 꼬고 앉아 고개를 저었다.

"안 갈래. 거기서 당신이 바빠지면 나는 공기가 될 텐데 그냥 집에서 기다리는 게 나을 것 같아."

"가여운 미나. 나 때문에 고생이 많다."

미나는 억지로 미소를 지었다.

"그래도 같이 가자. 혼자 있으려면 힘들 텐데."

미나가 웃으며 말했다.

"혼자라도 괜찮아. 모스크에 수업 들으러 가면 돼. 시간표 있어."

"그것도 괜찮겠네. 거기 가면 친구도 많이 사귈 수 있고. 나는 다음 주에 돌아올게."

후디는 정리한 트렁크를 발치에 세우고 미나의 이마에 키스했다. 미나가 고개를 들자 후디와 시선이 마주쳤는데 마치 자신의 몸이 아주 작게 접혀서 후디의 동공으로 들어간 것 같았다. 미나는 속으로 생각했다.

'이 남자는 나한테 안정된 가정을 만들어주려고 돈을 벌다가 일벌레가 되었어. 나는 후디를 원망해야 할까 아니면 나를 원망해야 할까?'

후디는 트렁크를 끌고 바람처럼 사라졌다. 미나는 엉망이 된 옷장을 보고 침대에 걸터앉았다. 손가락 하나 까딱하고 싶지 않았다. 고개를 돌려보니 침대 머리맡 수납장의 서랍이 열려 있었다. 손을 뻗어 닫으려 했지만 잘 닫히지 않았다. 힘껏 안으로 밀어넣는데 나사 하나가 튀어나와 그녀의 손가락을 긁었다. 피가 났다. 아파서 손이 바들바들 떨렸다. 미나는 피 나는 곳을 누르고 티슈 한 장을 뽑아 돌돌 감았다.

갑자기 빗줄기가 굵어지더니 실내가 어두워졌다. 안유는 혼자 창가에 앉아 고개를 숙이고 조용히 휴대폰을 들여다보고 있었다. 그때 위챗 알림이 울렸다. 아내가 보낸 느릿느릿한 음성 메시지였다.

'내가 보낸 홍콩 물건들 잊지 말고 꼭 사와. 그리고 작은집 며느리가 사오라는 분유 브랜드도 내가 보냈거든? 구입할 때 네덜란드 오리지널 직수입 제품이 맞는지 꼭 확인하고.'

안유는 인상을 잔뜩 구긴 채 턱을 어루만지며 혼잣말했다.

"바빠 죽겠는데 뭐 홍콩? 홍콩 물건은 뭐 사람이 만든 거 아닌가?"

손가락의 피가 티슈까지 뚫고 새어나오자 미나는 하는 수 없이 아래층으로 내려가 반창고를 샀다. 돌아오는 길에 지하 통로를 지나는데 백합을 팔고 있었다. 꽃송이가 컸다. 두 다발을 사서 품에 가득 안고 로비에 들어서는 순간 밖으로 나오던 안유와 마주쳤다. 그가 미나에게 물었다.

"꽃을 엄청 많이 샀네요?"

"네. 오늘이 제 생일이거든요. 지나가다 봤는데 예뻐서 좀 많이 샀어요."

"잘했네요. 참, 잘 만났어요. 혹시 홍콩 정품 제품 파는 곳이 어딘지 물어봐도 될까요?"

미나는 오른손을 비우고 우산을 접으며 말했다.

"여기서 좀 멀어요. 지하철을 타야 해요."

안유가 긴 한숨을 내쉬었다.

"여기까지 와서 물건 파는 곳도 못 찾고 모스크도 못 찾았으니 시간 낭비만 했네요."

미나가 웃으며 말했다.

"저 내일 아침에 모스크에 수업 들으러 갈 건데 같이 가실래요?"

"좋죠. 그럼 내일 갈 때 아래층에서 날 불러줘요."

창밖으로 장대비가 쏟아지며 유리를 후드득 두들겼다. 꼭 큰 난리가 난 것 같은 착각이 들 정도였다. 미나는 한숨 푹 자고 싶었으나 한참 동안 뒤척인 끝에야 겨우 잠이 들었다. 잠든 후에는 후디와 쑤모가 서로 끌어안는 꿈을 꾸었다. 눈을 뜬 뒤 한참이나 생각했지만 도무지 무슨 의미인지 알 수 없었다. 정신이 사나워 모스크

수업을 거르려다 안유와 한 약속이 떠올랐다. 미나는 애써 정신을 차리고 샤워를 한 뒤 히잡을 두르고 아래층 홀로 내려가 안유를 찾았다.

두 사람은 함께 버스를 탔다. 버스 안은 텅 비어 있었다. 남쪽 지방의 호우는 거침없이 쏟아져 온 도시를 청록색으로 촉촉하게 적셨다.

그들은 하루 종일 청년반 사람들과 함께 수업을 듣고 각종 활동에 참여하고 자원봉사를 했다. 일정이 끝났을 때 날은 이미 어두워져 있었다.

택시를 타고 돌아오는 길에 잠든 미나가 차창에 머리를 기댄 채 새근거렸다. 안유가 낮은 소리로 그녀를 깨웠다.

"미나, 잠들면 안 돼요. 금방 도착할 거예요."

미나는 잠깐 눈을 떴다가 다시 감고 계속해서 잠을 잤다.

'낯선 사람과 조금 친해졌다고 이렇게 방심하다니 아직 철이 덜 들었군. 가족들이 물가에 내놓은 어린애처럼 늘 걱정하겠어.'

안유는 속으로 생각하며 가볍게 한숨을 내쉬었다.

그날 밤 미나는 몹시 피곤했다. 샤워도 하지 않고 옷도 갈아입지 않은 채 이불을 싸매고 침대에 누워 잠이 들었다.

주룩주룩 내리는 비가 유리창에 부딪히는 소리를 듣자 안유의 마음속에 일말의 따뜻함이 되살아나는 듯했다. 그는 차 한 주전자를 우리고 의자에 비스듬히 기댄 채 아내에게 전화를 걸었다. 그의 말투는 많이 부드럽고 여유로워진 상태였다.

"오늘 모스크에 갔어. 분위기가 우리 쪽과는 많이 다르더라고. 강의도 개설했는데 온갖 분야의 사람들이 다 와서 수업을 듣더라."

아내가 수화기 너머에서 물었다.

"그쪽엔 모스크가 없다고 하지 않았어?"

"아니. 내가 못 찾은 거였어."

"잘됐네. 당신 오늘 기분 좋아 보여."

"사실 아직도 이곳 생활에 적응이 안 돼. 애들은 어때?"

"큰애가 오늘 감기에 걸렸어. 열이 높아서 학교 빠지고 병원에 가서 하루 종일 수액을 맞았어."

"지금은 좀 괜찮아?"

"저녁쯤 되니까 많이 좋아졌는데 아무것도 먹지 않고 잠들었어."

안유가 한숨을 내쉬었다.

"아빠가 학교 갈 때 교복 안에 스웨터 입으라고 했다고 꼭 전해 줘."

"그럴게. 참, 작은집 며느리가 그 분유 안 사도 된대. 인터넷에서도 살 수 있는데 더 싸대."

안유는 깊은 숨을 들이쉬었다. 마치 누군가 꼬리를 잡아당겨 거꾸로 매단 고양이가 된 기분이었다. 이리저리 흔들려 눈앞이 어질어질했다. 그는 한참 호흡을 고르고는 말했다.

"그래, 알았어. 이만 끊자. 당신도 일찍 자."

그러고는 아내가 대꾸하기도 전에 전화를 끊었다. 고요한 가운데 찻잔을 들었을 때 차는 이미 싸늘하게 식어 있었다.

아침 일찍 일어난 그는 둥근 흰 모자를 쓰고 버스로 모스크에 가서 아침 예배를 드렸다. 모스크에서 나오자 낯설기만 하던 도시가 갑자기 조용하고 사랑스럽게 느껴졌고 덩달아 기분도 좋아졌다.

식당에 들어가보니 미나가 혼자 앉아 우유를 마시고 있었다.
"미나, 좋은 아침이에요."
미나가 웃으며 몸을 돌렸다. 그리고 턱을 괸 채 자신에게 다가와 탁자를 사이에 두고 마주 앉은 안유를 바라보았다. 챙 없는 작고 둥근 흰 모자를 쓴 그는 이마가 높고 넓었다.
안유는 종업원에게 아침을 주문한 뒤 미나의 손가락에 난 상처를 보고 미간을 찌푸렸다.
"손가락 왜 그래요?"
"그저께 수납장 서랍을 닫다가 튀어나온 나사에 긁혔어요."
미나가 자기 손가락을 보며 말했다.
"피는 멈췄는데 반창고는 붙이지 않았어요. 염증 생길까봐."
"많이 다친 것 같은데요? 엄청나게 부었어요."
미나가 빙그레 웃으며 대수롭지 않은 듯 말했다.
"발가락에 비하면 이건 아무것도 아니에요."
"발가락도 다쳤어요?"
"네. 보여줄게요. 손가락보다 더 끔찍해요."
미나는 의자에 무릎을 올리고 단화를 벗어 발가락을 보였다.
"아침부터 나한테 맨발을 보여주는 거예요?"
안유는 살짝 쑥스러워했다.
미나가 웃으며 말했다.
"발이 부끄러운 부위는 아니잖아요."
그러나 안유는 미나의 발가락을 보며 눈살을 찌푸리고 '습' 하는 소리를 냈다.
"언제 이랬어요? 곪았잖아요."

미나가 코에 주름을 잡으며 말했다.

"끔찍하죠? 결혼할 때 하이힐도 못 신었어요. 발이 쏠려서 피가 났는데 그 후로 계속 나빠지더라고요. 엄청 아파요."

"계속 이렇게 방치한 거예요? 병원에 가봐야 할 것 같은데."

"하이힐만 신지 않으면 저절로 나을 줄 알았어요."

"저절로 낫다니요? 발가락이 금방이라도 괴사하게 생겼는데."

안유는 괴로운 듯 미나의 발가락을 보며 말했다.

"이제라도 병원에 가요. 심해지면 못쓰게 될 것 같아요."

미나는 안유를 보며 웃으면서 말했다.

"병원에 혼자 가는 게 싫어서 이 지경이 된 거예요."

"이렇게 하죠. 나 원래 오늘 돌아가는 날이었어요. 그런데 어차피 더 있게 됐으니 내가 병원에 함께 가줄게요."

고름이 나오고 염증이 난 발가락을 치료하러 누군가 함께 병원에 가주다니, 그건 미나가 몹시 바라던 바였다. 그래서 기뻤다. 그녀가 안유와 나란히 걸으며 물었다.

"원래 오늘 돌아가려고 하셨다고요?"

"일주일만 머무르면 일을 마친 셈이거든요. 그런데 아내가 말한 물건들을 아직 사지 못해서 돌아가지 않았죠."

병원 로비는 사람들로 북적였다. 접수를 마친 미나는 검사실로 들어가 의사의 지시에 따라 유리 탁자 앞에 앉은 뒤 엑스레이를 찍었다. 흰 가운을 입은 의사가 기계를 조정해가면서 천천히 그녀의 발을 살폈다.

안유는 대기실에 앉아 그녀를 기다렸다. 의사는 발가락 엑스레이를 살핀 후 미나에게 말했다.

"큰 문제는 없는데 염증이 생긴 지 꽤 오래돼서 궤양이 좀 있어요. 일단 붕대를 감아드릴게요. 집에서 약 바르실 때 물이 들어가지 않도록 조심하세요. 한동안 발 씻지 말고 꼭 씻어야 할 때는 랩으로 발가락을 잘 싸주세요."

아파트로 돌아온 미나는 붕대를 감은 발가락을 바라보았다. 꼭 멍청한 작은 곰 같았다. 의기소침한 채 앉아 있다가 후디에게 전화를 걸었지만 받지 않았다. 그녀는 한숨을 내쉬고 휴대폰을 침대로 아무렇게나 내던진 다음 노트북을 끌어안고 옛날 사진들을 뒤적거렸다. 한 장씩 넘겨봤는데 전부 후디와 연애하던 대학 시절 사진이었다. 너무 아름다워서 코끝이 시큰했다. 그때는 행복했고 미래에 대한 희망으로 부풀어 있었다. 하지만 그 '미래'가 눈앞에 닥친 지금은 말할 수 없이 외로웠다. 그렇다고 이미 행복을 잃었다고 할 수는 없었다. 다만 한때 품었던 희망과 현실의 차이가 너무 커서 마음이 공허하고 당황스러울 뿐이었다.

방으로 돌아온 안유 역시 아내가 주문한 물건을 사러 나가지 않고 하늘이 천천히 어둑해질 때까지 방 안을 서성거렸다.

미나가 음식 픽업 창구로 안유를 찾아왔다. 하얀 불빛이 속눈썹을 비춰 마치 작은 부채 같은 두 개의 그림자를 드리웠다. 안유는 유난히 익숙한 느낌을 받았다. 현실 속의 수많은 감동적인 순간은 때로 지난 삶의 데자뷔 같다.

안유가 물었다.

"오늘 저녁은 뭐로 할래요?"

미나가 한참을 망설이다 대답했다.

"여기 소고기 라멘은 제 고향에서 먹는 것보다 맛없는 것 같아요."

"기계로 뽑아서 그래요. 잿물도 넣지 않아서 맛이 안 나는데 맛있으면 그게 더 이상하죠."

미나가 우뚝 멈췄다 말했다.

"그랬구나. 저는 수질 문제인 줄 알았어요."

"펑후이蓬灰*를 넣고 끓인 정통 소고기 라멘집을 알아요. 란저우 사람이 운영하는 곳이에요. 하지만 여기서 너무 멀어요. 시간도 늦었는데 그거 하나 먹겠다고 거기까지 가는 건 손해죠."

미나가 수줍게 웃으며 말했다.

"아니면 같이 나가서 주변을 좀 뒤져볼까요? 이 근처에도 있을지 모르잖아요. 고향의 맛이 정말 그리워요. 찾게 되면 제가 쏠게요."

생각지도 못한 제안에 안유는 괜히 쑥스러워서 어깨를 으쓱했다 내리고 근무 중인 젊은 직원의 어깨를 툭툭 두드렸다. 그리고 주방에서 나와 미나와 함께 펑후이 넣은 소고기 라멘 가게를 찾기 시작했다. 도시의 야경은 완벽하게 세운 무대 같았다. 두 사람은 어깨를 나란히 하고 군중 속에 섞여 찬란하게 빛나는 간판을 하나씩 살폈다. 숱한 네온사인을 지난 후 미나가 검지로 앞을 가리키며 말했다.

"저기, 저쪽에 하나 있어요."

색채 조명을 두른 대형 간판에 '서북 펑후이 소고기 라멘'이라는

---

* 봉시蓬柴라는 식물을 태운 재. 란저우 라멘을 만들 때 이 잿물이 면의 탄성을 더해 준다.

글자가 적혀 있었다. 안유가 말했다.

"들어가보죠."

미나가 웃으며 말했다.

"아, 잠깐만요."

"왜요?"

"못 보셨어요? 간판에 할랄이라고 적혀 있질 않아요."

순간 멍해진 안유가 발걸음을 멈추었다. 어안이 벙벙했다. 미나는 익살스러운 표정으로 허리를 굽히며 웃었다.

두 사람은 즐거워하며 함께 번화가까지 걸어갔다. 소란스러운 번화가는 막을 내리기 직전의 영화관처럼 시끄럽기 그지없었고 자동차와 사람으로 가득했다.

미나가 말했다.

"누군가와 야시장에 온 건 정말 오랜만이에요."

그때 저 멀리 야시장 안에서 쑤모가 노점을 펼치고 호객 행위를 하는 것이 보였다. 세련된 재킷에 청바지 차림이었다. 미나는 걸음을 멈추고 멀리서 그녀를 바라보았다. 설명할 수 없는 어떤 감정이 스멀스멀 기어 올라왔지만 뭐라 말할 수 없는 기분이었다.

미나가 넋을 놓고 있자 안유가 물었다.

"왜 그래요?"

미나고 고개를 저으며 말했다.

"아니에요."

두 사람은 보행로를 따라 걸었다. 미나의 얼굴에는 표정이 거의 없었다. 쑤모의 모습이 머릿속에서 끊임없이 맴돌았다. 이 환락의 도시에서 때에 따라 차림새를 달리하고 일분일초를 다투며 자신의 삶과 미래를 꾸려가는 그 여자애가 종일 하릴없이 시간을 보내는 자신보다 훨씬 더 충실한 삶을 살고 있었다.

　집으로 돌아온 미나는 침대에 누웠다 다시 일어나 앉았다. 야시장에서 본 쑤모의 모습이 머릿속에서 떠나질 않았다. 대도시의 돈에는 가시가 잔뜩 돋아 있어서 그것을 잡으려는 사람들은 누구라도 두 팔의 살갗이 찢기고 피를 흘려야 했다. 쑤모는 용감했다. 미나는 비록 자신만의 세계에 갇혀 살고 있었고 즐거운 일도 별로 없으며 심지어 조만간 외로움에 익사할 것처럼 느껴지기도 했지만 쑤모가 부럽지는 않았다. 그녀는 몸을 돌려 침대 머리맡의 스탠드를 켜고 이불 속으로 들어가 다시 몸을 뉘었다. 그리고 한 손을 이마에 얹은 채 쑤모와 자신의 삶을 계속해서 비교했다. 그러다 생각이 얽히고설켜 엉망이 되자 이불을 젖히고 일어나 화장실로 들어갔다.

5

안유는 홀에서 차를 마시다가 미나가 힘겹게 다리를 절며 엘리베이터에서 걸어 나오는 것을 보고 황급히 일어나 물었다.
"미나, 무슨 일이에요? 이 늦은 시간에 어딜 가려고요?"
미나가 깨금발을 한 채 벽을 짚고 대답했다.
"병원에 가려고요. 아무래도 발가락이 부러진 것 같아요."
안유가 다가가 물었다.
"무슨 일 있었어요?"
미나의 관자놀이에 핏줄이 불거지더니 눈물이 뚝뚝 흐르기 시작했다.
"붕대 감은 발가락이 너무 둔해서요. 화장실에 들어가다가 계단에 부딪혔어요. 아파 죽을 것 같아요."
안유가 황급히 말했다.
"그럼 기다려요. 나 겉옷만 걸치고 같이 가줄게요."

미나는 발을 땅에 댈 수 없을 만큼 고통스러웠다. 안유는 얼른 외투를 걸치고 달려와 미나를 부축하려고 했다. 하지만 미나가 팔을 들어 그를 제지하고 눈물을 흘리며 일그러진 미소를 지었다.

"혼자 걸을 수 있어요."

"네. 그럼 걸어봐요."

안유는 미나가 제대로 서지 못하고 넘어질 경우를 대비해 허공에 손을 둔 채 신경을 곤두세웠다.

택시를 타고 병원에 도착해보니 외래 진료는 이미 끝난 상태였다. 당직 간호사가 미나의 아픈 발에 국소 진통제를 놓아주고 말했다.

"뼈에 이상이 있는지 없는지는 확실하지 않아요. 내일 선생님이 출근해서 엑스레이를 찍어야 알 수 있을 거예요. 일단 발가락이 땅에 닿지 않게 하세요. 만약 골절이라면 뼈가 위치를 벗어나서 모양이 변형될 수 있고 그러면 장애가 될 수도 있거든요."

미나는 안도의 한숨을 내쉬고 안유를 보며 웃었다.

"그만 돌아가요."

간호사가 웃음 섞인 목소리로 말했다.

"한쪽 다리로 가시려고요? 차라리 하룻밤 입원하고 내일 선생님이 출근하시자마자 진료를 보는 게 나을 것 같은데요."

미나가 고개를 돌려 안유를 바라보자 안유가 말했다.

"괜찮아요. 내가 옆에 있을게요. 벌써 새벽 한 시니까 몇 시간만 지나면 날이 밝을 거예요."

"괜찮을까요?"

안유에게 던지는 질문 같았지만 사실은 자신에게 묻는 것이었다. 혈연관계가 아닌 낯선 남자와 한곳에서 단둘이 지내본 적이 한 번도 없었기 때문이다.

안유가 미나를 보며 진지하게 말했다.

"당연히 괜찮죠."

푸른빛이 도는 하얀 병실에 침대 두 개가 있었다. 하나는 환자용이고 다른 하나는 보호자용이었다. 텅 빈 병실 안은 의약품 냄새가 섞인 습한 공기로 가득했다. 실내에 화장실이 있었는데 간호사가 특별히 일회용 세면도구를 두 세트 가져다주고 나가면서 잘 자라고 인사했다.

미나는 머리에 둘렀던 스카프 형태의 히잡을 풀었다. 하지만 머리카락이 흘러내리지는 않았다. 히잡 아래 검은색 가발 같은 것이 있고 그 위에 수많은 큰 핀으로 히잡을 고정하게 되어 있었다. 말하자면 히잡은 액세서리인 셈이었다. 안유는 멍하니 바라보았다. 그의 아내는 평생 벨벳 자수 히잡을 썼기에 이런 히잡은 처음이었다. 문득 가슴이 아렸다. 세대마다 특색이 있는 법인데 그의 세대는 이미 내리막길을 걷고 있었다.

미나는 자신을 보던 안유가 감개무량한 표정을 짓는 것을 보고 얼른 말했다.

"핀이 많아서요. 잘 때 빼지 않으면 찔리거든요."

두 사람은 바로 잠들지 않고 불을 켠 채 이야기를 나누었다. 미나가 말했다.

"식당 홀에서 아저씨를 처음 봤어요. 주방 창구에서 바쁘게 일하고 계셨어요. 제가 국수를 가지러 갔는데 실수로 제 그릇에 소고기를 잔뜩 얹어주셨죠."

안유가 웃었다.

"실수가 아니라 일부러 많이 담은 거예요. 나는 미나를 엘리베이터에서 처음 봤거든요."

"엘리베이터요?"

미나는 안유의 눈을 보며 놀란 듯이 물었다.

안유가 다소 실망한 듯 반문했다.

"기억 못 하는군요?"

미나가 고개를 저었다.

"전혀요."

"그날 분홍색 히잡을 쓰고 있었어요. 저녁 무렵 위로 올라가는 엘리베이터 안이었는데 미나가 날 보며 웃었어요."

미나가 웃으며 말했다.

"전혀 기억 안 나요."

두 사람의 말소리는 크지 않았고 방 안은 매우 조용했다. 미나는 베개에 머리를 기대고 천장을 보며 말했다.

"사는 게 힘들어요. 앞으로 좋아질지 모르겠어요."

그리고 고개를 돌려 안유에게 물었다.

"나이를 먹을수록 조금씩 나아질까요?"

"아니요."

미나는 믿을 수 없다는 듯 안유를 바라보았다.

"하지만 나이를 먹는 대로 다 지나가기는 해요."

미나는 한참이나 생각한 끝에 입을 열었다.

"저는 지금 겨울잠을 자고 있는 것 같아요. 모든 것이 멈췄어요."

"걱정 말아요. 이 세상에 괜히 오는 사람은 없어요. 언젠가 그 사실을 깨달을 거예요."

미나는 몸을 미끄러뜨려 침대에 누운 다음 이불을 덮고 웅크린 채 안유를 향해 몸을 돌렸다.

"하지만 결혼은요? 결혼생활도 뭔가 깨닫는 날이 올까요?"

"그건 말하기 어렵네요. 정상적인 결혼생활은 시작할 땐 다 행복한 시간이 있죠. 나랑 아내가 젊을 때도 그랬어요. 우리는 라멘 가게를 열었어요. 나는 주방에서 라멘을 만들었고 아내는 홀을 담당했죠. 그땐 정말 즐거웠어요. 그러다 아이가 생기자 아내의 중심이 아이에게 쏠렸어요. 아내도 내가 꼭 옆에 있어야 할 필요성을 느끼지 못했죠. 아이들은 나를 보고 싶어했지만 내가 없어도 상관없었어요. 그에 비해 엄마는 없으면 안 될 존재였고요."

그가 고개를 돌리고 미나를 보며 말을 이었다.

"미나도 아이가 생기면 삶이 더 복잡해질 거예요. 따뜻함, 약속, 영원 같은 건 사실 잠깐이고 쉽게 사라지죠. 결혼의 역할은 그런 것들이 사라져도 두 사람을 여전히 함께하도록 해주는 거예요. 그러니까 미나에게 있어서 지금이 최고의 순간이에요. 시간이 지나면 지날수록 더 나빠질 거니까."

미나는 오싹한 표정을 지었다.

"참 무서운 이야기네요."

안유가 웃었다.

"아직 두려워할 때는 아니에요. 일생에서 가장 무서운 순간은 바로 첫째가 태어나는 날이죠."

미나가 눈을 동그랗게 뜨고 물었다.

"왜요? 부모가 된다는 건 기쁜 일 아닌가요?"

"그 갓난쟁이가 인생을 송두리째 바꿔놓거든요. 일종의 분수령이 되는 거죠. 여유롭던 삶은 완전히 끝나고 갑자기 무거운 책임감이 밀려와요. 아이는 금방 걷고 말하기 시작하기 때문에 함께 있으면 아이의 미래를 생각하지 않을 수 없어요. 그러면 성장과 교육을 고민해야 하고요. 아무튼 끝이 없죠."

이야기를 듣던 미나가 미간을 찌푸렸다.

안유는 눈을 비비고 한숨을 쉰 뒤 잠시 침묵하다가 미나에게 물었다.

"어디서 자랐어요?"

"란저우요."

미나가 다시 넋두리했다.

"결혼 후에 남편과 린샤로 이사했어요. 시댁이 거기 있거든요. 거긴 아주 달랐어요. 사람들은 신앙을 중시했고 가정에도 엄격한 전통과 규칙이 있었어요. 처음엔 시댁에서 제 언행을 못마땅해했어요. 교양도 없고 믿음도 부족하다나요. 진 전통적인 무슬림 가정에서 자랐고 유년 시절에 이미 많은 영향을 받았어요. 하지만 학교에 다니기 시작하면서 바빠졌고 모든 게 뒤죽박죽이 됐어요. 미신과 전통, 신앙을 구분하지 못했죠. 시댁에서는 그런 저에게 처음부터 다시 공부하라고 했어요. 저를 이 길로 되돌려놓은 사람이 제 남편이었어요. 그런데 막상 이 길로 와보니 제 남편은 이 길을 걷고 싶어하지 않더라고요. 정확한 이유는 모르겠지만요."

안유는 눈을 감은 채 말했다.

"이해해요. 현대사회 곳곳에 그런 사람이 많죠. 다들 머리를 쥐

어쩌고 돈을 버는 데만 혈안이 되어 있어요. 미친 사람들처럼요."

미나가 말했다.

"네. 제 남편도 여기로 오고 나서는 다른 건 하나도 신경 쓰지 않아요. 매일 네다섯 시간만 자고 나머지 시간엔 일밖에 몰라요. 돈을 더 벌고 싶어해요. 원룸 선금도 벌써 다 치렀어요. 이제 반년만 지나면 우리 소유가 될 거예요. 하지만 전 여기가 싫어요."

안유가 말했다.

"여기도 꽤 괜찮은 곳이긴 한데……."

이야기를 하다보니 점점 눈꺼풀이 무거워졌다. 두 사람은 몸을 웅크린 채 깊은 잠에 빠졌다. 미나는 중간에 한 번 깼는데 침대 머리맡 조명은 여전히 켜져 있었다. 비몽사몽간에 휴대폰을 집어 시간을 보니 새벽 세 시였다. 사위는 쥐 죽은 듯 고요했다. 그녀는 마음을 놓고 눈을 감은 뒤 계속해서 잠을 잤다. 그리고 오전 여덟 시에 깜짝 놀라 잠에서 깼다. 발의 통증은 거의 가셨고 공기 속에서 음식 냄새가 났다. 안유가 보호자 침상에 걸터앉아 신문을 읽고 있었다. 미나가 물었다.

"밤새 깨어 있었어요?"

안유가 대답했다.

"아침 일찍 모스크에 가서 아침 예배 드렸어요."

그리고 탁자 위에 놓인 빵과 우유를 가리키며 말했다.

"오는 길에 사왔어요. 좀 먹어요. 먹고 나서 검사하러 갑시다."

미나는 손으로 두 눈을 비비며 말했다.

"죄송해요. 죽은 듯이 자버렸네요."

미나는 간단하게 정리하고 아침을 먹었다. 병원은 이미 아침 근무 시스템이 돌아가고 있었고 엘리베이터 앞은 줄이 길었다. 의약품 냄새가 다른 여러 냄새와 섞여 공기 속을 떠돌았다. 의사가 엑스레이를 살펴본 후 말했다.

"뼈에는 이상 없네요. 안심하고 돌아가셔도 좋습니다."

6

 호텔로 돌아온 안유는 뭔가를 깨달은 듯 본사에 전화를 걸어 며칠 더 남아 수업하겠다고 했다. 식당은 신속하게 협조해 오후에 수업을 배치하고 주방의 국수 담당 직원들을 불러 수타면 뽑는 법을 배우게 했다. 안유는 앞치마를 두르고 도마 앞에 서서 밀가루를 반죽하며 말했다.
 "란저우 라멘은 펑후이 만들기로부터 시작됩니다. 그게 관건이에요. 전에 누군가 그러더군요. 펑후이에는 기준치를 초과한 중금속이 들어 있다고, 그래서 펑후이를 넣은 소고기 라멘은 발암물질이라고. 그건 궤변입니다. 펑후이가 뭡니까? 바로 봉시 풀을 태워 얻은 이것입니다."
 안유는 계속해서 반죽 판 위에 놓인 광석같이 생긴 물건을 가리키며 말했다.
 "풀을 태울 때 첨가물은 하나도 넣지 않는데 기준치를 초과하는 중금속이 어디서 생겨날까요. 불에 타서 재가 된 이 평후이를 한 조각씩 잘라 끓는 물에 넣고 몇 시간 우린 다음 재를 가라앉힙니다. 그리고 반죽할 때 이 잿물을 넣어야 하죠. 잿물을 넣지 않으면 소고기 라멘을 만들 수 없어요. 너무 적게 넣어도 안 되지만 너무 많이 넣어도 안 됩니다. 양이 적으면 면의 탄성이 떨어져 면을 뽑기 힘들고 너무 많이 넣으면 면을 삶았을 때 쫄깃하지 않죠."

안유는 첫 수업부터 평후이를 가르쳤다. 기분이 묘했다. 사실 처음 도착한 날 주방에서 직접 만드는 과정을 보여주고 가르칠 작정이었다. 그가 젊은 시절 누군가의 제자로 있을 때도 그렇게 배웠다. 하지만 지금 젊은이들은 남의 말은 듣지 않고 아는 것도 없으면서 기싸움을 하려고만 했다.

이론 설명을 끝낸 뒤에는 시범도 보였다. 젊은 직원 몇 명이 반죽 판 앞에 서서 국수 뽑는 연습을 했다. 안유는 간섭하지 않고 한쪽에 놓인 걸상에 앉아 휴대폰 속 앨범을 뒤졌다. 사진을 한 장씩 넘기던 그의 손이 문득 멈췄다. 사진 속에 미나가 있었다. 미나와 함께 모스크에서 자원봉사 하던 날 아무렇게나 찍은 사진이었다. 미나는 고개를 숙인 채 채소를 솎고 있었는데 히잡이 얼굴을 가려 윤곽조차 보이지 않았다. 사진을 한참 동안 바라보던 안유의 입가에 미소가 떠올랐다.

저녁에 안유가 욕실에서 샤워를 하는데 휴대폰 벨이 울리더니 끊겼다가 다시 울렸다. 급한 용건인지 전화벨이 반복해서 울리자 하는 수 없이 수건을 두르고 나와 전화를 받았다. 아내가 지금 바쁘냐고 물었다.

안유는 한숨을 내쉬고 침대 가장자리에 걸터앉아 바쁘지 않다고 말했다. 아내가 느릿느릿 말했다.

"작은집 며느리가 미안하지만 선전에서 분유 사다달래. 인터넷은 너무 저렴해서 아무래도 가짜 같다고."

안유는 눈을 뒤집어 뜨고 천장을 보며 말했다.

"여러분이 이야기한 거 아직 하나도 안 샀습니다."

"시간 내서 사러 가. 쇼핑 좀 하라는 건데 그게 뭐 어렵다고."

"그게 문제가 아니잖아."

"그럼 뭔데?"

"내가 벌써 다 샀으면 어쩔 뻔했어? 사오랬다가 말랬다가. 그럼 난 산 걸 다시 반품하고 반품한 걸 다시 사와야 하나? 분유를 꼭 여기서 사야 해? 옛날 애들은 홍콩 분유도 없고 외제 분유도 없이 어떻게 컸는데?"

"왜 신경질이야? 당신이 거기 갔으니까 간 김에 물건 몇 개 사다달라는 건데 사람이 왜 그렇게 이기적이야?"

전화기 너머에서 귀가 찢어질 듯한 큰 소리가 났다. 안유는 귀에서 휴대폰을 뗀 채 잔뜩 인상을 썼고 아내는 전화를 뚝 끊어버렸다. 안유는 기운이 빠져 침대 가장자리에 앉아 있었다. 마치 몽둥이에 맞아 기절한 후 털이 홀랑 뜯긴 늙은 암탉이 흠뻑 젖은 채로 물에서 건져내져 간신히 정신을 차린 것 같았다.

아침 식사 시간에 미나가 언제나처럼 창구 앞으로 안유를 찾아와 웃으며 말했다.

"오늘 아저씨가 말한 그 정통 소고기 라멘 가게 가려고요. 같이 가요. 싫다고 하셔도 식사 대접을 해야겠어요. 절 많이 도와주셨잖아요."

"나도 가고 싶은데 아침에 라멘 수업을 해야 해요. 오후엔 괜찮아요. 마침 나갈 일도 있고."

"좋아요. 그럼 전 모스크에 가서 수업 듣고 오후에 곧장 그 라멘 가게로 가서 아저씨를 기다릴게요."

점심시간에 미나는 조금 일찍 도착했다. 라멘집에 앉아 줄곧 기다렸지만 차 한 주전자를 다 마시도록 안유는 그림자도 보이지 않았다. 가게 안이 어둡고 습해지더니 부슬부슬 비가 내리기 시작했다. 미나는 고개를 돌리고 유리에 비친 자신을 바라보았다. 자기 얼굴과 유리창의 비가 하나로 합쳐져 있었지만 조금도 외롭지 않았다. 미나는 깜짝 놀랐다. 어떻게 이럴 수가 있지? 혼자 여기에 앉아 이토록 오래 사람을 기다리는데 조금도 외롭지 않다니. 그러나 안유는 오후 내내 나타나지 않았다.

미나는 하는 수 없이 택시를 타고 집으로 돌아왔다. 택시에서 내리자마자 홀 입구에 서 있는 안유가 보였다. 그의 또래로 보이는 여자와 함께였다. 동그란 얼굴에 히잡을 쓴 여자가 안유와 작별 인사를 나누고 있었다.

미나의 우산 테두리에서 빗물이 뚝뚝 떨어졌다. 미나는 조용히 피곤한 눈빛으로 안유를 바라봤지만 안유는 그녀를 알아채지 못했다. 그녀는 우산을 접고 보란 듯이 씩씩대며 안유를 지나쳤다. 안유는 그런 그녀를 의아해했다. 자신을 보고도 인사조차 하지 않다니. 그때 휴대폰이 울렸다. 아내였다. 아내가 물건은 다 샀느냐고 물었다.

안유가 말했다.

"샀어, 샀다고."

아내가 말했다.

"작은집 며느리가 원하는 분유는 네덜란드 직수입 제품이야. 내가 보낸 메시지 보고 다시 확인해봐. 잘못 사면 큰일 나."

"걱정 마. 제대로 샀어. 전부 당신들이 원하는 제품이야. 리스트 보면서 샀다고."

"내일 출발해서 돌아오는 거지?"

"별일 없으면 내일 출발할 거야."

안유는 전화를 하면서 곁눈질로 미나를 찾았다. 미나가 홀로 들어가 한 테이블에 앉는 것이 보였다. 전화를 끊고 미나 곁으로 다가가 맞은편에 앉았지만 미나는 건너편에서 그를 바라볼 뿐 아무 말도 하지 않았다. 표정도 없었다. 안유는 이상한 분위기를 감지했다. 그의 미소는 순식간에 경직됐고 미나의 얼굴에서 실마리를 찾으려 애썼다. 미나가 찻잔을 들어 단숨에 차 한 잔을 들이켜자 종업원이 다가와 더 따라주었다. 안유가 말했다.

"나도 한 잔 줘요."

미나는 두 손을 주머니에 넣고 쌀쌀맞은 눈초리로 말없이 안유를 바라보았다. 안유는 등받이에 기대앉아 미나를 바라보았다. 미나가 왜 그러는지, 무슨 말을 해야 할지 알 수 없었다. 그때 종업원이 다가와 쟁반에 있던 찻잔을 테이블에 올려놓고 차를 따랐다. 미나는 여전히 냉담한 표정으로 찻잔을 보며 말했다.

"친구분과 약속이 있으셨군요. 진작 말씀하지 그러셨어요?"

안유가 말했다.

"우리 고향 사람이에요. 내 가족이 부탁한 물건을 사러 첸하이항 물류센터에 같이 갔었어요. 내가 여자들이 원하는 물건에 관해 뭘 알아야 말이죠. 다행히 그 친구를 만난 김에 도움을 청했죠."

미나는 몹시 불쾌했다.

"저도 도울 수 있는 일이잖아요. 저도 여자거든요."

안유가 말했다.

"원래 미나를 찾아갔죠. 국숫집에서 한참을 기다렸는데 오지 않더군요. 그래서 우연히 만난 고향 사람에게 도움을 청한 거예요."

미나가 화난 얼굴로 안유를 노려봤다.

"어떤 국숫집에서 절 기다리셨어요? 저야말로 거기서 오후 내내 아저씨를 기다렸어요. 오후 내내 국숫집에서 아저씨를 기다렸다고요. 그런데 아저씨는 아예 나타나지 않으셨어요. 입구 쪽 테이블이라 드나드는 사람을 전부 확인할 수 있었는데도 말이에요."

안유가 의아하다는 듯 물었다.

"엉뚱한 데 가 있었던 거 아니에요?"

미나가 눈썹을 찌푸리며 대꾸했다.

"아저씨가 말한 그 정통 소고기 라멘집이었어요. 어떻게 잘못 갈 수 있겠어요? 화창베이루華强北路에 있는 그 집이요."

안유가 난데없이 너털웃음을 터뜨렸다.

"내가 간 국숫집은 첸하이에 있어요."

미나도 안유를 바라보다가 실소를 터뜨렸다.

"식사 한번 대접하는 것도 엉망진창이네요."

안유는 밝아진 미나의 얼굴을 바라보며 말했다.

"엉망인 건 맞죠. 시간을 들여 기다린 데다 엄청난 오해까지 했으니."

"모스크에서 나와 택시를 타고 기사님께 란저우 소고기 라멘집에 가자고 했어요. 이 도시에 란저우 소고기 라멘집이 두 개나 있을 줄 누가 알았겠어요?"

안유가 목소리를 억누르고 일부러 놀리듯 말했다.

"대체 이 도시는 왜 이 모양이람? 일부러 찾을 때는 한 군데도 보이지 않더니 애써 찾지 않을 때는 갑자기 두 집이 한꺼번에 튀어나오다니."

미나가 웃음을 터뜨렸다. 우산을 썼지만 몸이 젖어서 잠시 앉아 있다가 우산을 들고 위층으로 올라갔다.

7

 미나가 저녁에 식사하러 아래층으로 내려오자 안유가 커다란 쟁반 하나를 들고 나와 미나 앞에 내려놓았다. 반찬 몇 접시와 바싹 구운 소고기 한 접시, 소고기 라멘 한 그릇 그리고 맑은 국이 담긴 작은 그릇이 있었다.
 미나가 물었다.
 "이게 다 뭐예요?"
 안유가 진지하게 대답했다.
 "미나를 위해 특별히 잿물을 넣고 만든 정통 소고기 라멘이요."
 미나는 몹시 감동했다. 그릇째 들고 국물 한 모금을 마신 뒤 눈을 가늘게 뜨고 몹시 즐거워했다. 그리고 옆에 놓인 맑은 국물을 보고 물었다.
 "소고기 라멘에 국물이 있는데 이 국물은 또 뭐예요?"
 안유가 들뜬 듯 대답했다.

"마바오즈馬保子"*가 처음 소고기 라멘을 팔 때 곁들여 제공한 국이에요. 그것 역시 정통 소고기 간肝 국이죠. 그러니까 소고기 라멘을 먹을 땐 이 소고기 간 국을 곁들여야 제대로 된 거예요."

"하지만 이건 소고기 간 국일 리 없어요."

안유가 웃으며 말했다.

"큰 솥에 하루 종일 면을 끓여 만든 면수예요. 나름 진국이죠."

미나는 안유를 보며 웃었다. 안유가 문득 인상을 쓰자 미나는 그의 생각을 짐작한 듯 물었다.

"내일 떠나시는군요?"

안유가 고개를 끄덕이며 말했다.

"내일 아침 비행기예요."

미나는 고개를 끄덕이고는 계속해서 국수를 먹었다.

식당의 경음악은 거의 끊길 만큼 소리가 작았다. 안유가 슬픈 듯 말했다.

"갑자기 가기 싫어졌어요."

미나가 웃으며 농담했다.

"그럼 계속 여기 계세요. 우리 동업해요. 소고기 라멘집을 열고 떼돈 벌어요."

안유는 과장해서 기뻐했다.

"가능하죠. 미나가 사장님 해요. 난 라멘 달인 할게요."

소고기 라멘에서는 확실히 소고기 라멘 맛이 났다. 미나는 국수를 다 먹고 국물까지 깨끗이 비웠다.

---

* 소고기 라멘의 창시자.

안유가 물었다.

"한 그릇 더 줄까요?"

미나는 티슈로 입을 닦으며 대답했다.

"이게 제 한계예요."

하늘이 점차 밝아오기 시작했다. 미나가 방을 치우고 있는데 휴대폰에서 위챗 알림이 울렸다. 후디의 메시지였다. 그는 매일 세 번씩 메시지를 보냈다. 잘 잤느냐, 좋은 오후 보내라, 잘 자라. 그 외에 몇 마디 덧붙이면 하늘이 무너지는 줄 아는 모양이었다. 미나는 휴대폰을 들여다보았다. 마침내 내용에 변화가 있었다.

"나 내일 돌아가. 보고 싶어. 당신 주려고 좋은 거 샀어."

미나는 한숨을 내쉬고 휴대폰을 내려놓은 뒤 계속해서 방을 치웠다.

레스토랑 매니저가 로비에서 직원 몇 명과 함께 안유를 배웅했다. 늘 미소를 잃지 않던 매니저가 평소보다 더 활짝 웃으며 말했다.

"여기까지 오셔서 수업도 해주고 며칠 더 머물러주셔서 정말 감사합니다. 가는 길 평안하시길 바랍니다."

안유는 직원들과 일일이 악수하고 손을 흔들며 작별을 고했다.

식당 전용 차량이 안유를 공항까지 데려다주기로 되어 있었다. 뒷좌석에 오른 그는 낙담한 표정을 지었다. 그가 고개를 돌리자 차창 밖으로 미나가 보였다. 커피색 코트를 입고 주머니에 손을 넣은 채 큰길을 걷는 뒷모습이었는데 분홍색 히잡이 행인들 사이에서 유난히 눈에 띄었다.

안유는 창문을 내리고 멀리 내다보다가 기사에게 말했다.

"저 앞에서 잠깐만 세워주세요."

차가 멈추자 안유는 황급히 문을 열고 미나 쪽으로 걸어갔다. 하지만 미나는 이미 보이지 않았다. 그는 고개를 돌려 사방을 살폈다. 다시 미나의 분홍색 히잡이 사라졌다 나타나기를 반복했다. 그가 걸음을 재촉해 그녀를 쫓아가며 소리쳤다.

"미나."

멍하니 고개를 돌린 미나가 안유를 발견하고는 두 눈을 동그랗게 떴다. 하지만 아무 말도 하지 못했다.

안유의 눈에서 기쁜 감정이 뿜어져 나왔다.

"나 곧 떠나요. 이리 와요. 우리 인사하죠."

미나는 문득 망설여졌다. 만에 하나 안유가 자신에게 호감을 품고 있다면 어쩌나 싶었다. 안유는 미나의 얼굴을 뚫어져라 바라보며 물었다.

"왜 그래요? 멍하니."

미나가 얼굴을 붉히고 더듬거렸다.

"아무것도 아니에요. 아침 일찍 출발하신 줄 알고 일부러 인사하러 내려가지 않았어요."

안유가 웃으며 말했다.

"괜찮아요."

그리고 말을 이었다.

"잘 있어요."

"아저씨도요."

안유는 미나에게 손을 흔들고 몸을 돌려 몇 걸음 걷다가 다시 미나를 돌아보았다. 미나가 웃으며 손을 흔들고 있었다. 안유는 뒷걸음질 치며 다시 손을 흔들고 이내 몸을 돌려 차를 향해 걸어갔다.

미나도 몸을 돌렸다가 다시 안유를 돌아보았다. 그의 뒷모습만 보일 뿐이었다. 몹시 고요했다. 진열대에 전시된 골동품처럼 마땅히 있어야 할 의미는 이미 존재하지 않았다. 순간 미나의 두 눈에 지극히 슬픈 눈빛이 스쳐 지나갔고 얼굴에는 막막한 그 표정이 되살아났다. 그녀는 멍하니 눈물을 흘렸다.

　이 쓸쓸한 세상에서 이 한 번의 만남도 충분히 사치스러운데 무엇을 더 탐낸단 말인가. 안유는 뒷좌석에 기대앉아 긴 한숨을 내쉬고는 기사에게 말했다.

　"갑시다."

　차창 밖으로 짙푸른 하늘 아래 우뚝 솟은 빌딩들이 바람 소리와 함께 획획 스쳐 지나갔다. 햇빛을 받아 희미한 빛을 반사하는 수많은 광고판 역시 창문 앞을 빠르게 스쳐 지나갔다.

　　　　　　　　　　2016년 8월 17일 시닝西宁에서 마침

늦둥이

1

 나는 타지역 직원과 교체하라는 회사의 지시를 받고 일 년 동안 외지로 파견 근무를 나갔다. 쑤모苏慕는 지원서를 제출해 나와 함께 갔다. 일 년은 길어 보였지만 눈 깜짝할 사이에 지나갔다. 다만 그 지역 사람들과 지리에 영 익숙해지지 않아 다소 고생스러웠을 뿐이다. 일 년간 비웠던 집은 무겁고 마른 공기로 가득했다. 꼭 어둡고 밀폐된 용기 같았다. 커튼을 열어젖히는 순간 오랫동안 숨어 있던 미세먼지가 고요한 광선 속에서 어지럽게 춤추기 시작했고 방 전체가 악몽 같은 분위기에 빠져들었다.
 "청소를 제대로 해야겠어."
 쑤모는 말을 하면서 문간의 우편함에서 수도세와 전기료 고지서, 신문, 전단지 등 봐도 그만 보지 않아도 그만인 것들을 끄집어냈다. 그리고 쓰레기통에 버리려다가 우뚝 멈춰 섰다.
 "어머나, 초대장이잖아."

그러면서 종이 사이에서 초대장 하나를 꺼냈다. 암홍색 종이 위에 금빛 찬란한 범선이 인쇄되어 있었다. 쑤모가 초대장을 펼쳐 쓱 살폈다.

"지러吉勒 씨네서 보낸 거야. 그 부부가 아들을 낳았대."

그리고 고개를 들고 날 보며 말했다.

"3개월 전에 보낸 만월滿月* 초대장이야. 그러면 아기는 4개월쯤 됐겠다."

지러 씨 부부는 우리의 예전 집주인이었다. 두 사람은 시골에 살고 있었지만 시내 도로변의 금싸라기 땅 한 블록에 주택 한 줄을 소유하고 있었고 늘 세를 놓았다. 우리가 막 결혼했을 때 우린 집이 없었기에 그들의 이층집 방 한 칸에 세 들어 살았다. 그렇게 세입자로 두 해를 지내는 동안 나와 쑤모는 피임을 하지 않았으나 줄곧 아이가 생기지 않았다. 병원에서 검사를 해보니 쑤모의 나팔관이 막혔다는 진단이 내려졌다. 놀란 쑤모의 눈에 순식간에 눈물이 고였고 나도 약간 멍해졌다. 하지만 의사는 치료할 방법이 있으니 걱정하지 말라고 했다. 한번은 쑤모가 집세를 내고 돌아와 말했다.

"집주인 부부는 곧 쉰이 되는 사십대 후반인데 아직 아이가 없대. 자기도 두 사람 딸 본 적 있지? 입양한 딸인데 다음 주에 시집간대. 집안에 다시 노부부만 남는 거지."

저녁 식사를 하는데 쑤모가 물었다.

"내일 지러 씨네 축하 인사 가지 않을래? 아기도 볼 겸."

조명이 눈부시도록 밝아서 갑자기 내 마음속에 슬픔이 생겨났

---

* 아이가 태어난 지 만 한 달째 되는 날 만월 잔치를 한다.

다. 나는 살짝 망설이다가 억지로 웃어 보였다. 의사는 치료할 수 있다고 했지만 오랜 시간이 흐른 지금까지 아무 낌새도 보이지 않았다. 나와 쑤모는 둘 다 그에 대해 언급하지 않았다. 일단 말을 꺼냈다 하면 머릿속에서 구더기가 꿈틀대기 시작하는 것 같아 여간 짜증나는 게 아니었다. 때로 나는 쑤모의 얼굴에 난데없이 회색 구름이 잔뜩 낀 것을 보곤 했다. 말로 표현할 수 없는 감정의 그늘 같은 것이었다.

"두 사람도 오랫동안 불임이었다가 아이를 얻은 거잖아. 무슨 정보라도 얻을 수 있지 않을까?"

쑤모가 하얗고 가지런한 치아를 드러내고 웃으며 말을 이었다.

"집엔 아이가 있어야 해. 시끌벅적해야 변화도 생기고 활력도 생기고 더 살아갈 희망도 생기거든. 안 그래?"

나는 휴대폰을 뒤져봤지만 지러 씨의 휴대폰 번호나 SNS 계정 같은 건 저장되어 있지 않았고 예전에 입력한 유선 번호가 전부였다.

"그 사람들 시골에 사는데 불쑥 찾아가면 이상하잖아. 미리 얘기는 하고 가야지. 게다가 우린 그 집에 가본 적이 없으니 전화해서 구체적인 길을 물어보는 게 맞지."

유선전화로 걸었더니 지러 씨의 아내가 받았다. 지러 씨의 아내라고 생각하면서도 만에 하나 다른 사람이면 쓸데없는 오해가 생길 수도 있기에 나는 우선 지러 씨부터 찾았다.

"여보세요? 지러 씨 계십니까?"

수화기 너머에서 그녀의 목소리가 들렸다.

"예, 계시는데 누구세요?"

"저는 아오마얼奧馬爾이라고 합니다. 지러 씨를 찾는데요, 실례지만 누구시죠?"

내가 이렇게 물은 이유는 지러 씨의 아내라면 그녀에게 물으나 지러 씨에게 물으나 매한가지라고 생각했기 때문이다.

그러나 예상외의 답변이 돌아왔다.

"저는 지러 씨의 아내 라이하萊哈예요. 잠시만 기다리세요. 바꿔 드릴게요."

상대는 그렇게 대답하고 황급히 지러 씨에게 수화기를 건넸다.

지러 씨와 통화를 마친 후 나는 쑤모에게 물었다.

"지러 씨 아내 이름이 라이하였어? 자기가 예전에 말해준 이름은 그게 아니었던 것 같은데."

나는 쑤모로부터 지러 씨의 아내에 관한 이야기를 들은 적이 있다. 하지만 왼쪽 귀로 듣고 오른쪽 귀로 흘린 탓에 정확히 기억하지는 못했다.

"자기가 전화로 잘못 들은 거겠지."

쑤모가 나를 힐끗 보며 말했다.

"지러 씨 아내 이름은 이샤依莎야."

이튿날 정오 무렵 우리는 지러 씨 댁에 가기 위해 짐을 챙기기 시작했다. 10월이었지만 날씨는 여전히 더웠고 가을이 될 기미는 전혀 보이지 않았다. 옷을 입는데 등에 땀이 송골송골 맺혔다. 나는 쑤모에게 어떤 선물을 가져가면 좋겠냐고 물었다.

쑤모는 보헤미안 스타일의 긴 스커트를 입고 거울을 비춰보고 있었다.

"뭘 가져가는 게 좋을까? 돈이 보통 많은 사람들이 아니라서 뭘 들고 가도 티가 안 날 텐데."

쑤모가 말했다.

"그냥 과일 좀 사가자. 그리고 안에 들어가서 탁자에 200위안 정도 올려놓자. 현금이 최고지. 요즘 사람들은 다 선물 대신 현금으로 해."

쑤모는 검은 폭포 같은 긴 머리를 돌돌 말아 묶고 커다란 핀 몇 개를 입에 물었다. 그리고 머리를 고정할 긴 스카프 형태의 히잡을 고르기 시작했다. 스커트 색과 어울리는 것으로 골랐는데 작은 스팽글과 구슬이 촘촘히 박혀 있어 은은하게 반짝거렸다. 공기 속 디퓨저 냄새는 경박한 성욕 같았다.

"이리 와, 내가 해줄게."

내가 쑤모를 향해 손짓하자 그녀가 다가와 큰 핀을 전부 내 손에 올려놓은 뒤 등을 돌리고 앉았다.

히잡을 고정하는 핀은 가끔 쑤모의 목을 찔렀다. 쑤모는 히잡을 두를 때마다 불평하곤 했다.

"이 스카프 정말 짜증나. 예쁘지만 않았으면 훨씬 더 편한 검정 히잡으로 진작 바꿨을 거야."

결혼한 후 쑤모는 외출할 때마다 머리카락 한 올도 삐져나오지 않도록 단단히 틀어올리고 그 위에 히잡을 둘렀다. 나는 쑤모가 조금이라도 핀에 덜 찔리게 하려고 히잡을 두르는 걸 볼 때마다 늘 그녀를 도왔다. 그러다 내가 이 일을 꽤 좋아한다는 사실을 깨달았다. 내가 히잡을 다 고정하고 말했다.

"돌아서봐. 좀 보자."

우리는 마주 보며 서로를 바라보다가 말을 잃었다. 쑤모는 내가 그녀를 안도록 했고 나는 쑤모의 머리를 내 가슴으로 끌어당기는 두 팔로 그녀를 안았다. 매끄러운 실크 스카프가 부드러운 물처럼 내 손가락 하나하나를 덮었다.

몇 년 전 쑤모가 아직 학생이었을 때 수업을 마친 그녀가 교과서를 끌어안고 친구들과 학교 복도를 지나간 적이 있다. 그 당시 그녀의 미소, 바람에 날리는 머리카락, 이마, 눈 크기, 입술 모양, 턱, 어깨, 손가락 등은 마치 희미한 한 줄기 빛 같았고 어두운 항아리처럼 꽉 닫힌 내 심장을 스치고 지나가는 것 같았다. 찰나였지만 그 모습은 내 머릿속에 깊이 새겨졌다. 쑤모는 보는 사람을 기쁘게 할 만큼 아름다웠다. 그 경이로움과 즐거움은 음지에 흐드러지게 핀 꽃처럼 다소 광적이었다. 나는 이번 생에 오직 쑤모와만 어깨를 나란히 하고 세상을 구경하고 싶었다. 우리 사이에 벌어지는 모든 일에는 처음부터 결혼에 이르기까지 묘한 묵계默契가 있었다. 꼭 내 앞으로 배달된 낡은 편지 한 통을 열고 누렇게 바랜 편지지에 붓끝이 남긴 넘실거리는 봄볕과 부드러운 탄식을 따라 걸어온 것 같았다. 그 걸음은 상상했던 것보다 훨씬 더 자연스러웠다. 그럼에도 불구하고 함께 지내는 동안 가볍고 무거운 문제들이 나타났고 채 해결하지 못했다. 그것들은 시간의 흐름에 따라 수면 위로 드러나기도 하고 가라앉기도 했다.

하지만 특정한 나이에 이르자 어떤 문제들이 수면 위로 떠오르면 훨씬 더 심각해 보이기 시작했다. 우리는 귀여운 말썽꾸러기 하나가 우리와 함께하길 간절히 바랐다. 영화 속의 따뜻한 장면처럼 말이다. 언제부터였을까? 생각해보면 우리 사이에 미묘한 거리감이 생기기 시작하면서였던 것 같다. 한때는 아이를 입양해 집안 분위기를 바꿔보려고도 했다.

하지만 영화 「쉬즈 더 원」에서 거유葛優가 고개를 흔들며 맞선을 보러 온 임신부와 대화하는 장면을 보다가 쑤모는 눈물이 나도록 웃더니 이내 슬퍼하기 시작했다.

극중 거유가 이렇게 말했다.

"우리는 서로 마음에 들어하는 것 같아요. 하지만 만약에……."

맞선녀가 서둘러 말했다.

"친자식이 아니어도 괜찮다면서요? 우리가 굳이 왈가왈부하지 않으면 아이는 태어나자마자 당신을 볼 거예요. 그러면 친자식이나 마찬가지 아닌가요?"

"BMW 앞에 벤츠 엠블럼을 꽂으면 과연 어울릴까요?"

"차가 가기만 하면 되는 거 아닌가요?"

"그러다 고장이 나면요? 벤츠의 부품은 맞지 않고 BMW도 수리를 해주지 않으면 어쩌죠?"

그렇다. 정말 그렇다면 어떻게 해야 할까? 그때부터 우리는 입양 생각을 완전히 접었다. 아이는 반드시 스스로 낳아야 한다.

"이번 아이도 입양한 거면 어떡하려고?"

내가 쑤모에게 물었다.

"그럴 가능성은 적어."

쑤모가 대답했다.

"입양을 했다면 상식적으로 그 사실을 아는 사람이 적을수록 좋잖아. 그런데 왜 우리처럼 몇 년이나 연락하지 않았던 세입자까지 초대했겠어?"

"그러면 선물이 너무 약소한 거 아냐? 우리가 무시한다고 생각하면 어떡해?"

쑤모가 고개를 저으며 말했다.

"우리 수준에 맞게 하면 돼. 겉치레로 금산金山을 가져간대도 가벼워 보일걸."

그리고 잠시 생각한 후에 말을 이었다.

"그래도 선물이 약소한 것 같으면 과일을 조금 더 사거나 좋은 차를 사가지고 가자."

"그래. 그럼 과일이랑 차 좀 사자."

우리는 먼저 차 전문점으로 향했다. 쑤모는 한참 동안 고민한 끝에 품질 좋은 룽징차龍井茶 한 근을 구입했다. 그리고 마트에 가서 과일을 골랐다.

쑤모는 구입한 선물을 뒷좌석에 놓고 내게 물었다.

"좋은 차 한 근, 과일, 200위안이면 적당하겠지?"

쑤모의 표정이 그녀의 속마음을 폭로했다. 알고 보니 쑤모 역시 준비한 선물이 너무 약소할까봐 걱정하고 있었던 것이다. 나는 한바탕 웃고 나서 차를 몰고 길을 나섰다.

2

지러 씨의 집은 시내에서 꽤 멀었고 거의 깊은 산속이었다. 나와 쑤모는 이 지역에서 몇 년이나 일했지만 교외로 드라이브를 나온 적은 한 번도 없었다. 차는 구불구불한 오솔길을 달렸다. 험준한 산비탈이 층층이 이어졌는데 멀리서 바라보니 갈비뼈가 드러난 비쩍 마른 몸뚱이 같았다. 햇볕은 강렬했고 바람조차 뜨거웠다. 먼지가 흩날린 지 얼마 지나지 않아 자동차 유리에 뿌옇게 내려앉았다. 우리가 지나온 마을 몇 개가 대부분 가뭄으로 쩍쩍 갈라져 있었다. 황토산 등성이에 낮은 흙집들이 지어져 있는데 굽지 않은 흙벽돌이 산 색깔과 똑같았다. 밥 짓는 연기가 없었다면 사람 사는 곳이라고 생각하기 어려울 정도였다. 그나마 운 좋은 마을은 어귀에 우물이 있고 집 앞뒤로 과일나무와 꽃밭이 있었다. 문간엔 젖소가 묶여 있고 담장 아래 여물이 가지런히 쌓여 있었다. 그 마을은 공기도 맑고 상쾌했다.

쑤모가 말했다.

"모스크는 마을마다 다 있네."

나는 지러 씨가 설명한 곳에 도착했는지 확인하느라 쑤모의 말에 대답할 겨를이 없었다. 조금 더 가야 할 것 같았다. 우리는 계속해서 커브를 돌고 또 돌았고 위로 올라갔다가 다시 구불구불한 길을 따라 산에서 내려왔다. 그렇게 오르락내리락하다보니 큰 산 하나를 넘게 되었다. 황혼이 내리자마자 하늘은 어슴푸레하고 건조해졌다. 유리 돔을 얹은 한 모스크에서 큰 소리가 울려 퍼졌다. 노을 속에서 떼를 이룬 비둘기들이 하늘을 가로질러 날아가며 긴 휘파람 소리를 남겼다. 나는 비탈진 큰길 쪽으로 핸들을 꺾었다. 길가에 백양나무가 한 줄로 가지런히 심겨 있고 예쁜 집들이 밀집한 곳이었다. 큰길과 일정한 거리를 둔 집들 모두 이층 또는 삼층짜리 전원주택이었는데 하나같이 담장은 드높고 대문은 굳게 닫혀 있었다.

나는 개인 소유의 차도에 차를 세웠다. 길가에 잘 다듬어진 낮은 나무들이 줄지어 서 있었다. 조금 더 앞으로 가보니 삼층 높이의 하얀 전원주택이 보였다. 역시 높은 담장이 세워져 있었다. 담장은 넓은 밭으로 둘러싸여 있었는데 왼쪽에는 해바라기를, 오른쪽에는 옥수수를 기르고 있었다. 밭 색깔이 유화보다 더 아름다웠다.

"정말 멋진 집이다."

쑤모가 놀라며 작은 소리로 말했다.

"여기가 지러 씨 댁일 거야. 다른 집은 다 대문이 굳게 닫혀 있는데 이 집만 활짝 열어놨잖아. 틀림없이 사람을 기다리고 있는 거야."

나는 쑤모에게 내 추측을 이야기했다.

쑤모는 아랑곳하지 않고 차에서 내리기 전에 거울을 보며 립스틱을 살짝 덧발랐다.

그리고 과일을 들고 나를 따라 그 하얀 집으로 들어갔다. 쑤모의 하이힐이 시멘트 바닥에 부딪히는 소리가 유난히 크게 울렸다. 대문 밖에서 안을 들여다보니 정원에 널따란 다변형 꽃밭이 보였고 각양각색의 화초가 무성하게 자라고 있었다. 벽돌로 쌓은 연못과 대리석 테라스, 정성껏 다듬은 잔디밭도 보였다. 과일나무 그늘에는 더위를 식힐 수 있는 나무 테이블과 의자도 보였는데 예술작품처럼 근사했다. 아이들 몇 명이 큰 나무 아래와 꽃밭 주위에서 서로 쫓고 쫓기며 놀고 있었다.

"잘못 왔나?"

내가 물었다.

"내 생각에도 잘못 온 것 같아."

쑤모가 대답했다.

"두 사람 집에 이렇게 많은 아이가 있을 리 없잖아."

"하지만 지러 씨가 말한 곳이 바로 여기야. 번지수는 맞는데."

나는 다시 문패를 살폈다.

"내가 잘못 기억했거나 잘못 들었나?"

쑤모는 말없이 아랫입술을 깨물었다가 놓았다. 표정은 변화가 없었지만 눈빛은 살짝 걱정스러워 보였다.

그때 안에서 한 젊은 여자가 나왔다. 키는 크고 호리호리하며 이목구비도 또렷했다. 그녀는 부드럽게 미소 지으며 은은한 분위기를 풍기고 있었다.

"누군가 나왔어."

쑤모가 말했다.

"안녕하세요. 혹시 여기가 지러 씨 댁인가요?"

내가 물었다.

"네, 오마르와 쑤모 씨죠? 오후 내내 기다리고 있었어요. 어서 들어오세요."

"정말일까?"

쑤모가 턱을 치켜들고 나를 바라보더니 희색만면한 얼굴로 말했다.

"사실 나는 자기가 길을 잘못 든 게 분명하다고 생각했어. 길이 어찌나 구불구불한지 머리가 어질어질하고 토할 정도였으니까."

젊은 여자가 우리를 데리고 복도를 지나 이층 거실로 올라갔다. 그 집은 내가 생각한 것보다 훨씬 더 기품 넘쳤다. 실내는 통유리로 되어 있어 모든 것이 반짝였는데 먼지 한 톨도 보이지 않았다. 유리창에 비친 내 얼굴을 힐끔 보는 순간 아름답게 꾸며놓은 뒷마당이 보였다. 화초는 깔끔하게 손질되어 있었고 과일나무도 적지 않아 온통 싱그러운 녹색이었다. 청석靑石을 깐 복도 양쪽에 가득 심은 초록색 넝쿨이 복도 꼭대기까지 기어올라가 있었고 그 위에는 보라색 포도송이가 가득 열려 있었다. 노을 아래에서 바라보니 회색빛 도는 보라색 구름이 넓게 펼쳐진 것 같았다.

"지러 씨 부부는 안 계시나요?"

내가 그 젊은 여자에게 물었다.

"두 분 다 계세요. 아직 예배 중이니 우선 좀 앉아 계세요."

쑤모는 내가 들고 있던 찻잎을 가져다 과일과 함께 그 여자에게 건넸다.

"과일과 차를 좀 가져왔어요."

선물을 건네받은 젊은 여자는 열어보지도 않고 말했다.

"뭐 이런 걸 다."

그리고 몸을 돌려 그다지 높지 않은 원목 수납장에 올려놓았다. 수납장에는 두꺼운 유리문이 달려 있었고 그 안에는 다구茶具와 쟁반 같은 것이 놓여 있었다. 수납장 위쪽으로는 깨끗한 물에 꽂은 생화와 그 옆으로 은색 액자가 보였다. 액자 속 사진은 지러 씨와 이샤 씨의 젊은 시절 모습이었다. 키 크고 마른 지러 씨와 분홍색 히잡에 코트 차림인 이샤 씨가 다정한 미소를 지으며 황허철교 앞에서 찍은 사진이었다.

젊은 여자가 고개를 숙이고 탁자 위에 찻잔을 내려놓는데 빛을 받은 실크 히잡이 은은한 광택을 뿜어냈다.

쑤모는 벽에 걸린 몇 폭의 서예를 바라보고 있었다. 필체에 힘이 넘쳤다. 낙관을 보니 모두 동일한 사람의 작품 같았다. 표구된 액자가 벽면을 가득 채운 것이 고귀하고 화려한 향연 같았다. 젊은 여자가 차를 다 따르고 자리를 뜨자 쑤모가 소파에 앉아 고개를 돌리고는 작은 소리로 말했다.

"보모인가봐. 예쁘게 생겼다."

그리고 다시 감탄했다.

"집 안이 사치품으로 가득한데 촌스럽거나 천박하지가 않네."

쑤모는 웃으면서 예물로 맞춤 제작한 금반지를 만지작거렸다.

"오늘처럼 우리가 가난하고 초라하게 느껴진 건 처음이야."

내가 손님의 매너에 걸맞게 탁자 위에 200위안을 올려놓는 순간 지러 씨가 계단에서 내려왔다. 그는 검은색 헝겊 신발의 뒤축을 손가락에 걸고 거실로 다가왔다. 니트로 짠 둥근 흰 모자, 흰 셔츠, 회색 스웨터 차림이었다. 배가 툭 튀어나오고 원통처럼 뚱뚱했지만 전체적으로 편안한 분위기를 풍겼다. 막 예배를 마친 대부분의 사람이 그런 모습을 하고 있는데 보는 사람에게 산뜻하고 겸손한 느낌을 주었다.
"형님, 잘 지내셨어요?"
나는 그의 안부를 물었다. 그가 웃으며 악수하러 다가왔을 때 나는 그가 뚱뚱하긴 해도 키는 크다는 사실을 발견했다. 그는 나보다 머리 하나만큼 더 컸다.
"와줘서 고마워."
지러가 찻잔을 보며 말했다.
"아직 차도 따르지 않았어?"
"저희도 방금 들어왔거든요."
자리에서 일어나 한쪽에 서 있던 쑤모가 어색한 듯 쭈뼛거렸다.
"앉아요. 다 앉자고. 우리 집 찾기 어려웠지?"
지러 씨가 내게 물으며 소파 한쪽에 앉았다.
"쉽지는 않더군요. 큰 산 하나를 넘고 나서야 집이 보였거든요."
내가 대답했다.
그가 웃으며 말했다.
"서쪽에서 와서 그래. 동쪽으로 왔으면 산을 넘을 필요가 없는데. 산길이 험하지."
"처음 오는 데다 저희가 길을 잘 몰라서요."
쑤모가 말하면서 날 보고 웃었다.
지러 씨는 고개를 끄덕이며 계단 입구를 바라봤고 쑤모는 창밖을 보며 말했다.

"여기 정말 좋아요. 그야말로 무릉도원이에요."

지러 씨가 말했다.

"보는 것만큼 좋은 곳은 아니야. 무엇보다 물이 부족해. 건기에 우물에 고인 물이 부족하면 정말 골치가 아프지."

내가 창밖을 가리키며 물었다.

"저기 저 뚜껑으로 덮은 네모난 구조물이 빗물을 저장하는 우물이죠?"

"아니, 그건 토끼집이야. 저 안에서 토끼들을 기르고 있어."

지러 씨가 대답했다.

"토끼집이 저런 모양인 건 처음 봐요."

내가 말했다.

"토끼라는 동물이 보통 영리한 게 아니야. 일단 뛰쳐나왔다 하면 정원의 화초가 전부 초토화되거든. 그래서 시멘트를 부어서 우리를 만들고 입구를 덮어놨지."

지러 씨가 손짓하며 설명했다.

3

그때 지러 씨의 아내 이샤 씨도 계단에서 내려왔다. 몇 년 전보다 부쩍 늙은 모습이었다. 처음에도 병약하고 가녀려 보였는데 지금은 검정 히잡 아래로 회백색 머리카락 몇 가닥이 삐져나와 더 연약해 보였다. 하지만 천성이 낙천적인지 늘 웃음을 잃지 않았고 선량한 인상을 주었다.

이샤 씨가 웃으며 거실에 있는 사람들과 인사를 나누고 말했다.

"드디어 왔구나. 대문을 열어놓고 오후 내내 기다렸어."

그리고 원목 수납장으로 다가가 말린 과일 한 접시를 가져왔다.

이샤 씨가 탁자 위에 말린 과일 접시를 내려놓으면서 200위안을 한쪽으로 밀고는 말했다.

"와준 것만도 고마운데 무슨 축의금까지. 우리가 남도 아닌데."

"수납장에 있는 과일과 차도 두 사람이 가져온 거야."

지러 씨가 말하면서 이샤 씨에게 손짓으로 알려주었다.

이샤 씨가 다시 말했다.

"여기까지 와준 걸로 충분한데 뭘 저렇게 많이 들고 왔어. 너무 격식 차렸다."

"작은 성의예요."

쑤모가 다시 일어섰다.

"저희가 일 년 동안 집을 비웠거든요. 어제 돌아와서야 초대장을 봤어요. 득남하셨다니 저희가 다 기쁘더라고요."

"앉아, 앉아. 일어나지 마."

이샤 씨의 얼굴에 행복이 흘러넘쳤다.

"아이고, 아직 차도 안 췄네. 가서 뜨거운 물 좀 가져올게."

그러면서 계단 몇 칸을 내려가다가 다시 올라와 웃으며 말했다.

"이 과일들 정원에 있는 아이들한테 좀 나눠줘야겠다. 해가 졌으니 그만 돌려보내야지."

그리고 과일 봉지를 들고 아래층으로 내려갔다.

"자, 다들 이리 와서 과일 받으렴. 과일을 받은 아이는 집에 돌아가고 내일 다시 오는 거야."

이샤 씨의 목소리는 거실에 있는 사람들이 다 들을 수 있을 만큼 컸다. 나는 창밖을 내다보았다. 하늘가에 붉은 노을이 층층이 쌓였다가 점점 퍼지며 사라졌다. 우뚝 솟은 산그림자 속에서 은은한 달그림자가 어렴풋이 떠오르고 있었다.

아이들이 과일을 받아들고 집으로 돌아가자 이샤 씨가 대문을 닫았다. 정원은 일순간 텅 비었다.

"정원에 웬 아이들이 저렇게 많아요?"

내가 지러 씨에게 물었다.

늦둥이

"전부 이웃집 아이들이지. 이샤가 아이를 좋아해. 저 아이들도 그런 이샤의 성격을 아는지 대문만 열리면 뛰어 들어오더라고. 새끼 토끼 떼보다 더 활발해서 매번 정원을 쑥대밭으로 만들곤 하지."

지러 씨가 웃으며 못 말리겠다는 듯 고개를 가로저었다. 애초에 상관없어하는 것 같기도 했다.

젊은 여자가 앞치마를 두르고 주전자를 들어 차를 따랐다. 쑤모는 자기 앞에 놓인 찻잔에 담겨 있던 찻잎, 리치, 구기자, 대추, 각설탕 등을 전부 자기 손바닥에 쏟아붓고 찻상에 올려놓으며 말했다.

"저는 괜찮아요. 차를 마시면 밤에 잠이 오지 않을 것 같아서요. 끓인 물만 따라주세요. 식혀서 마실게요."

"그럼 라오짜오 주스 드릴까요? 제가 밀로 만든 건데."

젊은 여자가 쑤모에게 물었다.

쑤모가 입술을 깨문 채 망설이자 그 여자가 다시 말했다.

"만들어서 지하실에 둔 거라 시원하고 맛있어요."

"네, 그럼 조금만 마실게요. 반 잔만 주시면 돼요."

쑤모가 덧붙였다.

"너무 달면 다 못 마실 테니 물을 타서 마실게요. 번거롭게 해드려서 죄송해요."

"번거롭긴요."

젊은 여자는 웃으며 말했다.

"가져다드릴게요."

그러고는 주전자를 탁자 위에 내려놓으며 말했다.

"지러, 뜨거운 물은 여기 둘게요. 방에 가면 제가 오후에 까서 씻어놓은 신선한 호두가 있어요. 손님들께 드리세요."

그러고는 몸을 돌려 계단을 내려갔다. 이 집의 주방은 아래층에 있는 모양이었다.

지러 씨가 일어나 복도 쪽으로 걸어가자 쑤모가 팔꿈치로 나를 가볍게 찌르더니 몸을 바짝 붙이고 속삭였다.

"저 여자가 보모인지 친척인지 감이 안 잡혀. 좀 이상해."

그때 이샤 씨가 올라오다가 지러 씨가 젖은 호두 한 접시를 들고 오는 것을 보고 말했다.

"내가 호두 집게 가져올게."

그 말을 들은 지러 씨가 먼저 다구 진열장으로 걸어가 호두 집게를 꺼낸 다음 이샤 씨 곁으로 다가갔다. 그리고 들고 있던 것을 전부 이샤 씨에게 넘기고 옆에 놓인 소파에 앉았다. 이샤 씨가 우리에게 말했다.

"우리 과수원에서 난 호두야. 내가 까줄게."

그리고 딱딱 소리를 내며 힘을 주어 하나씩 까기 시작했다.

"호두부터 먹고 있어. 지금 주방에서 식사 준비 중이야. 금방 돼."

쑤모가 얼른 말했다.

"그만 까세요. 너무 많아요. 다 못 먹어요."

그때 젊은 여자가 붉게 옻칠한 나무 쟁반에 쑤모에게 줄 라오짜오 주스와 컵을 가져왔다. 주스는 한 주전자였고 컵도 네 개가 있었다.

"아예 주전자째 가져왔어요. 여기 컵도 있으니까 마시고 싶은 분은 따라 드세요."

그녀가 주전자와 컵을 찻상에 올려놓으며 말했다.

이샤 씨는 차례대로 컵을 하나씩 사람들 앞에 밀어놓았다. 쑤모는 손에 컵을 쥔 채 계단을 내려가는 젊은 여자의 뒷모습을 바라보았다. 이샤 씨가 쑤모의 시선을 따라 그 여자를 보며 말했다.

"우리 새 가족이야. 전에 본 적 없지?"

쑤모가 겸연쩍은 듯 고개를 돌려 이샤 씨를 보고 다시 나를 향해 웃었다.

"우리 아이 엄마야."

이샤 씨가 주전자를 들고 라오짜오 주스를 따르며 말했다.

"아, 아이 유모였군요."

쑤모가 말했다.

"아니, 아이의 친모야. 생모."

이샤 씨가 쑤모를 보며 부드럽게 웃었다.

"네?"

쑤모는 뭔가에 얻어맞은 사람처럼 컵을 집으려던 손을 멈추고 경직된 채 이샤 씨를 바라보았다.

"우리 아들의 친모라고."

이샤 씨가 말했다.

"내 남편의 새 아내이기도 하고."

그녀는 우리가 이해하지 못할까봐 설명을 덧붙였다.

"죄송해요. 아직 이해가 안 돼서. 새 아내라니요? 첩이란 말씀이에요?"

쑤모가 충격을 받은 표정으로 말했다.

이샤 씨는 라오짜오 주스 주전자를 내려놓고 소파에 앉았다.

"우리 사이에는 본처니 첩이니 그런 구분 없어. 내가 아이를 가질 수 없는 몸이라 우리에게 아이를 낳아줄 사람을 맞이한 거야. 아이는 삶에 있어 하나의 문이나 마찬가지야. 아이가 없으면 그 문이 닫히는데 얼마나 슬퍼."

"언니, 그렇게 희생만 하시다가 나중에 눈물 흘리세요."

쑤모가 서글픈 표정으로 말했다.

"나중에 혼자 울지언정 아이 없이 지러와 둘이 울면서 살고 싶지는 않아. 이 일은 내가 밀어붙인 거야. 처음부터 끝까지 억울하다는 생각은 한 번도 해본 적 없어."

그녀는 지러 씨를 힐끗 보고는 말을 이었다.

"우리가 막 결혼해서 아직 경제적으로 풍족하지 않을 때 건기가 되면 물통을 메고 산 밑 샘구멍까지 가서 물을 퍼다 써야 했어. 한번은 내가 물 두 통을 메고 산허리를 반쯤 올랐을 때 그만 미끄러져서 산비탈을 데굴데굴 굴렀어. 그때 공교롭게도 한쪽 멜대의 쇠고리가 내 복부를 찔렀지. 집에 돈이 없어서 대수롭지 않은 상처를 입은 것처럼 저절로 낫기를 기다리는 수밖에 없었어. 그런데 아무리 기다려도 낫기는커녕 염증이 반복해서 도지더라고. 고름에 피까지 줄줄 났어. 그리고 나중에 알았지. 그때 자궁을 다쳤다는 걸. 더는 그대로 둘 수 없는 지경에 이르렀을 때 병원을 찾았고 결국 자궁을 들어냈어."

그녀는 다시 지러 씨를 힐끗 본 뒤 말을 이었다.

"그때 우리는 아주버님 부부와 같이 살고 있었어. 내가 방에서 몸조리하는데 이 사람 형이 밖에서 그러더라고. 이제 애도 못 낳을 텐데 친정으로 돌려보내고 재혼하라고. 나 들으라고 하는 소리인

게 분명했어. 나더러 알아서 처신하라는 거였지. 나는 너무 무서웠어. '이제 어떡하나, 친정으로 돌아가도 죽는 길밖에 없을 텐데' 하고 생각했지."

이샤 씨는 고개를 저었다.

"다행히 이이는 날 버리지 않았어. 형님 내외를 떠나 날 데리고 시내로 이사했지. 이이는 장사에 소질이 있었고 손대는 사업마다 순조로워서 돈도 많이 벌었어. 어쩌면 자식이라는 짐이 없어서 그랬을 수도 있어. 온 신경을 돈 버는 데만 쏟으면 되니까."

4

 이샤 씨는 거기까지 이야기한 다음 다시 딱딱 소리를 내며 호두를 깠다. 더 이상 할 말이 없는 것 같았다.
 "자궁을 들어내셨군요……."
 쑤모가 슬픈 표정으로 말했다.
 "응. 훗날 돈은 많이 벌었지만 그건 되돌릴 방법이 없더라."
 이샤 씨는 말을 하면서 몸을 돌려 지러 씨를 바라보았다. 나도 지러 씨를 봤다. 그는 고개를 숙인 채 호두 알의 얇은 속껍질을 벗기고 있었는데 표정은 보이지 않았다.
 "그런데 입양하신 따님이 있지 않아요?"
 쑤모가 이샤 씨에게 물었다.
 "입양한 딸은……."
 "이해해요. 결국 내 배 아파 낳은 자식이 아니다보니 친자식과 본질적으로 차이가 있겠죠."

이샤 씨가 말을 잇지 못하자 쑤모가 자기 의견을 말했다.

"아니야. 원래 그 아이가 크면 데릴사위를 들여 평생 끼고 살려고 했어. 하지만 세상일이 사람 마음대로 되나. 하필 그 아이가 자존심 센 남자를 데려온 거야. 죽어도 데릴사위 노릇은 못 하겠대. 그렇다고 결혼을 반대하고 파혼시킬 수는 없잖아. 그건 안 될 말이지. 그래서 어차피 키울 만큼 키웠겠다, 보기 좋게 혼수를 잘 준비해서 시집보냈지. 앞으로 친척처럼 지낼 거야."

이샤 씨는 덤덤한 듯 조용히 말하면서 가벼운 한숨을 내쉬었는데 조금 쓸쓸해 보였다.

"이이 형님 부부는 자식이 셋이야. 딸 둘에 아들 하나. 그런데 우리 딸이 시집가고 나자 형님 부부가 수시로 찾아와서 우리한테 집, 땅, 가게를 자기 자식들한테 상속해주라는 거야. 우리한테 너무하는 거 아니야? 나는 그건 안 된다고 했어. 우리가 반평생을 피땀 흘려 일군 재산인데 남이 달라면 그냥 줘야 하냐고, 세상에 그런 법은 없다고 했지. 그런데 이이가 그러더라고. 우리 노후 비용을 남기고 시집간 딸에게 조금 떼어준 다음 남는 건 형님 내외에게 줘도 괜찮을 것 같다고."

이샤 씨는 손에 든 호두 집게를 찻상 위에 내려놓고 무릎에 떨어진 호두 껍데기 부스러기를 턴 뒤 소파에 몸을 기댄 채 말을 이었다.

"이이가 그렇게까지 양보했는데 형님은 이이더러 씨앗도 뿌리지 못한 주제에 핏줄과 남도 구분하지 못하고 입양아한테 재산을 나눠줬다고 소리 높여 욕했어. 친형이라는 사람이 말이야. 그 독한 소리에 이이는 눈물을 쏟았고 나는 이이한테 너무 미안했지."

말을 하던 이샤 씨의 눈에 눈물이 차올랐다. 그녀는 손수건으로 두 눈을 가볍게 훔치고는 말을 이었다.

"미안하다는 감정이 얼마나 견디기 힘들던지. 나는 그때부터 이이에게 새 부인을 찾아주고 이이의 핏줄을 이어받은 진짜 친자식을 만들어줘야겠다고 생각했어."

나는 조용히 앉아 이야기를 들었다. 이제야 그들의 속사정을 알게 된 셈이었다. 어떤 인물이나 사건은 겉으로는 단순해 보여도 실은 깊은 뜻을 담고 있다. 지러 씨 부부가 아이를 가지려고 애쓴 데에도 단순히 아이를 갖는 것보다 더 깊은 의미가 담겨 있었다.

젊은 여자가 나무 쟁반에 젓가락과 기름에 지진 전병, 꽃빵, 고기 찐빵 그리고 양념장을 담아 가져왔을 때 거실은 침묵에 잠겨 있었다. 그녀는 한 손으로 나무 쟁반을 받치고 접시를 하나씩 집어 소파 한쪽에 앉은 이샤 씨에게 넘겼다. 이샤 씨는 찻상 위에 접시들을 내려놓았다. 여자가 작은 소리로 물었다.

"양고기는 식은 것을 내올까요, 아니면 데워서 가져올까요?"

이샤 씨가 말했다.

"토끼 고기랑 닭고기는 데우고 양고기는 식은 것도 괜찮아. 오늘 날씨가 더우니까 차가운 요리도 몇 개 더 해줘. 볶음 요리는 네가 잘하는 걸로 하고."

두 사람의 목소리는 매우 낮고 부드러웠다. 쑤모는 자기 몫의 라오짜오 주스를 마셨고 나도 차를 몇 모금 마셨다. 나는 적당한 말을 찾지 못했고 그건 쑤모도 마찬가지였다. 하지만 나는 잠시 후에 쑤모가 많은 질문을 던질 것이고 진상을 끝까지 캐낼 것임을 알고 있었다.

내가 말했다.

"제가 어제 전화했을 때 받은 분 성함이 라이하라고 했어요. 지러 씨의 아내라기에 제가 잘못 들었나 했는데 이제 알겠네요. 조금 전 그분이 라이하 씨죠?"

나는 말을 하고 나서 다시 차를 한 모금 마셨다. 내가 그 순간에 왜 그런 말을 꺼냈는지 나조차 알 수 없었고 스스로도 놀라웠다.

"맞아. 저 아이가 라이하야."

이샤 씨가 대답하면서 자리에서 일어나 원목 수납장으로 다가갔다. 그리고 냅킨과 숟가락, 국과 양념장을 담을 작은 그릇과 접시를 가져와 우리 앞에 하나씩 놓아주었다.

"저렇게 예쁘고 젊은데 어떻게……."

쑤모가 입술을 깨물고 내 얼굴을 힐끗 쳐다봤다. 그리고 더는 말을 잇지 못했다.

"사실 불쌍한 아이야. 전남편과의 사이에서 연거푸 딸만 넷을 낳았는데 아들을 못 낳는다고 쫓겨났거든. 친정 부모님은 일찍 돌아가셨고 오빠 내외는 부담스럽다며 끝내 저 아이를 받아주지 않았어. 오갈 데가 없어서 우리 집에 세 들어 살았는데 형편이 말이 아니었어. 며칠씩 두문불출할 때도 있었지. 내가 세를 받으러 갔더니 돈이 없어서 그저 나를 보고 눈물만 뚝뚝 흘리더라고. 그때 이미 폐인이나 마찬가지였지. 그 모습이 지금도 생생해. 어찌나 가엾던지. 그래서 내가 설득하기 시작했어. 그때 나는 저 아이와 이이를 결혼시켜서 우리와 함께 지내게 해야겠다고 생각했거든."

이샤 씨는 말을 하면서 손으로 전병을 몇 조각으로 가른 뒤 젓가락으로 집어 모든 사람의 접시에 놓아주었다.

"처음엔 이이가 한사코 반대했어. 쓸데없는 소리라고는 한마디도 하지 않던 사람이 이 일에 관해서는 별걱정을 다 하더라고. 처음엔 라이하가 반대할 거라고 하더니 라이하가 동의하니까 중혼죄를 들먹였어. 그래서 내가 그랬지. 정말 중혼이 걱정되는 거라면 내가 이혼합의서에 도장을 찍어줄 테니 두 사람은 혼인신고서에 도장을 찍으라고. 내가 이이를 붙잡고 온갖 설득을 다 하고 나서야 라이하에게 장가보낼 수 있었지."

이샤 씨가 지러 씨를 바라보자 지러 씨가 미소 지으며 소파에서 자세를 고쳐 앉았다.

"맞아요. 중혼에 해당되죠."

쑨모가 말했다.

지러 씨는 고개를 숙인 채 자기 컵에 차를 더 따르고는 눈을 깜빡였다.

"세상에 정해진 규칙이 얼마나 많은데 누가 그걸 다 지킬 수 있겠어? 사람은 자신의 진심을 회피하면 안 돼. 그 마음 앞에 자기 자신을 놓아야 해."

이샤 씨가 말했다.

"이 일에 관해서 나는 떳떳해. 조금도 잘못했다고 생각하지 않아."

우리가 대화하는 동안 라이하가 나무 쟁반을 들고 거실을 여러 번 오갔다. 요리 네 개, 국 하나, 소·닭·토끼·양고기 각각 한 접시씩, 체리 케이크 한 접시, 컵, 앞접시, 수저까지 놓고 나니 상다리가 휠 것 같았다.

"다 된 거지? 너도 함께 먹자."

이샤 씨가 라이하에게 말했다.

"먼저 드세요. 저는 아이 좀 보고 올게요. 너무 오래 자는 것 같아요. 곧 깰 거예요."

"여기로 데려오실 수 있나요? 보고 싶어요."

쑤모가 말했다.

"그럼. 아이가 깨면 안고 와. 계속 자면 우리가 식사를 마치고 내려가볼게."

이샤 씨가 말했다.

"얼마나 귀여운지 몰라. 벌써 사람 얼굴을 알아본다니까."

"그럼 가서 안고 올게요."

라이하는 앞치마를 풀고 안감이 밖으로 나오도록 돌돌 말아 소파 한쪽에 걸쳐놓고 계단을 내려갔다.

"두 분 사이가 참 좋네요."

쑤모가 이샤 씨에게 말했다.

"같이 사는데 서로 진심으로 대하고 배려해야지. 그러면 사이가 나빠지려야 나빠질 수가 없어."

이샤 씨가 웃으며 말했다.

5

식탁은 조용했다. 우리는 모두 음식에 집중했고 아무도 말을 하지 않았다.

날이 점점 어두워져 더위도 가시고 건조하던 공기도 나아졌다. 이샤 씨는 거실과 복도, 계단 입구의 모든 불을 켰다.

쑹모는 계단 입구를 바라보며 라이하가 아기를 안고 오기를 기다리고 있었다.

얼마 지나지 않아 라이하가 아기와 함께 계단을 올라왔다. 아기는 담요에 싸여 있었는데 작달막해서 꼭 베개처럼 보였다.

"어디 좀 봐요."

쑹모는 서둘러 냅킨으로 손을 닦고 자리에서 일어나 두 손으로 아기의 손을 살살 두드렸다.

"자, 손."

아기는 두 눈을 크게 뜨고 호기심 가득한 눈빛으로 쑹모를 보았다.

"왜 반응이 없죠? 아직 잠이 덜 깼나봐요."

이샤 씨가 웃으며 쑤모에게 말했다.

"아직 넉 달밖에 안 된 아이라 손을 내밀지 못해."

그때 나는 조명 아래서 쑤모의 눈에 눈물이 어른거리는 것을 봤다.

"너무 귀여워요. 아기는 많이 봤지만 이렇게 귀여운 아이는 처음이에요. 어쩜 이리 귀여울까. 제가 안아봐도 될까요? 허리를 잘 받쳐서 틀어지지 않도록 조심할게요."

쑤모는 아기를 안지 못하게 할까봐 조바심을 냈다.

라이하는 조심스레 쑤모의 품에 안기고 날씨가 더워 담요를 젖혀주었다. 아기는 하얀 면 소재의 내복을 입고 있었는데 기저귀를 차고 있어 불룩했다. 쑤모는 아기를 품에 안은 채 끊임없이 아기의 손과 발을 어루만졌다.

"이 통통한 손발 좀 봐. 떡두꺼비가 따로 없네."

쑤모는 아기를 자기 무릎에 눕혀 마주 본 채 검지로 아기의 턱을 가볍게 간질였다. 그리고 아기 말투로 말을 걸었다. 하지만 아기는 아직 잠을 덜 깼는지 담요에 자기 얼굴을 비비며 편한 자세를 찾아 계속 잠을 자려 했다.

모든 사람의 시선이 쑤모를 향하고 있었지만 쑤모는 이미 아기에게 완전히 빠진 듯했다. 내가 말했다.

"떡두꺼비보다 귀하지."

그리고 잔을 들어 라오짜오 주스를 단숨에 들이켰다. 나도 아기를 안아보고 싶은 충동을 느꼈다. 예전에 동료의 아기를 안아본 적이 있는데 고양이처럼 부드러웠다. 하지만 이 아기만큼 귀엽지는 않았다.

"속눈썹이 길고 코도 오뚝해요. 누굴 닮은 거예요?"

쑤모가 물었다.

"아빠 닮았지. 이이도 젊었을 땐 이목구비가 뚜렷했거든. 지금이야 나이 들고 살이 쪄서 평평하게 마모된 낡은 동전처럼 코며 눈이며 다 흐릿해졌지만 말이야."

이샤 씨가 지러 씨를 힐끔 쳐다보았다.

우리는 모두 웃음을 터뜨렸고 지러 씨도 함께 웃었다.

식탁에 음식이 오른 후부터 지러 씨는 끊임없이 우리 앞에 음식을 놓아주고 국을 덜어주었다. 하지만 정작 본인은 별로 먹지 않았다. 쑤모는 한 손으로 아기 손을 잡고 다른 손으로 그릇에 놓인 음식을 집어 먹으며 말했다.

"저희 그만 챙기시고 좀 드세요."

"이이는 신경 쓰지 마. 원래 저녁으로 국수나 멘펜을 드시는 양반이거든. 이따가 국수 좀 말아드리면 돼."

이샤 씨가 말했다.

"아예 지금 좀 끓여올까요? 두 분도 좀 드시겠어요?"

라이하가 말하면서 몸을 일으키려고 허리를 살짝 구부렸다.

"반 그릇만 부탁드릴게요. 저도 저녁엔 국수를 먹는 습관이 있어서요."

내가 말했다.

"전 괜찮아요. 이 음식들이 너무 맛있어서 조금 더 먹을래요."

두 사람의 영향을 받아서인지 쑤모의 목소리도 부드러워지기 시작했다.

"넌 아이도 보고 요리도 하느라 바빴으니 앉아서 좀 먹어. 국수는 내가 끓여올게."

이샤 씨가 자리에서 일어나 계단 입구로 걸어갔다.

"전기밥솥에 옥수수도 좀 쪄놨어요. 오실 때 같이 가져오세요."

이샤 씨를 향해 말하는 라이하의 목소리가 마침내 조금 커졌으나 말을 마치자마자 얼굴을 붉혔다.

"이것 좀 봐. 울지도 않고 내 품에서 자고 있어."

쑤모가 놀란 듯 말했다. 라이하가 빙그레 웃으며 잠든 아기를 조심스레 받아 안았다.

"제가 안을게요. 식사하는 데 불편하시겠어요."

우리는 각자 식사에 집중했다. 윤기가 흐르는 음식은 내게 행복한 환상을 불러일으켰으나 머릿속은 일시적으로 어떤 반응도 할 수 없는 것처럼 텅 비었다. 쑤모는 죽순 무침을 라이하 쪽으로 밀어주었다. 아이를 안은 라이하의 팔이 닿기에 너무 멀었기 때문이다. 이샤 씨가 나무 쟁반에 국수 두 그릇과 옥수수 한 접시를 받쳐 들고 왔다. 쑤모가 옥수수 하나를 집어 수염을 꼼꼼하게 제거하고 손가락으로 한 줄씩 뜯어 먹으며 말했다.

"이렇게 맛있는 옥수수는 정말 오랜만이에요. 정말 달아요."

"우리가 직접 키운 거야. 지금 삶아 먹기 딱 좋지. 갈 때 좀 싸줄게."

이샤 씨가 말하며 자리에 앉고 라이하에게 말했다.

"아이 이리 줘. 내가 안을 테니 편하게 먹어."

라이하는 이샤 씨에게 아기를 넘기고 죽순을 조금 집어 자기 그릇에 담았다.

"아기 이름이 뭐예요?"

쑤모가 옥수수를 먹으며 물었다.

"안유부安尤佈."

이샤 씨가 대답했다.

"우리 아기 안유부."

그녀가 웃으며 잠든 아기가 반응하고 있다는 듯 아기 얼굴을 향해 입술을 삐쭉삐쭉 내밀며 말을 이었다.

"이 아이는 우리 보물이야. 떡두꺼비 안유부, 너 우리 보물 맞지? 애가 벌써 사람을 알아봐. 내가 멀리서 소리만 내도 반응을 해. 고개를 이쪽저쪽으로 돌리면서 날 찾는다니까. 두 사람도 아이가 생기면 알게 될 거야. 어린애가 말은 못 해도 무척 똑똑하다는 걸 말이야."

쑤모는 그녀를 바라보기만 할 뿐 아무 말도 하지 않았다. 나도 마찬가지였다. 우리는 그저 조용히 앉아 있었다. 나는 이샤 씨 옆에 앉은 라이하가 찻상 가장자리에서 체리 케이크 먹는 모습을 바라보았다. 먹는 모습도 예뻤다.

케이크를 다 먹은 라이하는 옥수수 하나를 집어 수염을 정리하고 가운데를 반으로 힘껏 쪼개 먹기 시작했다.

그때 모스크에서 다시 한번 아잔이 울려 퍼졌다.

"일몰 예배 시간이네. 오늘 시간 참 빠르다."

이샤 씨가 자리에서 일어나 라이하에게 아기를 건네며 말했다.

"여기서 손님들과 식사하고 있어."

라이하는 가볍게 고개를 끄덕이고는 계속해서 손에 든 옥수수

반쪽을 먹었다.
 이샤 씨는 우리를 향해 살짝 미소 지으며 말했다.
 "천천히 먹고 있어."
 그리고 지러 씨와 함께 앞서거니 뒤서거니 하며 계단 위로 예배를 드리러 올라갔다. 두 사람이 떠나자 거실 분위기는 오히려 한결 가벼워졌고 대화 역시 훨씬 더 편안해졌다. 라이하는 우리 또래지만 지러 씨와 이샤 씨는 우리보다 거의 한 세대 위인 탓이리라.
 "처음 들어왔을 땐 두 분이 고용한 보모인 줄 알았어요. 안방마님인 줄은 몰랐네요."
 쑤모가 말했다.
 "언감생심 안방마님은 바라지도 않아요. 그저 이런 안식처가 있다는 것만으로 충분히 만족해요."
 라이하가 말했다.
 "제가 예상했던 것보다 괜찮은 삶이에요."
 "정말 처음부터 두 분에게 아이를 낳아줄 마음이 있었던 거예요? 망설인 적은 없나요?"
 쑤모의 질문은 거침없었지만 라이하는 조금도 기분이 상한 것 같지 않았다.
 "못 할 건 뭔가요. 예전 시댁에서는 아이를 낳는 것이 의무였지만 이 집에선 특권인데요."
 쑤모는 웃기만 하다가 고개를 저으며 다시 말했다.
 "하지만 전 아무래도 이상한 것 같아요. 저라면 이런 생활 어색해서 못 견딜 거예요."
 "결혼한 사이인데 뭐가 어색해요. 결혼엔 책임이 따르는 법이에요. 책임은 때론 거래와 같죠. 비록 모든 거래가 이해득실을 따지지만 좋은 거래는 의리를 중시해요."

라이하가 품 안의 아이를 가볍게 두드리며 쑤모에게 말했다.

"나는 정말 큰 욕심 없어요. 그저 이 안식처에서 조용히 살 수 있으면 그걸로 충분해요."

6

 지러 씨 댁에 어둠이 내린 그 저녁은 특별했다. 내 인생에서 특수한 순간이었다고 할 수 있다. 그날 저녁 나는 거의 평생에 걸쳐 추구했지만 깨닫지 못한 어떤 중요한 이치를 들은 기분이었다. 그 이치는 병약한 데다 자궁을 들어낸 뒤 아이를 갖지 못하는 한 여인의 입에서 나왔다.
 '세상에 정해진 규칙이 얼마나 많은데 누가 그걸 다 지킬 수 있겠어? 사람은 자신의 진심을 회피하면 안 돼. 그 마음 앞에 자기 자신을 놓아야 해.'
 그 순간 나는 쑤모와 단둘이 있을 때까지 기다릴 수 없어서 즉시 내가 느낀 감정을 전부 털어놓았다. 그날 저녁 모스크에서 아잔이 울리고 지러 씨와 이샤 씨가 위층 예배실로 올라갔을 때 나 역시 소파에 앉아 속으로 간절하게 기도했다. 나도 이렇게 귀여운 친자식을 갖게 해달라고, 그래서 안고 싶은 마음이 들 때 언제든지 안아볼 수 있게 해달라고. 그러나 내 바람은 끝내 이루어지지 않았고 그것은 나의 큰 불행이었다.

 우리가 지러 씨 댁을 떠날 때 바람이 옥수수밭을 훑으며 낮고 어지러운 소리를 냈다. 이샤 씨는 옥상의 밝은 조명을 켜고 옥수수밭으로 들어가 우리에게 옥수수를 따주었고 우리 차 트렁크를 거의 가득 채웠다. 적막하지만 풍요로운 들판은 마치 손바닥에 펼쳐진 손금 같았다. 버드나무 끝에는 선명한 달의 윤곽이 걸려 있었다. 시동을 걸고 그곳을 떠날 때 하늘의 별빛은 이미 희미해져 있었고 마을의 불빛도 하나둘씩 사라지고 있었다. 꼬불꼬불한 산비탈길은 어둡고 쓸쓸했지만 내 눈에는 그 모든 게 다 좋아 보였다.

 "저 사람들 사는 방식 너무 괴상해."

 쑤모가 말했다.

 "다 아이 때문이지 뭐."

 내가 감회에 젖은 듯 말했다.

 "대체 아이가 인생에 어떤 의미를 주는 걸까?"

 쑤모는 약간 쓸쓸해하고 있었다.

 "살다보면 아이가 있는 게 없는 것보다는 낫겠지."

 그게 내 진심이었다.

 차가 커브 길에 들어서면서 나는 전방을 주시했고 쑤모도 더 이상 말을 하지 않았다. 어둠 속에서 스산한 바람 소리만 들렸다.

 그날 밤, 집에 돌아온 후 샤워를 마친 쑤모가 일부러 디퓨저로 나를 자극했다. 내가 말했다.

 "씨앗을 심어도 싹이 나지 않는걸."

 쑤모는 뱀처럼 내 몸을 휘감았다.

"싹이 나지 않아도 심어야지. 만약을 위해서."

숨 막히는 격정이 내 온몸을 휘감았다.

그 후 우리는 아이를 갖기 위해 쑤모의 나팔관 치료에 많은 돈을 들였다. 하지만 치료를 할수록 거기에 연관된 문제는 더 많아졌고 나중에는 걷잡을 수 없는 지경이 되어 치료 가능성은 거의 제로가 되었다. 쑤모는 종종 지러 씨 댁에서 보냈던 그날 저녁을 언급하면서 원망을 쏟아냈다.

"다 그날 그 집에 갔기 때문이야. 자기한테 다른 여자를 통해 아이를 낳아도 된다는 생각을 심어줬잖아. 그래서 내 치료에 전념하지 못하고 골든타임을 놓친 거란 말이야."

쑤모의 말은 사실과 전혀 딴판이었다. 하지만 어떤 사람들은 천성적으로 공연한 시비를 일으키고 생트집 잡기를 좋아한다. 그런 쑤모에게 이치를 따지거나 그 말에 반박해서는 안 된다. 그러면 끝이 없기 때문이다.

"그 사람들 정말 변태 같아. 요즘 세상에 일부다처제가 웬 말이냐고. 깊은 산골짜기에 파묻혀 살다보니 지금이 봉건시대가 아니라는 사실을 전혀 모르고 있는 게 틀림없어."

쑤모는 시도 때도 없이 그런 말을 불쑥 꺼내곤 했다.

"그리고 그 젊은 여자도 그래. 키도 크고 예쁘게 생겨서 노부부에게 아이나 낳아주다니 도대체 무슨 생각이람. 머리가 어떻게 된 거 아니야?"

그렇게 몇 해가 지난 후 쑤모는 그 젊은 여자의 이름을 잊었다. 하지만 여전히 그녀를 떠올리면서 정신 나간 여자라고 생각했다.

이제 쑤모는 곧 갱년기를 바라보는 나이가 되었다. 몸매는 과일 씨앗처럼 변했고 화려한 스카프도 쓰지 않는다. 매일 출근할 때마다 검은색 히잡을 간편하게 머리에 두른다. 가끔은 머리카락 한 줄이 히잡 밖으로 삐져나와 바람에 휘날리며 그녀의 둥근 얼굴을 스쳐도 신경 쓰지 않는 듯했다. 나도 굳이 알려주지 않는다. 거론해 봐야 좋을 것도 없다. 이 나이가 되면 다 그렇다. 육신은 보잘것없이 퇴화해도 마음은 마치 수행을 하는 것처럼 나날이 평온해진다.

지러 씨 댁에서 돌아온 후 쑤모는 그들에게 깊은 편견을 갖게 된 듯했다. 출퇴근할 때마다 결코 그들의 집 앞을 지나는 법이 없었다. 나는 쑤모와 함께 출퇴근했기 때문에 나 역시 그 길을 지날 일은 거의 없었다. 그리하여 나는 꽤 오랫동안 그들을 만나지 못했다.

그러다 얼마 전, 막 걸음마를 배운 내 아들이 아장아장 걷다가 그만 계단 아래로 굴러떨어졌다. 출혈이 심해 혼수상태에 빠진 탓에 수혈을 해야 했다. 하지만 입양아였기에 나와 쑤모의 혈액형이 모두 맞지 않았다. 나는 여기저기서 헌혈증을 빌린 다음 병원 내 혈액은행에서 아이와 맞는 피를 구해야 했다. 헌혈증을 들고 병원 복도를 지나던 중 나는 우연히 이샤 씨와 라이하를 만났다. 이샤 씨의 몸이 좋지 않아 라이하가 그녀를 데리고 검사를 받으러 왔다고 했다. 라이하는 그녀에게 잘 어울리는 부드러운 캐시미어 코트를 입고 있었는데 처음 본 날보다 더 생기 넘쳐 보였다. 반면에 이샤 씨는 허리가 굽고 여위였으며 눈과 손가락이 살짝 부어 있었다. 얼굴에도 주름이 깊어졌고 날아다니는 나비 그림자 같은 검버섯도 보였다. 이미 꽤 나이가 들어 볼품없는 모습이었다. 그들의 입을 통해 나는 1년 전에 지러 씨가 이미 세상을 떠났고 아들 안유부는 벌써 학교에 입학했다는 사실을 알게 되었다. 시간이 정말 쏜살

같았다. 이샤 씨가 바라보면 빙그레 미소 지으며 소파에서 자세를 바꿔 앉던 지러 씨, 말주변 없고 키 큰 지러 씨를 나는 아직도 기억한다. 두 여자는 우리 아들이 입원했다는 말을 듣고 나와 함께 아이의 병실로 향했다. 그리고 테이블 위에 200위안을 올려놓으면서 내게 아이에게 보양식을 사 먹이라고 말했다.

          2018년 2월 3일 란저우에서 마침

자카트

1

계절을 막론하고 고원의 햇빛은 매우 강렬하다. 노을이 질 때면 한층 더 강렬하고 고집스러워져서 불꽃처럼 긴 꼬리를 질질 끌며 사라지고 싶지 않은 듯 천천히 타오른다.

온 도시의 집마다 불이 켜졌는데 오직 한 창문만이 아직 활짝 열려 있었다. 이제 얼마 남지 않은 석양이 아쉬운 듯 가스레인지의 불꽃도 함께 타오르고 있었다. 냄비에는 쑤유와 건포도, 구기자 등을 넣은 신선한 우유가 끓고 있었는데 그 이국적인 달콤한 향이 가슴 깊이 스며들었다. 깊은 맛을 내려면 조금 더 끓여야 했다. 푸른 불꽃이 아름다운 나비의 영혼처럼 냄비 바닥을 둘러싸고 춤을 추었다. 휴대폰에서 흘러나오는 음악까지 더해지자 전율이 흐를 정도로 환상적인 분위기가 연출되었다. 허베이何蓓의 얼굴에 순수한 만족감이 떠올랐고 입가에 은은한 미소가 번졌다. 그녀가 도마에 놓인 찐빵을 한 쪽씩 얇게 썰고 있는데 휴대폰 벨소리가 울리며 음악이 뚝 끊겼다. 허베이는 칼을 내려놓고 손에 묻은 빵가루를 탁탁 턴 뒤 전화를 받았다.

"여보세요, 허루何茹니?"

허베이는 귀에서 휴대폰을 떼어 본인의 휴대폰이 맞는지 확인한 후 즉시 정정했다.

"엄마, 나 허베이야."

"아, 허베이구나."

"응."

"구이더貴德 소피아 아줌마 딸이 시닝西宁으로 시험 보러 온대. 호텔에 묵게 하려니 아무래도 걱정돼서 우리 집으로 보내도 되겠냐고 묻더라. 그래서 그러라고 했어."

또 객식구군. 허베이는 속으로 투덜거리며 형광등 스위치 쪽으로 걸어간 뒤 불을 탁 켜고 물었다.

"어떤 소피아 아줌마?"

"허루 결혼할 때 황어湟魚* 두 통 보낸 아줌마 있잖아. 기억나?"

허베이는 그 말을 듣자마자 누구인지 알 것 같았다. 그닐의 기억이 생생했다. 허루의 결혼식 날, 웬 낯선 아줌마가 물고기 두 통을 보내왔는데 온몸에 비늘이 하나도 없어 보는 사람마다 혼비백산했다. 황허 발원지에서 보호종으로 지정된 야생동물 표범폐어를 잡아온 줄 알았기 때문이다. 키는 작아도 덩치는 큰 그 아줌마가 사람들을 보며 키득거렸다.

"황허 강가에서 양식한 황어예요."

---

* 칭하이 소재 중국 최대 면적의 함수호인 칭하이호에 서식하는 잉어.

허베이는 그런 사람들에게 아무 감정도 없었다. 하지만 허루의 결혼식이 열렸을 때는 아버지가 돌아가신 지 반년도 지나지 않았고, 그 아줌마는 낡은 옷차림에 햇볕에 까맣게 그을린 얼굴로 떠들썩한 결혼식에 참석했다. 그래서인지 왠지 모르게 서글펐고 결국 솟구치는 눈물을 참지 못했다. 허베이는 곧 웨딩카를 타야 하는 허루를 배웅해야 했기 때문에 서둘러 화장실로 들어가 눈가에 번진 마스카라를 닦았다. 나중에 사진을 보고서야 말끔히 지워내지 못했다는 사실을 발견했다. 아름다운 신부 옆에 판다 같은 시커먼 두 눈으로 서 있는 본인의 모습은 눈 뜨고 봐줄 수가 없었다.

"기억나. 어떻게 잊겠어."

"바로 그 아줌마 막내딸이야. 엄마가 없으니 허루랑 잘 돌봐줘."

"알았어. 큰언니네 집에서는 지낼 만해?"

"응. 더운 것만 빼고 다 괜찮아."

허베이는 휴대폰을 턱과 어깨 사이에 끼우고 젓가락으로 솥 안의 우유를 휘저은 다음 불을 껐다. 그리고 소파에 앉아 엄마와 집안 이야기를 나누었다. 언니 허팡何芳은 얼마나 바쁜지, 형부는 잘해주는지, 어린 조카는 얼마나 컸는지를 묻고 쿠알라룸푸르는 얼마나 더운지, 언니가 엄마를 모시고 자주 놀러 다니는지까지 확인한 뒤 한숨을 내쉬며 말했다.

"큰언니가 정말 부러워. 직업 좋지, 시집도 잘 갔지, 아이도 잘 낳았지. 뭐 하나 빠지는 게 없잖아."

그리고 문득 생각난 듯 물었다.

"참, 엄마는 언제 돌아올 거야?"

"라마단 끝나면 언니가 휴가 내고 데려다준대."

"그러면 아직 20일은 더 남았네."

"엄마 말 잘 알아들었지? 아줌마 딸 시닝에 시험 보러 온다는 거."

허베이는 문득 그 아줌마의 딸을 본 적 있다는 사실이 떠올랐다. 구체적인 생김새는 기억나지 않지만 그 노란 원피스만큼은 또렷했다.

그 아이는 자기 어머니와 함께 왔었다. 키는 어머니보다 머리 하나만큼 더 컸고 얼굴은 건강한 구릿빛이었다. 그런데 하필 노랗다 못해 물이 뚝뚝 떨어질 것 같은 샛노란 원피스를 입고 있었다. 노란색은 그 아이의 피부색과 상극이었다. 게다가 시커먼 레깅스를 받쳐 입은 탓에 멀쩡한 아가씨의 무릎 아래가 잘려 나간 것 같아 몹시 흉했다. 옷차림만 볼썽사나운 게 아니라 낯까지 가려서 줄곧 고개를 숙이고 있었다. 그 아이는 소피아 아줌마의 지시에 따라 쭈뼛거리며 한 테이블에 가서 앉았다. 노란 원피스 때문에 어수선한 웨딩홀에서도 눈에 띄는 진기한 꽃 같았고 지나가는 사람마다 힐끔거렸다. 대체 누가 그런 옷을 사준 건지 이해할 수 없었다. 친척한 사람이 허베이에게 다가와 저 애는 누구냐고, 물에 젖은 것 같은 노란색이 너무 흉하다고, 꼭 화장실에서 건져올린 것 같다고 귓속말했다. 허베이는 그의 적나라한 표현에 헛웃음만 지었다.

허베이가 말했다.

"그 애 본 적 있어. 언니 결혼식 때 노란색 원피스 입고 온 애잖아."

"아냐. 그 애는 미나米娜야. 걘 작년에 결혼했어. 이번에 오는 애는 얼만爾曼이고 아직 시닝에 와본 적 없어."

"뭐? 그 아줌마 딸이 몇이야?"

"셋. 가엽게도 엄마처럼 아들은 없단다."

거기까지 들은 허베이는 허리를 곧게 폈다. 시닝은 처음인 여자 애인 데다 언제 도착하는지, 어떻게 생겼는지, 어디로 시험을 보러 가는지도 모른다. 게다가 지금은 여름방학 아닌가? 방학에 시험이라니? 허베이는 숨을 들이마신 뒤 급히 물었다.

"걔는 무슨 공부를 하는데 여름방학에 시험을 다 본대?"

"고등학교 2학년인데 무슨 경시대회가 있대. 막 들었을 때는 기억했는데 지금은 잊어버렸다."

"혼자 오는 거야? 그럼 터미널로 데리러 가야 해?"

"엄마가 아까 말했잖아. 소피아 아줌마가 바빠서 혼자 시험 치르러 온다니까. 당연히 데리러 가야지. 안 그러면 초행길이라 아무것도 모르는 애 혼자 어떡해?"

아, 귀찮아. 허베이는 가만히 투덜댔다.

"그 애 사진을 보내줄게. 네가 데리러 가든 언니를 보내든 해. 착한 애야. 공부도 잘하고. 학교에서도 우등생으로 뽑혀서 경시대회에 참가하는 거래. 시험 끝나고 너희 시간 봐서 여기저기 데리고 다니면서 구경도 시켜줘. 처음 오는 데다 엄마도 없는데 푸대접하지 말고. 아, 그 애가 지낼 방도 미리 준비해놔. 사람 오고 나서 허둥대지 말고. 알겠니?"

허베이는 알았다고 대답하면서 고개를 돌려 손님들에게 내주는 방을 힐끗 쳐다봤다. 어머니가 계셨던 얼마 전까지 객식구가 지내고 있었는데 사람이 떠난 뒤여서 방이 어수선했다. 허베이와 허루 두 사람만 지내는 동안에는 청소를 잘 하지 않았다. 택배가 올 때마다 상자를 뜯고 나서 그 방에 던져둔 게 쌓이고 쌓여 보기만 해도 괴로웠다.
"엄마도 없는데. 그리고 지난번 손님이 간 뒤로 아직 청소도 안 했어."
"뭐가 어렵다고 그래. 침대 시트랑 이불보 갈고 바닥 좀 닦아. 가구 먼지도 좀 훔치고. 금방 끝날 일이야."
"그래도……."
허베이는 손님방 입구를 다시 힐끗 봤다.
"터미널에 마중 갈 때 눈 크게 뜨고 잘 봐. 소피아 아줌마가 그러는데 애가 멀미를 잘 한단다. 가끔은 어지러워서 제대로 걷지도 못할 정도래."

2

 하루가 화장실에서 빨래를 하고 밖으로 나와 널고 있는데 허베이가 어머니의 지시 사항을 전달했다. 하루는 옷걸이에 빨래를 건 뒤 팔을 뻗어 베란다 건조대에 걸면서 빙그레 웃었다.
 "또 아버지의 가난한 친척이구나."
 "지난 몇 년 동안 끝이 없었어. 정말 지겨워 죽겠다니까."
 허베이는 소파에 기대앉아 허리를 쭉 펴며 하루에게 물었다.
 "아버지 계실 때도 늘 손님이 찾아왔잖아. 왜 그땐 조금도 귀찮지 않았을까?"
 "그러니까 아버지의 가난한 친척이라는 거지."
 하루의 코는 오똑했고 눈은 컸으며 얼굴은 계란형이었고 웃을 때는 몹시 부드러워 보였다.
 "아버지와 피도 안 섞였잖아. 아무리 촌수를 따져도 친척이라고 할 수 없어."

허베이가 잠깐 생각해보더니 말을 이었다.
"아버지가 계실 땐 조용한 동네에 살았잖아. 집도 컸고. 위층과 아래층에 방도 얼마나 많았어? 아래층에 손님이 와도 우리가 마주치고 싶지 않으면 위층에서 방문만 닫으면 그만이었지. 지금은 이 코딱지만 한 집에 방 한 칸을 손님방으로 정했으니 손님이 오면 같이 드나들어야지, 밥도 한 식탁에서 먹어야지, 화장실도 같이 써야 해서 진짜 짜증 나."
허루가 웃으며 물었다.
"우리가 이층 침대를 써야 한다는 건 왜 빼먹어?"
허베이는 대답 대신 헛웃음만 지었다. 허루가 물었다.
"언제 온대?"
"뭐가?"
"그 애 말이야. 언제 온대?"
"모레 도착한대. 구이더에서 시닝으로 오는 직행버스를 타고 난찬시루 터미널에서 내린대."
빨래를 다 넌 허루는 주방으로 들어가 작은 접시에 대추야자를 담고 탁자 위에 놓은 뒤 허베이에게 말했다.
"이프타르 시간 됐다."
그리고 대추야자 한 알을 집어 입에 넣고 오물거리며 주방으로 들어가 미리 준비해둔 음식을 그릇과 접시에 담았다. 허루가 고개를 돌려보니 허베이는 아직 소파에 앉아 있었다. 허루는 혼자 식탁으로 음식을 날랐다. 예전에 허루는 어리석게도 교만해서 집안일을 하거나 주방에 들어가 요리하는 것을 끔찍이 싫어했다. 그런 허루에게 익숙해진 허베이는 아무렇지도 않았다. 오히려 최근 몇 년 사이에 허루가 온화한 가정주부처럼 변한 모습을 볼 때마다 씁쓸했다.

"그 애가 오기 전에 방 청소 해놓으래, 엄마가."

"응. 오늘 저녁에 시간 내서 치우면 되겠다."

"그럼 이따가 언니가 방 청소 해. 내가 설거지할게. 어때?"

"좋아."

"택배 상자가 꽤 많아."

"괜찮아. 뜯어서 차곡차곡 정리한 다음에 내일 폐품 수거하는 사람 불러서 가져가라고 하면 돼."

허루는 우유와 찐빵, 음식 몇 개를 식탁에 올린 뒤 히잡을 쓰고 나와 거실 빈 곳에 양탄자를 끌어다놓고 예배를 드리기 시작했다. 허베이는 여전히 소파에 앉은 채 예배에 몰두한 허루를 멍하니 바라보았다. 허루는 예배를 마치고 왼쪽 어깨 너머로 고개를 돌렸다. 순간 이상한 착각에 빠졌다. 허베이가 꼭 어머니의 젊을 때 모습으로 변해 자기 곁에 앉아 기도하는 방법을 가르쳐주고 있는 것 같았다. 허루는 속으로 생각했다.

'핏줄은 참 신기해. 비추기만 하면 누가 누구와 가장 가까운 존재인지 다 보이니까.'

허루와 허베이는 두 살 터울이지만 두 사람이 함께 외출하면 허루가 허베이의 엄마라고 해도 믿는 사람이 있을 정도였다. 허베이는 지금까지 단발머리를 유지하고 있었고 마른 편이며 민첩한 분위기였다. 그에 비해 허루는 결혼한 적이 있어 외출할 때 히잡을 썼다. 심리적인 이유일지 모르나 그녀가 쓰는 히잡은 하나같이 색깔이 칙칙해서 몹시 나이 들어 보였다.

허루는 중학교를 졸업한 후 고등학교에 진학하지 않고 이집트에서 몇 년간 유학했고 덕분에 유창한 아랍어를 구사했다. 하지만 그게 전부였다. 귀국한 후 마땅히 쓸 곳이 없자 아단阿丹이 새로 개업한 호텔에서 부서장으로 근무했다. 아단은 한때 허베이의 아버지 허쭝밍何宗明이 운영하던 상점의 직원이었는데 수완과 배포, 식견이 뛰어나 영업을 통해 큰 수익을 올렸다. 허쭝밍은 그런 그를 높이 평가해 사업의 절반을 떼어주고 전권을 위임했다. 아단은 3년도 채 지나지 않아 독립했고 동시에 허쭝밍과 호형호제하기 시작했다. 허씨 집안 세 자매는 그를 아단 삼촌이라고 불렀다.

허루가 아단의 호텔에서 근무할 때 그녀와 동갑내기 두 청년도 부서장으로 일하고 있었다. 한 명은 허루의 죽은 남편 마밍馬明이었고 다른 한 명은 아단의 외조카 유부尤佈였다. 세 사람은 사무실에서 처음 만났다. 긴 통유리창 앞에 선 유부는 활력과 생기가 넘쳐 보였고 허루의 시선이 그에게 몇 초간 더 머물렀다. 허루는 웃으며 그와 가볍게 목례를 나누었다.

마밍은 선량하고 책임감 있는 사람이었다. 그는 허루의 업무에 문제가 있을 때마다 늘 그녀를 도왔고 허루 역시 일이 잘 풀리지 않을 때마다 마밍을 찾았다. 그렇게 시간이 흐르면서 두 사람은 업무 이야기뿐 아니라 각자의 취향과 가정 환경, 학창 시절의 추억까지 공유했다. 그 과정에서 두 사람의 관계도 차차 변하기 시작해서 동료에서 친구로, 친구에서 연인으로 발전했다. 그러는 동안 아단은 틈만 나면 허루는 유부와 더 잘 어울린다고 변죽을 울렸고 그때마다 허루는 그저 웃어넘겼다.

반년 후 허루와 마밍은 약혼했다. 모두가 기뻐하는데 아단이 썩

씩대며 들어오더니 가장보다 더 가장 같은 위엄을 풍기며 말했다.

"난 이 결혼 반대야."

"뭐?"

소파에 앉아 있던 허쭝밍이 자리에서 일어났다. 허쭝밍, 마밍, 아단이 거실 등불 아래 나란히 서게 되었다. 허쭝밍이 이유를 물었으나 아단은 아무 말도 하지 않았다.

"이 결혼은 내 딸이 원해서 하는 거야. 우리가 왈가왈부할 일이 아니지."

허쭝밍이 웃으며 말했다.

"결혼하면 당장 살 집도 없는 녀석이."

아단은 다소 화가 난 듯했다. 허쭝밍은 별일 아니라는 듯 커다란 손을 내저으며 말했다.

"내가 혼수로 집 한 채 마련해주지. 그러면 되잖아."

아단은 아무 대꾸도 하지 않았다. 거실엔 많은 사람이 있었다. 허루는 조명 아래 경직된 아단의 얼굴 너머로 마밍을 바라보았다. 콧대 높고 쌍꺼풀 없는 가늘고 긴 눈을 가진 그는 아무 말도 하지 않았는데 비굴해 보이지도 거만해 보이지도 않았다.

허쭝밍이 분위기를 누그러뜨리려고 아단에게 계속 말했다.

"됐네, 됐어. 아이들 세대가 좀 살기 좋아? 사지 멀쩡하고 용모 단정하고 품행만 바르면 굶어 죽지는 않을 거야."

당시 허루는 끝까지 아무 말도 하지 않았지만 가슴이 답답하다 못해 아픈 지경이었다. 사람들이 떠난 뒤 그녀는 혼자 별채의 긴 유리창 옆에 웅크리고 앉았다. 창밖은 수영장이었는데 긴 복도의 불빛에 비친 물이 반짝거렸다. 허베이가 다른 한쪽에서 허쭝밍을 흘겨보며 말했다.

"아단 삼촌 정말 대단해요. 하마터면 언니의 약혼식장이 폭파 현장으로 변할 뻔했잖아요."

그 말을 들은 허쭝밍이 허루에게 다가가 위로했다.

"사업의 핵심이 이익 극대화인 건 맞아. 하지만 우리 같은 사람이 이익을 도모할 때는 '인의예지신仁義禮智信'과 경건한 신앙이 결합된 규칙을 따른단다. 아단이 장사판에서 돈을 벌 수 있었던 건 그가 늘 그 규칙을 잘 지켜서야. 아단은 '의리' 때문에 내게 그런 말을 한 거다. 그러니까 내 딸의 혼사에 그렇게 마음을 졸인 거야. 자고로 가장은 개도 돼지도 미워한다는 말이 있어. 그만큼 걱정이 많고 막중한 책임을 짊어져서 그래."

허루는 눈물을 흘렸다. 아단이 원망스럽지는 않았으나 자신의 심경을 설명하기도 어려웠다. 사실 그녀는 처음엔 유부와 교제했다. 하지만 유부는 허루가 허쭝밍의 딸이라는 사실을 알고 회피를 택했다. 허쭝밍의 사업이 한창 번창했을 때 그는 매년 적지 않은 자카트*를 지불했다. 아단은 외조카 유부가 공부는 잘하지만 부친을 일찍 여읜 탓에 학비를 마련하는 데 어려움을 겪고 있다고 했다. 허쭝밍은 그 말을 듣고 매년 자카트의 일부를 유부에게 보냈다. 소년 시절에는 허루의 아버지로부터 지원금을 받고 성인이 되어서는 허루의 사랑을 받다니, 남자의 이상한 자존심은 유부로 하여금 설령 행복하다고 느낄지언정 비굴한 행복이라고 여기게 했다.

---

* 이슬람교의 종교세. 주로 부귀한 자가 기부 차원에서 연 수입 또는 순자산의 2.5 퍼센트를 헌납한다.

결혼 후 허루는 생각했던 것보다 마밍이 훨씬 더 괜찮은 사람이라는 것을 깨달았다. 아버지 허쭝밍처럼 신앙과 삶, 의리에 관한 자기만의 철학이 있는 이상적인 남편이었다. 허루는 처음부터 마밍과 사귀지 않은 탓에 먼 길을 돌아 숱한 상처를 받은 지난날이 후회되어 거의 울 뻔했다.

허루가 결혼한 해에 허쭝밍은 라마단 기간에 자카트를 모두 지불하고 이프타르 기부*도 했으며 여러 자선단체에 거액의 후원금까지 보냈다. 예전에 허팡이 약혼했을 때도 허쭝밍은 쥐도 새도 모르게 같은 방식으로 기부했다. 허베이는 아버지가 좋은 일을 하면서 이름도 남기지 않는다며 웃었다. 허쭝밍도 웃으면서 선행할 때는 떠벌리지 않아야 다른 사람에게 부담을 주지 않는 법이라고 했다.

허베이는 대학 졸업 후 단번에 우체국에 입사했다. 그녀는 우체국에 특별한 감정이 있다고 말했다. 허쭝밍이 엄청난 수익을 올린 해에 그는 거액의 자카트를 지불했고 경제적 도움이 필요한 주변 사람들을 모두 도왔다. 또 아단의 의견을 적극 반영해 우체국에 가서 더 멀리 있는 사람들에도 지원금을 송금했다.

당시 허쭝밍은 우체국에 가면서 어린 허베이를 데려갔다. 우체국에서 돌아오는 길에 햇빛이 차창 유리를 뚫고 들어와 이마를 비추었다. 유난히 밝은 빛이었다. 허쭝밍은 기분이 좋아서 운전하는 내내 허베이에게 이프타르 기부는 어떻게 하는지, 자카트는 어떻게 지불하는지 설명했다.

---

* 라마단 기간에 모스크에서 단체로 이프타르를 하면 음식과 음료가 무료로 제공되는데 이프타르 기부를 한 사람들 덕분에 가능한 일이다.

3

터미널에서 나오는 얼만을 봤을 때 허베이는 아버지와 우체국에 가서 송금하던 당시의 자기 모습이 떠올랐다.

아직 초등학교에 다닐 때였으니 지금의 얼만보다 훨씬 더 어린 나이였다. 막내딸인 허베이는 아버지의 총애를 가장 많이 받았다. 어릴 때는 얼굴부터 몸까지 통통했고 에너지가 넘치며 활동적이었다. 내구성 좋은 법랑 쟁반을 떨어뜨리면 에나멜이 벗겨지고 모양이 찌그러질지언정 부서지지는 않는 것처럼 허베이도 웬만해선 울지 않았다. 아버지는 사람들에게 허베이의 성격이 사내아이 같다고 말했다. 허베이는 자라면서 차차 말라갔다. 지금 그녀 눈앞에 보이는 까무잡잡하고 살짝 마른 얼만과 비슷했다. 그러나 얼만은 몇 년 전 노란색 원피스를 입고 결혼식에 참석했던 제 언니와 더 닮아 있었다. 자세히 보니 이목구비는 제 언니보다 못했다. 눈, 코, 입은 다 작은데 얼굴은 너무 크고 네모나서 이글대는 오후의 태양 아래 유난히 허전해 보였다.

 허베이는 터미널 건너편에서 얼만을 향해 손을 흔들었다. 허베이를 보지 못한 얼만은 터미널 입구의 사람들 틈에 서서 어쩔 줄 몰라하며 사방을 두리번거렸다. 허베이가 길을 건너 얼만 앞으로 다가가 이름을 부르자 얼만은 그제야 반응을 보였다. 하지만 아무 말 하지 않고 표정 변화도 보이지 않은 채 고개만 까딱였다. 허베이는 길 건너에 서 있는 동안 얼만이 교복을 입고 있는 것을 보았다. 손에는 낡은 쇼핑백을 들고 있었는데 뭔가 잔뜩 들어 울룩불룩했다. 가까이 다가가 보니 짊어진 책가방도 울룩불룩했다. 허베이는 얼만이 들고 있는 쇼핑백을 들어주려 했지만 얼만은 괜찮다며 사양했다.

 택시에 탄 뒤 허베이는 정확히 언제, 어디서 시험을 보느냐고 물었고 얼만은 일일이 대답했다.

 "아, 그 중학교 우리 집에서 아주 가까워. 걸어서 5분도 안 걸려. 그런데 어떻게 여름방학에 시험을 치러?"

 "전국 중학생 생물 경시대회예요."

 얼만은 아주 작은 목소리로 대답하고 바람이 흐트러뜨린 귀밑 잔머리를 새끼손가락을 사용해 귀 뒤로 넘겼다. 허베이의 시선이 얼만의 입술로 향했다. 건조하다 못해 튼 입술에 피딱지가 앉아 있었다. 순간 마음속에 '자매애'가 피어올랐다. 허베이는 속으로 다짐했다.

 '이 어린 여동생을 잘 돌봐줘야겠다.'

 태양 그림자는 한쪽으로 기울었지만 날씨는 여전히 덥고 건조했다. 택시는 에어컨을 트는 대신 창문 네 개를 모두 열어놓았다. 차가 달릴 때 바람이 휙휙 스치는 것은 견딜 수 있었지만 빨간 신호등에서 멈춰 서기만 하면 몹시 괴로웠다. 열기를 느낀 허베이는 얼만이 걱정되어 교복을 벗지 않겠냐고 물었다.

얼만은 고개를 가로젓고 계속해서 창밖만 내다보았다. 그 길은 원래 옛 정취로 가득한 깊은 골목이었으나 도시 개발 사업을 거치며 이국적인 관광 거리로 탈바꿈했고 지금은 온갖 상점이 즐비하게 들어서 있었다. 기름지고 달고 짠 정크 푸드처럼 보기에 자극적이기만 할 뿐 조금도 아름답지 않았다. 얼만은 계속해서 그곳을 바라보았다. 뭘 보는 거지? 허베이도 얼만의 시선을 따라 창밖을 내다보았다.

허루는 어릴 때부터 주방에 들어가는 것을 싫어했기에 주로 허베이가 요리하고 있었다. 허베이는 손님을 위해 식탁을 더 풍성하게 차리고 싶었다. 하지만 매일 아홉 시에 출근해 다섯 시에 퇴근하느라 바빴고 오늘은 퇴근길에 급히 터미널에 가서 얼만을 데려오느라 마트에 갈 겨를이 없었다.

허베이는 얼만을 데리고 집에 도착하자마자 커다란 벽시계를 힐끗 쳐다본 뒤 마트에 다녀오기로 했다.

"엄마가 가져다드리래요."

얼만이 손에 들고 있던 낡은 쇼핑백을 허베이에게 건넸다. 그 안에는 육포와 쑤유가 가득 들어 있었는데 4킬로그램은 족히 될 만큼 묵직했다. 쑤유는 유산지에 꼼꼼하게 싼 덕에 기름 한 방울 새지 않았고 냄새도 나지 않았다. 하지만 날씨가 더운 탓에 만져보니 말랑말랑한 것이 거의 녹기 일보 직전이었다. 허베이는 고맙다고 말하면서 서둘러 쑤유를 냉장고 안에 넣었다. 그리고 차가운 꿀 유자차를 꺼내며 얼만에게 물었다.

"유자차 좋아해?"

"지금 금식 중이라서요."

얼만이 허베이의 얼굴을 보며 말했다.

허베이는 얼만이 유자차가 싫다고 하면 다른 음료수를 주겠다고 하려다가 얼른 말을 바꿨다.

"아이고, 미안."

그리고 얼만 앞에 놓았던 유자차를 얼른 치웠다.

"괜찮아요."

얼만은 무릎에 두 손을 얹은 채 소파에 얌전히 앉았다.

"우리는 보통 장시간 차를 탈 때는 금식하지 않거든. 너도 그런 줄 알고……."

허베이가 현관으로 걸어가 플랫슈즈를 신으며 말했다.

"그럼 잠깐 쉬고 있어. 난 저 아래 마트 좀 다녀올게. 금방 올 거야."

"같이 가도 돼요?"

낯선 집에 혼자 있으려니 무서워서인지 아니면 다른 이유에서인지 얼만이 황급히 소파에서 일어났다.

"피곤하지 않아?"

허베이가 얼만을 보며 물었다.

"아니요."

"그럼 같이 가자."

마트는 냉방이 잘 되어 있어서 바깥보다 훨씬 더 쾌적했다. 두 사람은 천천히 진열대를 돌며 물건을 골랐다. 얼만은 포장된 식재료를 집어들 때마다 '할랄' 표시부터 살피고 카트에 넣었다. 허베이도 식품을 고를 때 신중했지만 그렇게까지 까다롭게 굴지는 않았다. 포장지에 적힌 원재료를 확인하고 문제없으면 그냥 넘어가는 식이었다. 하지만 얼만을 보니 잠시 멍해졌고 방금 카트에 넣은 식품에 자신감을 잃고 말았다.

두 사람은 먼저 함께 마트를 한 바퀴 돌았고 나중에 허베이가 채소를 사러 가면서 각자 움직였다. 허베이는 채소를 다 산 뒤 얼만을 찾았지만 사람 그림자도 보이지 않았다. 쇼핑한 물건으로 가득한 카트를 밀며 복잡한 진열대 사이를 급히 돌아다니다보니 꼭 노 없는 배가 물 위를 빙글빙글 도는 것처럼 머리가 어지러웠다. 계산대 근처에 이르렀을 때 허베이는 얼만이 커다란 냉동고 앞에서 자신을 기다리고 있는 것을 발견하고는 그제야 한숨 돌렸다. 커다란 돌을 땅에 내려놓은 것처럼 마음은 가벼워졌지만 왠지 현기증이 났다.

마트 조명 아래 얼만의 눈이 반짝거렸다. 허베이는 안도의 한숨을 내쉬고 가까이 다가가 물었다.

"너 휴대폰 있니?"

"네."

허베이는 가방에서 휴대폰을 꺼내 얼만에게 말했다.

"잘됐다. 번호 알려줘."

"네."

얼만은 자신의 휴대폰 번호를 불러주었다.

4

　호텔에서 근무하는 허루는 매일 허베이보다 두 시간 늦게 퇴근했다.
　그녀는 버스에 올라 길을 따라 멀리 내다보았다. 첩첩이 늘어선 산들이 일몰 속에서 차례로 색깔을 바꾸는 광경을 보고 있자니 변화무쌍한 세상사의 정취가 물씬 풍겼다. 문득 허베이의 말이 떠올랐다. 눈에 거슬리는 노란 원피스를 입고 자신의 결혼식에 참석했던 그 시골 소녀가 이미 시집을 갔다던가. 하지만 자신은······. 신혼 1년 차에 마밍은 새벽까지 야근한 뒤 오토바이를 타고 귀가하다가 음주 운전 차량에 들이받혔고 백양나무 가로수에 부딪혀 즉사했다. 그 상처는 도무지 아물 줄 몰랐다. 허루는 온갖 방법을 다 동원했지만 여전히 하루하루 조용히 썩어가고 천천히 죽어가는 듯했다. 그러나 이상한 것은 언제부터인가 어떤 고요 속에서 느닷없이 놀라 잠에서 깨고 그러면 공연히 눈물이 흘러 멈추지 않는다는 것이었다. 그래도 처음보다는 많이 편안해졌다. 처음엔 삶이 홍수에 휩쓸려 지옥까지 떨어진 것 같았고 눈에 보이는 모든 것이 잿빛이었다.

히잡 한 귀퉁이가 바람에 날려 계속 허루의 얼굴을 두드렸다. 숨 쉬기가 곤란했지만 마음은 오히려 평온했다. 예전엔 고통이 뭔지 몰랐다. 터무니없고 모순적이고 복잡한 사람이나 상황을 쉽게 받아들이지 못했으며 교만하고 까다로웠다. 지금은 모든 사람에게 은은하게 반짝이는 어려움을 어느 정도 읽을 줄 알게 되었고 그것을 통해 끊임없이 스스로를 다독였다. 잘 살아야 해, 할 일은 최선을 다해서 해내야 해, 진심으로 대해야 할 사람은 진심으로 대해야 해, 현재를 소중히 여겨야 해, 모든 문제를 짊어진 채 계속 앞으로 나아가야 해.

집 앞에 이르렀을 때 한 노인이 노점을 펼치고 집에서 기른 파를 한 줌씩 묶어 등나무 바구니에 넣어 팔고 있었다. 고원에서 자란 파는 가늘고 껍질을 까기도 힘들었지만 허루는 허리를 숙여 몇 묶음 골랐다.

문을 열고 집으로 들어서자 닭 삶는 냄새가 코를 찔렀다. 현관에 못 보던 흰색 캔버스 운동화 한 켤레가 더 놓여 있었는데 왠지 따뜻한 기분이 들었다. 허루가 신발을 갈아신는데 바쁘게 요리하던 허베이가 뒤집개를 쥔 채 주방 밖으로 몸을 내밀고 허루를 보며 말했다.

"파 사오는 줄 알았으면 아까 마트에서 사지 말걸."

"오다가 요 아래에서 샀어."

허루는 말을 하면서 주방으로 간 뒤 바구니에 파를 넣고 다시 거실로 나갔다. 소파를 힐끗 보고 다시 식탁을 살폈지만 아무도 없었다.

"애는 어디 있어?"

"방에."

허베이는 솥에 물을 살짝 둘러 '칙' 하는 소리를 낸 뒤 다시 뚜껑을 덮으며 말했다.

"장시간 버스를 탄 데다 나랑 마트도 한 바퀴 돌고 왔거든. 일단 씻고 좀 쉬라고 했어."

"잠들진 않았겠지?"

허베이가 주방에서 나와 손님방을 들여다보았다. 문은 반쯤 열려 있었고 불이 켜져 있었다. 아이보리 색 벽이 밝고 부드러워 보였다. 얼만은 침대 가장자리에 모로 누워 있는데 이미 잠든 것 같았다. 허베이가 문을 가볍게 두드리고 물었다.

"얼만, 자니? 곧 이프타르야."

말을 마친 허베이는 슬리퍼를 신고 탁탁 소리를 내며 다시 주방으로 들어갔다. 허루는 히잡을 벗으려다가 손님이 있으니 아무래도 단정한 편이 좋을 것 같아 생각을 바꿨다. 그리고 냉장고에서 이프타르 때마다 먹는 대추야자를 꺼내 식탁에 올려놓았다. 몸을 돌려 식기건조대의 컵을 집는데 얼만이 손님방에서 나왔다. 교복 하의에 수수한 흰색 티셔츠를 입은 얼만은 허루에게 다가가 "허루 언니" 하고 부르고는 인사와 축복을 건넸다.

허루는 그 자리에 선 채 미소를 지으며 얼만과 인사를 나누었다. 막 잠에서 깬 얼만의 표정은 멍했고 포니테일로 묶은 머리도 한쪽으로 느슨하게 기울어 있었다. 작은 눈과 새까만 눈동자에는 맑은

빛이 모여 있었다. 허루는 친자매를 보듯 따뜻한 눈빛으로 얼만을 바라보았다.

그때 휴대폰에서 이프타르 알림이 울렸다. 허베이가 다가와 대추야자 한 알을 얼만에게 건네며 말했다.

"시간 됐다. 먹자."

얼만은 대추야자를 먹고 나서 식탁에 놓인 차 한 잔을 단숨에 들이켰다.

허베이는 미리 썰어놓은 과일을 얼만 앞에 놓아주고 예배 복장을 갖춘 뒤 허루와 함께 기도했다. 허베이보다 빨리 마친 허루가 양탄자를 말아 들고 와보니 얼만은 과일 접시에는 손도 대지 않고 차만 마시고 있었다.

"왜 과일은 안 먹었니?"

얼만이 앳된 눈동자를 반짝거리며 말했다.

"언니들 예배 끝나면 같이 먹으려고요."

뒤이어 허베이도 예배를 마치고 주방에서 음식을 날랐다. 허루가 일손을 도우며 낮게 속삭였다.

"애가 착하네. 철도 들었고."

허베이는 이미 알고 있다는 듯 허루를 보며 미소 지었다.

두 자매는 주방에서 미리 준비한 음식과 그릇, 젓가락을 커다란 쟁반 두 개에 나누어 함께 들고 왔다. 세 사람은 식탁에 둘러앉아 식사를 시작했다. 허베이가 젓가락으로 음식을 집는 얼만의 손을 보며 물었다.

"어? 얼만, 왼손으로 밥 먹네? 원래 왼손잡이야?"

얼만이 고개를 가로저었다.

"아니요."

그리고 젓가락을 오른손으로 바꿔 들었다.

"언니, 저 차 좀 주세요."

얼만은 찻잔을 들고 허루에게 내밀었다.

"허루 언니한테는 언니라고 부르면서 왜 나한테는 언니라고 부르지 않니?"

허베이가 웃으며 얼만에게 물었다.

"나는 원래 언니니까."

허루가 웃으며 얼만의 잔을 건네받았다.

"인사도 언니한테만 하고 나한텐 안 했어."

허베이가 계속 물고 늘어졌다.

얼만은 허베이를 힐끗 본 뒤 말없이 고개를 살짝 숙였다.

"내가 너보다 나이가 많잖아. 얼만 눈엔 네가 자기 또래로 보였을 거야."

허루는 차를 따라 얼만에게 건넸다. 그리고 접시를 들어 자상하게 얼만의 앞접시에 음식을 덜어주려는데 얼만이 재빨리 젓가락으로 막으며 말했다.

"저 양배추는 안 먹어요."

"싫어하는구나."

허루가 손을 멈추었다.

"엄마가 채소 노점 할 때 매일 끓는 물에 양배추를 데치고 소금만 살짝 쳐서 국수를 넣어 먹었거든요. 그때 질렸어요."

"너희 어머니 채소 노점 하시니?"

허베이는 얼만의 어머니가 물고기 양식 같은 일을 하는 걸로 기억하고 있었다.

"지금은 안 해요. 아빠가 모래밭에서 일하다 전복된 트랙터에 척추를 다쳤을 때 잠깐 한 거예요."

"어머나, 그런 일이."

허루가 깜짝 놀라며 허베이의 얼굴을 힐끗 쳐다보았다.

"그럼 지금은? 물고기 양식 하시니?"

허루가 물었다.

"아니요. 지금은 야크를 기르세요."

"힘드시겠다."

허루는 한숨을 내쉬고 과거를 회상하며 말했다.

"내가 결혼하던 해에 너희 어머니가 물고기 양식을 하셨어. 우리 집에도 큰 통으로 두 개나 보내셨지."

"황허 양식 금지된 지 꽤 됐어요."

얼만이 차를 한 모금 마시며 말했다.

"왜?"

허베이가 의아하다는 듯 물었다.

"생태계가 망가진다고요."

"안타깝네. 언제 휴가 때 구이더에 가서 고산지대에서는 물고기 양식을 어떻게 하는지 보고 싶었는데."

허베이가 차 한 모금을 마시고 아쉬운 듯 입술을 오므렸다.

"이제 가도 못 보겠네."

"난 본 적 있는데."

허루가 밥솥을 열고 자기 밥그릇에 밥을 조금 담았다.

"봤다고? 언제?"

허베이는 허루에게 물으며 얼만이 찐빵을 반으로 쪼개 그릇에 남은 양념장을 훑은 모습을 지켜보았다.

"호텔에 막 입사했을 때 '구이더의 황허가 제일 맑다'는 소리를 듣고 물을 보러 갔지. 그때 사람들이 강변에서 한 블록씩 떨어진 수역에서 양식을 하고 있더라. 치어들이 훤히 다 보였어."

얼만이 양념장 묻힌 찐빵을 입에 넣고 차 한 모금으로 넘긴 다음 말했다.

"그땐 아직 물이 맑았을 거예요. 나중엔 양식을 너무 많이 해서 물이 탁해졌고 아무것도 보이지 않았어요."

허베이는 컵에 따른 차를 다 마시고 식탁 위의 식기와 젓가락, 남은 음식을 전부 주방으로 날랐다. 얼만과 허루는 구이더 황허 물에 관해 이야기하기 시작했다. 허베이는 주방에서 설거지를 마치고 두 사람을 힐끔 쳐다보았다. 그리고 몸을 돌려 행주로 그릇을 닦고 차곡차곡 쌓은 다음 수저와 솥의 물기도 닦아 건조대에 올려놓았다.

"왠지는 모르겠는데 얼만이 좀 우울해 보여."

이층 침대 위에서 자는 허베이가 아래에서 자는 허루에게 말했다. 옆 욕실에서 얼만이 이를 닦고 있었는데 물소리가 끊이질 않았다. 허루는 베개를 괴고 침대에 멍하니 반쯤 누워 아무 말도 하지 않았다.

허베이가 침대 아래로 머리를 내밀고 물었다.

"무슨 생각 해?"

허루는 여전히 대답이 없었다. 무슨 고민이 있는지 두 손으로 뒤통수에 깍지를 낀 채 두 새끼손가락으로 머리카락을 돌돌 감고 있었다. 머리카락이 단단히 감기면 다시 손가락을 빼내고 다시 감기를 반복했다.

"터미널에 마중 갔을 때 말을 한마디도 안 하더라. 들고 있는 쇼핑백이 무거워 보여서 들어주려고 했더니 그것도 됐다고 하고. 난 재랑 어떻게 지내야 할지 모르겠어."

"가정 형편 때문에 스트레스를 받아서 그럴 거야."

허루는 뒤통수에 꼈던 깍지를 풀고 베개를 평평하게 놓은 뒤 잠을 청했다.

"아버지가 마비된 줄은 몰랐어."

허베이는 담요를 당기며 다시 침대에 누워 말했다.

"올 때 육포랑 쑤유를 엄청 많이 가져왔어. 봤어? 쑤유는 내가 냉장고에 넣어놨어."

"봤어."

"그 사람들 말이야⋯⋯."

허베이가 한참을 멈췄다 말을 이었다.

"아빠는 그 사람들에게 자카트를 줬어. 그 사람들은 아빠가 선행을 베풀 수 있게 해준 데다 우리를 친척처럼 대하고 있어. 크고 작은 명절뿐 아니라 결혼이나 장례 같은 경조사 때도 늘 뭔가를 보내다니 정말 감동적이야."

"자카트는 의무지만 그 사람들은 우리에게 아무 대가도 바라지 않고 잘해주잖아. 감동할 수밖에."

"아빠가 살아 계셨을 때 그 사람들이 오면 난 빌붙으러 온 줄 알고 경계하는 눈빛으로 대했어. 지금은 그 생각이 얼마나 천박했는지 알 것 같아."

"그러게. 사람은 어떤 사건을 겪고 나서야 자기 자신을 객관적으로 볼 수 있는 것 같아."

두 사람은 한마디씩 주고받았다. 마치 학창 시절 기숙사에서 이층 침대를 쓰던 때 같았다.

"시험 내일 본대?"

허루가 물었다.

"응. 내일 오전이래."

"시험 장소가 너희 회사에서 가까우니까 내일은 너한테 좀 맡기자."

"걱정 마. 내가 시험장에 데려다주고 출근할게."

허루는 이야기를 나누면서 뒤로 손을 뻗고 벽의 스위치를 더듬어 불을 껐다. 방이 어둡고 조용해지자마자 눈앞에 어두컴컴한 안개가 한 층 깔리는 듯했다. 허루가 눈을 감고 몽롱하게 잠에 빠지려는 순간 허베이가 뭐라고 말을 걸었다.

"뭐라고?"

허루는 눈을 떴다. 머리 위 침대 바닥이 새까매서 평소보다 더 낮아 보였다.

허베이가 다시 물었다.

"구이더 황허를 보러 갔을 때 호텔에서 단체로 간 거냐고."

허루는 잠시 멍해졌다가 대답했다.

"아니. 동료랑 둘이 갔어."

"아."

허베이는 침대에서 몇 번이나 몸을 뒤척이다가 이내 고른 숨을 내쉬기 시작했다. 허루는 두 눈을 뜬 채 어두운 침대 바닥을 바라보며 함께 구이더 황허를 보러 갔던 '동료'를 생각했다. 그는 유부였다. 당시 두 사람은 막 교제를 시작한 때였다. 오후에 호텔에서 출발해 저녁 무렵에 돌아왔다. 황혼 무렵 황허 강변에는 노을이 마치 한 줌의 불처럼 타오르고 있었다. 한껏 들뜬 유부는 커다란 바위에 칼로 '천장지구天長地久'* 네 글자를 새겼다. 하지만 인생은 수많은 우여곡절을 겪었고 굽이굽이마다 그 내용도 전부 달랐다.

허루는 다시 마밍을 떠올렸다. 어둠 속에서 그의 목소리와 웃는 모습이 바로 곁에 있는 것 같았다. 콧날이 시큰해지더니 순식간에 눈물이 차올라 끊임없이 굴러떨어졌고 귀밑머리를 따라 흘러내려 베개를 흠뻑 적셨다.

---

* 하늘과 땅이 존재한 시간만큼 영원히 변치 않는 사랑.

5

　허베이는 교문 앞에서 얼만에게 시험이 끝나면 맞은편 우체국으로 와서 자신을 찾으라고 당부했다. 얼만은 알겠다고 대답하고 고개를 돌려 비스듬한 맞은편에 있는 우체국을 바라보았다.
　"긴장돼?"
　허베이는 소박한 교복 차림의 얼만에게 물었다.
　"아니요."
　얼만은 어제처럼 바람에 휘날려 이마에 닿은 잔머리를 새끼손가락으로 귀 뒤로 넘겼다.
　아홉 시에 시험장에 들어간 얼만은 열한 시도 되지 않아 우체국에 도착했다. 허베이는 창구에서 몸을 앞으로 기울이고 업무를 보러 온 고객과 이야기를 나누고 있었다. 얼만은 입구에 서서 눈으로 허베이를 찾은 다음 손짓으로 인사했다. 허베이는 얼만을 향해 고개를 끄덕이며 빙그레 웃고는 손짓으로 대기실에 앉아 잠시 기다리라는 사인을 보냈다.

얼만도 고개를 끄덕이고 사람이 적은 의자 맨 안쪽으로 들어가 앉았다. 그리고 책가방에서 두꺼운 책 한 권을 꺼내 읽었다. 점심시간 직전은 바쁜 시간대였다. 허베이는 컴퓨터로 명세서를 작성하면서 곁눈질로 얼만을 살폈다. 얼만은 계속 같은 자리에 앉아 고개를 숙이고 다소 낡고 두꺼운 책을 조용히 읽고 있었다. 참 얌전한 아이였다. 허베이는 눈가에 즐거운 미소를 띤 채 고객에게 명세서를 건넨 뒤 오른쪽 아래에 사인하게 했다.

"무슨 책 읽어?"

일을 마친 허베이가 쪽문으로 나와 얼만에게 다가갔다.

"『곤충기』요."

얼만은 책 표지를 세워 허베이에게 보여주었다.

"점심때 집에 갈래?"

허베이가 얼만 옆에 앉으며 물었다.

"저는 다 좋아요."

허베이는 원래 점심은 집에서 먹지 않고 우체국 맞은편 국숫집에서 해결했다. 그런 뒤 여유롭게 산책하고 다시 우체국으로 돌아가 일을 했다. 라마단 금식 중인 지금은 점심을 먹을 필요가 없어 더 한가했지만 어디로 놀러 가기에는 시간이 그리 넉넉하지 않았다. 차라리 집에 가서 한숨 자는 편이 나을 듯했다. 그러면 오후 업무를 보는 동안에는 얼만을 혼자 집에 둬야 하나? 얼만이 혼자 있으려고 할까? 고민 끝에 허베이는 일단 얼만을 데리고 우체국을 나섰다. 태양이 파란 하늘을 비추고 푸른 나뭇잎 사이를 스쳐 내려왔다. 공기가 향긋했다.

"그럼 우리 발길 닿는 대로 걷자."

허베이가 얼만에게 말했다.

"좋아요."

얼만은 허베이와 나란히 걸었다.

허베이는 이 길에서 숱한 점심시간을 보냈다. 길을 따라 내려가면 절의 승려들이 지나가는 무슬림들과 함께 걷는 모습을 자주 볼 수 있다. 하얀 모자와 붉은 승복 모두 여유롭고 고요해서 빨간 태양 아래 시닝 전체에 묘한 선의 기운을 더했다. 그것은 시닝에서 나고 자란 사람만 알아챌 수 있는 분위기였다. 시닝 자체도 천천히 음미해야 하는 도시였다. 한때의 상인 조합들이 이 도시에서 흥했다가 놀라우리만치 부실해지고 고꾸라졌다. 서북쪽에서 권력을 휘두르던 군벌 세력도 여기서는 오래가지 못했다. 이곳 사람들은 교활한 사업과 악의 없는 순수한 수행 사이에서 웃고 기도하고 서로 교류하며 지냈다. 해가 지날수록 모서리는 둥글어지고 사람들도 무뎌져 겉으로는 비즈니스의 냉혹함을 볼 수 없었다. 한때 이 도시에 존재했던 번영과 위세뿐 아니라 애를 쓰던 영혼들까지 조용해졌고 파란만장하며 고요한 윤곽만 남긴 채 지역 특유의 인심과 향기 속으로 조용히 스며들었다.

허베이는 시닝이 꼭 뿌리 깊은 아버지가 낳은 딸 같다고 생각했다. 복을 타고 태어난 탓에 성취욕은 부족해도 세상의 규칙은 잘 알고 있기 때문이다. 허베이는 고개를 살짝 들었다. 고원의 한낮 햇빛은 강렬하지만 포근했고 마치 늙은 고양이가 꼬리로 얼굴을 쓰다듬는 것처럼 묘하게 친근했다. 눈을 감고 태양을 향해 얼굴을 내민 채 잠시 서 있다보니 자기 자신에 대해 생각하게 되었고 이내 아버지가 살아 계시던 시절을 회상했다. 시간이 흐른 탓에 퇴색한 부분도 있었지만 하나도 빠짐없이 다 기억했다.

정오 예배 시간이 되자 먼 모스크에서 낮고 차분하게 울리던 아잔 소리가 점점 이쪽으로 날아와 나른하게 내리쬐는 태양과 그 태양 아래를 나른하게 오가던 사람들을 일깨웠다. 허베이는 옆에서 걷고 있는 얼만에게 물었다.

"낮잠 자고 싶지 않아? 집에 데려다줄 테니까 한숨 자."

얼만이 고개를 가로저었다.

"괜찮아요. 우체국 대기실에서 기다릴게요. 시원해서 책 읽기 편해요."

"하지만 난 다섯 시나 돼야 퇴근이야. 거의 세 시간이나 기다려야 하는데 괜찮겠어?"

"괜찮아요."

두 사람은 다시 왔던 길을 따라 우체국으로 돌아갔다.

아단은 성$_\star$급 호텔을 운영하고 있었다. 무슬림 스타일로 지어진 그 호텔은 교리에 따라 테이블에 재떨이도 놔두지 않았다. 점심시간에 허루는 약간 피곤했다. 예배를 마치고 나자 다리 관절이 살짝 쑤시고 배도 고파서 예배당 문간에 깔린 신발 갈아신는 카펫 위에 잠시 앉아 있었다.

"허루, 왜 그래?"

유부였다. 허루는 고개를 들고 그를 마주 보며 웃었다.

"아무것도 아니야. 그냥 좀 피곤해서."

허루는 처음엔 유부와 교제했으나 끝내 결실을 보지 못했고 두 사람은 서로의 마음속에 흔적으로만 남았다. 물론 이별 후에는 서로 교제 사실을 언급하지 않았고 동료로서 편안하게 지내고 있었다.

유부가 허루에게 가까이 다가오자 허루가 벽을 짚고 일어섰다.

"오늘 호텔에서 직원들 가족 초청해서 이프타르를 먹잖아. 어머니랑 동생 불렀어?"

"아니. 엄마는 큰언니네 가셨어. 동생도 아마 안 올 거야."

"허베이 오라고 해. 왜 안 와?"

"집에 친척이 와서 같이 있어줘야 하거든."

"그게 뭐 대수라고. 친척이랑 같이 오라고 해."

허루는 유부가 또 자신에게 허베이에 관해 이야기하고 싶어한다는 사실을 눈치채고 아무 표정도 짓지 않았다. 유부는 아직 미혼이었고 최근 일 년 사이에 허베이에게 관심을 보이고 있었다. 허베이가 허쭝밍의 딸이라는 점도 신경 쓰지 않는 듯했다. 허루는 그 사실을 알고 나서부터 줄곧 침묵했다. 때로는 뭐라 말하면 좋을지 알 수 없었고 때로는 말해봐야 헛수고였기 때문이다.

허루가 엘리베이터를 기다리는데 유부가 다가와 뜬금없는 질문을 던졌다.

"허베이 말이야. 우리 외삼촌을 일부러 피하는 거지?"

"허베이가 아단 삼촌을 피한다고?"

"응."

"아니야. 그냥 좀 바빠서 그래."

허루는 유부에게 대꾸하며 엘리베이터를 탔다. 사람이 많은 엘리베이터 안에서 유부는 아무 말도 하지 않았다.

속도가 빠른 전망 엘리베이터가 공기와 마찰하며 가벼운 바람

소리를 냈다. 눈에 보이는 도로와 가옥, 화초, 멀리 겹겹이 이어지는 산맥들이 엘리베이터가 수직으로 내려감에 따라 가까운 것은 멀어지고 먼 것은 가까워졌다. 허루는 그 광경을 바라보다가 몇 년 전 정오를 떠올렸다.

당시 집안 사업은 한창 번영하고 있었다. 하루는 허루가 거실을 지나가는데 허쭝밍이 한 무리의 사람들과 사업 이야기를 하고 있었다. 그중 한 명이 말했다.

"동충하초가 한 근에 400위안일 때 우리는 칭하이에서 광저우로 가져가 홍콩 사람들한테 팔았어요. 사향이나 은화를 가져다 팔기도 했고요. 돌아오는 길엔 5000위안짜리 티토니 시계를 사다가 다시 서북 사람들에게 팔았죠. 남쪽 사람들은 건강에 관심이 많고 북쪽 사람들은 꾸미기를 좋아하거든요. 전통과 혁신 사이의 실낱 같은 경계는 끝없이 변해도 근본은 달라지지 않죠……."

허루는 빙그레 웃으며 그곳을 지나갔다. 과거와 현재를 꿰뚫어 보고 지역의 특성을 이해하는 사업가들이 바로 이 사람들이리라. 그들은 긴 세월 동안 이곳저곳을 누비며 사회를 발전시키고 끝없는 번영을 가져왔다.

병은 산도 무너뜨릴 기세로 찾아온다는 말이 있다. 하지만 부도야말로 산이 무너질 듯한 기세로 찾아왔다. 첫달만 해도 허쭝밍은 사람들과 함께 혁신과 사업 네트워크 확장에 관해 논의했다. 하지만 바로 다음 달에 그의 사업은 완전히 무너졌다. 화병으로 쓰러진 허쭝밍은 갈수록 상태가 나빠졌다. 입원한 지 두 달이 지나도록 회복하지 못하다가 그해 가을에 세상을 떠났다.

천지가 완전히 뒤집혔다. 도저히 수습할 수 없는 지경에 이르렀지만 남겨진 여자들은 어찌할 바를 몰랐다. 다행히 아단이 몇몇 사업 파트너와 서둘러 허쭝밍의 사업을 인수하고 장부를 정리해주었다. 아직 어린 학생이었던 허베이는 밖에서 떠도는 소문들을 듣고 기세등등하게 아단에게 달려가 따졌다.

"삼촌이 음모를 꾸며서 우리 아버지 사업을 먹었다면서요? 밤에 악몽을 꿀 게 두렵지도 않으세요?"

그 자리에는 허광도 있었다. 그녀는 아버지의 사업을 아단에게 인도한 뒤 계약서에 서명하고 있었다. 다급해진 허광이 허베이의 뺨을 후려갈겼다.

"아버지는 사업에 실패해서 돌아가셨고 아단 삼촌은 합법적으로 그걸 인수한 거야. 공정하고 당연한 장사란 말이야."

허베이의 몸이 휘청거렸다. 허베이는 몇 걸음 떠밀려 벽에 부딪힌 다음 고무처럼 튕겨나와 바닥으로 철퍼덕 쓰러졌다. 눈에서 두 줄기 눈물이 샘처럼 솟아올랐다. 그녀가 흐느끼며 말했다.

"안 믿어. 나는 그 말 안 믿어."

"이번에 삼촌이 도와주지 않았으면 네 둘째 언니 집까지 날렸어."

허베이는 그 말을 듣고 애써 울음을 참았다. 뺨을 어루만지려고 들어올리던 손을 허공에서 우뚝 멈추고 한쪽 뺨만 빨개진 채 멍하니 앉아 있었다. 허루가 그 모습을 보고 왠지 모르게 마음이 몹시 아파서 얼른 달려가 허베이를 일으켜 세운 뒤 밖으로 부축해 데리고 나갔다.

그러나 허광의 말은 사실이었다. 사업은 망했고 허쭝밍의 모든 재산은 사라졌다. 그가 허루에게 혼수로 마련해주었던 집이 허루의 명의로 된 덕분에 다행히 집 한 채는 건질 수 있었다. 마밍이 죽고 나자 허루는 그 집에서 혼자 지내기가 힘들었다. 그래서 세를 얻어 살고 있던 어머니와 허베이를 불러 함께 살았다.

지난 몇 년 동안 아단의 도움을 적잖이 받았다. 하지만 인생은 흑백논리로 판단할 수 있는 것이 아니었다. 어쩌면 그래서 허베이가 아단을 줄곧 피하고 있는지도 모른다. 허베이는 피하고 싶으면 피할 수 있었으나 허루는 달랐다. 집안에 변고가 생겼고 그녀는 자존심이 셌으며 아단이 만류하는 바람에 계속 호텔에 출근해야 했다. 일상이 계속되어서인지 그녀의 마음도 하루가 다르게 평온해졌다.

허베이가 퇴근했을 때 얼만은 그 두꺼운 책을 3분의 1이나 읽은 상태였다. 허베이는 마트부터 들렀다 집에 가자고 제안했고 두 사람은 어제 갔던 그 마트에 다시 갔다.

"우리 이거 살까?"

얼만이 마트 계산대 옆 냉동고에 진열된 각종 아이스크림을 구경하는 것을 보고 허베이가 물었다.

"네."

얼만이 고개를 끄덕였다. 오늘은 어제만큼 피곤하지 않았다. 마트를 도는 허베이의 기분도 어제보다는 가벼웠다. 얼만은 아이스크림을 선뜻 고르지 못했다. 허베이는 아무 말 하지 않았지만 웃음을 참지 못하고 속으로 귀여운 아이라고 생각했다. 그리고 집에 가서 냉장고에 넣으면 되니까 여러 개 고르라고 말했다.

두 사람은 손에 집히는 대로 열 개 정도 골랐다. 그리고 과일과 채소 코너로 가서 필요한 것을 샀다. 줄곧 나란히 걷는 두 사람은 꼭 자매처럼 보였다. 그때 허베이의 휴대폰이 울렸다. 가방에서 꺼내 확인해보니 하이디海蒂였다. 허베이는 한 손으로 카트를 밀면서 다른 손으로 전화를 받았다. 하이디는 허베이의 동창이자 가장 친한 친구였다. 하이디가 수화기 너머에서 이번 주말 보육원 빨래 봉사를 잊지 말라고 당부했다. 허베이는 얼만을 힐끗 봤다. 내일 얼만에게 시닝 구경을 시켜주려던 참이었다. 마트가 너무 시끄러운 탓에 허베이는 집에 돌아가 다시 전화하겠다고 말했다.

두 사람이 봉지 두 개에 물건을 나눠 담고 집으로 돌아와보니 긴 머리를 동그랗게 틀어올린 허루가 단정하고 우아한 모습으로 사골탕을 끓이고 있었다.

"웬일로 이렇게 일찍 왔어?"

허베이가 물었다.

"오늘 호텔에서 직원 가족들을 초청하는 날이라 일찍 왔어."

그러면서 소 다리뼈 한 조각을 주방용 소형 전기톱으로 자른 뒤 한 토막씩 냄비에 넣었다.

"그렇구나."

"갈래?"

"어딜?"

"호텔. 직원 가족 초청의 날이라니까."

"아니, 안 갈래."

허베이는 방으로 들어가 외출복을 편안한 티셔츠로 갈아입고 다시 밖으로 나온 뒤 눈살을 찌푸리며 말했다.

"언니네 호텔에 있는 유부라는 사람 너무 이상해. 어디서 내 휴대폰 번호를 알았는지 자꾸 문자를 보내서 이것저것 묻는다니까.

자카트 395

아까 오후에는 아예 전화해서 오늘 호텔에서 직원 가족 초청 파티가 열린다면서 무슨 일이 있어도 오라는 거야. 그게 무슨 초청이야? 꼭 명령하는 것 같았어."

허루가 머뭇거리다 말했다.

"너한테 관심 있는 것 같더라."

"으······."

허베이가 고개를 저었다.

"그런 남자 관심 없어. 너무 매끈하게 생긴 데다 좀 옹졸해 보여. 난 남자다운 남자가 좋아."

허루는 허베이의 말을 듣고 웃었다. 살짝 통쾌한 기분이 들었다. 하지만 곧 씁쓸해졌다. 허베이의 또래들은 거의 다 결혼했지만 허베이는 여전히 어린아이 같았고 남자친구 이야기를 하는 법도 없었다.

냄비 속 사골탕이 바글바글 끓어올랐다. 꼭 계곡물이 자갈길에서 노래를 부르며 흘러내려오는 것 같았다. 허베이는 앞치마를 두르고 주방으로 들어가 싱크대에서 채소를 씻었다. 얼민은 자기가 알아서 아이스크림을 하나씩 냉장고에 넣었다. 더운 날씨에 냉장고 문을 활짝 열었더니 어마어마한 냉기가 뿜어져 나왔다. 마치 거인이 추운 날에 숨을 쉬는 것 같았다. 그때 얼만의 주머니에서 휴대폰 소리가 들렸다. 얼만이 휴대폰을 꺼내 몇 마디 이야기를 나눈 뒤 주방에 있는 허루에게 건네며 말했다.

"언니, 우리 엄만데요. 좀 바꿔달래요."

허루는 손을 닦고 거실로 나가 잠시 전화 통화를 하고 다시 주방으로 들어가 허베이에게 말했다.

"소피아 아줌마가 지나치게 격식을 차리시네. 계속 고맙다고 하시고 우리를 방해하기 싫다면서 내일 얼만을 구이더로 보내라는 거야. 내가 한참이나 설득한 끝에야 이번 주말 이후에 보내라고 하셨어."

그날 저녁 이프타르 시간에는 세 사람이 함께 예배드리고 형광등 아래 식탁에 둘러앉아 밥을 먹었다. 허베이는 얼만이 젓가락을 쥔 손을 보고 말했다.

"얼만, 너 또 왼손에 젓가락을 쥐었네. 오른손을 쓸 줄 알면서 왜 자꾸 왼손을 쓰는 거야?"

얼만은 그 말을 듣고 얼른 오른손으로 젓가락을 옮겨 잡았다. 그리고 말없이 고개를 숙인 채 계속 밥을 먹었다. 허루는 몇 숟갈 뜨고 나서 얼만에게 시험은 어땠냐고 물었다. 얼만은 오른손에 든 젓가락을 왼손으로 옮기려다가 허베이를 힐끔 쳐다본 뒤 다시 오른손에 쥐고 대답했다.

"시험은 두 개 영역이었어요. 필기는 잘 봤어요. 실험 영역은 현미경으로 세포분열 관찰하기였는데 우리 학교엔 그런 현미경이 없어요. 처음 보는 현미경이라 조작하는 법을 몰라서 그냥 먼저 나왔어요."

"괜찮아. 그런 시험은 참가한 데 의의가 있는 거야."

허루가 미소를 지으며 얼만을 위로했다.

식사 후 두 자매는 식탁을 치우고 주방으로 들어가 설거지했다. 그때 얼만이 씻으려고 욕실로 들어가면서 저녁 예배도 함께 올리고 싶다고 말했다.

허베이는 허루가 씻고 건네주는 도자기 접시를 행주로 닦으며 말했다.

"나 내일은 토요일이라 출근 안 해. 원래 얼만 데리고 구경시켜주려고 했는데 하이디랑 보육원에 빨래하러 가기로 한 날인 거 있지. 지난 주말엔 내가 너무 피곤해서 못 갔는데 이번 주에도 가지 않으면 하이디가 절교하려들 거야."

"내가 얼만을 데리고 구경 가도 돼. 그런데 난 한 달에 네 번밖에 못 쉬잖아. 지난번에 큰언니가 와서 벌써 사흘을 쉬었고 하루는 혹시 몰라서 남겨놓은 거야."

"보육원은 한 번 가면 종일 거기 있어야 해. 얼만 혼자 시닝을 돌아다니게 하려니 마음이 놓이질 않고. 차라리 보육원에 데려갈까 하는데 좋다고 할지 모르겠어."

"이건 어때? 하이디한테 보육원에 모레 가자고 해. 그리고 내일은 얼만을 데리고 구경시켜주면 되잖아."

허베이가 망설이며 서 있자 허루가 말했다.

"아니면 내일 보육원에 가고 모레 얼만 데리고 나가든지."

"그럼 내일은 어떡해? 얼만."

"내가 호텔에 데려가지 뭐……."

그리고 다시 허베이를 보며 말했다.

"괜찮을까?"

"됐어. 언니네 호텔은 드나드는 사람이 너무 많아. 차라리 보육원이 낫겠어."

허베이는 행주로 손을 닦고 휴대폰 버튼을 누르며 말했다.

"하이디한테 모레 가자고 할게."

그때 샤워를 마친 얼만이 머리에 허루의 히잡을 쓰고 밖으로 나왔다. 허베이도 막 전화 통화를 마치고 고개를 돌려 허루를 보며 물었다.

"얼만한테 어딜 가고 싶은지 물어봐야 하는 거 아니야? 그래야 대충 계획을 짜지."

"얼만, 내일 허베이 언니가 너 데리고 놀러 간대. 어디 가고 싶은 곳 있니?"

허루가 얼만에게 물었다.

얼만은 얼굴에 크림을 바르면서 가까이 다가와 물었다.

"칭하이호青海湖에 갈 수 있어요?"

"칭하이호에 가고 싶어?"

두 자매는 살짝 놀라서 서로 마주 보았다. 사실 얼만을 데리고 대형 쇼핑몰이나 놀이공원 같은 랜드마크에 가려던 참이었다.

"갈 수 있나요?"

"물론이지. 하지만 칭하이호는 여기서 좀 멀어. 내일 아침 일찍 출발해야 해. 버스를 타야 하거든."

허베이가 말했다.

"네."

얼만이 고개를 끄덕였다.

6

 세 사람은 새벽 세 시에 일어나 마지막 식사를 하고 금식을 시작했다. 조금 더 자고 일어나 아침 예배를 올리는데 동이 텄다. 창밖으로 새하얀 새벽빛이 퍼졌고 거리도 시끌벅적해지기 시작했다. 허루는 허베이와 얼만에게 오후가 되면 체력이 바닥날 수 있으니 일찍 갔다가 일찍 돌아오라고 권했다.
 터미널에 도착했을 때는 아직 일곱 시도 되지 않은 시각이었고 시닝에서 칭하이호로 가는 관광버스도 아직 출발 전이었다. 버스 기사는 잔뜩 구겨진 군청색 셔츠를 입고 한 손을 핸들에 올려놓은 채 입을 우물거리고 있었다. 막 아침 식사를 마치고 운전석에 앉아 치아를 고르고 있는 듯했다.
 터미널 건너편 화단에는 월계화*가 흐드러지게 피어 있었다. 색

---

* 중국이 원산지인 장미.

깔도 다양했고 생김새도 사랑스러운 것, 시들기 시작한 것, 즐거운 것, 슬픈 것 등 여러 가지여서 꼭 인간 세상의 소란을 보는 듯했다.

허베이는 한참 동안 꽃을 바라보다가 차창에 비친 자기 모습을 보았다. 아름답고 부드러운 꿈속에 있는 것 같았다.

버스가 절반쯤 달렸을 때 노랗던 태양이 색깔을 바꾸더니 이글이글 타올랐다. 주변의 모든 것이 햇빛에 달궈져 냄새를 풍기기 시작했다. 사람들 몸에서 나는 땀내와 느끼한 기름 냄새가 차 안의 냉기와 뒤섞여 몹시 역했다. 얼만은 한 손으로 유리창에 머리를 괸 채 눈을 꼭 감고 있었다. 눈두덩까지 땀투성이였다. 허베이는 잠시 망설이다가 얼만의 머리를 끌어당겨 자신의 어깨에 기대게 했다.

차 안에서도 칭하이호가 보였는데 마치 거대한 옥쟁반처럼 푸르렀다. 날씨는 무더웠고 하늘은 흐릿했으며 바람은 거셌다. 버스는 사람들을 곧장 얼랑젠二郎劍 관광 단지로 데려갔다. 두 사람은 버스에서 내린 뒤 입장권을 사서 관광 셔틀에 올랐다. 길을 따라 한쪽은 아무 동요도 없는 푸른 호수였고 다른 쪽은 인공적으로 조성해 이름을 붙인 관광 포인트로 즐비했다. 허베이는 온몸이 열기에 휩싸인 것 같았고 머리가 빙글빙글 돌았다. 옆에 있는 얼만을 보니 버스 안에서와 마찬가지로 한 손으로 머리를 괸 채 두 눈을 꼭 감고 있었다. 표정 역시 딱딱하게 굳어 있었다. 허베이는 경치가 너무 단조로워서 이 아이도 흥미를 느끼지 못하는 모양이라고 생각했다.

종점에 이르러 관광 셔틀에서 내리자 얼만은 다시 정신이 들었는지 허베이에게 물었다.

"새섬鳥島은 어디 있어요? 왜 새섬까지는 안 가죠?"

"거긴 배를 타야 갈 수 있지."

허베이가 멀리 떠 있는 흰색 대형 유람선을 보며 말했다.

"도로로 갈 수도 있는데."

얼만은 주위를 둘러보았다.

"섬은 호수 한가운데에 있는데 어떻게 도로로 가니?"

"진짜예요. 휴대폰으로 검색해봤어요."

호수를 따라 되돌아가는데 가끔 새가 수면 위를 스치고 지나갔다.

"보세요. 팔라스 물수리가 날아갔어요."

얼만이 잔뜩 흥분하며 손가락으로 가리켰다. 조류에 관해 아는 바가 전혀 없는 허베이는 그저 고개를 끄덕이고 이정표를 확인한 뒤 매표소로 향했다.

유채꽃이 만발한 칭하이호는 관광객으로 발 디딜 틈이 없었다. 멀지 않은 곳에 사람들이 잔뜩 모여 있기에 가까이 가보니 관광 포인트의 이름이 새겨진 커다란 흰색 바위가 사람들에게 둘러싸인 가운데 우뚝 솟아 있었다. 관광객들은 그 앞에서 사진을 찍었다. 얼만은 무심결에 발길을 멈추고 사진 찍는 사람들을 바라보았다. 허베이가 사진을 찍고 싶냐고 묻자 고개를 가로저었다. 하지만 그 자리에서 꼼짝도 하지 않고 계속 관광객들을 구경했다. 허베이가 말했다.

"그럼 여기 잠깐 있어. 내가 가서 표 끊고 다시 올게."

그러고는 사람들 틈에서 빠져나왔다.

허베이는 예전에도 칭하이호에 와본 적은 있지만 호수 안에 있는 섬에는 가본 적이 없었다. 가도 그만 안 가도 그만이었다. 그러나 오늘은 얼만이 새섬에 가고 싶어했기 때문에 같이 가줄 의무가 있다고 생각했다. 그런데 입장권 판매소와 배표 판매소는 따로 떨어져 있었고 제대로 된 표지판도 없었다. 허베이는 양산을 펼쳐 머리 위로 쏟아지는 햇빛을 가렸다. 머리가 어질어질한 상태로 한참을 걷고 나서야 배표 판매소를 찾을 수 있었다. 표를 사고 자세히 살펴본 뒤에야 잘못 구입했음을 깨달았다. 새섬과 모래섬은 같은 섬이 아니었기에 허베이는 다시 돌아가 줄을 서야 했다.

조금 전에도 한참이나 줄을 섰는데 다시 또 한참을 기다려야 했다. 뒤축이 높은 샌들을 신고 오래 서 있었더니 다리 관절들이 시큰거려 똑바로 서 있기도 힘들었다. 허베이는 한쪽 다리를 살짝 들어 다른 쪽 다리에 기댔다가 다시 발을 바꿨다. 그때 공기가 후텁지근해지더니 갑자기 비가 쏟아졌다. 굵은 빗방울이 후드득후드득 양산에 부딪혔다. 우산 없는 사람들이 몸을 피하려고 처마 밑으로 달려간 덕에 허베이 앞에 세 사람밖에 남지 않았다. 매표소에 불이 켜지자 꼭 황혼도 지나고 저녁이 된 기분이었다. 호수 저 멀리에 뿌연 안개가 피어오른 광경은 고원이라고 믿기 힘들었다.

"표를 잘못 구입했는데 교환할 수 있을까요?"

허베이는 창구 쪽으로 몸을 기울이고 직원에게 물었다.

"교환은 안 돼요."

"그럼 환불할 수 있어요?"

"구입하실 때 확인하셨어야죠. 한번 구입하신 표는 교환이나 환불이 불가능해요."

매표원은 강경하고 냉정한 표정을 지었고 허베이는 기분이 상했다. 다시 표 두 장을 구입해 얼만을 찾아가보니 얼만 혼자 한 정자 아래 설치된 그네에 앉아 다리를 흔들거리고 있었다. 쏟아지는 비를 사이에 두고 그 유유자적한 모습을 보고 있자니 마음이 편안해졌다.

"표 사왔어. 배 타러 가자."

"배를 탄다고요?"

얼만이 허베이의 얼굴을 바라보자 허베이가 고개를 끄덕이고 웃으며 말했다.

"응. 배 타고 새섬에 가자."

순간 침묵이 흘렀다. 이윽고 얼만이 말했다.

"저 배 안 탈래요."

"뭐?"

"배 타기 싫어요."

"배를 안 타면 어떻게 새섬에 가? 날아갈 거니?"

허베이가 이해할 수 없다는 듯 말했다. 순간 화가 욱하고 치밀었다.

얼만이 고개를 숙인 채 아무 말도 하지 않자 허베이는 기운이 쭉 빠졌다.

"새섬에 가고 싶다며? 먼 매표소까지 가고 줄도 오래 서서 간신히 배표를 사왔더니 이제 또 안 가겠다고? 왜 그러는 건데?"

"그게……. 저는 뱃멀미를 해요. 배에 타기는커녕 배 옆에 서 있기만 해도 울렁거려요."

얼만은 고개를 숙인 채 바람이 흐트러뜨린 앞머리를 새끼손가락으로 귀 뒤로 넘겼다.

허베이는 그제야 어머니와 통화하던 날 얼만이 멀미를 한다고 말했던 것이 떠올랐다. 조금 전에 간신히 억눌렀던 화가 다시 치밀어 올랐다. 얼만뿐 아니라 자기 자신에게도 화가 났다. 눈앞이 어른거리더니 살짝 눈물이 맺혔지만 체면 때문에 꾹 참았다. 허베이는 양산을 접고 정자 아래 놓인 긴 벤치에 털썩 주저앉았다.

빗줄기가 한층 더 굵어졌고 정자 주변은 빗소리로 가득했다. 비가 옆으로 내린 탓에 긴 벤치는 일찌감치 젖어 있었다. 허베이가 그 위에 앉자마자 옷도 젖었다. 찬 기운이 스며들어 온몸이 호수 위에 둥둥 뜬 기분이었다. 몸은 멀리 떠내려가는데 경직되어 움직이지 못하는 것 같았다. 얼만은 허베이를 힐끔 쳐다보았다. 뭔가 할 말이 있는 듯했지만 결국 입을 다물었다. 비는 거세졌다가 약해지기를 반복할 뿐 그칠 기미는 보이지 않았다. 긴 벤치에 누군가 버리고 간 플라스틱 부채가 보였다. 허베이는 부채를 집어들고 끊임없이 부채질했지만 하면 할수록 오히려 온몸에 땀이 났다.

내리는 비와 함께 찬바람이 솔솔 불기 시작했고 더위도 한층 가셨다. 멀리 내다보니 칭하이호 전체가 뿌옇게 변해 있었다. 두 사람은 계속 정자에 앉아 있었지만 아무도 먼저 말을 걸지 않았다. 결국 지나가던 관광 셔틀이 두 사람을 관광 단지 입구로 실어 날랐다. 허베이는 집으로 가는 버스표 두 장을 사서 한 장을 얼만에게 건넸다. 두 사람은 조용히 버스에 오른 뒤 집으로 가는 내내 한마디도 하지 않았다.

종일 근무한 허루가 지친 몸을 이끌고 집으로 돌아왔을 때 하늘은 이미 옅은 먹색으로 변해 있었다. 어두컴컴한 거실 양쪽으로 방문은 굳게 닫혀 있었고 문틈으로 불빛이 새어나오고 있었다. 허베이와 함께 쓰는 방으로 들어가보니 허베이가 피곤했는지 아래층 침대에 누워 있었다. 한쪽 다리를 위로 들어올리고 있었는데 슬리퍼도 벗지 않은 상태였다. 하루는 그런 허베이가 안쓰러워 눈살을 찌푸리며 물었다.

"호수에 비 많이 내렸지?"

"응. 다 젖었어."

"일찍 돌아오지그랬어."

"누군 그러기 싫었을까봐? 생각대로 되는 일이 있어야지."

하루는 허베이의 목소리에 짜증이 섞여 있음을 알아챘지만 모른 체하고 히잡을 벗어 옷걸이에 건 뒤 머리를 올려 묶었다. 그런데 아침에 썼던 히잡 한쪽이 침대 머리맡에 걸쳐져 있었고 다른 한쪽은 허베이의 어깨 아래 깔려 있었다.

"일어나봐. 히잡 깔고 누웠어."

허베이는 꼼짝도 하지 않았다.

"오늘 너무 많이 걸어서 꼼짝도 하기 싫어."

"빨리 일어나. 시간도 꽤 늦었어."

하루가 허베이 아래 깔린 히잡을 힘껏 잡아당겼다. 허베이도 지리에서 일어나 다른 쪽 슬리퍼를 찾아 신고 힘없이 주방으로 들어갔다. 하루는 히잡을 옷걸이에 걸고 허베이가 의자 등받이에 걸쳐두었던 지저분한 옷들을 거두어 욕실로 향했다. 그리고 가는 길에 손님방 문을 두드렸다.

"얼만, 곧 이프타르야."

욕실로 들어간 하루는 허베이의 옷을 세탁기에 넣어 돌리고 샤워를 했다. 비가 내렸던 탓에 모든 움직임이 굼떴다. 금식을 해제하고 예배를 올린 뒤 다시 욕실로 들어가 세탁이 끝난 옷을 꺼내

대야에 담고 있는데 갑자기 거실 쪽에서 큰 소리가 들렸다. 싸우는 소리 같았다. 깜짝 놀란 허루가 얼른 대야를 들고 나가보니 볶음 요리가 담긴 접시를 든 허베이와 식탁에 앉은 얼만이 서로 노려보고 있었다.

"너희 왜 그래?"

허베이는 무표정한 얼굴로 접시를 식탁에 내려놓고 말없이 주방으로 들어갔다. 얼만 역시 고개를 푹 숙인 채 꼼짝도 하지 않았고 아무 대꾸도 없었다. 허루는 의아한 표정으로 대야를 바닥에 내려놓고 마른 수건 한 장을 집어 손을 닦으며 허베이를 따라 주방으로 들어갔다.

"두 사람 대체 왜 그래?"

"오른손으로 밥 먹으라고 했을 뿐이야."

허베이가 그릇에 국수를 담으며 말했다.

"겨우 그런 걸로…… 얼만이 개나 고양이도 아닌데 왜 소리를 질러?"

"내가 벌써 몇 번이나 주의를 줬잖아. 일부러 저러는 것 같지 않아?"

"그럴 리가. 왼손 쓰는 게 습관이 돼서 그렇겠지…… 그런데 그게 그렇게 화낼 일이야?"

허베이는 말없이 국수 세 그릇을 쟁반에 담고 허루에게 건넸다. 허루는 국수를 식탁으로 나른 뒤 얼만에게 말했다.

"얼만, 밥 먹자. 허베이 언니가 고기국수 하나는 기가 막히게 잘 만들어."

얼만은 여전히 고개를 숙이고 있었다. 허루는 조심스럽게 고개를 숙여 얼만의 얼굴을 살폈다. 다행히 우는 건 아니었다. 마음이 한결 가벼워진 허루는 자기 그릇에 식초를 치면서 작고 부드러운 목소리로 얼만에게 물었다.
"식초 좀 넣을래?"
얼만은 고개를 가로젓고 고개를 들어 허루를 바라보았다. 허루가 빙그레 웃자 얌전히 젓가락을 들고 국수를 젓기 시작했다. 허베이도 식탁으로 와서 두 사람 사이에 앉아 국수를 먹었다.
식사를 하는 동안 허베이와 허루는 평소처럼 대화를 나누었다. 하지만 중간중간 짧은 적막이 찾아왔다. 꼭 세 사람의 머리 위에 우산 모양 먹구름이 드리운 것 같았다. 허루는 일찌감치 심상치 않은 분위기를 감지하고 허베이와 얼만의 얼굴을 번갈아가며 자세히 살폈지만 아무것도 알아내지 못했다. 그래서 대화의 물꼬를 트기 위해 얼만에게 칭하이호에 다녀온 소감을 물었다.
허베이가 입에 든 음식을 삼키고는 냉랭하게 말했다.
"소감이랄 게 뭐 있겠어. 가는 길 내내 자고 올 때도 잠만 잤는데. 관광 셔틀 안에서도 자더라."
"오늘 몸이 안 좋았니?"
허루가 얼만을 보며 궁금한 듯 물었다.
"아니요. 그냥 멀미가 나서요."
"새섬에 가고 싶대서 배표를 샀더니 또 안 간대요. 멀미할까봐."
"꼭 배를 타야 갈 수 있는 건 아니에요. 도로로도 갈 수 있어요."
얼만은 자세히 설명하지는 않았지만 그렇다고 호락호락 물러설 기세도 아니었다.
"섬이야. 섬 모르니? 사방이 물로 둘러싸인 곳을 섬이라고 해.

그런데 어떻게 도로로 간다는 거야?"

허베이가 거의 싸울 기세로 목소리를 높였다.

"너 오늘 왜 그래? 왜 말을 깡패처럼 해?"

허루가 허베이를 흘겨보며 말을 이었다.

"뱃멀미가 얼마나 힘든데. 온몸은 계속 흔들리는데 단단한 난간을 잡으려 해도 파도처럼 손에서 빠져나가는 기분이라고."

얼만이 허베이를 힐끗 보고 나서 젓가락을 내려놓더니 의자를 허루 쪽으로 옮긴 뒤 휴대폰을 켰다.

"언니, 이거 보세요. 이게 새섬까지 닿는 길이에요."

허루가 목을 빼고 화면을 들여다보다가 휴대폰을 가져가 확대해 보고 말했다.

"정말 도로가 있네."

그리고 허베이에게도 보여주었다. 허베이는 눈동자를 굴리고 퉁명스럽게 말했다.

"그렇게 길을 잘 알면 혼자 가지 왜 애먼 사람을 고생시켰을까?"

"너……."

허베이는 천성적으로 진솔하고 평소에는 사람 됨됨이도 괜찮았다. 하지만 감정을 통제할 수 없는 상황에 놓이면 구제 불능이 되곤 했다. 허루는 기가 막혔지만 입을 다물었다. 여기서 더 꾸짖어 봐야 불길 속에 장작을 던지는 꼴밖에 되지 않을 터였다.

얼만은 허루를 쳐다보고 나서 다시 의자를 옮기고 그릇에 고개를 파묻은 채 계속해서 국수를 먹었다. 식탁의 어색한 침묵 속에서 허베이는 오후 내내 진정하기 어려웠던 감정이 조금씩 누그러지는 것을 느꼈다. 그녀가 얼만 가까이에 놓인 국물 그릇으로 팔을 뻗으며 말했다.

"두 사람은 몰라. 오늘 내가 배표를 사려고 얼마나 많이 걷고 얼마나 고생했는지."

허베이의 손이 그릇에 닿지 않자 얼만이 얼른 젓가락을 내려놓고 허베이 쪽으로 그릇을 밀어주었다.

허루는 안도의 한숨을 내쉬었다. 문득 어린 시절이 생각났다. 만이인 허팡은 폭군이었고 막내인 허베이는 제멋대로여서 두 사람은 매일 부딪쳤다. 중간에 낀 허루가 어떻게 두 사람을 화해시킬지 고민하다보면 두 사람은 어느새 화해하고 난 뒤였다. 자질구레하지만 친근한 기억이 떠오르자 허루의 얼굴에 미소가 번졌다. 허베이가 그런 허루를 보며 물었다.

"왜 웃어?"

"너 때문에."

그리고 한마디 덧붙였다.

"가끔 너 때문에 멜랑콜리해진단다."

이미 국수를 다 먹은 허베이는 말없이 그릇을 내려놓았다. 그리고 허루가 식사 전에 바닥에 내려놓았던 대야를 베란다로 들고 가 빨래를 하나씩 널기 시작했다.

7

 열린 침실 문 사이로 반짝이는 아침 햇살이 쏟아져 들어와 바닥에 깔렸다. 베란다 유리문도 열려 있었는데 어젯밤에 널어놓은 옷이 바람에 날려 마치 마구 움직이고 흔들리며 서성대는 사람 그림자 같았다. 허베이는 소스라치게 놀라 잠에서 깼다.
 깨어난 후에도 한참 동안 어리둥절했다. 여기가 어딘지 알 수 없었다. 눈을 뜨니 아버지가 보였고 어린 시절의 거실에 불이 환하게 켜져 있었다. 아버지는 돈뭉치를 쌓아놓고 자카트를 얼마나 내야 하는지 계산하고 있었다. 주판, 계산기, 컴퓨터가 보였고 바스락거리는 흰 종이가 산더미처럼 깔려 있었다. 종이는 어지럽고 무질서한 숫자로 가득했다. 허베이가 옆에서 지켜보는데 아버지가 붓으로 계산하고 주판을 탁탁 튕기며 말했다.
 "이프타르 기부는 모든 사람이 똑같아. 밀 세근 여섯 냥을 기부하거나 그에 해당되는 금액을 내는 거지. 자카트는 순자산의 2.5퍼센트, 수확한 식량의 10퍼센트를 내는 거야."

"왜 매년 자카트를 내야 하는데요?"

허베이가 졸린 눈으로 아버지에게 물었다.

"사랑이니까. 금, 은, 동, 마노, 진주 따위보다 더 귀한 것이 사랑이고 우주 만물 중에서 가장 귀한 것은 바로 사랑받는 사람이란다."

"사랑받는 사람이요?"

"그래. 사랑은 태양과 같아. 태양이 어떻게 만물에 열을 공급하니? 어떻게 어둠을 밝히고 어떻게 토지가 곡식을 기르게 하지? 그건 헤아릴 수 없는 일이야."

아버지는 흰옷에 흰색 모자를 쓰고 있었는데 자상한 표정을 지으며 계산용 종이로 허베이의 머리를 가볍게 두드렸다.

"자카트는 사랑받는 사람이 사랑을 받은 후에 하늘에 내는 세금 같은 거란다. 그건 영원히 필연적인 거야. 알겠니?"

"자카트는 하늘에 내는 세금이다. 이해했어요."

허베이는 몸을 뒤처이며 따뜻한 이불을 꼭 끌어안았다. 그때 알람이 요란하게 울리자 깜짝 놀라 눈을 번쩍 뜨고 몸을 일으켰다. 한참 후 정신이 들고 나서야 조금 전에 꿈을 꾸었다는 사실을 깨달았다. 너무나 생생했다. 꿈속에서 본 것은 이미 다 알고 있는 것들인데 대체 무슨 심오한 의도가 있는 걸까. 허베이는 손을 뻗어 알람을 끄고 고개를 숙여 이불에 이마를 묻고는 한참을 앉아 있다가 침대에서 내려왔다.

허루는 벌써 얼만과 함께 나갔고 집은 텅 비어 있었다. 허베이는 아직 잠이 덜 깨 흐릿해진 눈을 비볐다. 아침 금식 전에 마셨던 찻잔이 아직 식탁에 놓여 있었다. 다 마시지 않은 차 위에 둥근 조각이 떠 있었는데 꼭 물고기 비늘처럼 은은하게 빛나고 있었다. 허베이는 세수하고 찻잔을 씻고 바닥을 걸레질했다. 그리고 각 방의 화초에 물을 주고 집을 나와 보육원으로 향했다.

보육원에는 봉사하러 온 사람이 적지 않았다. 고무장갑을 끼고 지저분한 옷과 침구, 신발과 양말을 거둔 다음 세탁기를 여러 번 돌려 빨았다. 널어놓은 침대 시트가 바람에 나풀댔고 아이들이 깔깔거리며 시트 사이를 뛰어다녔다. 웃음소리 속에 기쁨과 즐거움이 가득했다. 허베이는 세탁이 끝난 옷을 널고 마르기를 기다리는 동안 허루와 얼만을 생각했다. 두 사람은 오늘 어디로 놀러 갔을까?

어젯밤 잠들기 전, 허루가 얼만을 데리고 나가 하루 더 놀아주겠다고 했다. 허베이가 얼만을 데리고 칭하이호에 간 것이 전혀 만족스럽지 않은 듯했다. 허베이는 그런 허루를 이해했다. 비록 그녀는 엄마가 되지는 못했으나 인생의 경험은 그녀를 어머니의 따뜻함과 세심함으로 가득 채웠다. 그러다 자신을 돌아봤다. 피곤하고 짜증난다는 이유로 집에 온 손님인 어린 소녀와 다투고 말았다. 너무 감정적이었고 너무 제멋대로였으며 너무 꼴사나웠다. 허베이는 부끄러웠다. 하지만 이미 벌어진 일이므로 얼만에게 더 잘해주고 만회할 방법을 찾는 수밖에 없었다. 그렇게 생각하니 마음이 한결 가벼워졌다. 허베이는 하이디와 함께 계속해서 남은 옷과 시트를 빨았다.

하이디가 허베이에게 말했다.

"올해 이프타르 기부는 이 보육원에 할 거야."

"우리 집도 아직 안 했는데. 오늘 낼 거야? 나도 너랑 같이 내야 겠다."

"그래."

하이디는 검은 바탕에 검푸르고 커다란 꽃송이 무늬가 들어간 벨벳 히잡을 쓰고 있었는데 머리를 돌릴 때마다 색깔이 살짝 변했다.

허베이는 가방에서 세 명분의 기부액을 가져다 하이디에게 건넸다.

"너, 둘째 언니, 어머니. 맞지?"

하이디가 건네받은 돈을 세며 물었다.

"아니. 우리 엄마는 큰언니네 가셨잖아……."

허베이는 구이더에서 손님으로 와 있는 얼만에 관해 이야기했다.

"그러면 그렇게 해야지. 원래 머물고 있는 곳에 기부하는 거니까."

보육원은 오래된 골목 안쪽에 자리하고 있었다. 방은 많지만 하나같이 무척 낡아 있었다. 푸른 덩굴이 낡은 담장을 기어오르고 있었고 100세에 가까운 한 노인이 덩굴 그늘에 앉아 있었다. 차림새도 깔끔하고 정신도 맑아 보였다. 하이디가 기부금을 건네자 노인이 기뻐하며 하이디와 몇 마디 말을 나누었다. 그리고 보육원 아이들을 대신해 고맙다고 인사했다.

노인은 왕년에 사업가였다. 그 보육원은 원래 그가 개인적으로 운영하던 곳이었는데 지금은 정부 당국에 등록하고 고아 10여 명을 더 돌보고 있었다. 하이디가 허베이에게 말했다.

"시닝의 나이 많은 사업가들에게는 보이지 않게 감춰둔 에너지 같은 게 느껴져."

그리고 진지하게 생각해보더니 말을 이었다.

"꼭 말린 양 내장에 싼 쑤유 같다고나 할까? 보기에는 투박해도 속을 열면 황금빛이 찬란한 귀한 물건이 들어 있잖아."

조용히 듣던 허베이는 문득 아버지가 그리워졌다. 세탁기 쪽으로 걸어가는데 하이디가 다시 허베이에게 물었다.

"왜 너희 집엔 객식구가 끊이질 않는 거야?"

허베이가 잠깐 생각해보고 대답했다.

"아버지의 옛 친척들이라서 그래. 우리 집이랑 자주 왕래했거든."

자원봉사를 마친 허베이는 곧장 집으로 돌아갔다. 국수를 밀고 차가운 요리 몇 가지를 준비하다보니 창밖 하늘은 어느덧 어두운 파란색으로 변해 있었다. 하지만 허루와 얼만은 아직 돌아오지 않았고 집 안은 텅 빈 느낌이었다. 허베이는 얼만에게 죄책감을 느꼈고 걱정이 되기도 했다. 두 사람이 빨리 돌아오기를 바랐으나 아무리 기다려도 오지 않았다. 그녀는 다시 불을 켜고 교자 소를 만들기 시작했다. 하얀 무를 채 썰어 데치고 건져낸 다음 잘게 다졌다. 그리고 볼에 양파, 고기, 조미료를 넣고 버무리는데 문간이 소란스러워지더니 허루와 얼만이 돌아왔다.

허루가 신발을 갈아신으며 물었다.

"뭘 만드는데 이렇게 좋은 냄새가 나?"

"교자."

허베이가 주방 밖을 내다보고는 파란색 챙 모자를 쓴 얼만을 보고 다정하게 물었다.

"얼만, 모자 샀니?"

얼만은 허루가 샀다고 대답하면서 복숭아 한 봉지를 들고 주방으로 들어왔다. 그리고 허베이가 소를 젓고 있는 젓가락을 바라보았다. 허베이는 의아하다는 듯 얼만의 시선을 따라 자신의 손을 내려다보았다. 그제야 자신이 젓가락을 왼손에 쥐고 있다는 사실을 깨달았다.

오른손으로 오래 휘젓다보니 손목이 시큰거려 조금 전에 왼손으로 바꾼 터였다. 얼만의 시선을 느낀 허베이는 젓가락을 오른손으로 바꿔 들었다. 얼만은 싱크대 앞에 서서 손을 씻고 복숭아를 씻기 시작했다. 허베이는 얼만이 복숭아를 씻는 동안 몇 번이나 고개를 들어 젓가락을 쥔 자신의 손을 바라보는 것을 느꼈다.

소는 다 비볐지만 교자피는 아직 밀지도 않았는데 이프타르 시간이 코앞이었다. 피까지 밀기에는 시간이 빠듯했다. 허베이는 허루에게 건너편 마트에 가서 교자피를 사오라고 했다. 허루는 이미 히잡을 벗고 집에서 편안하게 입는 옷으로 갈아입은 상태였다.

"옷을 또 갈아입어야 하잖아."

얼만이 그 소리를 듣고 손에 묻은 물기를 탈탈 털며 말했다.

"그럼 제가 가서 사올게요."

허루는 살짝 감동하며 잔돈을 쥐어주고 길 건널 때 조심하라고 당부했다.

허베이와 허루만 남자 허베이가 물었다.

"두 사람 오늘 어디 갔었어?"

"칭하이호에 다녀왔어."

"칭하이호?"

허베이는 잘못 들은 줄 알고 다시 물었다.

"거길 또 갔다고?"

"얼만이 새섬에 새 보러 가고 싶다고 해서 데려갔지."

"새섬에도 갔어? 뱃멀미 안 해?"

"우리 배 안 탔어. 얼만이 찾은 그 길이 맞더라. 내가 아단 삼촌 차를 빌려서 도로를 따라 운전했는데 정말 섬이 나오더라고."

"그렇구나."

허베이는 입술을 양옆으로 늘리며 대수롭지 않다는 표정을 지었다.

"새섬에 새 정말 많더라. 끊임없이 날아들고 날아가는데 그야말로 새들의 천국이었어. 더 신기한 건 얼만이 모든 새를 다 알고 있다는 거야. 나 오늘 얼만 덕분에 새에 관해서 많이 알게 됐어."

허베이는 아무 반응도 하지 않았고 집 안은 조용했다. 허루가 한 말은 전부 주변의 묘한 침묵 속으로 사라졌다. 허루는 허베이의 기분을 눈치챘고 자존심을 상하게 할까봐 더 이상 아무 말도 하지 않았다.

2020년 6월 4일 린탄에서 다시 씀

작가의 말
씨앗 한 톨의 발아

 작문의 관건은 쓰는 것이다. 씨앗 한 톨을 얻어 손바닥에 놓고 바라보면서 그것이 어떻게 성장할지 상상하는 것과 같다. 상상할수록 뜬구름 잡기가 되겠지만 계속해나가는 용기가 필요하다. 그런 다음 물과 거름을 주며 그 씨앗이 천천히 땅을 비집고 나와 자라기를 기다린다. 잎이 무성해지고 꽃이 피면 가장 좋겠지만 결과에 관해서는 조금은 대담하게 독자에게 맡겨도 좋다.
 독자에게 맡긴다는 것은 무슨 의미일까. 소설은 하나의 이야기이며 이야기는 그 자체로서 완전하다. 또 어떤 한 시대의 생활사를 뚝 떼어낸 것이므로 그 안에 아주 디테일한 면모가 살아 있다. 표현과 독서의 본질적인 차이가 바로 그것이다. 독서는 자기계발 기능을 가지고 있다. 독자는 독서를 통해 거울을 보듯 자신을 돌아보고 각자의 심경에 따라 사건을 완전히 다르게 느끼고 이해한다. 반면 표현에는 사심이 있다. 늘 미리 구상해놓은 주제에 접근하려고 애쓰며 심지어 더 극적인 효과를 주기 위해 특정 부분을 의도적으로 들어올리고 해부하고 낱낱이 파헤치기도 한다. 그러나 그것은 일종의 한계이기도 하다. 시간이 지나면 아무도 그 낡고 썩어빠진 발버둥을 거들떠보지 않는다. 『유림외사儒林外史』를 보라. 오경재吳敬梓가 비판했던 팔고문八股文과 과거제도, 형상화된 인물 등은 더 이상 존재하지 않는다. 이론적으로 그런 소설은 일찌감치 수명을 다한 셈이다. 하지만 실은 그렇지 않다. 이야기의 구조, 그 안에 담긴 수많은 뒤틀린 형상, 부패하고 타락한 현상 등은 여전히 사람들에게 깊은 울림과 깨달음을 준다. 영원히 살아남는 작품에는 공통된 특징이 있는데 그것은 바로 과거와 미래에 쓰는 편지라는 것이다. 수백 년 수천 년이 더 지나도, 그 어떤 시대를 살더라도 편지를 여는 순간 여전히 깨닫는 것이 있고 그 안에서 새로운 영감을 얻을 수 있다.

이러한 관점에서 가장 필요한 것은 씨앗이다. 작가에게는 각자의 영역에서 생활하면서 느끼고 인식한 것, 감당하고 행동한 모든 것이 산골짜기의 음지나 양지에서 수집한 씨앗과 같다. 물론 장소가 어디든 씨앗은 공평하게 열려 있다. 작가가 아닌 사람은 매일 산골짜기에 살면서도 사소한 행위와 사소한 언어, 사소한 결론 따위에 관심을 두지 않는다. 그들에게 있어 그 사소한 것들은 늘 밀물처럼 밀려들어왔다가 썰물처럼 빠져나가며 흐릿한 흔적만 남겨서 도통 쓸 데가 없다. 반면 작가는 다르다. 그들에게는 밑바탕이 필요하며 그것을 위해 준비하고 연습한다. 그 방식 역시 다음과 같이 치열하다. 먼저 산골짜기로 뛰어들고 그 안에 완전히 녹아든다. 거기서 수많은 씨앗을 얻으면 객관적으로 판별하고 잘 골라낸 뒤 사정없이 담금질하고 하나씩 따로 떼어낸 다음 다시 줄을 세운다.

수집하려고만 마음먹으면 씨앗은 어디에나 있다. 따라서 씨앗은 가장 필요하지만 가장 중요한 문제는 아니다. 가장 중요한 문제는 씨앗을 어떻게 발아시키느냐 하는 것이다. 씨앗의 발아와 생장 과정에는 아주 많은 요소가 필요하다. 이는 사람을 매혹시키는 부분이기도 하다. 수많은 씨앗 가운데 마음에 드는 것 하나를 골라 묵은 껍질을 벗기고 소생시켜 완벽하면서도 무한히 확장할 수 있는 세계를 구축한다. 새롭게 탄생한 세계는 가로로는 수많은 것을 암암리에 부각하여 과거와 미래에 빈틈없이 연결한다. 세로로는 무한히 생장하고 선회하며 상승한다. 씨앗 자체에 계속해서 흡수할 힘만 있으면 된다. 이 점 때문에 작가는 종종 과도하게 표현하는 경향이 있다. 많이 덧붙일수록 몸과 마음이 더 꽉 차고 견고해진다고 생각하기 때문이다. 사실 그렇지 않다. 그렇게 하는 것은 글을 쓸 때 화려한 문체를 중요시하는 사람과 같다. 좋은 문장은 수면 위로 군데군데 빛의 반점이 떠오르는 고요한 물이다. 아주 깊이 흐르며 자기만의 문체를 띤다. 거기에 약간의 물보라를 일으켜 난해한 표현을 끼얹는 행위는 새하얀 치자꽃에 비린내 나는 닭 피를 뿌리는 것과 다를 바 없다. 색은 생겼을지 몰라도 끈적끈적하고 탁하다. 아무리 조심스럽게 숨을 참고 지켜봐도 종종 아래로 흘러내려 보는 이를 부담스럽게 한다. 완성된 문장을 예로 들면 그렇다. 글쓰는 과정을 놓고 보면 한층 더 어려워진다. 한번 감정이 올라오면 글은 빨리 써진다. 좋은 단어, 좋은 문구, 좋은 견해, 좋은 경험이 척척 쌓여 떠들썩하게 무리 짓는다. 하지만 무질서하다. 마치 각자 독립된 상태로 행진하는 것 같고 어디에나 입구가 있으며 어디에나 출구가 있는 것 같다. 시든 화초 한 무더기처럼 얽히고설켜 혼란스럽다. 진정으로 꽃피우고 결실을 봐야 할 통로는 어디론가 사라져 찾기 힘들다.

여기서 한 가지 짚고 넘어갈 부분이 있다. 그것은 씨앗이 자율적으로 흡수하는 것과는 다르다는 점이다. 천재의 자유로운 상상과도 다르다고 할 수 있다. 천재의 자유로운 상상은 독자에게 부담을 준다. 차원이나 깊이 면에서 독자에게 한 꺼풀씩 풀어헤치게 하는 마력이 있지만 한번 풀어헤치면 초원의 작은 풀이 갑자기 땅속으로 꺼지는 것과 같기 때문이다. 심연에 처한 작은 풀은 그제야 보이지 않던 존재를 발견하고 커다란 깨달음을 얻는다. 돌이켜보면 그 다채로움과 심오함은 마치 산속 숲 사이를 휘돌아 내려오는 강물과도 같다. 자유자재로 방향을 바꿔가며 유유히 흐르지만, 합리적이고 질서정연하며 마땅히 도착해야 할 곳에 이른다.

여기저기에 가지를 꽂고 잎을 피우는 것보다 더 부담스럽고 곤혹스러운 것은 아리송하거나 요지를 알 수 없는 부분에서부터 쓰기 시작하는 것이다. 내가 잘 아는 예를 들면 이렇다. 티베트는 일종의 문화적 상징으로 문학계와 예술계에서 오랫동안 관심을 두고 있는 주제다. 많은 작가 역시 티베트의 생활상과 문화를 다루길 좋아한다. 한때 인터넷에서 한 네티즌이 티베트를 찍으러 가는 사진작가를 다음과 같이 조롱한 적이 있다.

'티베트 역사가 얼마나 심오하고 복잡한 줄 압니까? 사진이나 동영상은 진입장벽이 낮아 쉽게 접근할 수 있으니 고작 몇 분 만에 예술가가 된 것 같겠죠. 후보정까지 하고 나면 '내가 헤겔과 기타노 다케시를 뛰어넘는 심미안을 가졌다니 믿을 수 없어'라고 생각할 테고요. 그리고 자기가 찍은 오브제와 여기저기서 주워들은 소문에 관해 함부로 떠들어대죠. 그냥 생각나는 대로 마구 끌어다 붙이는 거예요. 어차피 허풍 떤다고 세금을 더 내는 것도 아니니까 제멋대로 부풀려서 주변의 어리석은 사람들을 헷갈리게 하고 감탄하게 만드는 거죠.'

이와 같은 방식을 선호하는 작가도 있다. 사진작가는 카메라를 사용하고 카메라는 적어도 실제로 존재했던 장면을 찍을 수 있다는 나름의 장점이 있다. 반면 작가는 직업적 특성상 오직 텍스트를 기계적으로 직조할 뿐이다. 그 과정에서 수많은 격차가 생긴다. 그리하여 티베트족의 감정을 상하게 하는 것은 물론이고 자신의 시간과 에너지 또한 헛되이 낭비하며 자신의 위선을 비추는 결과를 낳는다. 한마디로 사서 고생하는 꼴이다.

닿을 수 없는 것을 동경하는 이유는 자유를 갈망한 이후의 외로움 때문이다. 매번 글을 쓸 때마다 새로운 기회가 주어진다. 사물을 새롭게 인식할 수 있고 자유를 가능성으로 만들 수도 있다. 하지만 글을 쓸 때는 진심을 다해야 한다. 나에 관하여 말하자면 나는 글쓰기가 나의 외로움뿐 아니라 사람들에 대한 긴장과 삶에 대한 근심까지 가로막는다는 생각을 종종 한다. 또 시간의 길고 짧음에 대한 인식을 방해하기도 한다. 글을 쓰기 시작하면 늘 시간이 부족하다고 느낀다. 길고 짧음도 없고 낮과 밤도 없다. 모든 것은 텍스트로 계산되고 기록된다. 거기엔 삶도 포함된다. 한 가지 일에 완전히 몰두해 내 삶을 전부 쏟아부으면 시간 감각은 사라진다. 그 무아지경의 혼돈과 아득함은 나를 꼭 '동굴로 피신한 일곱 명의 청년'이 된 것처럼 느끼게 한다. 일곱 명의 청년은 개 한 마리를 데리고 동굴에서 깊은 잠을 자는 데 몰두했다. 잠에서 깬 뒤 은화를 가지고 마을로 음식을 사러 갔을 때 그들은 동굴 안에서 300년 동안 잠을 잤다는 사실을 깨닫는다. 그중에서 내가 가장 좋아하는 부분은 바로 그들의 기도다.

"주여! 당신의 은혜를 저희에게 내려주옵소서, 저희의 사업을 온전히 바르게 해주시옵소서."(『쿠란』 제18장 '동굴')

산속에서는 하루가 지날 뿐이지만 세상에서는 천 년이 흐른다. 이것은 반드시 견뎌내야 할 일이다.

청나라 문인文人 대명세戴名世는 『장공오문집서張貢五文集序』에서 젊은 시절 초야에서 만난 한 늙은 약장수에 관해 언급한 적이 있다. 글쓰기에 관해 이야기하던 중 노인은 그에게 이렇게 말한다.

"글쓰기의 이치를 말하라면 나는 그대에게 두 글자를 바치겠소. 글쓰기는 '할애割愛'가 전부요."

대명세는 집으로 돌아가 자신이 지었던 글을 모조리 다시 읽어보았다. 처음 읽을 때는 사랑스러웠다. 문체, 주장, 재치 등이 전부 사랑스러웠다. 두 번째 읽으니 베어낼 것투성이였다. 양념을 지나치게 많이 한 요리 같았다. 후대 사람들은 "대명세의 산문은 그 얼마나 산뜻하고 명료한가. 재능을 과시하지 않고 헛공론도 하지 않으며 화려한 언사를 뽐내지도 않는다. 이로써 우리는 그가 진정으로 '할애'라는 '참된 열쇠'를 얻었음을 알 수 있다"라고 평가했다.

옛사람들은 글쓰기가 간결하고 물 흐르듯 자연스러워야 한다고 강조했다. "처음엔 정해진 형태가 없다. 하지만 나아가야 할 곳에서 나아가고 멈춰야 할 곳에서 멈추면 문맥이 자연스럽고 자기만의 색깔이 생겨난다." 결과물을 내는 데 급급하거나 지나친 수식어에 기대는 것도 금물이다. 이것은 현대사회에서 더 금기시되는 사항이다. 인터넷이 닿지 않는 곳이 없는 지금, 개념적인 것은 누구나 손쉽게 얻을 수 있다. 그래서 문장에 자신의 것은 없고 아름답고 화려한 큰 폭의 비단으로 사람들의 눈을 현혹하는 것은 오히려 과시하는 것으로 보일 수 있다.

나는 대명세의 '할애' 이후 서진西晉의 대가 육사형陸士衡의 도리를 곱씹었다. 그는 "의義에 반反하고 도道를 상傷하는 글은 아무리 아름다워도 버려야 한다"고 했다. 글 속에 도리에 어긋나는 부분이 있으면 아무리 사랑스러워도 포기하라는 뜻이다. 이 부분에 관해 나는 다른 견해를 가지고 있다. 시비를 가리는 글은 자신의 입장과 논리를 제시하고 사람들의 동의를 받아야 한다. 그를 통해 경고하고 교훈을 주어 사람들을 일깨워야 한다. 하지만 소설은 다르다. 소설은 총체적이다. 도의에 부합하든 그렇지 않든 당신이 통제하려들지만 않는다면 소설은 합리적인 것이 된다. '하늘은 어질지 않아서 만물을 대수롭지 않은 존재로 여긴다'라는 넓은 시각으로 소설을 바라보라. 소설이 자연스럽게 존재하도록 두라. 그러면 소설은 스스로 모양새를 갖추고 독자는 각자의 관점에서 그것을 보게 된다.

소설을 쓸 때 나는 이곳저곳으로 가지를 뻗고 잎을 더하며 나아가는 방법에 찬성하지 않는다. 또한 이성에 근거한 절대적인 배제 법칙에도 찬성하지 않는다. 애매모호한 서술 방식도 반대. 애매모호함의 결점은 소설의 애매모호함보다는 밑바탕이 없다는 데서 비롯된다고 생각한다. 겉흙에 심은 화초는 영롱한 비누 거품 같아서 한바탕 비바람에도 엉망이 돼버린다. 그러나 초원에 뿌리내린 화초는 각종 저항을 이겨내는 과정에서 손상되면서도 생장한다.

중생처럼 비천하지만 뿌리를 움직이려면 더 큰 면적의 땅을 건드려야 한다. 그 깊이가 깊으면 감히 더 말할 수도 없다.

글쓰기의 기초는 생장의 기초와 함께 가야 하며 시간과 경험에 의해 씻겨내려가는 것을 피할 수 없다. 이곳저곳에서 어른의 글쓰기는 어린 시절의 독서와 떼려야 뗄 수 없다고 말한다. 즉 어린 시절부터 탄탄하게 쌓은 기본기로부터 비롯된다는 것이다. 나는 어릴 때 독서를 좋아했다. 글자를 많이 알지 못했을 때도 온갖 서적을 되는대로 뒤적거렸다. 극본 『뇌우雷雨』를 읽을 때는 루스핑魯侍萍을 루다이핑魯待萍이라고 읽기도 했다. 중학교 아침 독서 시간에 국어 교과서에 실린 일부 내용을 큰 소리로 읽는데 자습 감독 선생님이 지나가다가 그 글자는 '다이'가 아니라 '스'로 읽어야 한다고 가르쳐주셨다. 다시 들여다봤더니 정말 '시중들다'라는 뜻의 '스侍' 자였다. 생각해보니 루다이핑은 대저택의 아가씨가 아닌가. '스'자는 시중드는 하인이라는 뜻인데 그런 신분으로 어떻게 사랑이 오길 기다리나 하는 생각이 들었다. 지적인 이해가 순식간에 바뀐 셈이다. 가장 고치기 어려웠던 것은 『나의 삼촌 위레이我的叔叔於勒』*였는데 나는 '위레이'라는 이름을 '위친於勤'으로 읽곤 했다. 수업 시간에 선생님은 나를 일으켜 세워 교과서를 읽으라 하셨고 내가 '위친'이라고 읽자마자 '위레이'로 교정해주셨다. 나는 분명히 아는 글자임에도 불구하고 계속해서 '위친'으로 읽었다. 외국 이름을 직역한 탓도 있었고 그 인물의 이미지가 내 머릿속에 너무 깊이 새겨진 탓도 있었다. 나는 일고여덟 살 무렵에 그 작품을 읽었는데 그

---

* 기 드 모파상의 단편 「쥘 삼촌」의 중국어판 제목.

인물을 쓰레기를 주우며 간신히 연명하는 가여운 사람이라고 여겼다. 그래서 그를 동정하면서 꼭 돕고 싶다고 생각했다. 아무리 일러주어도 내가 계속 틀리게 발음하자 선생님은 어이가 없다는 듯 이렇게 말씀하셨다. "너는 패가망신해서 빈둥빈둥 노는 삼촌이 좀 부지런했으면* 하는 모양이다." 순간 교실에 폭소가 터졌다. 이런 간단한 오류는 다행히 사는 동안 누군가의 도움으로 고칠 수 있었다. 그러나 어떤 글자나 그 글자와 무관한 이해들은 나만의 방식으로 내 뼛속 깊이 새겨져 고질병이 되지 않았나 싶다. 나는 평생 시간을 되돌려 스스로 그 인식들을 바로잡도록 나 자신을 돕고 가르쳐야 했다.

그렇게 보면 어린 시절의 기본기 같은 건 애초에 존재하지 않는 듯하다. 오히려 진정한 삶의 경험이 종종 결정적인 역할을 하곤 한다. 삶을 스쳐 지나간 수많은 장면이 마음속에 저장된 파편 같았고 회상할 때마다 그것들을 완벽하게 연결하고 싶다는 충동이 일었다.

나는 『마오타이貓胎』**라는 소설을 쓴 적이 있다. '나'의 고양이가 병이 나자 '나'는 고양이를 '마오타이'라는 사람에게 데려가 보여줘야 했다. 마오타이라는 이름을 가진 사람이 말했다. "내 이름은 마오타이입니다. 내 어머니는 결혼한 지 석 달도 되지 않아 나를 낳았죠. 할머니는 어머니더러 고양이 새끼를 임신했다고 하셨답니다. 임신하고 사람 형태를 만들고 출산하는 데까지 고양이처럼 고작 석 달밖에 걸리지 않았다고요. 그래서 저는 마오타이라는 이름

---

* 작가가 친勤으로 잘못 읽은 글자는 '부지런하다, 근면하다'는 뜻을 가지고 있다.
** 고양이 새끼라는 뜻.

을 갖게 되었어요."

마오타이는 고양이 전문 수의사로 고양이와 영적으로 소통한다. 고양이는 그에게 만물에는 질서가 있으며 인간은 그것을 경외하고 존중해야 한다고 가르친다. 이 이야기는 내가 어릴 때 경험한 사건의 일부다. 어릴 적 나는 무슬림 거주 지역에서 살았는데 가까운 곳에 큰 강이 있었다. 강은 넓은 물길을 따라 흘렀고 물길 양쪽에는 돌로 만든 높은 둑이 있었다. 사람들은 종종 둑 아래로 쓰레기를 쏟아부었다. 시간이 지나면서 쓰레기는 강바닥에서부터 쌓여 올라와 계단처럼 변했다. 우기에 한두 차례 큰물이 흐르긴 했지만 나머지 기간에 물길은 가축 무역 시장으로 사용되었다. 사람들은 늘 그 긴 물길에서 말을 타고 달렸다. 말발굽 소리가 경쾌하게 울리며 흙먼지를 일으키고 빛과 그림자를 드리웠다.

둑 위에 서서 물길을 내려다보면 바싹 마른 물길은 마치 거대한 배경 속에 파묻힌 기묘한 장난감 같았다. 어린아이들이 그 위에서 아무 거리낌 없이 뛰어노는 가운데 소, 양, 말 따위가 이리저리 끌려다녔다.

나는 또래보다 일찍 학교에 들어갔다. 할머니 할아버지는 방과 후에 날 데리러 오지 못할 때마다 같은 골목에 사는 큰 아이들에게 나를 부탁했다. 여름이 올 무렵의 어느 날, 나는 그 아이들과 함께 집에 가고 있었다. 그런데 그 긴 물길 안 썩은 쓰레기 옆에 짐칸이 달린 파란 트랙터가 여러 대 세워져 있었다. 하나같이 먼지투성이였는데 짐칸은 까만 새끼 돼지로 가득했다.

당시 나는 새끼 돼지를 본 적이 없었고 아예 존재 자체를 몰랐기에 걸음을 멈추고 한참이나 바라보았다. 그런데 트랙터가 다 떠났을 때 새끼 돼지 한 마리가 쓰레기 더미에 남겨져 있었다. 호기심이 점점 커져 억누를 수 없는 지경이 되자 나는 옆에 있던 큰 아이에게 저게 뭐냐고 물었다. 아이들은 깔깔거리며 내려가서 안아 올라와 자세히 살펴보라고 부추겼다. 그리고 둑 가장자리에서 내 팔을 붙잡고 매달아 나를 내려보냈다. 나는 그 새끼 돼지를 안고 기쁨에 겨워 고개를 들고 아이들을 향해 외쳤다. 반들반들하고 귀여운 동물이라고. 그런데 아이들은 괴상하게 웃으며 빨리 내려놓으라고 명령하더니 그러지 않으면 끌어올려주지 않겠다고 했다. 나는 하는 수 없이 멀리 돌아가 쓰레기 계단을 밟고 위로 올라갔다.

주위 아이들 중에는 내가 돼지를 안고 집에 돌아가려 한다고 놀리는 사람도 있었고 더러우니 빨리 갖다 버리라고 충고하는 사람도 있었다. 어떤 아이는 전염병에 감염될까봐 나를 피해 멀리 달아났고 또 어떤 아이는 나보다 먼저 달려가 우리 할머니한테 내가 돼지를 안고 있다고 고자질했다.

하지만 당시 내 손에 닿은 것은 따뜻한 생명이었고 돼지의 눈 속에 담긴 빛이었다. 어찌 해야 할지 몰라 혼란스러운 동시에 갓 태어난 존재의 포근함과 편안함도 느껴졌다. 모순된 감정과 느낌이었다. 하지만 어린 시절의 순진함은 넓디넓었고 그 광활함 속에서 모순 따위는 아무것도 아니었다.

그때 멀리서 할머니가 다가오더니 돼지를 내려놓으라고 말했다. 고집이 셌던 나는 새끼 돼지를 꼭 끌어안았다. 할머니가 다시 내려놓으라고 하자 나는 길가 계단에 주저앉아 눈물을 뚝뚝 흘렸다. 할머니는 인내심을 가지고 내 옆에 쭈그리고 앉아 그 돼지가 얼마나 더러운지, 왜 안으면 안 되는지, 왜 집에 데려가는 건 더더욱 안 되는지 설명해주었다.

　나는 망설였지만 결국 돼지를 놓아주었다. 집으로 돌아간 뒤 할머니는 먼저 나를 씻기고 옷을 갈아입힌 후 햇빛 아래에서 일광욕을 하게 했다. 마당에는 금낭화가 빽빽하게 피어 있었고 꽃망울이 꽃가지에서 조용히 피어 있었다. 머리에서 떨어진 물방울이 얼굴을 적셨다. 나는 다리를 쭉 뻗고 태양을 향해 맨발을 내밀었다. 햇빛은 즙이 줄줄 흐르는 노란 오렌지처럼 따뜻했고 질감은 깨끗한 증류수 같았다. 나는 할머니에게 물었다.

　"할머니, 그거 정말 돼지야?"

　"그래. 아직 덜 자란 돼지다."

　"하지만 안았을 때 더럽게 느껴지지 않았는데."

　"사람이 몸에 돼지털을 한 가닥이라도 묻힌 채 집에 돌아가면 집 안이 40일 동안 어두워지는 거야."

　"거기선 멀쩡하게 잘 사는데 왜 사람이 안고 털을 묻히기만 하면 더러워지는 거야?"

　"그건 사람이 더럽기 때문이지."

　"돼지가 사람을 더 더럽게 해?"

　"……"

　"그런데 왜 존재하게 두는 거야? 사람들은 왜 돼지들을 다 죽이지 않아?"

　"그건 안 될 일이지. 만물은 이 세상에 존재할 권리와 자유가 있고 존재하는 목적과 이유도 있으니까. 세상은 엄청 넓은데 사람은 그 경계를 넘으면 안 되는 거다."

　할머니는 천천히 말씀하시면서 나이 든 눈을 들어 먼 곳을 바라보았다.

내 글의 재료는 대개 이런 파편에서 나온 것이다. 내면에 있던 이상화理想化된 무언가가 몰래 장난을 치는 것 같다. 그것은 오랫동안 쌓여온 묵은 상처처럼 나를 무겁게 하기 때문에 나는 그것을 완전하게 하고, 딱지를 앉게 하고, 치료해야 한다. 그러기 위해서 파편의 기원으로부터 시작해 그것이 나아가는 방향, 변화, 결과를 한 걸음씩 똑바로 바라봐야 한다. 그리하여 그것을 완전히 멈추게 하고 다시 나의 한구석으로 돌려보내야 한다.

이것은 씨앗 한 톨이 발아하고 생장하는 과정에서 나오는 힘과 같다. 많은 것을 쏟아부어야 하므로 능동적이고 힘차 보이지만 사실 그 과정은 통제할 수 없다. 수많은 구상과 기대도 소용없다. 그것은 자신만의 의지와 에너지를 가지고 있고 자신의 궤도도 가지고 있다. 무엇을 자라게 하고 어떤 꽃을 피우고 어떤 결실을 볼지 온전히 그것 스스로 결정한다. 씨앗의 DNA는 인성人性에 내포된 것과 마찬가지로 타고난 것이며 생장 과정에서 생장을 위한 선택을 한다. 이것은 내가 처음 소설을 쓸 때부터 깨닫고 줄곧 고수해온 이치다. 인성은 천성에서 발현되며 그 움직임에는 방향성이 있고 삶과 가장 가깝다. 『연무진煙霧鎭』*에는 초원에서 사는 줘마아자卓瑪阿佳가 등장한다. 그녀는 수많은 결함을 의연하게 감내해야 한다는 신념을 가지고 고읍으로 온 뒤 끝까지 자기 자신을 지켜낸다. 좋은 인연이 다가왔지만 그녀는 여전히 망설였고 무한한 슬픔을 느낀다. 하지만 그녀는 분수를 알고 시종일관 조심스러운 태도를

---

* 작가가 2021년에 발표한 중단편 소설집으로 티베트 민족의 특징을 묘사했다.

보인다. 어떻게 해야 스스로를 더 잘 보호할 수 있는지 잘 알고 있기 때문이다.

나는 그 고읍에서 여러 해를 살았는데 종종 두 부류의 사람들이 가진 고집스럽고 편협한 가치관에 끌려다녔다. 쥐마아자와 삼촌의 금기시된 사랑 같은 것도 많이 봤다. 처음 봤을 때 비극이라고 생각했는데 다시 봐도 비극이었다. 그 배경에 도사린 회족과 티베트족의 방대한 문화, 그와 관련된 신념 및 분위기 때문에 운명적으로 비극일 수밖에 없었다. 그러나 각각의 비극은 계속해서 재평가되기 때문에 혹은 그 진지함 때문에 시간이 흐른 뒤에 또 다른 종류의 부드러움과 편안함을 낳는다. 만약 인위적으로 간섭해 그 비극에 벅차오르는 해피엔딩을 써준다면 극적이긴 하겠지만 해피엔딩 이후에 더 큰 비극이 곧바로 뒤따를 것이다. 삶은 극적인 감각으로 충만할 때도 있지만 언제나 그런 것은 아니다. 삶의 무정함은 연극의 편집과 연출보다 훨씬 더 강렬하다. 삶은 우리가 가는 곳마다 큰 비극을 맞닥뜨리게 하진 않는다. 사람들은 저마다 앞으로 나아가는 동안 주도면밀하게 고민하고 시간이 지나면 타협한다. 결코 타협하지 않는 사람은 극소수일 것이다. 평범한 삶 속에서 극적인 소재를 만들어내는 사람 또한 극소수다.

2020년 2월 6일에 린탄에서
딩옌

설산의 사랑

초판인쇄 2025년 7월 18일
초판발행 2025년 7월 25일

지은이 딩옌
옮긴이 오지영
펴낸이 강성민
편집장 이은혜
마케팅 정민호 박치우 한민아 박진희 황승현 김경언
브랜딩 함유지 함근아 김희숙 박민재 정승민
제작 강신은 김동욱 이순호

펴낸곳 (주)글항아리 | **출판등록** 2009년 1월 19일 제406-2009-000002호

주소 10881 경기도 파주시 문발로 214-12, 4층
전자우편 bookpot@hanmail.net
전화번호 031-955-2689(마케팅) 031-941-5161(편집부)
팩스 031-941-5163

ISBN 979-11-6909-411-5 03820

잘못된 책은 구입하신 서점에서 교환해드립니다.
기타 교환 문의 031-955-2661, 3580

www.geulhangari.com